석탈해 I

김 정 진 지음

국학자료원

목차

제 1화 - 아진공의 암자(1)

새벽의 토함산은 안개와 구름을 머금고 동해의 습습한 바람을 만나 급격하게 생성된 하얀 기운 덩어리에 잠겼다. 그것은 하얀 머리를 푼 귀신들처럼 한 바탕 춤판을 벌이는 듯 변화무쌍한 기후를 보였다. 안개가 심해 앞이 안 보일 정도로 사납게 굴다가도 안개와 바람이 걷히면 아름다운 소나무와 산 봉우리가 한 폭의 그림처럼 하늘높이 솟아오른 토함산은 이른바 신선들의 거처와도 같아보였다.

또한 새벽이면 드넓은 수평선 위로 해가 솟아오르고, 붉은 태양이 토함산을 넘어 갈 때의 모습은 마치 산이 해를 토해내는 모양 같아 산의 그 이름을 토함으로 정했다는 전설이 전해 내려온다.

토함산 북천계곡의 아진공의 암자주변은 마치 선계의 기암괴석들을 조물주가 현란하게 배열해놓은 듯했다. 계곡의 거친 물줄기는 아진암 일대를 감싸안고 포효하는 용처럼 장엄하게 흘러내렸다. 북천폭포는 역사의 상처를 달래듯 어둡고도 무거운 소리를 냈고, 거대한 바위틈을 비집고 용트림하듯 흘러내려 포말이 사방으로 튀는 격수는 암자 앞 용소의 깊이를 가늠하기 어렵게 만들었다.

마치 수십 마리의 용들이 서로 엉기어 돌진하면서 만들어내듯 엄청난 소용돌이가 바로 북천의 용소였다. 거친 물살은 용소에서 점차 스스로 속도를 늦추었고, 깊은 물속에서 솟아오른 바위들을 수면에 반사시키는 교교한 달빛은 온온힌 별빛들을 휘감있다. 초봄의 산바람을 맞은 막날나부의 신선한 잎새와 가지에 아롱진 월광 그림자가 아진암자의 안팎으로 어른거리고 있었다.

아진공은 국사봉 산마루에 저만치 홀로 떨어져 입정하여 이미 선계에 진입해있었다. 허공 중에 뜬 듯한 희미한 자태로부터 알게 모르게 퍼져나오는 부드럽기 그지없는 희부유스름한 광채는 안개를 뚫고 황홀한 신선계의 경지를 보여주었다.

입정처에서 몇 장 밖의 바위에 산개하여 좌정한 제자들은 운기조식 중에서도 스승의 마지막 가르침을 기다리며 시종 긴장을 늦추지 못한 채 대기하고 있었다. 이미 삼경이 이슥해진 밤하늘에는 간간이 별똥별들이 흩뿌려졌지만 노사는 미동도 하지 않고 입을 열 기색을 전혀 보이지 않았다.

석탈해는 차가운 물결이 튀는 냇가 암반 끝 말석에 가부좌를 틀고 앉아 호흡을 고른지 얼마 되지 않아 이마에서 뜨거운 김이 올라왔다. 그것은 이른바 소주천의 완성이었다. 탈해는 비로소 사십일 연공 소주천 수련을 끝냈다. 노사부는 제자들의 주천기공을 완성시키는 원조공력을 모두에게 방사하였다.

"스르륵! 휘이이익!"

다섯 제자는 가볍게 허공중에 떠 올랐다가 가라앉았다. 그리고 노사부가 가부좌를 튼 상태로 제자들의 머리 위로 선회비행을 해보였다. 마침내 다섯 명의 출가제자 모두 사부의 내공 경지에 거의 다다르게 되었다. 그들은 한달 열흘 동안 쉬지 않고 폐관수련을 하여 누구나 소주천을 자유자재로 돌리는 내공을 갖게되었다. 그들의 피나는 수련을 먼발치에서 보고 있는 속가제자들은 부럽기 그지없었다. 밤새 가부좌를 튼 발에서 이미 감각이 사라진 탈해에게 전음이 들렸다.

"모두 나를 따라 암자로 오너라! 긴히 할 말이 있다."

석탈해는 아진공 사부의 부름에 신경이 쓰였다. 수련이 다 끝났건만 긴히 제자들에게 이를 말씀이란 무엇일까? 그는 운기조식 중에도 머릿속에는 잡념이 그득했다. 몇 달 전부터 사부 몰래 남산의 기인에게 배운 무공 초식과 호흡법이 무척이나 뛰어난 초식이었지만 어쩐지 사부를 속이는 것만 같아 그는 혼란감에 휩싸여있었다.

운기조식을 마친 아진공은 그야말로 구름처럼 두둥실 떠서 암자로 날아갔다. 아진공은 흡사 구름과 물안개를 딛고 가는 것처럼 보였다. 탈해는 넋을 빼앗긴 사람처럼 부리나케 암자로 뛰어갔고 나머지 제자들도 암자로 경공을 펼쳐 날아올랐다. 탈해는 빠른 경공을 펼칠 때 옷자락에 마른 나뭇잎들이 스쳐 사각거리는 소리도 신경이 쓰였다. 산정상의 암자에는 동트기 이전이었지만 벌써 동녘의 밝은 빛이 비추고 있었다. 제자들이 암자에 들어서자 아진공 사부는 천천히 입을 열었다.

"모두들 한달 넘게 고생이 많았다. 석달 뒤 백일연공을 할테니, 모두 대주천 공부를 위한 마음의 준비를 하고 있거라!"

"예!"

"상길은 너무 직진은 하지 말고, 천종은 지나치게 화려함을 쫓지 말며. 우혁은 의심하지도 또 고민하지도 말고, 탈해는 가장 뛰어나다만 우유부단하게 망설이지 말거리. 너희들의 성격이 무공에 그대로 나타나느니라. 명심하여 애써 고치면 무공이 증진될 것이다."

"명심하겠습니다. 스승님!"

"근데, 저는요?"

"으음, 은동이는 좀 더 노력하거라."

"피이!"

유일한 여제자인 사부의 손녀딸 은동이 입을 삐죽거렸다.

"자. 다들 가서 쉬어라. 그리고 탈해는 남거라."

아진사부는 고요하게 앉아 차를 끓이면서 말했다.

"탈해야. 거서간께서 붕어하셨다는구나!"

"예?"

"자객에게 변을 당하셨다."

"아니? 어떻게? 누가 왕을?"

"천하의 영웅이었던 큰 별이 졌구나. 하지만 인생사 저 바람속의 휘날리는 티끌 같은 것. 너무 애달파하지 말고 정신을 차리거라."

"예, 스승님."

"차차웅께서 너를 급히 찾고 계신다."

아진공은 석탈해를 바라보았고 석탈해는 다소 당황하여 좌우를 둘러보고는 그럴 리 없다는 표정을 지었다.

"몇 달 전, 네가 아진포 바닷가에서 차차웅 일행을 구해주었다지?"

"예? 무슨 말씀이시온지…"

"바닷가에서 기도하던 귀인들을 기습 공격하던 이무기를 네가 물리친 적이 있더냐?"

"예?"

"또 기억이 나지 않느냐?"

"아! 기억납니다. 그럼 그중 한분이 남해왕자님이셨나요? 저는 그분이 호위병사도 없이 가족끼리만 오셨고 또 복면을 하셔서 그만 몰라뵀나 이다."

"그렇다. 다음 보위를 이으실 분으로 그 왕자님이 바로 남해차차웅이시 다. 네가 왕자를 구했으니 왕가의 눈에 들었구나. 일년 전 내 누님의 소개 로 널 제자로 받아주었을 때, 나는 너의 선량함이 마음에 들어 받아들인 게다. 허나 과거 너에 대한 여러 소문이 마음에 걸리는구나."

"예? 사부님께서 제 소문을 들으셨습니까? 혹 좋지 않은 이야기입니까?"

"아니다. 대개 싸움박질을 하고다녔다는 소문이다. 으음…지난번 차차 웅을 뵀을 때 너의 실력에 대해 말씀을 드렸다. 사실 네가 나보다 검상 이나 병장기에 대해 이젠 더욱 잘 알고 있지 않느냐?"

"아닙니다. 아직은…"

"굳이 내 앞에서 겸손할 필요 없다. 겸손을 떠는 걸보니 기억이 돌아오 지 않은 게 확실하구나. 지금 곧 입궁을 하거라. 상길은 암자를 지키고 천 종과 우혁을 데려가도록 하거라."

"예."

아진 사부가 말을 마치자마자 은동이 부리나케 일어섰다. 그리고 어리광 반 짜증 반이 나는 투로 말했다.

"나는요? 나도 갈래요!"
"너 안 나가고 거기 있었느냐? 너는 안된다."
"왜요?"
"안된다고 했다!"
"치이! 그런 게 어디 있어요!"

몹시 삐친 은동이 암자를 뛰쳐나갈 때 탈해가 그녀를 잡으려 했지만 사부가 만류했다. 탈해가 아진공 사부에게 절을 올리고 암자를 나서자 은동이 석탈해와 동기들에게 다가가 인상을 썼다가 애교를 부렸다가 윽박지르는 표정을 지었다가 하면서 자신을 데리고 가달라는 무언의 암시를 보였지만 아무도 눈길을 주지 않았다. 같이 암자에 남게 된 상길이 만류했지만 은동은 그를 뿌리치며 마치 저주를 하듯이 삐친 말투로 말했다.

"에이! 모두 가다가 말에서 떨어져 코나 깨져라!"

길을 나서자마자 수련동기생들인 천종과 우혁은 먼발치에서 따라오는 은동을 무시하고 탈해에게 자초지종을 물었다.

"이봐, 탈해! 왕이 정말 서거하셨단 말이야? 누가 그런 짓을? 이게 어떻게 된 거야?"

"글쎄, 나도 뭐가 뭔지 모르겠어."

"그런데 정말 니가 차차웅을 구해주었어?"

"으응, 그런 거 같아…"

"기억이 또 잘 안나냐? 구해준 건 확실히 기억나는 거지?"

"그, 그래, 그때 해적들이 이무기들과 함께 차차웅님을 공격했는데 내가 차차웅님과 함께 그들을 물리쳤어. 차차웅께서 그들이 누구냐고 하시기에 그들의 암기와 병기들을 설명해드리고 그들이 변한의 무기를 쓴다고 말해드렸지."

"우와! 탈해! 너 대단한데? 좌우간 우리가 궁성에 들다니 꿈만 같구나! 저자거리엔 어여쁜 색시들도 막 돌아다니겠지?"

"천종! 지금 흥분할 때가 아니야! 거서간이 붕어하셨다면 국상이 난 건데, 이럴 때 궁에서 조심하지 않으면 큰 봉변을 만나!"

천종이 흥분을 감추지 못하자 우혁이 핀잔을 주었다.

"그래, 우혁이 말이 맞아. 자. 출발하자구. 산봉우리를 봐! 마침 해가 솟아오르네."

세 사람은 말에 올라 암자를 한번 돌아보았다. 은동이 이번에는 힘이 빠진 표정으로 어깨가 축 처져서는 건성으로 손을 흔들었다. 하지만 세 사람은 얼굴에 웃음이 가득한 표정으로 은동에게 손을 흔들있다.

"은동아! 수련 열심히 해라! 오라버니들 궁에 다녀오마. 하하하하."

"흥!"

사실 은동과 세 사람은 동기였지만 짐짓 오라버니라고 놀리자 은동은 활을 꺼내들었다.

"앗! 애들아! 빨리 말을 몰아! 은동이가 활을 들었다! 은동이 화살에 맞지 않으려면 전속력으로 달려! 히히히히."
"이랴! 이랴!"

세 사람은 웃으면서 전속력으로 말을 몰았다. 웃고 있었지만 얼굴에는 자못 긴장감을 감추지 못했다. 현재 그들의 위치는 사실 웬만한 사람들에게는 화살의 사거리를 훌쩍 벗어난 터였다. 하지만 은동은 달랐다. 아진공 사부 제자 중에 그녀가 가장 활을 멀리 그리고 정확하게 쏘기 때문이었다. 그들이 사거리에 멀어지자 은동은 아예 뒤로 돌아서 버렸다. 세 사람은 암자를 빠져나오기 무섭게 고삐를 바싹 쥐고 말의 속도를 올렸다. 산마루에서 내려다본 신라국의 궁성과 그 마을은 실로 장관이었다. 온 세상에 푸릇한 새봄의 기운이 일어나고 있었다. 세 사람은 토함산 정상부근에서 궁성까지의 수십 리 길을 들판의 힘찬 노루처럼 거침없이 달려 궁성에 다다랐다. 금성으로 가는 길의 음지에는 아직도 잔설이 남아 있었고 마상에서 옷섶으로 파고드는 삼월의 바람은 몹시 매서웠다.

탈해는 금성궁 성문 앞에서 하마했고 천종과 우혁도 따라 말에서 내렸다. 궁궐문은 경비가 삼엄했다. 궁성에 드나드는 사람을 모두 검문 검색을 하느라고 경비병들이 수십 명씩 배치되어 그야말로 장터처럼 아우성이었다.

성문을 막은 경비병들은 마차나 가마를 타고 오는 고관대작들에게 예를 갖추면서도 일반 백성들의 출입은 모두 봉쇄했다. 천종이 앞장서서 성문으로 향했다 그때 별안간 두 개의 창끝이 천종과 우혁 그리고 탈해의 가슴팍으로 밀고 들어왔다.

"아니?"

"조심해!"

제 2화 – 아진공의 암자(2)

경비병들은 단호했다.

"다치기 전에 썩 물러나라!"
"아니, 나는 초대를 받고 온 석탈해라고 하는데…"
"뭐? 이렇게 겁이 없는 놈들을 보았나? 가라는데도!"

산에서 수련을 하던 터라 행색이 남루한 탈해 일행도 입궐을 거부당했다. 셋은 어리둥절하여 이리저리 기웃거리는 데 성문의 경비대장이 석탈해를 알아보고 부리나케 뛰어와 예를 갖추었다.

"어서 오십시오. 석탈해님. 저를 기억하시겠지요? 제가 좀 늦었습니다."
"아, 최장군님! 예, 오랜만이군요."

최장군은 경비병사들을 노려보며 호통을 쳤다.

"이놈들아! 귀인들을 몰라 뵙고 뭐하는 짓이야! 사죄하거라."
"예? 죽을 죄를 지었습니다. 용서해주십시오."
"아니요, 모르면 그럴 수도 있지요. 뭐."

몸둘 바를 몰라하는 병사들을 달래는 석탈해를 잡아끌며 최장군은 서둘렀다.

"자 가십시다! 차차웅께서 기다리고 계십니다. 붕어하신 거서간님의 시신을 살펴주시고 자객이 사용한 검을 면밀하게 조사해주셔야겠소이다. 그 결과를 차차웅님과 대신들께 밝혀주시지요. 차차웅께서 탈해님이 병기에 대해 해박하시다고 해서 이렇게 모셨소이다. 자! 따라오시지요."

경비대장인 최장군은 아진공 사부님과의 인연으로 예전부터 탈해와 안면이 있었다. 삼엄한 경비를 통과한 다음 궁의 정문을 지나고 다섯 개의 문을 지나 비로소 그들은 거서간의 처소에 도착하였다. 오동목관에 안치된 거서간은 상처가 거의 없었다. 탈해는 면밀하게 시신을 살펴본 뒤 뒷문으로 나갔다. 그리고 거서간의 시신은 검은 색 비단천에 쌓여 다시 안쪽으로 운구되었다. 탈해는 최장군과 함께 앞문을 통해 다시 거서간의 처소에 들었다. 차차웅은 비통한 표정으로 의자에 앉아 있었다. 왕의 시신 바로 곁 의자에서 차차웅은 깊은 사념에 잠겨있는 듯했다.

거서간의 주검을 놓고 주위에는 선도산 산신들과 각처에서 온 도인들 그리고 진한의 구 원로들과 신라국의 고관들이 모여있었다. 그들은 모두 거서간과 깊은 인연이 있는 사람들이었다. 좌정을 한 후 남해차차웅이 최장군에게 물었다.

"모두들 오셨는가?"
"예, 다만 갈문귀인이신 알령도인께서만 오지 않았습니다."
"갈문께서? 으음…"

석탈해가 들어온 것을 보고 차차웅은 좌우에게 좌정을 명한 후 무거운 표정으로 다소 느리게 말을 하기 시작했다.

"모두 모이셨으니 거서간님의 붕어를 공포하겠소이다. 어젯밤 왕비께서 거서간님의 시신을 목도한 것이 자시 무렵이었소이다. 왕비께서는 먼저 경비대장을 부르셨고 경비대장 최장군은 이태충 대보에게 연통을 했소이다. 나는 날이 밝아오는 새벽에 통보를 받았소이다. 소위 태자인 내가 이렇게 늦게 연락을 받다니…으흠! 좌우간 거서간님을 지키지 못한 불충과 불효를 가슴깊이 뉘우치고 통천망극한 심정을 금할 수가 없소이다!"

좌중이 술렁이자 차차웅은 한손을 앞으로 쭉 내밀고는 잠시 후 평소보다 차분하게 말을 이었다.

"자! 여러 원로들께서는 내 말을 잘 들으시오. 나는 거서간을 국장으로 모시고자 여기 선 것이지 그대들에게 책임을 물으려는 것이 아닙니다. 한 사람이 살아가는 동안 행한 선과 악은 그의 사후까지 전해지지만, 우리는 선왕의 영광을 기억해야만 합니다. 거서간께서는 신라국을 건국하시고 진한을 통일하셨으며 계속되는 적국의 침범을 모두 굳건히 막아내셨습니다. 위대한 신라국의 원로들께서는 과거 거서간께서 진한을 통일하실 적에 무찌른 열두 개의 인접국들에 대한 폭력이 결국에는 과실이었으며, 통탄스럽게도 거서간의 붕어가 그 보복을 받은 것이라고 말씀하신 분들도 있습니다. 그러나 우리는 오늘 여기 모여 거서간의 주검 앞에 복수를 다짐하지 않을 수 없소이다. 여기에 거서간께서 마지막으로 작성하시어 인장(印章)을 찍으신 문서가 있습니다. 나는 그것을 벽장 속의 청동궤에서 발견했습니다. 그것은 거서간의 유언이라 사료됩니다. 하지만 문제는 유서를 작성하시고 얼마 지나지 않아 거서간께서는 자객에 의해 서거하셨습니다. 거서간의 옥체가 검상으로 훼손된 것은 신라국으로서는 엄청난 비극입니다. 도대체 누가 이 위대한 혁거세 거서간을 암살했을까요? 거서간의 옥체는 면밀하게 다 살펴보지 못했습니다. 또한 유서도 아직 개봉하지 않았습니다. 저는 무공이 신라국에서 가장 높다고 자타가 공인하는 왕궁 경비대장과 사체를 전문적으로 살펴볼 수 있는 완하국 출신의 전문가를 불렀습니다. 이제 이들이 참석한 가운데 옥체와 유언장을 공개하려합니다."

차차웅은 먼저 검은 비단을 걷어내고 그 안에 두겹으로 은빛 비단천으로 둘러싸인 거서간의 시신을 어루만졌다. 그리고는 천천히 비단천을 머리에서 발 쪽으로 벗겨 내려갔다. 순간 육부의 원로대신들이 부복하여 고개를 조아렸다. 차차웅은 거서간의 전신이 드러나도록 비단천을 완전히 내려버렸다. 이윽고 목부분에 피부 속으로 선혈이 검붉게 맺힌 거서간의 주검이 드러났다. 차차웅은 잠시 고개를 숙였다가 비장한 표정으로 석탈해를 향해 눈짓을 했다. 석탈해는 조심스럽게 종종걸음으로 거서간의 시신 앞으로 다가갔다. 그는 거서간의 시신을 이리저리 샅샅이 살펴보고는 짐작이라도 간다는 듯이 고개를 한번 끄덕해보였다. 역시 곁에서 시신을 살펴보던 경비대장 최국충도 고개를 끄덕였다. 그리고는 남해차차웅이 턱짓으로 설명을 해도 좋다는 표시를 하자 석탈해는 차차웅에게 목례를 올리고는 차갑고도 빠른 목소리로 말을 하기 시작했다.

"제가 본 바를 소상히 말씀 올리겠나이다. 차차웅을 비롯하신 고관대작께서는 잘 보시기 바랍니다. 결정적인 상흔은 여기 거서간님의 목 뒷부분의 숨골에 있는 급소를 누군가 대단히 예리한 비수로 찌른 것입니다. 다른 곳에 어떠한 검상의 흔적이 드러나지 않은 것으로 보아 이 단 한번의 자상으로 거서간께서는 절명하셨습니다. 자객은 엄청난 고수라 사료됩니다. 피부가 터진 열상이 겉으로 드러나 보이지 않은 점으로 보아 엄청난 쾌검을 시전한 것으로 생각합니다. 절정 고수이신 거서간님을 가까운 거리에서 이처럼 무방비상태로 자상을 입힐 수 있는 사람이라면 거서간님과 잘 아는 사람임이 틀림없습니다. 그리고 이와 같이 가늘고 얇은 단검은 용성국과 이성국의 자객들이 주로 사용하는 것입니다. 또한 거서간님의 몸에는 양 어깨에 멍자국이 있습니다. 그 멍자국이 사람의 손자국과 거의 일치하는 것으로 보아서 거서간께서는 운명 직전에 누군가에 의해 등 뒤에서 어깨를 잡히셨고 그를 틈타 또 다른 자가 옆에서 검으로 목을 찌른 것으로 유추할 수 있습니다. 결론적으로 자객은 이인 이상으로 판단됩니다. 이상입니다."

설명을 들은 사람들이 저마다 한마디씩 했다.

"아! 아니, 그 누가 거서간을 저토록… "
"그럴 수가…"
"도대체 누가?"

관료대신들이 웅성거렸고 그 소리가 점점 커지기 시작했다.

"글쎄요?"

호공이 나섰다. 그는 지난날 혁거세 거서간의 신임을 한몸에 받았던 전임 국상 대보였다.

"그런데 이상하지 않소이까? 뒤에서 거서간님을 잡고 있는데 어찌 목 뒷부분을 찌른단 말이요? 그것도 소위 엄청난 쾌검으로 말이요?"

"그, 그건 뒤에서 잡은 자가 찌르거나 바로 옆에서 찌른 것일 수도 있지요."

최장군이 급하게 대답을 했다. 그러자 대보가 다시 반박했다.

"그게 말이 됩니까? 두 손으로 목을 잡고 세 번 째 손으로 검을 잡고 찔렀단 말인가? 그리고 자기편의 목 앞에서 거서간님의 목뒤를 노리는 것도 어불성설이요! 거서간님은 당금 천하 제일고수 중 한분이시요!"

"하지만 그럴 수도 있지 않을까요?"

다시 최장군이 나섰다. 그리자 대보가 다시 따졌다.

"뭐요? 그리고 어찌 혈흔이 없는 것이요?"

"그것은 자객이 혈흔을 지우고 간 것으로 사료됩니다."

"아무리 혈흔을 지웠다고 해도 완전한 지혈이 안된다면 피는 계속 흐를 수 있소이다."

"그렇군!"

"맞아! 그래그래!"

호공대보의 말에 좌중이 수군거리기 시작했다.

"조용히 하시오!"

차차웅이 상황을 정리하듯 소리를 질렀다.

"내가 보기에 범인은 둘 이상이요! 비록 춘추가 고희를 넘기셨으나 작금 천하에 그 누가 있어 거서간님과 일대일로 맞수를 이룬단 말이요. 그들은 거서간님의 상처를 지혈했을 뿐 아니라 주위를 말끔하게 치우고 갔소이다! 그리고 붕어하시면 지혈은 저절로 되는 것이요!"
"잠깐! 차차웅은 무언가를 감추려하는 것 같소이다."

선도산의 도인 중 제일도인이 눈을 날카롭게 뜨며 말했다.

"무엇이? 조용히하시오!"

차차웅은 경악을 금치 못하는 대신들과 특히 선도산에서 온 도인들을 향해 똑바로 서서 다소 큰 목소리로 말했다.

"풍류도법이니 뭐니 하면서 최고수인척하시면서 어찌 거서간님의 붕어도 예측하지 못하였소?"

"지금 우리에게 책임전가를 하시려는 게요? 차차웅?"

"그게 아니라, 내가 뭐를 숨긴다고 모략을 하려고 하는 것 같아서 하는 말씀이외다!"

"지금 싸울 때입니까? 두분 다 그만하세요!"

아진의선이 소리치자 다른 고관대작들이 다시금 조용해졌다.

"좋소! 자! 모두들 진정하시오. 이제 거서간께서는 암살을 당하신 것이 분명해졌소이다. 거서간을 대신하여 본 차차웅이 모든 수사를 석탈해에 게 맡기고자 합니다. 석공은 궁에서 모든 지원을 아끼지 않을 터이니 지체 없이 거서간을 암살한 그 흉악한 자를 찾아 잡아오시오!"

"예!"

차차웅의 명을 받고 장내가 쥐죽은 듯해졌을 때 날카로운 노파의 목소리가 들렸다.

"잠깐만!"

아진의선이었다. 그녀는 젊은 날 거서간의 어부를 자처하며 동해바다의 각종 진귀한 해산물을 갖다바친 신비의 노파였다. 혹자는 그녀를 해선 즉 바다의 신선이라 부르기도 했다. 그리고 바로 몇 년 전 석탈헤를 동해에서 구해준 은인이기도 했다. 그녀는 고개를 갸웃하고는 다시 말을 이었다.

"그런데 왜 거서간께서 천사옥대를 맨살에 하고 계시지요? 참으로 이 상한 일 아닙니까?"

"그렇군요. 석공은 최장군과 검시를 할 때 어땠는가? 거서간께서 처음부터 옷속에 이렇게 허리띠를 하고 계셨나?"

"예, 그러하옵니다."

아진의선은 무언가 골몰하다가 문득 무슨 생각이 떠올랐는지 고개를 끄덕이며 말했다.

"지금 거서간님의 목에 난 상처는 검상이 아닐 수도 있소이다. 저것은 기력에 의한 상흔으로 볼 수도 있어요!"

"기력이라니요? 저것은 검흔이 분명하고 이미 석공이 증명해주었습니다!"

평소 아진의선에게 감정 좋지 않았던 경비대장 최장군이 기분 나쁜 표정으로 말했다.

"검흔이라면 당연히 상처의 그 속을 봐야지요!"

최장군의 격노한 말에 아진의선은 가르치듯이 받아쳤다.

"말하자면 탄지공이나 지풍 같은 초고수의 기법이지요. 먼저 기공으로 공격하고 그 위에 다시 칼자국을 낸 것일 수도 있지요."

"왜 그런 짓을 하지요?"

"흔적을 없애고 누군가에게 누명을 씌우기 위해서겠지요."

"그럴 수도 있겠군요."

"그리고 거서간님의 양 어깨에 난 멍자국은 지난 가을 궁성우물에서 솟아오른 용 두 마리와 결투를 벌이실 때 입은 상흔일지도 모릅니다. 그때 양어깨를 다치신 것으로 아는데요?"

"그렇지만 육 개월이 지난 이 시점에 그 상처는 다 아물지 않았겠소이까?"

"그렇지 않아요!"

"용독에 의해 입은 상처는 웬만해서는 없어지지 않소!"

"용독이라구?"

제 3화 – 아진공의 암자(3)

좌중이 다시 한번 들썩이기 시작했다. 하지만 아진의선은 태연하게 말을 이었다.

"거서간님을 해한 흉한은 어쩌면 사람이 아닐 수도 있어요. 차차웅께서도 잘 아시겠지만 단순한 자객으로서는 거서간님의 털끝도 못 건드리지요. 그리고 지난 일식 이후 우물에 용이 나타났을 때 거서간께서 몸소 용을 물리치신 걸 다들 알고 계시지요? 그리고 사흘 후 상처가 덧나서 여섯 달이나 고생하셨습니다. 용의 독이 그렇게 무서운 겁니다. 수사대상을 인간으로만 규정한다면 일을 그르칠 수 있습니다. 동서남북해의 용궁과 용성국 같은 곳도 대상으로 삼아야할 것입니다."

"그렇습니다."

선도산 제일도인이 나섰다. 그는 거서간의 어머니이신 선도성모를 모시던 도인이었다.

"우리 선도산에서는 백년이나 풍류도법을 연구하여 내가기공을 연마하고 있소이다. 본 도인이 보건데 내력이 없이는 저런 상처가 나지 않소이다. 용이라기보다는 대단한 고수의 검상이외다. 아니면 작은 창과 같은 암기이거나…혹 송곳 같은…"

"이보시오! 제일도인! 정확하지도 않은 가설들을 자꾸 늘어놓지 마시오!"

이번에는 아진의선이 강하게 반박을 했다. 그러자 아진의선의 말을 막아서며 남해 차차웅이 앞으로 나섰다.

"알았소이다! 그만하세요! 선도산 도인과 아진의선의 뜻을 내 잘 알았으니 염려놓으시지요. 우리가 최선을 다하겠소이다. 그리고 며칠 후 그간의 수사 내용을 알려드릴테니 그때 다시 모이시지요. 이제 다들 돌아가세요!"

차차웅의 명을 받은 호위부 군사들이 도열을 하자 고관대작들이 하나둘씩 방에서 빠져나갔다. 마지막으로 호공이 차차웅에게 예를 올리고 나가려다 멈칫하였다.

"저어…."

"무엇이오?"

"차차웅께 삼가 여쭙겠나이다."

"말씀하시오."

"차차웅께서는 석탈해와 같이 기억을 잃은 자에게 어찌 이토록 중차대한 일을 맡기시는지요?"

"그는 다만 자신의 사적인 일을 기억하지 못하는 것이오. 수사력과 무공에는 전혀 문제가 없소이다. 사고무친인 석탈해를 전대보인 아진공이 일년간 데리고 있으면서 지켜보았는데 의심할 일이 없소이다."

"저도 그것이 걸립니다. 무의무탁한 자가 기억도 잃었다면 배후를 알길이 없시 않습니까? 그렇기 때문에, 혹 그가 거서간님을 해한 자와 연결이 되어 있지 않나 하는 의심이 갑니다만…"

"뭐요?"

"신분이 확실하지 않다면 그는 옛날 검은 용의 저주와 관련이 있는지도 모릅니다만…"

"가막미르 말씀이요? 그건 아니요."

"예? 어떻게 확신하십니까?"

"내가 이미 뒷조사를 해보았소이다. 오히려 가막미르에게 당한 쪽이요. 그리고 그가 혹 연루가 돼있다면 가차없이 없애버릴 것이요! 더 할 말이 있소?"

"없습니다."

"혹시 집을 빼앗긴 것 때문에 이러시오? 대보?"

"아, 아닙니다."

"알았소. 그럼 물러가시오!"

"예."

호공이 다시 예를 올리고 나가자 방안은 더없이 고요해졌다. 차차웅은 창 너머의 하늘을 바라보았다. 어느덧 토함산 위로 석양이 뉘엿뉘엿 지고 있었다. 신라 박혁거세 거서간 재위 육십일년, 국호를 신라로 개명한 신라국이 어둠에 휩싸이는 일식이 있었고 동해 감포의 바닷물이 한때 검붉은 피처럼 붉게 물들었다. 궁성으로 난 물길로 용 두 마리가 스며들어왔다는 소문이 무성한지 오일 만에 혁거세 거서간이 붕어했다. 이미 계림 부근의 토호들이 발호하였고 구 진한의 무리들도 신라국에 반기를 들기 시작했다. 선친인 혁거세를 뒤이어 남해 차차웅이 사태를 수습하려했지만 계림 전체의 괴소문을 잠재울 도리가 없었다. 신라가 개국한 지 불과 육십 년만의 일이었다.

단군이 지상에 강림하신 태백산의 팔십 여리 허에 신비한 호수가 세 개 있었다. 그 호수들은 지하수맥으로 연결되어 있었으나 지상에서 보면 영락없이 독립된 세 개의 커다란 호수였다. 그리고 우발수라는 강이 부근을 흐르고 있는데 그 역시 지하수맥으로 뚫려있었다. 삼연의 수온은 일년 내내 따뜻한 온천수가 나와서 한겨울에도 얼지 않고 따뜻하였고 한여름에는 오히려 시원해 사람이 살기에 매우 편안한 곳이었다. 그러나 그곳에는 사람의 그림자도 얼씬할 수가 없었다. 지상의 모든 강과 호수를 다스리는 물의 신인 하백신의 거처가 바로 그곳에 있었기 때문이었다. 호수 위에는 가장 높은 곳에 독수리나 매 같은 맹금류들이 늘 선회비행을 하였고, 그 아래에는 검은 고니와 백고니가 줄지어 날아다녔다. 그리고 호수의 수면 가까이에는 십여 마리의 이름 모를 거대한 새들이 물위를 미끄러지듯이 신비롭게 날아다녔다. 그 새들은 오색이 찬란한 광채를 발하였고 눈에서는 빛이 나왔다. 별안간 하늘을 뒤덮다시피 선회비행을 하던 고니들이 강물위로 내려앉았다. 그리고 한 동자가 새 등위에서 내렸다. 그리고 언제 나타났는지 흰 도포에 흰 수염이 무릎까지 내려온 노인이 순식간에 호숫가에 나타났다. 그 노인은 하늘에서 내려왔는지 땅에서 솟아났는지 알 길이 없었다. 흑고니에서 내린 동자는 노인에게 공손하게 절을 하고 양손을 공수하여 한번 더 예를 갖추었다.

"소인, 승균선인님을 뵈옵니다. 하백님을 찾아오셨습니까?"
"응? 오냐, 하백께서는 게 시느냐?"
"예. 그렇습니다. 이리로 오십시오."

동자가 안내한 강가의 하백궁은 전체적으로 거대한 물덩어리처럼 투명해보였지만 실상은 커다란 성벽과 여러 개의 궁성으로 이루어진 철벽 같은 성채였다. 물과 같은 벽은 투명해서 그 벽이 있는지 없는지 분간이 가지 않았다. 동자가 흰 수염의 노인을 안내한 호수변 정자에는 너무나도 신비로운 꽃의 향이 너울거리는 물안개처럼 흩날렸고 잔잔한 물가에서는 마음을 편안하게 가라앉혀주는 신비한 음악소리가 들려왔다.

잠시 후 투명해보이는 바위들 사이에서 백지장처럼 하얀 피부를 한 수귀들이 모두 한손에는 기다란 낫과 다른 한 손에는 그늘을 만들기 위한 일산(日傘)을 들고 나와 도열을 했다. 그리고는 그 뒤로 이상야릇한 악기들을 든 악공들이 뒤를 따랐다. 그들이 나오자 고니들이 다시 날아올라 하늘 위로 선회비행을 하고 악공들의 음악소리가 시작되자 하백궁 인근에는 스멀스멀 안개가 끼기 시작했다. 그리고는 잔뜩 흐린 날씨처럼 직사광선이 보이지 않게 되었다. 청아한 강의 물가에서는 마치 물을 끓이는 것처럼 부글부글 거품이 피어났고 이윽고 허공중의 구름이 뭉게뭉게 일어나 수면을 가득 메워버렸다.

노인을 모시고 온 동자가 하백궁 성문 문 앞에서 하백신의 도착을 기다리는 자세로 예를 갖추어 허리를 숙였다. 음악소리가 점점 커지더니 마침내 절운관(切雲冠)을 쓰고 칼을 찬 하백신의 호법들이 열명이나 궁성문 뜰 아래로 내려왔다. 그들은 궁전앞의 백옥으로 만든 의자 옆으로 나란히 진법을 펼치듯 도열했다.

잠시후 하백신이 물속에서 그야말로 샘물 덩어리가 솟아나듯 부드럽게 미끄러져 나왔다. 온몸에서 은은한 광채가 났다. 인간이라면 아마도 역사상 가장 잘생긴 사람이라해도 과언이 아닐 것이다. 화려하게 치장한 하백신은 수면을 스르르르 날아왔다. 둘은 동시에 인사를 했다.

 "격조했소이다. 하백께서는 늘 보기 좋습니다."

 그는 노인의 인사를 받고 너무나도 황홀한 목소리로 말했다.

 "아닙니다. 승균선인이야말로 모습에서 이미 천상신의 귀태가 나는군
요. 천상에 다녀오시니 공력이 무척이나 상승하신 것 같군요."
 "천만에요. 오히려 하백신께서 날로 더 젊어지시고 화후가 대단하십니
다. 허허허"

 하백신의 목소리에는 폭포의 울림이나 계곡물과 같은 청아함과 우뢰
와 같은 강렬함이 있었다. 또한 승균선인의 목소리는 천상의 나팔소리처
럼 노인답지 않게 청아했다. 승균선인과 하백은 서로를 칭찬하면서 누군
가를 기다리는 양 호수 남쪽을 간간히 바라보았다.
 수귀들과 하백신의 호법들이 물속으로 사라지고 아리따운 시녀 다섯
명이 차를 이마 높이까지 올려들고 정자로 왔다.

 "자 드시지요? 지하은연차입니다."
 "오! 지하수맥에서 자란다는 은연꽃잎이로군요. 향이 퍽 그윽합니다.
그런데 어찌 다섯 잔을 준비하셨나요?"
 "두고보시면 아실 겝니다."

잠시 후 또다시 고니 한 마리가 안개가 자욱한 호수에 내려앉았고 이번
에도 백발이 성성한 노인이 새처럼 날아서 호수를 건너 정자 쪽으로 날아
왔다. 그는 정자에 이르기도 전에 허리를 숙여 절을 했다.

"이렇듯 두 분을 뵈오니 감개무량하고 마음이 든든하옵니다."
"어서오시게. 봉래도인!"

승균선인이 흐뭇한 미소를 지으며 봉래도인이라는 노인을 반겼다. 그
러나 하백신은 다소 못마땅한 듯이 한마디 했다.

"선인께서 이렇듯 먼저 오셔서 그대를 기다리시면 되겠는가?"
"송구하옵니다. 삼가 하백을 뵈오이다. 그리고 또한 죄송한 말씀을 드
려야겠군요. 함께 오시기로 한 물여위 선인께서는 오늘 오지 않으시겠다
고 전음으로 말씀하셨습니다."
"그래? 못 오는 게 아니구, 오지 않겠다고?"
"예. 혁거세가 승천하는 일이 뭐 대수냐고 하시면서…"
"허허, 그 친구 자기보다 거서간이 먼저 승천하니 삐친 게로군. 허허허
허허"

승균선인과 하백은 봉래도인을 바라보면서 무언가를 기다리는 눈치였
다. 그러자 봉래도인은 다소 당황하여 다시 말하기 시작했다.

"예. 먼저 신라국에 대해 말씀드립니다. 제가 알아본 바로는 신라의 거

서간을 해한 자는 아무래도 가막미르의 사주를 받은 용화인들이 아닌가 사료됩니다만."

"어찌 그리 확신하는가? 자살일 수도 있지 않은가?"

"예, 현장에서 거서간을 시해한 단검이 나왔습니다. 흉수들의 칼이 용화인들이 썼던 칼이라 하는데, 자세한 건 다시 확인을 해보겠습니다."

"자객이 칼을 버리고 가? 후후, 거서간은 손 안대고 코를 풀었구만. 은혜를 베푼 자의 손에 죽어 덕업을 쌓고 승천하다니…머리가 비상하단 말이야. 으음…"

봉래도인의 말에 트집을 잡는 하백은 기분 좋은 표정이 아니었다. 하지만 승균선인이 하백의 눈치를 보고있는 봉래도인에게 이야기를 계속하라고 채근하였다.

"계속하시게. 그런데 그 아이는 언제 풀려났는가?"

"예. 가막미르는 두어달 전부터 행적이 드러난 모양입니다."

"그래? 허어. 누가 그 녀석을 도왔누?"

"저도 아직은 잘… 좀 더 알아보겠나이다."

하백신은 잠시 생각에 잠겼다가 봉래도인에게 질문을 했다.

"봉래도인, 자네는 어떻게 생각하는가? 삼년 전 고구려에서 도질왕사가 죽었을 때 산신들과 선인들과 도인들이 모두 자살이라고 했을 때 말이야, 나는 분명히 타살이라고 했는데, 죽기 전 용이 침입했고 인접국에서 명마를 조공으로 바치는 등, 그때 사건과 이번 사건이 매우 흡사하지 않은가?"

"그렇기는 합니다만 도절왕자는 십팔 세이고 거서간은 칠십이 넘었습니다."

"나이가 무슨 상관인가? 자살이 아니고 타살이라면 죽인 자를 찾아야 하는 것이 중요한 일이 아니겠나?"

"예…"

제 4화 – 아진공의 암자(4)

봉래도인은 말이 없었다. 그도 몇 년만 있으면 나이가 백세를 헤아리나 하백신과 승균선인 앞에서는 그저 고개를 조아릴 뿐이었다. 하백신은 말이 없는 봉래도인 대신 기나긴 장광설을 늘어놓았다. 요약하면 다음과 같다.

하백신이 말하는 도절왕자는 고구려 태자였으며, 유리명왕의 맏아들이자 해명태자, 대무신왕의 형제였다. 말하자면 유화공주의 증손자뻘이니 하백과는 피붙이였다. 십년 전 동부여의 대소왕이 고구려에 사신을 보내어 인질 교환을 요구했다. 이때 유리명왕이 대소왕의 세력이 강한 것을 알고는 요구대로 태자 도절을 인질로 보내려 했으나, 당시 열한 살이던 도절태자가 완강하게 이를 거부하여 끝내 부여로 가지 않았다. 이에 분노한 대소왕이 같은 해 겨울에 오만의 군사를 거느리고 고구려를 공격했으나, 때마침 심한 폭설이 내리는 바람에 패배하고 돌아갔다.

그로부터 칠년 후에 강건하던 도절태자가 죽었는데, 사인에 대한 기록은 남아 있지 않았다. 다만 그해에 태자궁 우물에 용이 나타났다가 사라졌고, 동옥저에서 명마를 태자에게 조공으로 바쳤는데, 그는 그 말을 즐겨 탔다고 한다. 궁술실력이 대단했던 태자는 사냥을 즐길 정도로 건강이 좋았지만 어느날 창졸간에 처소에서 죽었다. 그리고 궁중 의관들도 모두 사인에 대해서는 함구를 했다. 도절이 일찍 죽는 바람에 아우였던 해명왕자가 태자가 되었고 고구려는 이듬해 졸본에서 국내성으로 천도하였다.

그런데 작년 구월, 신라에 두 마리의 용이 금성의 우물 가운데에서 나타났다. 갑자기 천둥이 치고 비가 내렸으며 금성 남문에 벼락이 쳤고 궐문이 크게 파손되었다. 그 때문에 과도하게 많은 군사들이 남문에 집중 배치되었고 상대적으로 경비가 소홀한 북문 쪽의 우물에 용이 드나든다 는 소문이 있었지만 우물과 궁궐전체를 상시 경비할 병력의 여력이 되지 않았다. 그리고 올해 동옥저(東沃沮)가 신라에 명마를 조공으로 바쳤다. 도절에게 준 명마와 혁거세에게 준 명마가 모두 동옥저에서 가져온 것이 었다. 그리고 동옥저는 과거 가막미르의 속국이었다. 이러한 유사점을 들 어 하백은 봉래도인에게 따져 물었다.

"잠깐만!"

이야기가 너무 길어지자 승균선인이 나섰다.

"그런데 하백신께서는 그 명마들이 혹시 비천마의 새끼라고 보시오?"
"비천마 새끼를 데려다가 가막미르가 장난질을 쳤겠지요!"
"그럴 수도 있겠지요. 허나 오늘 우리가 모인 것은 풍백께서 수수방관 하시는 저의를 모르니, 그 아이를 우리가 다시 잡아 가두어야할지 아니 면, 천상신들처럼 인간계의 일에 개입하지 말아야할지를 논의하고자 하 는 것입니다."

별안간 창백한 하백의 얼굴에 퍼런 노기가 서렸다. 때문에 언성이 다소 높아졌다.

"이보시오! 승균 선인! 선인께서나 나나 둘 다 지상에 미련이 많은 까닭에 여기 있는 것 아닙니까? 인간을 돕고 지상계를 보살피는 건 우리가 알아서 하면 될 일이외다. 천상의 눈치를 보지 맙시다! 당장 할 일이 있다면 나서야지요!"

"그렇지가 않습니다. 풍백께서는 상제의 명을 받으신 것이고 우리는 감히 상제의 뜻을 헤아릴 수 없으니, 때를 기다려야한다는 것입니다!"

"그러다가 또 백년을 더 기다려야겠소이다. 으흠!"

정자의 분위기가 냉랭해지고 긴장감이 최고조로 올랐을 때 마침 동자가 다시 와 고개를 조아렸다. 그리고 그 뒤로 노파 둘이 정자로 들어왔다. 그녀들에게서는 말로 형언할 수 없는 향기가 났고 은은한 광채가 온몸에서 뿜어져나왔다. 두 여인의 등장으로 남자 세명이 모두 기립하여 상석을 내어주느라고 엉거주춤하였다. 궁의 주인인 하백신이 먼저 예를 표했다.

"어서 오십시오! 마고여신님! 그리고 개마산 해서우 산신께서도 오셨군요."

"우발수의 수신인 하백님을 뵈오니 감회가 새롭습니다."

"마고님께서는 언제 강천하셨습니까?"

"어제 막내려왔습니다. 승균선인을 돕고자 왔지요. 조금 급해서 해서우 산신에게 안내를 부탁했지요."

"아이고 송구합니다. 제가 워낙 용렬하여 뭐하나 제대로 하는 일이 없이시 그만…."

"별말씀을요…"

개마산 해서우 산신은 미모가 이루 말할 수 없이 아름다웠지만 하백신에게는 늘 차갑게 대했다. 그래서인지 하백이 더욱 여신에게 관심을 표했다.

"자, 차를 드시고 말씀하십시오. 마고님께서도 멀리 오시느라 고생하셨고, 저와는 지척에 계시지만 격조하신 해서우님도 안내를 하시느라 수고하셨습니다."

"예, 그러지요."

"아! 이래서 차를 다섯 잔 준비시켰군요. 저는 하백신을 따라가려면 아직 멀었습니다. 이래서야 천상선관을 제대로 할 수가 없는 노릇이지요. 허허허허허."

승균선인이 너스레를 떨자 마고여신이 차를 마시고는 찻잔을 허공중에 띄워놓고 나지막하게 말했다.

"천상에서 일이 조금 바뀌었습니다. 과거 천왕께서 인간계의 간섭을 금지하셨는데 이번에 풍백이 강천하십니다. 준비들을 하세요."

"예? 풍백께서 직접 강천을 하세요?"

마고여신을 제외한 넷은 매우 놀란 표정을 지었고, 마고여신은 공중에 떠 있던 찻잔을 들어 다시 차를 마시기 시작했다. 하백궁 주위는 점점 더 물안개에 휩싸여 그곳이 호수인지 땅인지 알아볼 수 없을 지경이 되어가고 있었다.

탈해는 궁에 다녀오고 나서 부쩍 고단하였다. 호공대보의 집을 빼앗아 몸종 둘을 데리고 살기에는 턱없이 큰 집에 사는 것이 부담이 돼서인지 요즘 들어 잠자리가 편치 않았다. 기억을 잃기 전에는 호사스러운 생활에 익숙하게 적응을 했다는 종들의 말을 믿을 수가 없었다. 고민을 덜고 수련을 하기 위해 암자로 향하자 기분이 좀 나아졌다.

그러나 은동이 궁에 대해 끈질기게 묻고 또 물은 일과 남해 차차웅이 서거하신 거서간의 사인을 밝히라고 어명을 내린 후 가위 눌리는 꿈을 꾸었다. 더구나 아진의선이 칼에 의한 것이 아니라고 말해서 더더욱 머리가 복잡했다. 아진공의 수련처에서 단전호흡을 하는 와중에도 심란한 마음 때문에 수련에 어려움을 겪고 있었다. 게다가 그는 일년 전 동해에서 누군가와 싸운 뒤로 기억상실증에 걸린 터라 무공 수련에 무척이나 어려움을 겪고 있었다. 때 이른 새벽안개가 피어오르는지 아진공의 입정처 부근에는 무럭무럭 김이 서렸다가 오르내리는 듯 보이기도 했고 무언가가 어른거리는 듯도 했다. 그러나 그의 제자들과 외부 속가제자들은 미동도 하지 않았다.

바람처럼 앞서간 아진공이 불을 켜놓았는지 이미 암자 안에서는 불빛이 새어나오고 있었고 암자 밖에서 서성거리는 제자들은 영문을 몰라 어리둥절한 표정을 짓거나 암자 안에서 새어나오는 누군가의 웃음소리에 귀를 기울이기도 했다.

아진공의 제자중 대사형인 배상길은 안에서 어떤 일이 돌아가고 있는지 잘 알고 있다는 듯이 몇몇 사제들에게 무언가를 시키더니 정천종에게는 찻물을 끓이게 하고 설우혁에게는 손님이 더 올 것이니 암자 밖 길목에 횃불을 밝히게 했다. 하지만 이미 손님이 와있었고 누구인지 모르겠지만 웃음소리로 봐서는 암자 안에는 스승 이외에 두어 사람이 더 있는 것 같았다.

암자에서 격대암으로 난 오솔길의 바위 구멍에 햇불을 만들어내느라고 겨우겨우 부싯돌을 튕겨내어 불을 밝힌 순간 누군가 바람처럼 지나갔는데 그 때문에 애써 만든 불씨가 꺼져 버렸다. 설우혁은 억울한 기분에 무언가 한 소리하려고 고개를 치켜들었다. 순간 그 인기척이 풀만을 밟고 땅에는 무게가 전해지지 않는 이른바 초상비(草上飛)의 보법으로 날아가는 것이 아닌가. 석탈해는 반사적으로 몸을 움츠리며 그가 엄청난 고수일 거라는 느낌이 들어 자세히 살펴보려 했지만 형체는 이미 바람처럼 사라졌다. 뒤를 좇아 인기척을 따라 암자 쪽으로 눈길을 주자 대사형인 배상길이 예의의 고수 앞에 고개를 가지런히 숙이며 암자 안의 스승에게 고하는 소리가 나지막하게 들렸다.

"남해차차웅께서 납시었나이다."

차차웅의 방문을 보고하는 배상길의 목소리가 미세하게 떨렸다.

"아니? 이 누처에 어인 행차를?"

남해차차웅은 석탈해를 미리 보내놓고도 안심이 되지 않았는지 노례왕자에게 반월성을 맡겨놓고 호위무사도 대동하지 않고 아진공의 수련처를 찾았던 것이었다. 아진공이 암자에서 나와 고개를 숙이자 뒤따라 육부촌에서 나온 최종석공과 손의섭공이 부리나케 뛰어나와 예를 표했다. 차차웅은 두 신하를 보고는 덤덤하게 말했다. 두 사람은 일찍이 차차웅과는 동문수학을 한 친한 사이었다.

"공들께서도 와계셨구료. 일단 안으로 들어갑시다."

남해차차웅은 석탈해에게 손짓을 하며 따라 들어오라는 시늉을 했다. 방 안에는 아진공 사부와 육부촌의 고관들에게 은동이 차를 따르고 있었다.

"어찌 이리 화급히 오셨습니까? 국상중이온데…"
"그렇게 되었소."
"상석으로 앉으시지요."
"아무렴 어떻소."
"그것은 사군지도(事君之道)에 어긋나는 일입니다."
"그럼 그러지요. 그런데 아진공! 이 아이는…"
"예, 제 손녀딸 이옵니다. 은동아, 너는 나가 있거라!"
"예."

은동이 나가고 나자 차차웅이 다시 화급한 어조로 말했다.

"모두 믿을 만한 사람들이니 말하겠소! 아진공! 거서간의 유서와 천검이 없어졌소이다!"
"예? 아니 그…그럴 리가 구중궁궐에 누가 있어 감히 거서간의…"
"귀신이 곡할 노릇이오! 궁 내부에 말할 수 없는 일이니, 공께서 은밀하게 도와주서야겠소이다."

아진공은 낯빛이 어두웠다. 한동안 말이 없던 그는 잠시 후 어렵게 입을 열었다.

"저로서는 딱히 짚이는 것도 없고 이제 늙은 몸이라 나설 수는 없겠지요. 그렇지 않아도 지금 육부에서 오신 이 두분께서 제게 달려와 누구의 소행인지 묻고 있었사옵니다."

아진공 곁에 앉아 있던 최종석공과 손의섭 공은 남해차차웅에게 보고도 없이 아진공을 찾아온 것에 대해 겸연쩍은 표정을 지으며 억지로 웃음을 지었다. 아진공은 상석에 앉은 남해차차웅에게 조금 다가앉으며 나지막하게 말했다.

"차차웅께서 잘 알고 계시겠지만, 용성국의 용이 계림에 들어왔습니다. 다행히 왕비께서 건재하시기 때문에 용이 궁성으로는 못 들어가고 있으나 계림의 우물이나 개천과 구름 속에서 자유자재자로 돌아다닐 수가 있습니다. 제자 아이들에게 알아보라하였으니 조만간 …응?"
"누구냐?"

일순간 암자 밖에 괴이한 그림자가 날아들었다가 암자 동쪽 바다 방향으로 날아갔고 아진공의 제자들이 경신술로 그를 신속하게 뒤쫓았다.

"탈해, 자네도 가보게."

"예!"

석탈해는 차차웅의 명을 받자마자 어스름한 달빛을 타고 산기슭 여기저기에 그림자를 던지며 쏜살같이 도주하는 괴자객을 추격하기 시작했다.

제 5화 – 자객의 그림자(1)

배상길이 석탈해가 합류하는 것을 알아보고는 다급히 외쳤다.

"속히 따르라! 탈해는 좌측을 주시하라!"
"예! 사형!"

배상길을 바투 따라 나선 탈해도 멀리 숲으로 사라지는 인기척을 느꼈다. 배상길은 황톳길에 엎드려 귀를 기울이는 순간 서쪽 방향의 솔숲으로 인기척을 감지하였다. 그리고는 거의 같은 찰라에 북쪽의 대숲으로도 인기척이 느껴졌다. 배상길은 뒤미처 따라나온 석탈해를 잡아끌며 설우혁과와 정천종에게 화급히 말했다.

"놈들은 둘 이상이다! 우혁과 천종은 북쪽을 맡는다! 탈해! 우린 서쪽으로 가자!"

배상길은 허공을 딛고 날아가듯 적송이 우거진 서쪽 기슭으로 몸을 날렸다. 배상길을 따르며 원경을 살펴보는 탈해의 눈에 도리산의 소나무 숲이 빽빽하게 들어왔다.

배상길은 소나무와 삼나무가 울창한 계곡의 수풀이 한길로 자라나 어두침침한 풀숲에서 멈칫했다. 그는 검을 조용히 뽑아들고 인기척을 살피고는 탈해에게 움직이지 말라는 신호를 보냈다. 칠흑 같은 어둠 속에서 덤불 쪽으로 검을 들이밀고는 단전으로부터 진기를 끌어올려 검 끝으로

쪽 밀어낸 배사형은 순간적으로 검 끝에 발광기(發光氣)를 조사했다. 불과 잠시였지만 덤불 속으로 흐릿한 빛이 내비쳤다. 실로 놀라운 내공이었다. 석탈해는 빛이 발하는 것에 맞추어 화살을 활에 메겼지만 덤불 속에는 아무것도 없었다. 그러나 수풀 뒤쪽에서 마치 풀을 밟는 것과 같은 소리가 바스락하고 났다. 고개를 갸웃하며 재빨리 풀 속으로 걸어 들어가던 배상길은 건너편 숲 쪽으로 경공을 펼쳤다.

탈해가 잠시 먼 거리의 기척을 살피는 동안 소나무 가지 사이를 발로 차오르며 앞서가던 배사형의 흔적이 가뭇없이 사라졌다. 석탈해는 다소 당황하여 키가 큰 소나무 하나를 택해 꼭대기로 날아올랐다. 좌우를 살피고 다시금 서쪽 도리산 방향으로 경공을 펼치려는 순간 인기척을 전혀 느낄 수 없었던 곳에서 검이 날아들었다. 탈해는 이미 피할 수 없는 거리에서 칼을 뽑지도 못한 채 적에게 등을 내주고 말았다. 이대로 죽는구나 하는 순간 적의 검은 목덜미 하단부의 화살통을 가르며 둔탁한 소리를 냈다. 화살통에 들었던 화살이 두어 개 부러진 모양이었다. 탈해는 몸을 굴린 후 자세를 가다듬고는 발검하여 전방을 주시했다. 거서간이 하사한 칠보검은 원래 기억을 잃기 전 자신의 칼이라는 말을 들어서인지 탈해에게 익숙한 안정감을 주었다.

달빛은 교교했으나 깊은 수풀속인지라 시야가 넓지는 않았다. 다시금 두 번째로 살기를 느끼는 찰나에 무언가 알 수 없는 물체가 고속으로 다가오는 것이 감지되었다. 마치 달빛에 나무 그림자가 살아움직이듯이 지나기는 그 속도가 엄청났다. 탈해가 자세를 돌리는 순간 이미 두 물체가 예리한 금속음을 내며 불꽃을 튀어내었다.

"네놈은 누구냐?"

배상길의 목소리는 떨렸다. 퍽 당황한 기색이었다. 그의 목소리가 당황하여 무척 높은 음을 내는 것으로 봐서 상대는 대단한 고수임에 틀림없었다. 배상길과 겨루기 자세로 검을 쳐들고 있는 치는 머리에 커다란 두건을 한 흑의인이었다. 턱밑으로 두어 치 정도의 수염이 휘날렸지만 기도로 보아 사십대의 무사 같았다. 그는 배상길과 대여섯 합을 겨루었으나 조금도 밀리지 않았다. 오히려 배사형이 긴장한 눈치였다. 배상길은 타원을 그리며 쾌속으로 검을 좌에 우로 거퍼 시전하는 전광검법을 시전했으나 흑의인은 마치 초식을 알고 있기라도 한 듯 정확하게 두어 치 밖으로 몸을 움직여 검끝을 살짝 살짝 피하기만 했다. 하지만 배상길의 가공할 쾌검에 밀려서인지 반격은 가하지 못하고 있었다.

석탈해는 발검하고는 배상길 옆으로 다가갔으나 이미 두 사람이 연속적으로 검을 섞는 바람에 둘의 대결에 끼어들어 초식을 펼칠 수가 없었다. 탈해가 두 사람의 경합에 잘못 끼어들었다가는 오히려 배상길에게 방해가 될 수도 있기 때문이었다. 두 사람은 그야말로 용호상박이었다. 십여 합을 겨루었으나 둘 다 검기와 검강으로 서로를 밀쳐낼 뿐이었다. 배상길은 용천검법을 시전하지 않고 다만 감각적으로 칼을 휘둘렀고 방어에 급급했는데 빈틈이 있으면 간간이 공격을 할 뿐이었다. 그러면서 그는 몇 번이고 그 흑의인의 정체를 물었다

"누구냐, 네놈은? 정체를 썩 밝혀라! 투항하면 살려주마. 반항한다면 목숨을 부지하지 못할 것이다!"

그러나 흑의인은 대답하지 않았다. 석탈해는 더 이상 기다릴 수 없다고 판단하고 검 끝에 내공을 주입하고 검강을 쏘기 위해 기를 모았다. 석탈해의 검에서 은은한 빛이 말하면서 강력한 검강이 터져나오려는 순간 흑의인은 땅바닥으로 검을 내려치면서 단발마를 외쳤다.

"이얍!"
"우욱!"

때마침 당도한 우혁과 천종이 흑의인의 뒤를 덮쳤다. 팽팽한 접전상태에 있을 때 도착한 우혁과 천종이 기습을 했으나 오히려 급습을 노린 그들이 땅바닥에 나뒹굴었다. 흑의인은 초긴장상태에서도 두 사람의 근접을 파악하고 있을 정도로 고수였다. 쓰러진 두 사람이 몸을 추스르도록 배상길이 앞으로 검을 바싹 잡고 다가섰다. 석탈해는 공력을 거두고 소강상태를 이용해 흑의인에게 장풍을 쏘았고 그와 동시에 배상길의 검이 허공중을 갈랐다. 그러나 흑의인은 탈해가 쏜 장풍을 재빨리 피하고 연이어 배상길의 칼도 여유롭게 막아내었다.

"용천진 제 이 초식을 펼쳐라!"

배상길이 세 사제에게 볼멘소리를 질렀다. 쾌검의 우혁이 가운데 서고 천종과 탈해가 각각 좌우로 흩어져 검진을 펼치자 흑의인은 별안간 허공 중으로 솟아올랐다가 초고속으로 회전하면서 하강해 내려왔다. 그러면서 산지사방에 표창을 날리기 시작했다. 그야말로 폭풍 속에 흩뿌려지는 폭우처럼 암기가 사방으로 흩뿌려졌다.

"피해라!"

정천종이 팔방풍우 창봉술을 시전하며 창을 풍차처럼 화려하게 돌리면서 흑의인의 암기를 받아내었고 그 순간 배상길 사형의 검강이 번득였다. 정천종이 맞받아친 표창들이 흑의인에게 다시 돌아가고 게다가 네 명이 일제히 검으로 그를 도륙을 낼 판이었다. 그러자 그쪽에서도 반탄강기의 기운을 쏟아내어 네 사람의 기를 맞받아치고 있었다. 그리고는 숨을 돌릴 틈도 없이 설우혁와 정천종 그리고 석탈해와 배상길이 진을 구성하려는 순간 주위에 폭풍우와도 같은 흙먼지가 일어났고 모래알과 흙이 사방으로 튀었다. 흑의인이 흙먼지 속에서 재차 암기를 날렸기 때문이었다. 네 사람은 몸을 낮추어 후방으로 재빨리 경공을 펼쳤다. 자칫 공중으로 몸을 날렸다가는 암기에 맞기 십상이었기 때문이었다. 그때였다.

"피잉!"

공기를 가르는 빠른 화살소리가 들렸다. 흑의인은 반격을 하려다가 당황했는지 급격하게 하늘 위로 치솟아 날아올랐고 다시 한번 강력한 초고속의 화살이 날았다. 흑의인은 공격을 포기하고 하늘 높이 날아올랐다. 그런데 흑의인의 모습은 공중에 보이지 않았지만 땅위에 그의 그림자가 전광석화와도 같이 지나가버렸다. 석탈해가 그림자를 쫓았지만 이내 그림자 역시 사라지고 말았다. 실로 엄청난 경공술이었다. 그것은 일명 천등보법(天燈步法)이라는 초고수의 경공법이었다. 곧바로 커다란 활을 든 은동이 바람처럼 날아왔고 잠시 후 흙먼지가 가라앉고 이내 사방이 고요해졌다.

"사라졌습니다. 사형!"

흑의인은 그야말로 바람처럼 사라졌다. 배상길은 놀라움을 금치 못했다.

"엄청난 고수로군! 우리의 합공과 은동의 화살을 모두 피하다니? 진한 땅에 저런 고수가 있다니 믿을 수가 없는 걸? 우혁, 천종 그리고 탈해, 다들 괜찮나?"

"예!"

"그리고 은동아! 고맙다!"

"뭘! 별거 아냐!"

"니가 활을 쏘지 않았으면 놈이 반격을 할 수도 있었어. 자! 모두 일단 돌아가자."

배상길은 다시 암사 앞에 와서 잠시 생각에 잠기는 눈치였다. 사부에게 보고하는 그의 목소리에 힘이 무척 빠져있었다.

"스승님! 저희들 돌아왔사옵니다."

남해차차웅은 암자로 돌아온 석탈해 일행에게 담담한 표정으로 무겁게 입을 열었다.

"자객을 놓쳤더냐?"

"예, 워낙 경공이 뛰어난 자인지라…"

"그래? 상한 아이는 없지?"

"예!"

남해차차웅은 아진공을 돌아보며 콧소리로 반문했다.

"요즈음 용성국의 밀자와 용에 대해 알아보고 있는 아이들이 이 제자들입니까?"

"예."

"일개 자객도 추적하지 못한다면 실력이 다소 의심스럽지 않소? 다친 제자가 없다니 그마나 위안이 되는구려."

아진공은 대답없이 고개를 숙였다. 그러자 차차웅은 선뜻 고개를 끄덕하고는 자리에서 일어났다. 그리고는 의외로 만족스럽다는 표정으로 말했다.

"하긴 내 이미 석탈해의 무공와 지혜를 익히 보았으니 아진공의 제자들이 출중하다는 것은 의심하지 않소이다. 다만 공께서도 조심하셔야겠소이다. 저 정도의 고수급 자객이 출몰하는 곳이라면 말이오, 허허허. 아무튼 이 무사들을 한번 믿어보겠소이다. 명일 당장 궁으로 보내주시오."

"염려 놓으세요, 출중한 아이들입니다. 차차웅께서 선왕의 이번 사건을 해결하시는데 제 아이들이 도움이 될 겁니다."

"좋소이다. 일단 그동안 맡아 보살펴주신 석탈해와 함께 반월성으로 보내주시오. 일찍 보내주어야겠소이다. 서둘러 출발해야할 터이니 말이오.

그리고 이것은 흑수들이 거서간님을 시해한 자리에서 발견된 물건들이
오. 석탈해에게 전해주시오. 그럼"

남해차차웅이 떠나고나자 아진공은 우혁을 물끄러미 바라보다가 낮은
목소리를 물었다.

"어떤 무공을 쓰는 자였느냐?"
"사문은 알 수가 없었사오나, 굉장한 고수였나이다. 경공술로 천등보법
(天騰步法)을 쓰는 자이옵니다. 예전에 사부님께서 초상비보법(草上飛步
法)과 능보공법(能步空法)을 설명하시면서 말씀하신 그 천등보법과 그의
경공술 초식이 매우 흡사했습니다."
"천등보법이라? 으음…"

아진공은 탈해에게 턱짓을 하고는 아무 말 없이 암자로 들어갔다. 탈해
는 눈치를 보다가 상길이 어서 들어가라는 눈짓을 하자 암자 안으로 들었
다. 아진공은 역시 말없이 단검 한 자루와 목간 한쪽을 꺼내 탈해에게 건
넸다. 낡은 목간에는 일곱 자가 써있었다.

금(金), 이(李), 정(鄭), 손(孫), 최(崔), 설(薛), 배(裵),

탈해는 한동안 그 글자를 바라보았다. 그리고는 입기에 미소를 머금있
다. 그리고는 호기심 어린 눈동자를 다시 한번 굴렸다. 맨앞의 금자를 제
외하면 당금 육부족의 족장들의 성이었다.

알천양산촌(閼川), 이(李)씨

돌산고허촌(突山), 정(鄭)씨

취산진지촌(籬山), 최(崔)씨

무산대수촌(茂山), 손(孫)씨

금산가리촌(金山), 설(薛)씨

명활산고야촌(明活山), 배(裵)씨

동해대사촌(東海), 금(金)씨

석탈해는 동해대사촌이라는 글자에서 한동안 눈을 떼지 못했다. 대사촌(大蛇村)이라함은 큰 뱀을 의미했다. 그리고 동해바다의 큰 뱀이라는 의미는 그 뱀이 용을 나타낸다고 할 수 있었다. 그런데 석탈해는 용을 떠올리자 별안간 머리가 지끈거리면서 감당하기 힘든 두통이 찾아왔다. 잠시 심호흡을 하고 나서 그는 겨우 두통에서 벗어났고 다시금 상념에 잠겼다.

‘애초에 육 부족은 칠 부족이었단 말인가? 그렇다면 금씨는 어디로 갔단 말인가?’

제 6화 - 자객의 그림자(2)

탈해는 아무리 생각을 해봐도 알 수가 없었다. 하는 수 없이 아진공에게 여쭈어보기로했다.

"사부님, 혹 예전 신라국 건국시에 혁거세를 도운 인물 가운데 금씨성을 가진 자가 있었나이까?"

"글쎄다. 나도 뒤늦게 신라국에 왔으니 초창기의 일은 소상히 알지 못하느니라. 다만 초기에 강철검을 만들어 그것을 천검이라 하였는데, 그검을 만든 대장장이가 동해에서 왔다는 말은 들은 적이 있다. 하지만 자세한 내용을 알지 못한다. 그런데 거서간의 그 천검이 사라졌다면 뭔가 연관된 일이 있을 것 같구나…"

"그렇다면 이 목간은 왜 제게 주셨나이까?"

"차차웅께서 놓고 간 것이니라."

"차차웅께서요? 그렇군요… 그럼 이 단검은요?"

"글쎄다. 흉수가 거서간님을 찌른 그 칼이라고 하셨다. 모양으로 보아서는 이성국의 단검인데 너무나도 얇게 갈아서 식별이 용이치 않구나. 일단 이성국에 가서 용주도인에게 알아보는 게 빠르겠구나. 일단 네가 맡아두거라."

"예, 그럼…저어, 사부님 그런데 천등보법은 어느 문파의 보법입니까?"

"아주 오래전에 용성국이나 숙신국의 고수들이 주로 썼는데 작금에는 그걸 사용하는 자를 통 본적이 없었다. 천등보법을 쓰다니 괴이하구나. 으음…그런데 탈해야. 너는 동문들에게도 아직 너의 진면목을 보이기 싫은 게냐?"

"예?"

"왜 자객을 제압하지 않았느냐?"

"그건… 상길사형이 다칠까봐 그랬나이다."

"그렇구나. 고단할텐데 일단 물러가거라."

"예!"

단검과 목간을 가지고 나온 탈해는 머릿속이 참으로 복잡했다. 바로 얼마전 거서간의 유서와 천검이 사라졌다는 것은 궁궐에 도둑이 들었다는 것인데 그게 대체 누구인지 석탈해로서는 궁금하기 짝이 없었다. 또한 금씨라는 신라국 최고위층의 인물이 가뭇없이 사라진 이유도 막막했다. 탈해는 역사에서 사라진 사람과 거서간 서거와 함께 벌어지는 일련의 사태에 생각이 잠겨 좀처럼 헤어나오기가 어려웠다. 누가 무슨 음모를 만들고 있는 것일까? 도대체 누가 신라를 노리고 있는가? 이 질문을 자꾸 하게 되는 이유는 아까 겨룬 자객의 비범한 솜씨는 마치 예전에 계림국 최고수라 불리던 이운하 검객의 초식과 흡사했기 때문이었다. 그는 과거 아진공의 사제였는데 혁거세 거서간의 최측근을 살해한 혐의로 신라를 떠나고 말았다. 그가 아진공의 휘하에 오기 전에 한때 이성국의 두 성인 중 한명의 제자였다는 사실이 밝혀지면서 신라와 이성국간의 관계도 나빠졌고 아진공도 신라국의 실력자에서 벼슬에서 밀려나 은둔 고수로 전락하게 되었다. 그런데 이 고수가 북방의 용성국이나 숙신국의 보법을 쓴다고는 생각할 수 없었다. 석탈해는 꼬리에 꼬리를 무는 생각으로 잠을 쉽게 이루지 못했다.

동녘에서 먼동이 터오는 시간, 석탈해의 긴 한숨과 새벽바람이 서로 어우러졌고, 암자 부근엔 언제나처럼 새벽안개가 다시 몰려오기 시작했다.

한편 왕자의 처소로 돌아온 차차웅은 먼동이 트기 전의 어둠 속에서 땅 위에 어른거리는 그림자를 보았다. 그리고는 조용히 낮은 목소리를 냈다.

"혹의 왔는가?"

"예!"

방 가운데에서 소리가 들렸지만 차차웅과 말을 나누는 자의 형상은 보이지 않았다.

"그 아이들이 저지른 일은 아니지?"

"아닙니다."

"그들의 경공과 무공은 어떠한가?"

"상당한 경지입니다. 하마터면 제가 잡힐 뻔 했습니다. 석탈해공이 공격을 했다면 제가 붙잡혔을 것입니다. 또한 제자 중에서 활을 쏘는 자는 이미 초고수급이었습니다."

"그가 누군가?"

"아마도 아진공의 손녀인듯했습니다."

"그래? 으음…그 세력이 아진공이 아니라면 이서국인가? 아니면 진한의 잔당인가?"

"아직 제가 조사 중입니다."

"알았다. 가보거라."

"예!"

잠시 침묵이 흐르고 차차웅은 창문을 열고 하늘의 별자리를 보았다. 새벽별이 찬바람에 일렁이는 듯했다. 봄바람이건만 늦가을처럼 냉기가 옷섶을 파고들었다. 차차웅은 한동안 하늘을 올려다보았다. 무슨 생각이 들었는지 궁중의 옛우물로 발걸음을 옮겼다. 달빛이 교교하여 나뭇잎이 한들거리는 달그림자를 따라 우물가에 온 차차웅은 엄청난 기운을 직감했다.

"누구냐?"

그러나 주위에 아무런 기척이 없었다. 차차웅은 나지막하게 다시 한번 목소리를 내어보았다.

"흑의 있는가?"

하지만 역시 응답이 없었다. 차차웅은 발검을 하고 우물 쪽으로 천천히 걸음을 옮겼다. 초봄이건만 유난히 일찍 핀 산수유와 개나리 같은 꽃에서 나온 향기가 후원에 진동했다. 다소 기이하다는 표정으로 차차웅은 긴장하여 주위를 살폈다. 우물 좌우로 소나무가지가 늘어져 약한 바람에 나무가 미동하는 듯하다가 별안간 엄청난 굉음과 함께 괴물체들이 우물 밖으로 뛰쳐나왔다. 차차웅은 기합소리를 내며 일단 몸을 날려 십여 장 뒤로 경공술을 펼쳤다.

"이얍!"

우물에서 나온 자들은 비린내가 진동하는 흉한 꼴의 괴물들이었다. 사람의 형체는 하고 있었으나 커다란 뱀이나 물고기를 연상시켰다. 난생 처음 보는 괴물들의 등장에 차차웅은 무척 긴장하였으나 괴물들을 노려보며 검에 기운을 주입하였다. 그리고 큰소리로 외쳤다.

"너희들은 무엇이냐?"
"크르르르르르."

마침 보름달이 떠있어서 그들의 모습이 분명하게 보였다. 커다란 뱀 같기도 하고 물고기 같기도 한 괴물들은 모두 다섯 마리였다. 그것들은 온몸에서 악취를 풍기며 물에 흠뻑 젖은 채로 차차웅을 향해 흐느적거리며 다가왔다. 순간 차차웅은 이무기임을 직감했다. 자세히 보지는 못했지만 지난해 동해에서 괴물의 습격을 받았을 때 차차웅이 정신을 잃은 사이 석탈해가 물리친 그 괴물과 비슷하다는 생각이 들었다. 지난번 공격이 떠오르자 다섯 이무기들의 출현에 차차웅은 순간적으로 긴장감과 공포감에 사로잡혔다.

이무기들은 차차웅의 선제공격을 받고도 그 딱딱한 비늘 때문에 큰 상처를 입지는 않았다. 그런데 이무기들에게서 뿜어져나오는 악취와 그 어떤 기운 때문에 차차웅은 점차 정신이 흐려졌다. 그가 아무리 검을 휘둘러 다섯 마리의 이무기들을 공격해도 치명적인 상처를 입지 않는 이무기들은 점차 포위망을 좁혀올 뿐이었다. 차차웅은 짐짓 이무기들을 궁성 안

쪽으로 유인했다. 우물에서 멀어져 물과 떨어지면 이무기들이 기운을 쓰지 못할 것으로 판단했기 때문이었다. 그리고 일부러 그들에게 말을 걸었다.

"너희들이 바로 바닷가에서 나를 해치려던 놈들인가? 아니면 용성국의 밀자들인가?"

"크르르르."

"오호라! 네놈들이 거서간님을 해친 놈들이로구나!"

이무기들은 뱀처럼 몸이 길었지만 팔다리에 여기저기 지느러미가 있었다. 그들은 거의 동시에 몸을 일으키면서 날카로운 꼬리 지느러미로 공격을 가해왔다. 차차웅은 다급하게 경공술로 그들의 공격을 막아내고는 쾌검을 휘둘렀다. 이무기들의 몸을 자른 검에는 끈적끈적한 액체가 사방으로 튀었고 베인 이무기는 기괴한 신음소리를 냈다. 그리고 온몸에서 지독한 악취가 풍겼다. 하지만 차차웅은 내공을 끌어올려 극강한 상태로 몸을 만든 뒤 괴물들에게 강력하게 맞섰고 조금도 밀리지 않았다. 서로 엄청난 혈투 끝에 소강상태가 일 다경 후 차차웅의 진기가 소모될 무렵 흑의가 날아왔다.

"주군! 괜찮으십니까?"

"흑의! 왔는가?"

"예! 속하를 죽여주소서!"

"일단 저들을 함께 없애자!"

"예!"

혹의의 활약과 차차웅의 공격으로 이무기들은 뒤로 슬슬 물러나기 시작했고 급기야 바람처럼 우물로 되돌아가고 말았다. 그때야 비로소 경비대장 최장군이 병사들을 이끌고 왔다. 다시 우물로 도망친 이무기들이 도로 나오지 못하게 차차웅은 병사들을 시켜 수십 개의 창을 우물 속으로 집어던졌다. 그리고 병력을 동원하여 우물을 영구히 봉쇄했다. 커다란 바윗돌 수십 개를 우물에 넣고 더 이상 돌이 들어가지 않을 때까지 바윗돌을 우물에 가득 넣은 것이었다. 그것으로 다시는 이무기들이 우물로 나오지 못할 것이었다. 마침내 우물이 봉쇄되자 혹의가 차차웅에게 다가왔다.

"차차웅이시여! 이무기들이 순순히 돌아간 것이 아무래도 무언가 수상쩍습니다. 처소로 돌아가보시지요."
"그래? 알았다."

자신의 처소에는 별일이 없었다. 그러나 혹시나 하고 들린 거서간의 시신을 모신 방에 관이 없어져버린 것이 아닌가! 전투 후 거서간의 시신이 사라진 것을 알게된 차차웅은 그야말로 경악을 금치 못했다.

"이런 간계를 쓰다니! 쳐죽일 놈들!"

차차웅은 실신할 지경이었다.

"전군을 비상소집하라!"
왕성의 분위기는 극도로 긴장한 상태가 되어버렸다. 서거한 거서간의 시신이 없어졌기 때문이었다. 온갖 추측이 난무한 가운데 급기야 왕비가 혼절하고 말았다. 금성 거서간의 처소에 상복으로 갈아입은 남해차차웅은 주위를 물리고 어머니 알영부인이 앓아누운 침상 아래에 부복하였다.

"어마마마! 정신을 차리소서!"

내의원이 입시하였으나 속수무책이었고 왕비가 정신이 돌아오기를 기다릴 뿐이었다. 알영부인은 혁거세거서간이 서거하자 정신을 놓았는데 이틀이 지나도록 혼수상태였다가 가까스로 몸을 추슬렀지만 거서간의 시신이 없어졌다는 말에 또다시 쓰러지고 만 것이었다.

왕비의 실신소식에 계룡족의 도인들이 궁으로 들어왔고 차차웅의 외가에서 가장 연장자이며 갈문귀인인 알령도인이 차차웅을 알현하러왔다. 그는 대단히 노한 기색을 드러내놓고 보였다.

"차차웅을 뵈오이다. 으흠!"

"예, 외숙도 아니, 갈문께서도 많이 놀라셨지요?"

"드릴 말이 있소이다!"

"무슨?"

"과거 내 부친께서 그러니까 차차웅의 외조부께서 설치해놓은 궁성 결계가 깨지고 겨우 왕비궁의 처소에만 남아 있는 걸 알고 계시지요?"

"아! 그, 그건…"

"이것은 중대한 일이요! 이 때문에 악룡들이 손쉽게 궁으로 들어오고 거서간까지 해친 게 아니요?"

"아직 용의 짓이라고 단정할 수는 없습니다. 외숙!"

"정신을 차리시오! 차차웅! 내 부족에 돌아가 계룡의 장로들과 공력이 높은 분들을 모아 다시금 궁성 전체를 방어하는 결계를 설치하겠소이다. 비록 지금 국상중이나, 왕비마마까지 잃고 싶지 않으면 윤허하여 주시오. 차차웅!"

"예. 알겠습니다. 그리 하시지요."

"사실 신라국은 거서간님의 마룡족과 우리 계룡족이 신비로운 힘을 모아 만든 귀중한 나라이외다. 본국은 진한국의 가장 작은 나라에서 이제는 진한의 맹주가 되었고, 최근에 태기왕을 진한 땅에서 몰아내고 모든 나라를 통일하지 않았습니까? 앞으로 천년 이상을 번영할 나라이외다. 차차웅께서는 이 외숙의 충언을 명심하셔야합니다!"

"예! 명심하겠습니다! 외숙!"

"그럼…"

제 7화 - 자객의 그림자(3)

 알령도인은 인사도 하는둥 마는둥하고 차차웅의 처소를 빠져나왔다. 이미 밤이 이슥하였고, 차차웅 처소의 지붕 위에는 흑의인이 돌아가는 알령도인을 바라보았고, 궁성을 나서자 또 다른 검은 그림자 하나가 그를 뒤따랐다. 어둠속으로 두 인영은 천천히 사라져갔다. 차차웅이 그 뒤를 바라보고 있을 때 문득 내관이 와서 절을 했다.

 "태자마마! 왕비께서 깨어나셨습니다."
 "그래? 어서 가보자!"

 중궁전의 왕비는 머리에 하얀 띠를 하고 누워있었다. 왕비는 차차웅이 방에 들자 겨우 일어나 앉았다.

 "어마마마! 정신이 드시옵니까? 부디 옥체를 보존하셔야 하옵니다."
 "거서간께서 승천하셨는데 내 이제 무슨 면목으로 살겠는가. 나도 거서간님을 따라가려오!"
 "무슨 망극한 말씀이십니까?"
 "모든 게 다 내 잘못이야…"
 "예?"
 "내 말을 좀 들어보세요. 차차웅! 지난 겨울이었지요. 거서간께서 이상하게도 밤마다 어딜 다녀오는 것이야. 궁 밖 출입은 필요하실 때만 암행을 하셨는데 아무도 대동하시지 않으시고 밤마다 거서간이 어딜 나가시는지 의문스러웠지요. 거서간께서는 간혹 나에게 잠시 다녀오겠다고 하실 뿐 그 이상 어떤 말도 하지 않았어요. 나는 거서간께서 늦은 밤에 호위도 없이 나가는 것이 크게 걱정되었어요. 그런데 평소에 거서간이 출궁을 하실 땐 꼭 말발굽 소리가 들렸는데 지난 겨울의 암행때부터 말 말방울 소리는 나는데 말발굽소리가 들리지 않았지요. 나중에야 거서간이 타시는 말이 하늘에서 내려오는 말이기 때문이라는 걸 알았어요. 나는 도술을 잘 쓰시는 갈문귀인인 알령도인을 불러 자초지종을 이야기하고 대책을 물었지요. 하지만 갈문께서는 거서간의 일이라면서 도와주질 않으려했어요. 하지만 내가 강압적으로 졸라 옷에 붙는 좀벌레로 변신하는 도술을 배웠지요. 그런데 어느날 밤 거서간은 또 스르르 일어났고 밖에는 여전히 말방울 소리가 들렸어요. 나는 재빨리 벌레로 내 모습을 바꾸고 말의 갈귀에 붙었지요. 말은 순식간에 거서간을 태운 채 하늘로 솟더니 천상(天上)에 다다랐어요. 그런데 거서간께서 만나는 분이 바로 천상의 천상대사부 풍백궁주였어요. 상제는 예를 갖추어 절을 하는 거서간을 아주 반갑게 맞이했지요. 곧 풍악이 울리고 풍백님과 거서간은 천상의 진수성찬을 함께 드셨지요. 풍백께서는 거서간에게 이제 천상에서 늘 함께 할 날이 멀지 않았다며 기뻐하였어요. 그렇게 이야기를 주고받다가 갑자기 풍백님의 낯에 노여움이 나타나기 시작했어요."

"이보시오, 박혁거세! 어찌하여 이곳에 인간을 데려왔소. 인간을 데려오면 안 된다는 것을 모른단 말이오?"

"그러나 거서간은 전혀 뜻밖이고 영문을 모르는 일이라 어찌할 바를 모르셨지요. 상제는 말을 데려다가 빗질을 시켰고 그러자 벌레로 변한 내가 바닥에 떨어지더니 점점 사람의 모습으로 바뀌었지요. 바로 내 정체가 발각되고 말았지요. 나는 풍백궁주에게 용서를 빌며 거서간과의 친분은 변치 말아 달라고 애원하였습니다. 하지만 풍백궁주의 노여움은 가실 줄 몰랐지요. 나는 용에 태워져서는 다시 인간 세계로 보내졌는데⋯ 그런데 그 다음날 끔찍한 일이 벌어지고 말았지요. 거서간께서 붕어하신 겁니다. 흑흑! 흐윽!"

"어마마마! 그건 꿈 얘기가 아닙니까?"

"아니에요. 꿈이라기에는 너무나도 생생했어요."

"너무 예민하셔서 그렇습니다. 푹 쉬시고 내일 다시 이야기하시지요."

차차웅은 왕비의 꿈이야기를 듣는 동안 자신도 이야기에 빠져들어 거서간의 승천이 기정사실인 것처럼 여겨졌다. 그러나 그도 피곤한 탓에 처소로 돌아갔다

일명 태백산으로 불렸던 백두산은 과거 단군왕검이 신시를 세워 고조선을 세운 명산이다. 여기서 동으로 오백 리 떨어진 곳에 숙신국이 있다. 십여 년 전 숙신국 국왕이 서거하고 나자 나라의 통치가 제대로 이루어지지 않았다. 무사들이 판을 치는 이른바 자객이나 칼잡이들이 무력을 앞세워 살아가는, 왕이 없는 자유분방한 나라로 전락하고 말았다. 과거 북부여와 옥저, 동예, 맥국 등의 고조선 귀족의 후예들과 유민들이 모여들었고 점차 내로라하는 자객집단들이 대거 등장하였다. 이른바 칼잡이의 나

라인 숙신국이 칠년 전 정체를 알 수 없는 괴무사에 의해 통합되고 수만에 달하는 칼잡이들이 하나의 부대로 재편성되었다. 그들은 한결같이 고수급 자객들이었기 때문에 인근의 작은 나라들과 흑수국과 보로국 그리고 동옥저가 숙신국의 통치하에 놓이게 되었다. 그리고 일년 간의 화려한 정벌을 벌이던 괴무사는 신선들에게 죽임을 당했다는 소문이 무성한 가운데 다시 일대 혼란시기를 보내고 있었다. 하지만 괴무사가 통치하던 흑수국 궁궐터는 그 추종자들이 겨우 명맥을 유지하고 있었다.

궁궐의 내부는 단 한 개의 호롱불만 켜두었기 때문에 한낮에도 늦은 밤처럼 어둡기 그지없었다. 검은 도포의 무사가 향을 피우고 무언가 암송을 하며 기도하듯 호롱불 앞에 서서 나지막한 목소리로 주문을 외우고 있었다. 잠시 후 육중한 나무문이 열리고 쌍검을 찬 무사가 매우 날렵하게 들어와 검은 도포인에게 정중하게 보고했다.

"주군! 그들이 도착하였습니다."
"안으로 들여라. 그리고 주안상을 차려라."
"예! 명을 받듭니다!"

커다란 나무판을 여러 장 덧붙인 문짝에 쇠징을 박은 육중한 문 앞에 두 사람이 들어와 섰다. 문이 활짝 열리고 창문에 드리워있던 장막을 거두자 방안에 삼월의 햇살이 쏟아져 들어왔다. 검은 도포인은 두 팔을 벌려 두 사람을 맞이했다. 그들은 눈빛이 대단히 강한 조로의 사내들이었다.

"새벽에 처리하고 쉬지 않고 달려왔소이다."

"고생이 많으셨소이다. 자, 이리로 앉으시지요. 일이 어렵지는 않으셨소?"

"알려주신대로 무형독을 쓰고 처리했소이다."

"끝장을 내셨겠지요?"

"숨골에 세검을 끝까지 찔러 넣었소! 그러나 성인의 공력은 우리들 능력 밖이요."

"혁거세가 성인이라?"

"좌우간 우린 귀하께서 시키는 대로 했소이다."

"참! 물건은 잘 챙겨오셨겠지요?"

"예, 여기 있소이다."

두 무사 중 키가 큰 사내가 자신의 도포 안에 차고 있던 허리띠를 풀어 검은 도포인에게 주었다.

"자기 허리에 차고 잘 가져오셨구만. 천사옥대라…댓가는 요구한 것보다 더 넉넉하게 준비했소이다. 청옥과 석영 그리고 수정을 한 가마니씩 마차에 실어두었고 계집들은 별채에 열 명을 골라두었으니 데려가시오. 술상을 준비시켜놓았소이다."

"호의는 고맙소이다만, 어둡기 전에 가야겠소이다."

"그래요? 좋소. 그럼 잘 가시오. 일이 있으면 연통을 넣겠소이다."

두 괴무사가 검은 도포인에게 마뜩치 않게 목례를 하고는 방을 빠져나가자 반대편 문에 서있던 무사들이 무척 긴장하여 방의 중앙으로 걸어나왔다. 모두 네명이었다. 그들은 매우 지쳐보였고 여기 저기 검상을 입어 피를 흘리고 있었다. 그러나 그들은 검은 도포 앞에서 오금을 펴지못하고

구부정하게 서있었다. 세 명은 중상을 입은듯했다. 하지만 검은 도포인 그 중상자들에게 불호령을 했다.

"이 놈들아! 니놈들도 눈깔이 있으면 보았겠지? 나는 성공보수의 사례와 실패에 대한 처벌이 확실하다. 알고들 있지? 그리고 이 비린내를 감수해가면서 내가 왜 저 용성국의 노인네들을 자객으로 쓰는지 아느냐?"

"모릅니다".

"저들은 최고수는 아니지만 단 한 번도 실수를 한 적이 없기 때문이다. 알겠냐?"

"예!"

"설표야! 너는 눈이 하나라서 못 보는 게냐? 너는 내 수제자다. 그런데 니가 부끄럽구나."

"소, 송구하옵니다. 주군!"

애꾸의 자객이 고개를 황급히 수그리고는 이내 자세를 바꾸어 바닥에 엎드렸다.

"죽여주십시오!"

"너는 내 제자가 되기를 원해 스스로 눈알을 하나 빼들고 와서 무공을 가르쳐달라고 빌며 나에게 매달리던 그 열정은 다 어디 간 거냐?"

"죽을 죄를 지었나이다. 저는 용성국에서 쫓겨나온 이후 궁표검객님 한분만 바라보고 살아왔나이다. 다시 한 번 기회를 주시면 이번에는 제 목을 걸겠나이다."

검은 도포의 궁표검객은 무거운 목소리로 공포스럽게 말했다.

"괘씸한 것들! 내가 직접 너희에게 내공을 주입하고 사흘간 사절진(死折陳)을 일러주었는데도 실패를 하다니…으음"
"다시 한 번 말씀드립니다만 그게 웬 미친놈이 나타나서 예기치 않게 칼부림을 하는 바람에…"
"닥쳐라! 자객이 핑계를 대다니!"

궁표검객이라 불리는 검은 도포인은 잠시 침묵을 지키다가 여민 도포 자락을 젖히고 단검 하나를 꺼내들었다. 그리고는 허공중에 던지면서 동시에 외쳤다.

"저 단검을 잡는 자는 나머지 셋을 죽여라!"

그의 말이 끝나기 무섭게 설표라는 자가 재빨리 공중으로 날아올라 단검을 낚아채었다. 칼날에는 퍼런 독이 묻어있었다. 나머지 세 사람은 죽지 않으려고 권법을 구사할 요량으로 싸울 태세를 갖추었다. 그러나 그들은 중상을 입은 자들이었고 설표의 쾌검과 무시무시한 속도의 경공술 앞에 한명도 채 이합을 겨루지 못하고 독단검에 찔려 쓰러지고 말았다.

궁표검객은 설표에게 다가와 단검을 돌려받고는 하얀 천으로 단검에 묻은 붉은 피와 퍼런 독을 닦아내었다. 그리고는 매우 다정한 목소리로 말했다.

"설표야."

"예! 주군!"

"지금처럼만 하면 된다! 알았니?"

"예!"

"너는 노력을 하면 되는 아이인데 왜 노력을 안 하는지 몰라…쯔쯧"

"저어, 그런데 주군?"

"뭐냐?"

"아까 그 자객들은 내공이 그리 심후해보이지 않던데 어찌 삼한 최고수인 박혁거세를 죽였지요?"

"좋은 질문이다. 저들이 목숨을 걸고 노력을 한 결과가 아니겠느냐?"

"예?"

"저들은 무공으로는 박혁거세의 상대가 안되지! 하지만 그들은 내공을 분산시키는 무형독을 발각되지 않게 썼고, 둘은 기문둔갑술이 가능하다. 특히 키 큰 자는 아주 잠시지만 스스로를 보이지 않게 하는 둔갑술을 쓸 수 있다. 그러니 박혁거세라 해도 죽지 않을 수가 없었겠지."

"그렇군요."

"그럼 그들이 가막미르님을 지켜준다는 그 무형호법님의 제자입니까?"

"뭐? 누가 그런 소릴 해?"

"아니…뭐… 그냥 소문으로… 보이지 않는 고수가 언제나 가막미르님을 지켜준다는 말을 들은 적이 있어서요…"

"야! 이놈아! 주군께서는 천상천하 최고수이거늘 호법이 무슨 소용이야! 말도 안되는 소리! 죽으려고 환장했냐?"

"죄송합니다! 죽여주십시오!"

"그런 쓸데없는 소리를 다시는 하지 말라! 알았냐?"

"예!"

"좋아. 지금 숙신국 자객 중에 가장 비싼 자가 누구인가?"

"흑검귀, 백독수, 이운하! 이 세놈은 부르는 게 값입니다."

"좋다. 그놈들을 데려가라!"

"예?"

"그깟 미친년 하나 잡는데 숙신국 최고수를 네 명이나 쓴다고요?"

"반드시 성공해야하기 때문이다. 두 번의 실패는 없다! 만어산녀를 죽일 때에는 만어산 소도에서 최대한 떨어진 곳에서 신속하게 죽여야 하고 시신이 돌로 변하거든 빨리 물에 담가 그 돌이 다시 쇠로 변하거든 그걸 가져오는 것이다. 확실하게 일을 처리해야한다!"

"예! 잘 알고 있사옵니다."

"죽일 때 반드시 금가한철로 만든 이 단검으로 죽여야한다. 명심해라. 시신이 돌에서 쇠로 변하는 동안 언제나 최고수자객들이 너를 보호하도록 해야한다. 그 누구도 변화과정을 방해해서는 아니된다!"

"예, 알겠습니다. 하지만 무공이라면 저도 그들만큼은 합니다."

"허어! 방심은 금물이다! 설표야. 지난번처럼 또 그 미친놈이 나타나면 또 실패할 것이냐?"

"아닙니다."

"최선을 다하거라! 반드시 사절진으로 포위한 뒤 금가한철로 그녀를 죽여야 종석철을 얻을 수 있다. 알고 있지?"

"예. 물론입니다."

"너는 다시는 실패를 해서는 아니된다! 암흑의 제왕께서 현현하시면 그 종석철은 우리가 드릴 귀한 선물 중 하나가 될 것이다. 좋다! 당장 그들을 섭외해서 데리고 와라. 돈을 달라는 대로 줘라! 알았냐?"

"예, 존명!"

제 8화 – 자객의 그림자(4)

　진한을 통일한 신라의 궁궐 남쪽에 남산이 자리잡고 있었다. 남산 기슭의 양지바른 중턱에 임시로 무덤이 만들어져 있고 그 속에 웬 노인이 항상 들어가 있다는 소문이 있었다. 그런데 그 장소는 솔밭으로 둘러싸여 있었고 바위와 나무들이 신기하게 배치되어 있어서 거의 모든 사람들이 그곳을 찾아가기 어려웠다. 하늘위에서 보지 않고서는 웬만한 사람들은 그 무덤을 알아볼 수가 없는 진법이 설치되어 있기 때문이었다.

　삼월의 쌀쌀한 날씨에 따뜻한 햇살이 내려쪼이는 양지바른 산기슭에 웬 노인의 흥얼거림이 들렸다. 너덜너덜한 넝마옷에 삼월인데도 이미 파랗게 자란 잔디밭에 미리 파놓은 듯이 보이는 가무덤 속에 노인이 누워 중얼중얼 콧노래를 부르고 있었다. 노인이 문득 노래를 부르다가 멈추고는 손을 어깨 뒤로 뻗어 등을 긁다가 이내 미간을 찌푸렸다.

　"아이고! 팔이 안 닿는 데가 왜 이리도 가려운고. 에이 참!"

　노인은 이리저리 팔을 뻗어 왼손 오른손을 바꾸어보다가 이내 또 짜증을 냈다.

　"하! 고거 참! 승천하기보다도 등긁기가 더 어렵구나! 야 이놈아! 용마야! 소나무 뒤에 숨어있지만 말고 이리 와서 등 좀 긁어라. 아! 어여!"

솔밭에서 아무 소리가 없자 노인은 더 큰 소리로 외쳤다.

"용마야! 그것도 은둔술이라고 숨은 게냐? 썩 나오지 못해! 이놈!"

노인의 호통이 커지자 아무도 없어보이던 소나무에서 스르르 사람의 형체가 나타났다. 그도 역시 누더기 같은 옷을 입은 노인이었다. 그는 용마산 산신인 용마도인이었다. 무슨 죄를 졌는지 소나무에서 나오기 무섭게 연거퍼 절을 하듯이 무덤의 노인에게로 엉거주춤 다가왔다.

"아이고! 스승님! 기체후일양만강하시온지요? 하하하."
"누가 죽었냐? 아이고는 무슨 아이고?"
"저어…이거… "
"이게 뭐냐?"
"예, 제가 달포 전에 화룡계곡에서 승천하는 이무기를 보았는데 그때 얼른 가서 그 놈의 모가지를 비틀어 재채기를 받아 온 것입니다."
"그래? 어디 보자. 아참! 일단 등 한복판 아래쪽을 좀 박박 긁어봐라! 옳지! 옳지! 하이고 시원하다! 가만있자…근데 이무기는 너를 그냥 놔두었더냐?"
"말도 마세요. 목을 졸랐다가 놓아주니까 난리가 나더라구요. 가까스로 도망쳤다니까요."
"그건 아니지! 야! 이놈이 이게 뭐 대단한 거라고 니 목숨끼지 길어? 이 미련한 놈이!"
"아이 참! 이 제자도 이무기 정도는 제압합니다."

"뭐야? 시방 너 내 앞에서 잘난 무공자랑이냐? 너 이리 가까이 와봐라, 킁킁 어라? 너 지금 스승한테 오면서도 술을 퍼먹고 왔어?"

"아니, 그게 아니라 하도 혼을 내시니까? 한 모금…죄송합니다."

"용마야. 대장부가 죄를 졌으면 벌을 받아야지 뇌물을 써서 두루뭉수리 넘어가려고 해?"

"아니 그게 아니고, 저는 이번 일이 있기 진작 전에 먼저 스승님께 드리려고 담아놓은 용의 기침이라서…"

"기침이 아니고 재채기라니까 이놈아."

"스승님! 그러지 마시고 한 모금 마셔보시는 게…"

"안 마셔! 이놈아! 나 물여위가 이백년 동안 뇌물을 받아본 역사가 없느니라."

"에이! 그래도 제 성의를 봐서라도…그리고 이게 왜 뇌물입니까? 제자의 성의지요! 제가 스승님께 뭐 청탁하러온 것도 아니고 죄가 있으면 벌을 받아야지요. 저는 이 용 기침과 관계 없이 주시는 대로 벌을 달게 받겠습니다."

"허허. 이놈이? 자꾸 같은 말을 반복하게 만드네. 용 기침이 아니고 용 재채기라니까?"

"알겠습니다. 일단 마셔보세요. 제자의 성의를 무시하는 스승님이 어디 있습니까?"

"그래? 그건 맞는 말이네?"

물여위는 망설이다가 호리병을 받아들었다.

"그럼 한 모금 해볼까? 어디보자…"

마개를 열고 물여위는 호리병을 입을 물고 한참을 있었다. 그리고는 입가에 미소가 빙그레 생겨나고 이내 얼굴에 화색이 돌았다.

"고거 참 맛나구나. 흘흘흘흘."
"스승님께서 맛있게 드시니, 이 제자 감개가 무량합니다. 다시 한 번 말씀드리지만 용 기침과 무관하게 어서 혼내십시오."
"그럼! 무관하게 해야지. 그런데 잠시 기다려봐라."
"누가 옵니까?"
"너를 혼내줄 할망구가 온다고 했는데?"
"누구요? 만어산 소도 천녀요?"
"오냐!"
"에이! 그 할망구! 나한테 직접 얘기를 하지, 꼭 스승님께 일러바쳐가지고…"
"저기 오는구나. 술 냄새 풍기지 말고 단정하게 앉아있거라."
"예."

백발의 노파가 커다란 숫사슴을 타고 남산 위를 휙휙 날듯이 올라왔다. 그녀는 말보다 더 큰 사슴 등 위에서 솟구쳐 날아올라 물여위 앞에 사뿐하게 착지하였다. 물여위는 무덤에서 나와 풀밭에 올라와서는 그닙지 않게 공손하게 만어산 천녀를 맞이했다.

"어서오시오. 천녀."

"본 소도녀가 삼가 선인님을 뵈옵니다."

그녀는 물여위에게는 고개를 숙여 절을 했지만 용마도인에게는 눈길을 주지도 않았다.

"지금 만어산 소도는 한마디로 엉망진창입니다! 선인님! 그게 다 선인님의 저 잘난 제자 덕분이지요. 환웅천왕께서 강천하신 후에 오가(五加)님에게 명을 내려 열두 명산의 가장 빼어난 곳을 골라 국선소도(國仙蘇塗)를 설치하신지 이 천년이 지나도록 이 삼한 땅에서 가장 그 명을 잘 유지하고 있는 곳이 바로 만어산 소도임을 선인께서도 잘 아시고 계시지요? 또한 환웅님의 명대로 소도에는 둘레에 박달나무를 많이 심은 후, 가장 큰 나무를 골라서 환웅상으로 봉하여 모시고, 그 나무에 제를 지내며 웅상이라고 부르고 있습니다."

"내가 잘 알지요."

"그리고 그 소도를 지키는 저와 같은 천인은 천명을 받들고 있습니다. 그렇기 때문에 소도는 국선이 하늘에 제를 올리는 신성지역입니다. 과거 만어산 소도는 단군천왕께서 직접 제를 올린 곳이기도 합니다. 그런데 저 용마도인이 만어산녀들과 괴무사를 데리고 와서 박달나무 열두 그루를 부러뜨리고 심지어 웅상 앞의 성지에 피를 뿌리고 도망갔으니 제가 어찌 하늘을 우러러 숨을 쉬고 살 수가 있겠습니까?"

"으음…유구무언입니다."

"천하의 모든 도인들이 아시는 바와 같이 선인께서는 이번 기회에 용마도인은 기인이라서 무슨 짓이든지 하고 다녀도 괜찮다는 생각을 고쳐야 합니다."

"물론이지요."

"다시는 이런 일이 생기지 않도록 선인께서 약조를 해주셔야 하겠습니다."

"아! 나야 하지! 그런데 약조야 백날하면 뭐 하나? 용마도인이 지켜줘야지!"

"내말은 용마도인도 약속을 하고 선인께서 보증을 하시라는 말씀입니다. 다시는 용마도인이 만어산에 산녀들을 만나러 와서는 안됩니다!"

"그래 그래, 알았소이다. 알았지? 용마야?"

"예? 예!"

"차후에 다시 이런 일이 일어나면 다음 제사 때 풍백님의 전령천관이 오면 고하겠습니다."

"알겠소. 그런데 뭘 그리 호령을 하시나? 사근사근하게 말해도 될텐데…"

"뭐요? 사근사근? 내가 기생입니까? 좌우간 한 번 더 이런 일이 생기면 전 바로 천상에 보고합니다! 용마도인을 처벌해달고 그리고 물여위선인 께도 책임이 있다고 말이에요! 그럼 그렇게 알고 저는 돌아가겠습니다. 잘들 계십시오!"

"아니 뭐 그렇게까지…"

만어산 천녀는 말을 마치기 무섭게 사슴의 등위로 날아올랐고 인사를 하는둥 마느둥 하고는 순식간 사라져버렸다. 그녀가 가버린 산 아래를 한 동안 망연자실하게 보던 물여위가 이번에는 용마도인을 한참이나 물끄러 미 바라보았다. 수다스러운 용마도인도 아무 말을 하지 않고 쥐죽은 듯

있었다. 반다경 정도 둘은 그렇게 부동자세로 있었다. 그리고 이윽고 물여위가 입을 열었다. 그 순간 용마도인은 무척 긴장했지만 물여위는 아무런 행동을 하지 않고 싱글거리는 표정을 지었다.

"자! 그건 그렇구, 니가 용 재채기를 주었으니 나도 뭘 줘야겠다."
"예! 무슨 벌이든 달게 받겠습니다."
"이놈아, 벌은 무슨 벌? 상을 주마. 이리 가까이 오너라."

용마도인이 다가오자 물여위는 한손으로 용마도인의 뒷덜미를 붙잡고 다른 한손을 자신의 엉덩이에 갖다대더니 붕하고 방귀를 뀌었다. 그리고 재빨리 그 방귀를 손에 담아 용마도인의 코에 넣는 시늉을 했다.

"어떠냐?"
"아이고! 구린내! 스승님! 노망나셨네요!"
"허어, 이놈이? 이 스승님 뱃속에서 나온 거룩한 방구가 니 코로 들어가 너를 거룩하게 할 것이니라. 그리고 다시는 술먹고 행패를 부리지 말아라. 이놈아. 내 염제에게 고해서 너를 명부의 불지옥 옥살이 야차로 보낼 수도 있다! 알았느냐?"
"예…"

용마도인이 남산 기슭을 내려가는 뒷모습을 보고 물여위 선인은 흐뭇하게 미소를 지었다. 그리고 그가 주고간 호리병을 한 번 더 코에 갖다 대고는 또 천진난만한 미소를 지었다. 사실 물여위 선인이 만어산 천녀를 어려워하는 이유는 그녀가 천상의 제를 지내고 그녀를 통해 지상의 소식이 천상으로 전해지기 때문이었다. 물여위 같이 승천이 임박한 선인으로서는 신경이 쓰이는 일이었다.

한편 용마도인은 매우 정의로운 위인이었다. 그 정의감 때문에 싸움에 휘말리는 편이지만 언제나 과도한 음주가 말썽이었다. 용마도인이 반하여 두어번 술을 들고 찾아간 만어산에는 산녀라고 불리는 기괴한 존재들이 살고 있었다. 산녀들의 모습은 인간과 같으며 여자의 모습이고 다섯이 무리지어 다녔다. 그런데 그 외모가 빼어나게 아름다웠다. 이번 사간은 기실 용마도인이 일으킨 게 아니었다. 그 다섯의 산녀들과 술을 마시러 놀러갔던 용마도인이 수십 명의 자객들이 그녀들을 노리는 것을 보고 대판 싸움을 한 것이 원인이 되었다. 결국 소도부근에서 접전을 벌이다보니 소도가 파괴되고 말았다. 그리고 자객들을 이끌고 온 네 명의 고수들이 용마도인에게 중상을 입고 소도 안으로 피신을 했지만 용마도인이 그들을 잡으러 소도로 들어간 것이 문제가 되었다. 아무리 죄를 지은 범죄자라 하여도 소도로 도망쳐 들어가면 쫓아가 잡지 않고 그들을 보호해주는 것이 당대의 풍속이고 도리였다. 그런데 용마도인은 소도 안에 따라 들어가서 자객의 칼을 빼앗아 그들을 모두 베었다. 그때 만어산 소도천녀가 나타나자 용마도인이 황급히 자리를 뜬 것이 사건의 전말이었다.

만어산녀들도 천녀에게 혼이 나고 중상을 입은 자객들도 피를 흘리며 도망가버렸다. 만어산녀들은 그 어떤 대상과도 자유롭게 교접할 수 있는 기괴한 능력이 있다. 그녀들은 신체부위의 모양을 상대방 형체에 맞게 변형시킨다. 그리고 그 순간에는 이상한 기운을 내뿜어, 먹구름이 끼게하고

번개를 치게 하는 등의 일을 일으킨다. 일순간 햇빛을 가리게 되어 인근은 대낮에도 천지가 어두워지게 된다. 그녀들은 음악과 춤을 좋아하여 하늘을 날면서 기이한 음악소리를 내는 경우도 있다. 입으로 온갖 악기의 소리를 내는 것이다. 죽고나면 몸이 분해되어 이상한 돌로 변하는데, 그 모양은 그냥 돌멩이 같으나 두드려보면, 청아한 소리가 나는 매우 단단한 돌로 종석이라 불린다. 그리고 그것을 다시 물에 담그면 종석철이라는 매우 강한 철이 된다. 산녀 한명이 죽으면 나머지 네 명 중 한명이 인간과 교접하고 이후 열 달 동안 네 명이 모여앉아서 기도하면 그 임신한 산녀가 출산하여 똑같은 산녀 한명이 늘어나 다시금 다섯 명이 된다. 이 다섯 명은 만어산 얼음골의 오행의 기운을 떠받친다는 소문도 있었다. 이 땅에 단군왕검이 현현하시기 전 만어산은 설빙이 엄청나게 쌓여 있었는데 풍백이 인간들에게 해가 될까 저어하며 우사를 시켜 일 년 동안 비를 내리도록 했다. 그 후 이곳의 암석들이 양파가 벗겨지듯 침식되어 생성된 암괴류가 팔백척 이상 길게 펼쳐지며 독특하고 아름다운 모습으로 유명하다. 사실 지금도 만어산 아래에는 엄청난 양의 얼음이 녹지 않고 있어서 사람들은 그곳을 얼음골이라 불렀다.

제 9화 - 이서국과의 북천 전투 - 거서간 붕어 이일째(1)

지난밤 늦게까지 계속되던 회의가 새벽에 잠시 쉬었다가 날이 밝자 선왕의 시신을 찾는 회의가 금성에서 다시 열렸다. 육부군과 계림군 경비대와 중앙군 장군들과 육부촌의 귀족들까지 몸이 달아 그야말로 초비상사태였다. 대부분의 관료들은 밤을 꼬박 밝혔다. 선왕의 시신을 수습하지 않고서는 거서간의 장례식도 문제이려니와 남해왕자의 즉위식도 거행할 수가 없기 때문이었다. 국장이 보름장이라지만 전쟁이 길어지면 선왕의 장례를 치르지 못하게 되어 신라로서는 그야말로 낭패였다.

남해차차웅은 국상중의 조정회의를 비통한 심정으로 주관했다. 대보 호공이 병을 핑계로 입궁하지 않았기 때문이었다. 반강제로 대보자리를 빼앗긴 아진공이 조정에서 물러난 이후 서리 상태로 있는 호공에게 아직은 대보로서의 일을 맡길 수가 없었고 그를 제외하면 실제로 군부와 대신들을 통치할 수 있는 대리인이 없었다. 과거 거서간 재위시에 왜국에서 온 호공에게 이씨 성을 하사하여 이태충으로 신라식 이름까지 지어주었으나 그는 차차웅에게는 호의적이지 않았다.

회의가 시작되자 육부촌의 귀인 최종석이 대보를 대신하여 회의주제를 알리고 차차웅에게 시신수습의 위급함을 다시 아뢰었다.

"차차웅이시어! 하루속히 선왕의 옥체를 찾아야하옵니다. 이런 변괴가 어디 있사옵니까?"

남해차차웅은 마치 자신에게 야단을 치는 듯한 육부촌의 최종석과 손의섭이 마뜩치 않았다. 그래서 다소 짜증난 목소리로 대답을 했다.

"알았소, 그래서 내가 과거 진한의 이름난 천군들을 불러모으고 있소이다. 오늘 중으로 천군 십여 명이 궁으로 들 것이외다."

"차차웅께 아룁니다. 그것은 아니되옵니다. 예로부터 은혜를 모르는 자는 칼로써 엄히 다스려야 한다 했사옵니다. 그런데 진한의 태기왕 잔존세력과 당시에 진한에서 신지(臣智), 검측(險側), 번예(樊濊), 읍차(邑借) 등의 군장(君長)들을 신라가 모두 대우를 해주었건만 지금 서라벌 부근에 발호한 세력만 해도 수십 개에 달하고 있사옵니다."

"그렇지 않소! 과거 삼한시대에는 천군(天君)이라 불리던 제사장(祭祀長)은 이미 신라의 점장이가 되어 일관으로 중용하였는데 어찌 그들이 반역에 동참한단 말이요? 이름난 소도(蘇塗) 제사 지역을 관할하는 천군이 선왕을 찾아 낼 것이요."

역시 육부의 손의섭공이 차차웅에게 반대하여 아뢰었다.

"차차웅이시여! 천관 따위보다는 보다 많은 군사를 동원하여 서라벌 내외를 샅샅이 수색해야하옵니다."

"그건 아니될 말이요! 선왕이 붕어하신 줄 알고 이서국과 흑수국에서 보낸 정탐부대가 계림 부근에 출몰하고 있질 않소이까? 에이!"

남해차차웅이 다소 흥분하여 분기를 삭이느라 회의가 잠시 소강한 상태가 되어버렸다. 때마침 조정회의에 반월성 경비대장 최장군이 들어와 무릎을 꿇고 거칠게 숨을 몰아쉬며 보고를 했다.

"아뢰옵니다! 지금 이서국 군사 천여 명이 월성 동문 밖에 진을 치고 있나이다. 그들이 성벽에 다가와 성문을 고치고 있던 알령 도인과 선도산 도인들에게 무차별공격을 감행했나이다. 성벽을 공격하던 적군들은 도인들에 의해 모두 진압되었으나 후방으로 이서국 군사들이 더욱 더 몰려오고 있나이다."

"무엇이라고? 이성국이라면 춘장시모와 거서간의 친분상 그럴 수가 없을텐데…"

"아니옵니다! 서쪽의 이성국이 아니고 북쪽의 이서국이옵니다!"

"그래? 이놈들이? 국상중이거늘 무례하기 짝이 없는 놈들이로구나! 모두 도륙을 낼 터이다."

남해차차웅의 손이 부르르 떨리면서 손에 들고 있던 황금 물잔이 순간적으로 찌그러졌다.

"최장군은 당장 경비대를 재편하라! 노례왕자에게 기병 삼백과 보병 이천, 그리고 궁수 이백을 줄 터이니 이서국 군사를 끝까지 따라가 한 놈도 남김없이 소탕하라! 선봉은 석탈해공에게 맡길 것이다! 전력을 다하여 적들을 물리쳐라!"

"예!"

병부의 수장인 손의섭 공은 재빨리 반월성 경비대장에게 국상 중에 반월성의 수비에 무리가 가지 않는 범위 내에서 차차웅이 명한 군사들을 차출하여 출정하도록 명하였다. 석탈해가 동문에 나서니 과연 이서국 군사가 문 앞 오백장 앞에 진을 치고 있었다. 탈해는 선왕시신 분실사건으로 말미암아 일단 수사가 중단되어 얼떨결에 선봉장으로 전투에 참가 명령을 받아 무척 긴장되었다. 차차웅의 명을 받아 노례왕자와 함께 동문으로 향했다. 사실 탈해는 노례왕자와는 아진공에게 동문수학한 사이어서 함께 전투에 참가하는 것이 뿌듯하고 기분이 좋았다. 탈해는 선봉장으로서 성문 위에 올라가 적들에게 외쳤다.

"들어라! 나는 서라벌의 석탈해다! 그대들은 무슨 까닭으로 서라벌에 칼과 창을 들고 왔는가?"

석탈해가 큰 소리로 우렁차게 외치자 이서국 진영에서도 포진한 군사 가운데에서 지휘관으로 보이는 자가 말을 타고 서너 장 앞으로 나섰다.

"나는 이서국 장군 유곤이다! 진한에서는 예로부터 길 가던 사람들이 서로 길을 사양하고 주린 자에게 술과 떡을 권하는 아름다운 풍속이 있었다. 그런데 너희 신라국놈들이 우리 이서국 땅 가운데에 함부로 국경을 정하고 우리 백성을 마구 잡아가 평화로운 우리 풍속을 해치는 날이 거듭되니 오늘 내가 너희들에게 따끔한 가르침을 주기 위해 왔노라!"
"무엇이? 이런 고얀 놈들! 따뜻한 풍속을 해치는 것은 너희들이다. 국상 중에 전쟁을 벌이는 놈들이야말로 따끔한 맛을 봐야할 것이다!"

석탈해는 하급 장군들을 소집하여 작전을 지시했다. 그가 일목요연하게 파악한 바로는 적들은 기마병과 보병으로 궁수들이 적고 보명이 많아 창과 검으로 중무장하고 있었다. 석탈해는 먼저 지리에 밝은 궁수들을 미리 나을촌, 고허촌 등 동쪽으로 급파했다. 북쪽에 있는 금성의 무사들을 남쪽의 월성앞에 진을 친 이서국의 군사 뒤로 포위하도록 하고는 앞에서 삼백의 기마대를 출동시킬 요량을 하였다. 석탈해는 무공이 뛰어난 골굴암 동문들을 선봉에 세웠다. 사형인 배상길을 선봉장으로 하여 정천종은 좌현의 기마대장, 설우혁은 우현의 기마대장으로 전열 선두에 서서 이서국 군사를 여지없이 박살낼 기세가 충천해 있었다.

탈해는 계획대로 만반의 준비를 하고 성문을 열었다. 노례왕자는 만년 한검을 뽑아들고, 그 옆에는 탈해가 칠보검을 높이 들고 진용을 넓게 벌려 총공격을 하였다. 엄청난 진세로 늘어선 신라군의 위용을 본 이서국 장군은 별안간 앞으로 나오며 큰 소리로 제안을 했다.

"죄 없는 병사들을 죽일 게 아니라, 장수와 장수의 대결로 승부를 지으면 어떻겠소?"

석탈해는 배상길을 바라보았고 설우혁과 정천종이 말을 몰고 다가왔다. 기마에 능하고 기병전투를 잘하는 정천종은 장수 간의 대결이 의미없는 일이라 했다.

"어차피 차차웅께서는 저들을 한 놈도 남김없이 죽이라 하셨으니 장군끼리의 무공을 겨루는 것은 소용없지 않나!"

하지만 배상길의 생각은 달랐다.

"지휘하는 장군이 없어져야 패잔병들을 토함산의 알천 상류로 몰고 가 전부 익사를 시키기가 더욱 쉽지! 안 그래?"
"맞는 말이요, 사형!"

석탈해는 배상길의 제안에 동의했지만 막상 누가 적장 유곤을 상대할 지에 대해서 논의를 하려는데 갑자기 정천종이 번득이는 창을 휘이휘이 돌리며 적의 진 정면 앞으로 말을 달렸다.

"아니? 천종아!"
"탈해야! 날 믿어라! 내가 처리해주마!"

말릴 틈도 없이 천종이 튀어나가자 이서국 쪽에서도 말 한필이 달려나왔 다. 적장인 유곤은 지혜로운 장군은 아니었지만 공력으로만 본다면 실로 엄청난 기개였다. 곰을 연상시키는 덩치에 수박보다도 큰 철퇴를 휘두르며 마상에 곧추 서 있는 것이 신기할 정도였다. 신라 진영은 쥐죽은 듯 기가 죽 었다. 그는 정천종보다 두 배는 커보였기 때문이었다. 하지만 정천종은 창 술에 능하고 그 누구보다도 말을 잘 탔기 때문에 유리한 점이 있었다.

하지만 막상 전광석화와도 같은 정천종의 예리한 창술과 유곤 장군의 둔탁한 철퇴는 수십 합이 지나도 끝이 나지를 않았다. 유곤은 철제 갑옷 을 입고 있어서 정천종의 창끝이 그의 몸에 스치기를 여러 차례 반복되었 지만 끄떡없었다. 또한 덩치에 비해 재빨랐고 팔의 근육이 대단한 자로서 토함산을 물구나무로 오를 정도라는 소문이 있었다. 사십여 합이 넘도록 그들의 공방이 막상막하로 승부가 나지 않자 석탈해는 점점 초조해졌다. 사실 천종의 창 공격이 여러번 유곤의 복부를 강타했지만 그의 철갑옷은 상상을 초월하는 두께였다. 배상길과 설우혁도 검을 잡은 손에 힘을 넣었다 뺐다 하며 흥분을 감추지 못했다. 노사부의 허락도 없이 뒤늦게 합류한 은동이 활을 꺼내들자 석탈해가 만류하며 고개를 가로로 저었다.

"허허 참! 강호에는 참으로 고수도 많구나. 마상싸움을 잘하는 정천종이라면 대적할 자가 거의 없으리라 생각했거늘…"

석탈해의 푸념이 나온 순간 이서국 진영에서 화살이 정천종에게 날아오기 시작했다. 정천종은 유곤의 철퇴를 피하랴 이서국 궁수들의 화살을 피하랴 쩔쩔매다가 결국 우군의 진영으로 기수를 돌렸다.

"저런 치졸한 놈들! 안되겠다. 모두 총공격하라!"
"기병! 앞으로 전열을 정비하고 진군하라!"
"궁수는 기병 앞으로 일제히 화살을 발사하라!"

석탈해의 명령이 떨어지자 삼백의 기병들이 일제히 창을 앞으로 처들고 부연 먼지구름을 일으키며 이서국의 군사들을 강하게 밀어붙였다. 전열을 정비하지 못한 이서국 군졸들은 이미 신리궁수들에게 몇 차례 화살 세례를 당하고 거친 파도처럼 밀려드는 기병들의 창앞에 무참하게 무너져갔다.

"전군 철수하라!"

유곤은 황급히 군을 정비하여 퇴각명령을 내렸다. 그러나 때는 늦었다. 그의 등 한복판에 은동이 쏜 화살이 적중하여 말에서 떨어지고 말았다. 부하들이 그를 업고 다시 말에 태웠지만 중상을 입은 것이 분명했다. 은동의 활은 그 누구보다도 강력했기 때문이었다. 이미 이서국 군사들은 절반도 살아남지 못했고 겨우 목숨을 부지한 자들도 뿔뿔이 흩어져 도망가느라 정신이 없었다. 계림의 기병들과 보병들이 이서국 군사들을 토함산 동쪽 기슭인 북천 상류로 몰면서 그나마 살아있던 이서국 군졸들은 미리 매복 중이던 계림군 궁사의 화살에 맞아 깊은 협곡에 빠져버렸다. 장수가 죽은 뒤 병졸들은 신라군에게 여지없이 퇴패하였으니 살아 돌아간 자가 백여 명에 불과했다.

패잔병들의 행로를 알아보기 위해 토함산 정상에 신속하게 오른 석탈해는 산을 기준으로 바닷가에 위치한 궁성과 토함산의 서쪽 평야를 살폈다. 신라의 초기궁성인 금성(金城)과 월성(月城)은 토함산 동북쪽을 흐르는 북천(北川) 가에 서남향 쪽에 자리를 잡고 있었다. 이서국 군사들은 국상중인 신라의 서울이 비었으리라 생각하고 차차웅이 지휘하던 금성(金城)을 지나쳐 국상중인 월성으로 진군한 모양이었다. 알천(閼川)의 상류 높은 언덕 위에 궁수들이 진을 친 후, 육부병(六部兵) 일천 명이 토함산(吐含山) 동쪽으로 이서국 군사를 추격하여 알천(閼川)의 상류로 밀어붙이면 이서국 군사를 일망타진하게 될 터이었다. 국상중이라 금성(金城)의 수비가 허술해진 기회를 틈타서 금성을 지나쳐 월성까지 들어온 것이 이서국군의 실수였다.

양산(楊山)위에 올라보니 석탈해는 과거 자신의 어린 시절이 문득 떠올랐다. 이 산위에서 호공(瓠公)의 집터를 바라보니 길지(吉地)이므로 속임수를 써서 집을 빼앗아 살게 되었고 그 장난을 남해왕자가 적극적으로 도와주었다. 언덕 위에서 멀리 전투가 치열했던 격전지를 바라보는 석탈해에게 백의가 황급히 달려왔다.

제 10화 - 3. 이서국과의 북천 전투 - 거서간 붕어 이일째(2)

"차차웅의 명이십니다. 석탈해님! 속히 북궁으로 이동하라십니다."

"아니 무슨 일로? 아직 전투가 완전히 종료되지 않았거늘!"

"금성 북쪽에서 진한의 태기왕 잔존세력과 육부군 간에 소규모 전투가 있었답니다."

"태기왕의 부하들이 몇이나 된다고, 그들은 기껏해야 자객들 아닌가? 연전에 죽은 태기왕 부하들 몇명이 이제 와서 무슨 일은 할 수 있단 말인가?"

"서두르십시오! 그럼 저는…"

백의는 언제나처럼 차차웅의 명령을 전하고 사라졌다. 경공술 하나는 한마디로 귀신 같은 자였다. 막바지 전투를 보지 못하고 북궁으로 향하던 석탈해는 공연하게 짜증이 났고 가슴이 답답했다. 마상에서 두통이 나자 잠시 말에서 내렸다. 늘 그렇듯이 기억나지 않는 과거 때문에 답답했고 속히 북궁으로 가야 한다는 강박과 이와 비슷한 상황을 예전에 겪은 듯한 혼란감에 찡그린 표정으로 하늘을 올려다 보았다.

문득 고요함 속에 무언가 기척을 느낀 석탈해는 주위에 아무도 없는 것을 확인하고는 내공을 끌어올려 귀를 기울였다. 고요한 숲속에는 생명체의 호흡도 맥동도 없었다. 그러나 부근에서 체온이 없는 신비한 기운이 느껴졌다. 그리고는 석탈해는 촉각을 곤두세웠다. 엄청나게 신비한 존재는 바로 물여위였다. 흰머리를 산발을 하고 귀신형상을 한 그는 입에 풀을 물고 무언가를 대단히 귀찮아하는 표정으로 탈해에게 다가왔다.

"이놈아! 에서 뭐하냐?"

"아니? 스승님 아니십니까? 남산을 뜨지 않으신다고 하시더니 웬일로 토함산까지 왕림하셨습니까?"

"탈해야! 자! 우리 만났으니 내 코에다가 재채기를 한번 해다오."

"예, 에취!"

"한 번 더!"

"에취!"

"좋아, 좋아."

물여위는 언제나처럼 탈해에게 자신의 얼굴에 대고 재채기를 하라고 했다. 그는 엄청난 고수였고 지난해 탈해가 기억을 잃은 후 남산에서 우연히 만났다. 석탈해에게 둔갑술과 상승무공을 가르쳐주었다. 탈해는 참으로 괴팍한 노인네라고 생각하면서도 그의 얼굴에 침이 튀어 다소 미안하기는 했다. 재채기 세례를 받은 물여위는 대단히 만족스러운 표정으로 말했다.

"탈해야. 거서간이 죽고 웬 날파리떼가 이렇게 들끓는지 아느냐?"

"예? 저는 모릅니다. 스승님께선 뭔가 아시는군요?"

"그 날파리들은 혁거세의 보물을 빼앗기 위해서 저렇듯 모여드는 게지."

"혁거세님의 보물이라니요?"

"왜? 니도 궁금하냐?"

"아니 그게 아니라…."

"보물은 바로 용뿔로 만든 허리띠 그러니까 용대(龍帶)하고 단검(短劍)

이다!"

"예? 용대라면 거서간의 허리에 차고 있던 그거요?"

"그렇지! 선도성모가 물려준 것이니 십중팔구는 하늘의 물건일 게다. 그 용의 비늘로 만든 용대는 천사옥대(天賜鈺帶)라고도 하지."

"그리고 단검은 그게 혹시 천검입니까? 강철검이 아니고 용뿔로 만든 건가요?"

"호오! 너도 뭘 좀 아는구나?"

"그런데 왜 그걸 그들이 빼앗으려 한다는 거죠?"

"그거야 그놈들도 출세하려고 그러는 게지 뭐. 용대는 방어를 상징하고 단검은 공격을 뜻하지. 말하자면 공수에서 무패이니 전쟁의 승리는 당연한 것 아니겠냐? 그나저나 뭐 먹을 것 좀 없냐?"

"죄송합니다. 스승님, 전투중이라…"

"이놈아! 쌈박질을 할 때는 필히 배를 채우고 싸워야하는 게야! 참 나 원! 뭘 좀 알고 싸워라! 이놈아!"

"송구합니다!"

"송구하면 다음부터는 그러지 말아야지… 흠흠, 그나저나 뭐 기억이 나는 건 좀 없냐?"

"예. 아직…저어… 그런데 스승님!"

"뭐냐?"

"스승님은 육부촌이 원래 칠부촌이고 금씨 성을 가진 자가 누구인지 아시나요?"

"뭐? 칠부촌? 금씨?"

"예!"

"난생 처음 듣는 소리인데?"

"그래요?"

"그런 거 신경쓰지 말고, 니 기억이나 신경을 써라. 이놈아!"

물여위는 머리를 긁적거리더니 지팡이를 꺼내들었다.

"자! 호흡을 멈추고 저 앞의 바위에 집중해보거라!"

"예? 여기서 기문둔갑술을 하라구요?"

"그래! 어여 해보거라!"

"예."

탈해는 바위 앞에 서서 바위를 뚫어져라 쳐다보았다. 한참을 정신집중
에 몰입했다. 그리고는 점점 탈해의 몸이 바위색으로 변해가는 것이 아닌
가! 머리카락이 회색이 되고 흰 옷도 회색으로 변하여 마치 바위와 유사
하게 색깔이 변해가기 시작했다. 그러나 완전하게 바위와 같이 되지는 않
았다. 그는 호흡을 더 이상 참지 못하고 원래의 모습으로 되돌아왔다. 잠
시 기다리던 물여위는 지팡이 들어 탈해의 뒤통수를 툭 하고 내리쳤다.

"예라! 이놈아! 집중력이 고거밖에 안된단 말이냐?"

"아이고! 죄송합니다… 사부님…"

"앞으로 한달 간 틈틈이 소나무를 보고 집중하거리! 내가 바로 소나무
라는 마음으로 집중을 해야 하느니라!"

"예? 아직 바위도 안되는데요?"

"내 말을 벌써 잊었느냐? 내가 시키는 대로 하기만 하면 된다. 너 기억력이 그래서 어디 쓰겠냐! 이놈아! 각설하고 소나무에 집중해라!"

"예…"

"집중하고 또 집중하여 소나무가 전생에 무엇이었는지 알아오너라!"

"그게 무슨 말씀이세요?"

"소나무가 전생에 사람이었다면 너에게 중요한 말을 해줄게다. 혹시 소나무가 불행해한다면 그를 위해 자비를 베푸는 마음을 가져야하느니라."

"그건 또 무슨 말씀이세요?"

"이놈아! 너같은 놈들은 장차 도를 닦아 도인이 되고, 선인되고 또 산신이 될 수도 있는 놈인데 선행을 베풀지 않고서야 되겠느냐?"

"에? 도대체 무슨 말씀을 하시는 건지 참…"

"산신이 되고도 승천을 못하는 것들은 다 선행이 부족해서 그런 것이다. 일찍이 옥황상제께서도 너같이 평범한 사람이셨다. 도를 닦으시고 선행을 베푸시어 오늘날 천상 최고의 자리에까지 가지 않으셨더냐!"

"그런데 스승님! 도인과 선인은 무엇이 다른 거에요?"

"도인은 도를 닦아 사람보다 능력이 우월한 애들을 이르는 것이고 선인이란 도인에서 더 도를 닦아 반쯤 신이 된 것들을 말함이지."

"그럼 신선은요?"

"그거야 산신과 선인을 함께 이르는 것이지. 또 질문 없냐?"

"그럼 스승님은 어떻게 선인이 되셨어요?"

"그거야 일단 내가 잘났고, 그 다음으로는 잘났는데도 불구하고 겸손하게 다른 사람을 위해 기도하고, 또 그들에게 선행을 베풀어 덕을 닦았기 때문이다! 에헴!"

"치이! 스승님이 뭐가 겸손해요?"

"이놈아! 내가 겸손하지 않다는 건 네 생각이고! 난 엄청 겸손하단다. 에, 또 그리고 뭐 기억나는 거 없냐? 아직도?"

"영 기억이 돌아오질 않는데요."

"걱정 말거라! 기억은 언젠가 돌아온다. 잡념 없이 공부를 열심히 하거라. 다만 공부를 한다고 영생을 얻지는 못하나 신선은 될 것이다. 무공을 닦으면 그리 대단할 것도 없지만은 대장부로 무공을 알지 못하면 지 한 몸 지키지 못하니 니가 살기가 퍽 불편할 것 아니냐?"

"열심히 하고 있어요. 사부님!"

"열심히 하는 놈이 겨우 그 정도냐? 열심히 공부한다는 게 뭔지 아냐? 아니다! 그만 가봐라! 차차웅에게 혼나기 전에 어여 환궁을 해야지! 자! 나 간다."

"예? 예. 그럼 "

물여위는 늘 그렇듯이 쌩뚱맞은 소리를 하곤 바람처럼 사라졌다. 스승을 만나면 언제나 자신의 기억상실증에 대해 더더욱 궁금증이 났다. 탈해는 어쩌면 물여위가 자신의 과거를 잘 알고 있을지도 모른다는 생각을 떨칠 수가 없었다. 일 년전에 기억을 잃었고 또 그 당시에 물여위를 만난 것도 이상한 일이었다. 무엇보다도 자신이 누구와 싸우다가 기억을 잃었는지가 가장 궁금했다. 하지만 물여위는 말해주지 않았다.

차차웅의 명이 불현 듯 기억난 탈해는 마음이 급했다. 시간을 지체하여 차차웅에게 야단을 맞을 것 같았다. 경공술로 최대한의 속도를 냈다. 오랜만에 최고 속도로 하늘을 날 듯이 경공을 펼치자 가슴 속이 후련했다.

그는 남해차차웅이 와있는 북궁의 처소로 향했다.

그런데 궁성 북문 뒤쪽의 성벽이 달라져보였다. 탈해는 성벽 위에 나무 토막을 하나 던져보았다. 그런데 이상하게도 성벽 위로 넘어가지 못하고 도로 튀어나오는 것이 아닌가? 경공으로 성벽을 넘으려다가 께름칙해서 성문으로 들어왔다. 차차웅의 처소에는 향을 피워놓아 석탈해는 코끝을 찌르는 향 내음에 자못 긴장하였다. 문밖에서 예를 올리자 시녀들이 탈해의 입시를 알리려 하기도 전에 방안에서 차차웅의 무겁고도 굵은 목소리가 들렸다.

"석장군을 들여라!"
"예!"

시녀들이 석탈해에게 목례를 하며 안으로 들라는 눈짓을 했고 탈해는 문을 열자마자 휘청하면서 하마터면 넘어질 뻔하였다.

"그대도 그러한가? 으음. 나도 그랬는데….“

차차웅은 향을 서둘러 껐다. 그리고는 묘한 표정을 지어보였다.

"사람에게도 이렇게 강할진대 이무기들도 도망가고 말겠지. 허허허허."
"예? 그런데 그 향은 무엇이옵니까?"
"아진의선이 그러는데 이무기들에게 이향을 피우면 효과가 있다며 주었네."

"예, 그랬군요. 그런데 차차웅님! 태기왕의 자객들은요?"

"내가 오자 모두 도망가버렸다."

"그럼 소장에게 내리실 명이 있으신지요?"

"으음…"

차차웅은 잠시 탈해의 표정을 살피더니 느리게 말문을 열었다.

"그런데 자네 말이야. 작년에 하서지촌에서 이무기로부터 나를 구해주었을 때 검을 썼는가? 아니면 창을 사용했는가?"

"검으로 이무기를 물리쳤나이다."

"그래?"

"어떤 검이었나?"

"이것이옵니다. 칠보검이라 하옵니다."

탈해는 허리춤에 차고 있던 검을 가리켰다. 그리고는 검집에 넣은 채 건네자 차차웅은 검을 이리저리 살피더니 고개를 갸우뚱했다.

"아니? 이건 보석이 박혀있긴 하지만 칼날은 보통 검이지 않은가?"

"예, 작년에 거서간께서 하사하신 검이옵니다."

"좀 가볍군, 철로 만든 검이 아닌가?

"제 생각으로는 아마 동물의 뼈로 만든 검 같사옵니다."

"검을 뼈로 만들어? 에이! 이 사람아! 어디 한번 보세, 으음, 뼈는 아니고 보석의 일종이 아닌가 하네만은…. 자네가 호공의 집을 빼앗고 호공

수족들의 비리를 밝혔을 때 거서간님으로부터 받은 것이로구만."

"예! 거서간께서는 원래 이검이 제것이었다고 하시더군요."

"그래? 으음…?

"어찌 그러십니까? 무슨 문제가 있사옵니까?"

차차웅은 머리가 띵한 사람처럼 잠시 얼굴을 일그러트렸다.

"어디 불편하시옵니까?"

"아닐쎄. 에… 그러니까… 내가 자네를 부른 건 말이야, 이미 이서국과의 전투는 끝이 났고 자네가 용성국과 이성국에 가기 전에 이무기가 궁성에 다시는 들어올 수 없게 하는 비방이 있나 해서였는데, 자네 역시 용성국 출신이라 용의 피가 조금은 섞여있겠지? 그래서 그 향 내음을 맡고 휘청한 걸 테고. 어떤가? 이 정도면 용이나 이무기가 힘을 쓰지 못할 것 같은가?"

"글쎄요, 소신은 잘 모르겠나이다. 허나 향만으로 어찌 이무기를 막겠나이까?"

"그래? 그럼 자네는 혹시 좋은 방도가 있나?"

"예, 제가 알기로는 용의 그림이나 실제 용뼈조각 등을 여기 저기 붙여 놓으면 이무기들이 얼씬거리지 않는다는 말을 들었습니다. 그리고 금시 조의 그림을 그려놓으면 용들이 피한다고도 하지요."

"그래 확실한가? 누가 그러던가? 혹시 아진공의 생각인가?"

"아니옵니다. 남산에서 만난 기인에게 들었습니다."

"그가 누군가?"

"저도 잘 모르지만 엄청난 무공과 내공의 소유자입니다."

"그래? 알겠네. 그렇게 해봐야겠군."

"저어…"

석탈해는 조금 뜸을 들이다가 겨우 말을 꺼냈다.

"소장이 뭐 좀 여쭈어도 될런지요?"

"말하게."

"제게 주신 철단검은 거서간님을 시해한 흉기이니 증거품이라 알고 있사옵고 목간의 의미는 칠 부족이라면, 그 일곱 곳을 다 수사해보라는 뜻인줄 아옵니다."

"그런데?"

"소장은 동해 대사촌이 어디인지를 몰라 고민하다가 차차웅께 여쭙게 되었습니다."

"바로 그걸 자네가 알아봐주어야겠네. 백방으로 수소문을 해보게."

"조사해서 보고해올리겠나이다."

"그래. 그리고 오늘 낮에 토함산 소도(蘇塗)의 제사 지역을 관할하는 천군이 거서간님의 옥체가 정체모를 군사들에 둘러싸여있었다는데 자네 생각은 어떤가?"

"글쎄올습니다. 그 천군이 그 위치를 말하지 않던가요?"

"용하지가 않아! 그것들은 으레 두루뭉수리 넘어가는 것들이잖아! 내가 그들을 잘 알지. 나도 한때 용하다는 천군에게 제사법과 점술을 사사받은 적이 있거든."

"그러시군요."

"일단 북문에 침입했다가 성문밖에 도망치고 있는 태기왕의 잔병들은 숫자가 많지 않으니 추격병들의 전투는 금세 종결이 될테고… 그 전투가 마무리되면 내일 중으로 이성국으로 출발하게."

"예! 그런데 차차웅께서 궁성 성벽 위에 진법을 설치하셨나이까?"

"아! 그거? 내 외가의 도인들이 설치해둔 모양이야. 아니 그런데 자네가 어떻게 그걸 아는가?"

"예, 사실은 제가 성벽 위의 이상한 기운을 느껴서 여쭈어보는 것입니다."

"그랬군. 그 영감들이 일을 제대로 하긴 한 모양이로군. 하지만 그런 진법으로 이무기나 용들을 완전하게 막을 수는 없을 게야…자네는 그만 물러가보게. 날이 밝으면 궁에 들렀다 출발하게!"

"예"

탈해가 나가자 차차웅은 혼잣말처럼 말을 하기 시작했다.

"흑의! 자네는 요즘 후궁들에 대해서는 보고를 소홀히 하고 있군! 다섯 후궁들은 어떻게 지내시는가?"

"상중이라 모두들 숨을 죽이고 있나이다. 특이사항은 없습니다."

"그래? 지난달 후궁 손씨의 초상 후에 내가 육부촌 손씨 일가를 돌아보지 못했는데 손의섭공이 많이 서운해하는 것 같더군. 안 그런가?"

"속하는 잘 모르겠나이다."

"그리고 왕자들의 움직임을 예의주시하거라! 특히 박일과 박환의 움직임을 살피거라!"

"예!"

"후궁 배씨와 정씨 측을 잘 살피고 새로 들인 후궁 설씨도 누구를 만나는지 알아보라."

"존명!"

"가보게."

"예."

차차웅의 지붕 위에서 흑의인이 사라지고, 차차웅의 처소에서 동성문으로 이어진 성벽 아래로 탈해가 걸어가고 있었다. 막 북궁을 빠져나온 탈해는 향의 기운이 아직 남아있어서인지 기운이 다소 떨어진 느낌이 들었고, 차차웅의 여러 가지 질문이 신경이 쓰였다. 하지만 이내 어지럼증도 사라지고 평정심을 되찾았다. 기운이 다시 들자 탈해는 아까 지나쳤던 성문 뒤의 으슥한 성벽으로 다가갔다. 그런데 성벽위로 무언가 움직이는 것이 느껴졌다. 초병이나 궁성경비대의 병사가 아니었다. 순간 탈해는 한 마리 새처럼 신형을 날려 성벽 위로 올라갔다.

"으앗!"

경공으로 성문 위에 착지하려는 순간 괴이한 반탄강기에 밀려 탈해가 몸의 중심을 잡지못하고 성벽 상단부에 장식으로 만들어진 화강암의 뾰죽한 끝에 매달리게 되었다.

그런데 그의 눈에 믿을 수 없는 광경이 펼쳐지고 있었다. 웬 노인이 천등보법으로 허공을 걸어 하늘로 올라가는 것이 아닌가? 노인은 장삼을 걷어부치고 거동하기 편한 자세로 옷차림새를 고치더니 아무렇지도 않게 허공을 딛고 획획 올라가기 시작했다. 탈해는 자신도 모르게 소리쳤다.

"노인장은 뉘시오?"

탈해가 소리쳤지만 그 괴인은 대답도 없이 조금씩 하늘 위로 올라가기를 멈추지 않았다. 성벽 위에 설치된 진법에서 방사하는 무형의 기운을 마치 발판삼아 걸어 올라가는 형국이었다. 탈해는 호흡을 멈추고 그의 천등보법을 따라하였다. 그런데 놀랄 만큼 안정적으로 자신도 무형반탄강기를 딛고 오를 수 있었다. 믿기지 않았지만 괴이한 노인을 놓치지 않으려고 중심을 흩트리지 않고 보법에 집중하였다.

"헉!"

탈해는 별안간 주위 환경이 바뀐 것에 소스라쳤다. 자신이 이미 구름 속에 진입해있는 것이 아닌가.

"아니? 여기는?"

탈해는 몇 걸음 올라가지 않았다고 생각했지만 발아래로 저 멀리 산과 들판이 보였고 이미 까마득하게 높은 구름 속에 올라와있었다. 구름은 단단하여 밟으면 몸을 지탱할 수 있었다. 그런데 앞서가던 노인이 허연 두루마기를 휘날리면서 믿을 수 없는 속도로 휙휙 걸어가는 것이 아닌가. 탈해 역시 그를 따라 속도를 내어 뛰었다. 그러나 탈해의 뛰어난 경공으로도 그 노인을 쉽사리 따라잡을 수가 없었다.

"멈추시오! 노인장!"

탈해가 신형을 날려 노인에게 최대한 다가갔다. 그리고 겨우 그의 도포 자락을 잡았다. 그러나 노인은 도포자락을 벗어던지고는 하늘로 날아오르면서 순식간에 커다란 용으로 변하였다. 눈 깜짝할 사이에 수십 배로 커지는 그의 몸에는 비늘이 오색 빛으로 휘황찬란하게 빛을 발하였고 그 거대한 용 머리가 탈해의 눈앞에 나타났다. 그리고는 무거우면서도 섬뜩한 목소리가 들렸다.

"어딜 따라오느냐? 요 하찮은 이무기놈아!"

탈해는 그만 중심을 잃었고 구름 속에서 하염없이 떨어지기 시작했다. 구름이 아득히 멀어졌고 저 멀리 아래로 궁성의 성벽이 다시 보이기 시작했다. 탈해는 호흡을 가다듬으려했지만 정신을 차릴 수 없었다. 이내 엄청나게 공포가 밀려왔다.

"으아악!"

꿈이었다. 탈해는 온몸이 젖을 정도로 식은땀을 흘렸고 기운이 빠져서 다시금 잠이 들고 말았다.

한편 숙신국에는 예전처럼 사람들이 다시 모여들고 있었다. 숙신국에 가막미르 세력의 자금이 모이고 고을마다 돈이 돌자 사람들이 지속적으로 모여들었다. 과거 가막미르가 용성국에서 축출당한 후 이곳에서 거대한 군사를 집결시켰을 때와 버금갈 정도로 무사, 장사아치, 자객, 술파는 여인들 등등, 사람들이 돈을 따라 온 것이었다. 또한 궁성의 대전을 차지하고 있는 궁표검객이 자객들에게 후한 심부름비나 상금을 주고 모종의 임무를 수행하게 했기 때문에 칼깨나 쓰는 자들은 흥청망청 돈을 썼다. 그로 말미암아 연일 저잣거리는 술판이 벌어지는 축제분위기였다.

가막미르의 정예군 오천 명을 이끌었던 사대장군들도 지난 오년간 떠돌이 생활을 접고 숙신국으로 모였다. 과거 가막미르가 팔괘도인들에게 잡혀간 이후 뿔뿔이 흩어졌던 옛전우들이 다시 모인 것이다. 네 명의 장군들은 궁표검객에게 와서 예를 표했다.

"위대한 주군의 태대장군이신 궁표장군님을 뵈오이다."

"어서들 오시오. 내 주군을 대신하여 그대들을 영접하리다. 다시 잘 해봅시다!"

"예!"

거대한 언월도창을 든 마군탁, 긴 쌍검을 등에 매단 채 인사를 하는 고창운, 날렵한 조선도를 들고 온 해무인 그리고 나이가 가장 많으나 근력 강골인 장대완이 모두 모인 것이다. 과거 숙신국과 옥저 동예의 대장군들이었지만 가막미르에게 충성을 맹세하고 오년 전 전쟁을 함께한 자들이었다. 다섯 명이 마주앉자 장내완이 먼저 말했다.

"주군께서 부활하셨다는 얘긴 이미 들었습니다. 그리고 이렇게 태대장군께서 연락을 주시니 반가워 한달음에 달려왔소이다. 허허허."

"잘 오셨소이다. 주군께서는 지금 명부에 계시오. 열흘 후면 오실 겝니다. 염제하고도 이야기가 잘되었으니 다시 현현하시면 이번에 진짜 우리 세상이 열릴 것이외다!"

"그렇게 되어야지요."

"허허허허허."

궁표검객은 연거푸 건배를 제안하고 다섯 명이 건배를 수없이 외치면서 그렇게 밤새워 술을 마셨다. 먼동이 터올 때, 다들 대취한 기색이 역력했지만 경쟁적으로 더 많이 마시려고 애를 쓰는듯했다. 궁표검객은 자세를 곧추 세우고 술잔을 비운 다음 다소 느리게 말했다.

"장군들도 알다시피 내가 주군을 모신지 어언 이십 년이요."

"그랬던가요? 저는, 아니 우리는 십년도 되지 않았지요."

"몇 년 몇 년 따지는 거, 그게 중요한 게 아니고! 좌우간 난 주군을 따르는 자들의 변함없는 충성심에 탄복합니다."

"그야 주군께서 속하들을 친자식이나 손자같이 아껴주시니 그렇지요. 저는 숙신국에서 무장으로 삼십 년을 넘게 오만 전투에 참가했으나 과거 숙신국왕은 고생했다는 말 한마디 없이 전쟁에 지고 오니 저를 죽이려 합디다. 무장은 그게 숙명이라지만 다시 한 번 기회를 주면 자신이 있었소이다. 하지만 왕은 간신배들에게 속아 참형하라 했지요. 당시 주군의 명을 받은 감옥 간수가 나를 빼주지 않았다면 지금 쯤 구천을 헤매고 있을 거외다. 모든 사람들이 주군을 악인이라고 지칭을 한다 해도 난 알아요.

주군은 하늘이 낸 분이시오! 주군의 속뜻이 바로 우리 모두 함께 잘 살자는 그 깊은 뜻이라는 걸 깨달았소. 거기서 감동을 받았소이다. 육십 평생 그런 느낌은 처음이었소. 비로소 싸울 명분이 생긴 것이지요."

"그렇지요. 내가 하고 싶은 말을 장대완 대장군이 다 해버리셨구만. 후후후."

"그런데 태대장군은 용성국 출신라든데, 진짜로 주군께서 용성국 이십 팔 왕가를 싹 쓸어버리시려고 했습니까?"

"그랬지요. 용성국의 왕족들을 폐하고 소위 왕이 없는 나라를 만드시겠다고 하셨는데, 헌데 이상한 건 천하의 선인과 산신들이 모두 모여 반대하고 주군을 가두었어요. 그것 참 나는 이해할 수가 없었소이다."

"헌데 태대장군!"

성정이 급한 마군탁이 말했다.

"주군께서는 그럼 열흘 안에는 오시는 게요?"

"그렇소이다."

"그럼 군사 총동원령을 내려야할 때가 아닙니까?"

"마장군! 걱정마시오! 군사들은 저절로 옵니다."

"저절로요?"

"오년 전 살아남은 자들은 반드시 돌아올게요. 주군께서는 군사들을 다 치게하지 않으시려고 순순히 잡히신 기지요. 그 낭시 마지막까지 전면전을 펼쳐 양 진영이 다 개죽음을 했다면 오늘날 다시금 병사들이 모일 수 없었겠지요."

"그렇군요. 과연 주군께서는 대단하십니다."

"벌써 날이 훤하게 샜군! 자! 다시 한잔씩 쭉 들이키시고 조반을 드십시다."

"밤새 먹었는데 아침은 뭘!"

"허허허 하하하."

아침을 먹고 헤어지고 나자, 장대완이 홀로 남아 궁표검객에게 다가왔다.

"무슨 하실 말씀이 있으시오? 장대완대장군?"

"사실 주군께 직접 보고드려야하는데…"

"그럼 그렇게 하시지요."

장대완은 무언가 잘못한 사람의 표정을 지었다.

"사실은…"

"잠깐! 내게 말씀하시려구요?"

"그렇소이다. 사실 오년 전에 주군께서 옥저 앞바다의 적녀국을 찾아 황금을 알아보라고 제게 명하신 적이 있었습니다."

"그래요?"

"예, 적녀국은 국명이 시사하듯 옥저 바다 가운데에 있는 여인국을 가리키는 것이지요."

"그런데요?"

"제가 만난 옥저국 노사(老師)의 말에 의하면, 바다 가운데에 여인국이 있는데 남자는 한명도 없다고 했지요. 그 나라에는 신정(神井)이 있는데,

그 우물 안에 황금이 가득하다고 했습니다. 저는 몇 번이나 항해를 거듭했지만 아직 적녀국을 찾지 못했소이다. 그런데 최근에 어느 자객에게서 적녀국에 다녀왔다는 이야기를 들었소이다."

"그래요?"

"그에 의하면, 아니 그 여자객에 의하면 적녀국 종족은 주로 독을 바른 희한한 무기를 쓰고 가벼운 갑옷을 입는데 대개의 여전사들은 활, 독침, 손도끼 소형창 등의 무기를 능수능란하게 사용했다고 합니다. 그리고 무기에 모두 금칠이 되었다고 합니다. 그만큼 금이 흔하다는 것이겠지요. 적녀국 여군사들은 주로 말을 타고 활을 사용하며 습격하는 식으로 전투를 벌이는데 모두 경공이 뛰어나다고 하더군요. 현재는 여왕과 후계자인 해보라고 불리는 공주까지 죽어서 왕위계승을 놓고 분란이 있다고 합니다."

"그런데 그자가 그곳을 찾아갈 수 있다고 하던가요?"

"작년에 젊은 남자들을 잡아가려고 옥저와 예, 맥 등지에 배를 타고 왔을 때 탈출했는데 눈을 가리고 와서 확실하지는 않지만 옥저 땅에서 이틀이면 갈 수 있는 거리라고 하더군요."

"하지만 정확한 위치를 모르지 않소이까?"

"그렇긴 하지요. 하지만 가막미르님이 현현하시기 전에 적녀국을 찾아 황금을 가져와야하지 않을까합니다만."

"고맙소이다, 장대완장군. 하지만 우리는 이미 군자금을 어느 정도 확보해두었습니다. 오년 전에 묻어둔 황금이 적녀국만큼은 아닐지라도 꽤 됩니다."

"그렇군요."

"가막미르님이 용성국을 다시 접수하시면 그때 상황을 봐서 적녀국을 찾아보십시다. 고단하실텐데 이만 가서 쉬시지요."

　"알겠습니다. 태대장군!"

제 12화 - 3. 이서국과의 북천 전투 - 거서간 붕어 이일째(4)

궁표검객은 장대완 장군이 사라지고 나자 혼잣말을 했다. '적녀국이라… 예전 함달바왕의 왕비가 적녀국 출신이라 했던가? 그렇다면 적녀국에서는 당연히 필요 없는 그 왕자는 버려졌을테고… 혹 공주가 몰래 키웠던가?' 궁표검객은 야릇한 웃음을 한번 지어보이더니 정좌를 하고 명상에 들어갔다.

반식경 후 궁표검객의 초소지붕에 검은 인영 하나가 들어왔다. 궁표검객은 미동도 없이 또한 입술을 움직이지 않고 무겁게 말했다.

"왔는가?"

"예."

"이운하는 별 문제없지?"

"예. 아직까지는 그렇습니다."

"그럼 되었다. 이운하에게 이제부터는 장대완을 살피라 하고 문제가 있으면 보고하라."

"예!"

"그리고 주군께서 예전에 몰아낸 용성국 함달바의 자식이 아들인가, 딸인가?"

"자식은 있었으나 아들이지 딸인지를 속하가 알 수 없습니다."

"사내인지 게집인지 확인하고, 그 아이가 살아 있다면 거처를 확인하라."

"예."

"그리고 적녀국 위치에 대해서도 알아보거라."

"명을 받듭니다. 참, 대전 밖에 동해용궁의 다섯째 왕자가 와있습니다."

"이제 들여보내라!"

"예."

잠시 후 휘황찬란한 백색명주천에 진주로 장식된 화려한 의관을 입은 동해용궁의 왕자가 숙신국 대전에 들었다. 상당히 불쾌한 표정이었다.

"어서오시오! 동해용궁 제 오 왕자!"

"흠! 본 왕자가 좀 기다렸소이다."

"자! 좌정하시지요. 조반으로 뭐 요기라도 하실까요?"

"좌정이고 뭐고 사실 내가 바쁘오. 새벽에 도착해 여태 대기했소이다. 바다를 건너는 도중 갈매기떼가 하도 귀찮게 해서 그것들 한 백 마리 잡아, 선상에서 갈매기를 배불리 잡아먹고 왔지요. 그런데 이 숙신국 산에 오니 봄이 왔건만 새 한 마리 날지를 않는구려. 산에 먹을게 별로 없나보오."

"왕자께서 용궁에서 오셔서 육지가 익숙치 않으시겠지만 여기는 산이 아닙니다. 평원이지요. 그리고 우리는 산새들을 먹지 않소이다."

"그래요? 아무려면 어떻겠소. 약조한대로 창 이천 자루와 작살 천 자루는 준비가 되었겠지요?"

"물론입니다."

"쇠도 강철이구요?"

"여부가 있겠소이까?"

"그럼 조만간 가막미르께서 이리로 오시겠군요. 우리 용왕께서 애를 무진장 쓰신 건 알고 있지요?"

"아무튼 큰일 하셨습니다. 다시 한 번 고맙다는 말씀을 드리는 바입니다."

"그거야 뭐, 서로 필요에 의해서 한 일이고… 물건을 확인하고 난 곧바로 출발하겠소이다."

"그러시지요. 밖에 경비대 장군은 왕자님을 모셔라!"

"예!"

경비장군이 대전으로 뛰어들어오자 왕자는 손사래를 쳤다.

"아니오. 그럴 필요 없소이다. 우리군사들이 상당수 와서 이쪽에서 도와준다고 나서면 괜히 일만 복잡합니다. 궁궐 광장에 놓인 무기들을 우리가 확인하고 가지고 가겠소."

"그렇게 하시지요."

"그럼."

동행용궁 왕자는 자신을 기다리게해서 시종 기분이 좋지 않다는 표시를 내더니 인사도 없이 대전을 나섰다.

"봤느냐?"

"예?"

"왕족들은 저렇게 싸가지가 없다는 걸."

"그거야 기다렸으니까…"

"저렇게 기다릴 줄 모르는 게 싸가지가 없다는 것이다."

"예. 그렇군요."

"너도 알다시피 우리 숙신국의 불함산 허리를 가로질러 숙신강이 흐르지 않느냐?"

"예!"

"그 강을 우리가 쓰고 남은 물을 버리면 그 물이 동해로 간다. 그런 동해용궁의 저 작자들이 그 물을 쓰는 거지. 말하자면 우리의 쓰레기를 받아먹으면서 왕족이라고 재는 꼴을 보면 참 가관이구나."

"그래도 가막미르님을 풀어주는 걸 도와주었잖습니까?"

"요구하는 대가가 너무 지나치구나. 동옥저의 해변 땅을 떼어주고 석영과 수정을 오백 가마니를 주었는데 이번에는 창과 작살까지 달라하니… 지나치구나! 이번이 마지막이다. 더 요구를 한다면 왕자건 사신이건 오기만 하면 없애버릴 것이다."

말을 마친 궁표검객은 경비장군을 물끄러미 바라보았다.

"너는 귀족출신인가?"

"예."

"나는 본시 농부의 아들이다. 할아버지는 야장장이셨다. 그러나 숙신국 태대장군으로 주군께서 허락하셔서 내 위상은 현재 왕이나 진배없다. 신라국 귀족출신인 너는 아니꼽냐?"

"아닙니다."

"나는 안다. 우리가 먹는 밥그릇의 밥알 한톨에 얼마나 많은 농부의 피와 땀이 들어있는 줄을 또 우리가 마구 쓰는 칼에는 야장장이의 피와 땀이 쏟아졌는지를…너희 같은 귀족나부랭이들은 모른다. 나는 한때 숙신국을 지키는 장군이 되어 부여군 오천이 쳐들어왔을 때, 궁수 일천 명으로 성을 지켰다. 아끼던 부하들이 피를 쏟고 뼈가 잘렸고, 내 형제와 다름 없던 친구들의 머리가 잘리고 창자가 배 밖으로 흘러도 성안의 왕자와 귀족들은 만찬을 즐기고있었다. 우리 용감한 기병이 모두 죽고 주인을 섬기던 충성스런 말들이 몇 필 남았길래 왕자에게 훗날을 도모하여 피하는 것이 어떠한가를 물으러 대전에 들었다. 그런데 그 귀족들은 술을 마시며 원조군을 기다리고 있었다. 그들은 군사들의 싸움은 관심이 없고 오로지 먹고 도망칠 궁리만 하더군! 나는 원군이 없다는 걸 잘 알고 있었다. 그래서 술을 마시던 그것들을 모조리 죽여버렸다. 왜 저런 것들을 위해 피를 흘려야하는가? 아무리 충신이 되고 싶어도 충성을 할만 왕이 없으면 다 헛된 일 아닌가? 안그래?"

"그래도 충성심은 나라를 위해…"

"이놈아! 신명나지 않는 충성심은 가짜이니라. 내가 이 목숨을 바칠만 한 분께 바쳐야 뜻이 있는 거고. 또 그분이 나를 알아주어야 신명이 나는 것 아니냐? 왕족 귀족들은 다 쓰레기야. 다만 귀족 출신 중에 유일하게 나를 알아주시는 분이 바로 주군이시다. 그래서 내가 이 길을 가는 거다. 너도 언젠가 알게 될 것이다. 가 보거라."

"예!"

궁표검객은 경비장군을 내보내고 생각에 잠겼다. 그리고는 이내 술을 한잔 따라마셨다. 궁표검객은 점점 어두운 표정을 지었다. 그리고는 검을 뽑아 그 예리한 검에 여기 저기 흠집이 난 측면을 한참 동안 들여다보았다. 한동안 생각에 잠겨있다가 살짝 놀랐다.

자신을 부르는 경비병의 목소리가 누군가와 비슷했기 때문이었다.

"태대장군님."

"무언가?"

"지난번에 장군님을 주군으로 모시겠다던 무사 둘이 다시 찾아왔습니다."

"누구?"

"팽대협의 형제들이옵니다."

"그 배신자들이?"

궁표검객은 불같이 상기된 표정으로 검을 한번 강하게 잡아올렸다가 내려놓으며 말했다.

"그들을 들라 하라."

"예!"

검은 장삼에 쌍칼을 멘 쌍둥이 같은 무사 둘이 들어와 무릎을 꿇고 고개를 조아렸다.

"주군을 뵈오이다!"

"주군이라구?"

"죽여주십시오."

"자! 오냐. 주군의 명이다! 너희 둘은 당장 자결하라!"

추상같은 궁표검객의 명이었다. 그의 목소리에는 살기가 담겨있었다.

"하지만 기회를 한번 주십시오!"

궁표검객은 쓴 웃음을 지었다.

"너희는 팽씨무사가 아니다. 너희들은 변복하고 내 부하들을 독살한 후 얼굴까지도 역용을 한 간자임을 내 익히 알고 있었다. 너희가 내 두 의형제를 죽이고 낙랑과 내통하여 나의 명예를 더럽혔으니 네놈들은 죽어 마땅하다! 내 이미 너희가 간세의 무리임을 알고 있노라!"
"아닙니다! 주군! 우리를 믿어주시오!"
"주군이라니? 내가 어찌 너희놈들의 주군이더냐! 너희들이 제아무리 변장을 그럴듯하게 해도 나는 내 의형제들을 알아볼 수 있다. 내 오늘 너희를 죽여 흑수의 검은 물에 던지리라! 그리하여 내 사제들의 원한을 풀어줄 것이다!"

궁표검객의 말이 끝나기 무섭게 무릎을 꿇고 있던 팽씨 무사 한명이 발검을 하려 했다. 그러나 궁표의 표창이 그를 제압한 후 바로 칼집으로 일거에 그 무사를 고꾸라트렸다. 그와 동시에 궁표검객의 광채가 번뜩이는 쾌속검이 빛과 함께 선혈을 뿌렸다. 그러나 칼을 맞은 무사가 자신의 복부에 찔려 있는 궁표검객의 검을 부여잡고 놓아주진 않았다.

"으윽. 홉!"

"아니? 이놈이?"

궁표검객이 자신의 검을 빼기위해 힘을 썼지만 죽어가면서도 배에 박혀있는 검을 잡고 있는 무사가 시간을 끌 동안 나머지 한명이 발검을 하고 전속력으로 궁표검객에게 빠른 초식으로 공격을 해왔다.

"이얍! 죽어라!"

그러나 궁표는 오히려 공격해오는 사람 앞으로 나오면서 배에 검을 맞은 자의 옆구리에 차고 있는 검을 빼앗아들었다. 검을 쭉 뻗으며 순식간에 나머지 한명의 검을 맞받아치며 그를 제압했다. 그리고 허리를 순식간에 베어버렸다.

"핫!"
"윽!"

그러나 옷이 찢어지고 옷자락이 바람에 펄럭였지만 그는 멀쩡했다. 찢어진 옷 틈으로는 일명 철세심으로 만든 갑옷이 드러났다. 그것은 가느다란 철사를 엮어 만든 일종의 특수 갑옷이었다.

"대단한 자로군. 너희는 분명 팽씨가 아닌네? 네놈들은 누구냐?"
"우리는 맥국 왕자님의 수호무사들이다."
"맥국?"

"그래 네놈이 우리주군을 해쳐 이제는 예맥국으로 통일되었지만 우린 주군의 복수를 해야만한다."

"잘 기억이 나지 않는구나. 가만있자. 오년 전의 그 맥국의 왕자란 말이 냐?"

"그렇다!"

"이런 충성스러운 놈들이 내 밑에 있어야하는 데 참으로 아깝도다!"

"닥쳐라!"

자객은 궁표검객게 빈틈을 보이며 오로지 직공을 펼쳤다. 자신의 갑옷을 믿고 공격초식만 연거푸 반복하는 것이었다. 너댓번의 공격을 쉼없이 펼치던 그가 마침내 지쳐서 긴 호흡을 하려고 입을 벌린 순간 궁표검객의 칼이 그의 입속으로 빨려들어가듯 꽂혔다. 결국 그 역시 불귀의 객이 되고 말았다.

"이얍!"

"으윽!"

그야말로 순식간에 이루어진 일이었다. 싸우는 소리를 듣고 궁표검객의 집무실로 모여든 경비병들은 죽은 자들의 단발마를 들었을 뿐이었다. 순식간에 모인 군졸들은 궁표검객의 인정사정없는 모습과 희대의 칼솜씨를 보고 더욱 경악을 금치 못했다

제 13화 - 4. 예국의 자객 - 거서간 붕어 사흘째(1)

날이 밝기 전에 탈해는 새벽같이 장도에 오를 준비를 했고, 차차웅에게 보고하고는 즉각 출발하고자 했다. 그런데 암자에 급작스런 전갈이 왔다. 차차웅이 탈해 일행에게 무장하여 화급하게 입궁하라는 명이었다.

석탈해는 궁으로 향하면서 참모장군들에게 대략적인 보고를 받았다. 최장군이 탈해에게 간략한 설명을 했다.

"석장군! 자객이 성에 들어왔다가 지금 성 밖에서 진을 치고 요구사항을 들어달라고 떼를 쓰고 있다네."

"어떻게 그런 일 있지요? 그냥 제압하면 되는 거 아닙니까?"

"경공술과 진법술이 대단한 자들이라 제압이 안되고 있어서 석장군을 이렇게 불렀네."

"으음. 일단 차차웅을 뵙겠습니다."

금성에 잠입한 자객들은 이십 여명이었다. 계림군 경비대가 전력을 다해 막았으나 일기당백의 고수들이어서 여러 시간을 접전했다. 경비대가 금성의 북문 밖으로 몰려나갔으나 자객은 배후세력을 업고 돌연 추격대에 맞서서 양군은 대치국면으로 바뀌었다. 그들은 양산 북쪽에 진을 치고 옛 태기왕의 군사복장을 한 기백명의 군사를 뒤에 세워두고 물러나지 않고 육부 병사들에게 무언가를 요구하며 시위를 했다. 그런데 수백의 군사들로도 수십 명에 불과한 적들을 물리칠 수가 없었다.

남해차차웅은 사실 지난밤 궁에 비상 회의를 소집했다. 저녁 어둠이 점차 땅거미를 몰아내는 시각이었다. 회의에 노례왕자와 아니공주를 배석시킨 것은 의례적이지 않았지만 공주가 갑옷을 입은 것은 모두의 눈을 의심하게 만들었다.

"여봐라! 내가 들으니 육부병들과 진한 잔병들이 대치중에 내통이 있었고 선왕의 시신에 대한 비방의 말들이 오갔다하니, 이런 망칙하고 발칙한 일이 어디 있단 말인가?"

"망극하오이다."

백관은 고개를 조아리며 감히 왕을 올려보는 자가 없었다.

"내 마음 같아서는 태기왕의 잔존병사와 그들과 대치중인 육부의 병사까지 모조리 도륙을 내고 싶다마는 국상중이고 궁궐주위가 매우 소란하니 비밀리에 접전지에 가서 대치를 풀고 협상을 할 인물을 가려 뽑고자 하노라."

남해차차웅은 의외로 차분한 목소리였다.

"나설 자가 있으면 자원하라!"

차차웅의 분부가 있었지만 아무도 선뜻 나서질 질 않았다. 만주백관은 이미 차차웅의 뜻을 알고 있었기 때문이었다. 아니공주를 대표로 협상단을 꾸밀 의중에 감히 반대하거나 자신의 의견을 내놓은 자는 없었다.

"좋다! 그러면 내 맏딸 아니공주를 장수로 삼아 육부의 군사와 태기왕 세력의 요구를 듣고 합당하면 협상을 하도록 할 터이니 석탈해와 그 장수들은 기병 백 그리고 보병 오백을 대동하고 궁수부대가 도착하는 대로 출정하라!"

"예!"

새벽에 입궁한 석탈해는 전날 하루 종일 전투에 참가했기 때문에 피곤함이 온몸으로 퍼져왔다. 적들은 마치 들짐승처럼 땅을 파고 들어가 숨거나 산 아래 동굴 등을 드나들면서 야비하게 싸움을 지속했다. 탈해는 여러번 출정하여 적들을 무찔렀지만 적들은 여기저기로 숨어들어 섬멸하기가 어려웠다. 탈해는 지속적인 전투도 힘들었지만 피곤증은 어쩌면 차차 웅처소의 향 때문인지도 몰랐다. 새벽부터 나와 해뜨기 전까지 잔당을 쫓아다녔더니 무척이나 고단함이 밀려왔다. 남산 외곽을 지키던 궁수부대가 월궁으로 오려면 빨리 이동해도 반식경은 더 걸렸다. 그사이 탈해는 잠시 휴식을 취하려고 월성에 임시거처에 들어와 전음을 통해 호법 백의를 불렀다. 그는 지붕 처마 위에 있는 듯했다.

"백의 있는가?"

"예, 주군! 대기하고 있습니다."

"양산 북쪽의 괴무사들의 정체가 무언가?"

"그들은 북쪽 오백 리 밖의 명주산에서 온 자들로서 지난날 진한의 병사들인 줄로 압니다."

"그런데 왜 선왕의 국상 중에 소란을 피우는가? 역시 이서국처럼 영토 분쟁인가?"

"그렇사옵니다. 그들은 스스로를 하슬라국이라 칭하고 태기왕을 추종
하던 자들이 주축이 되어 명주산 남쪽에 예국과 국경을 접하여 나라를 세
웠으니 당연히 남쪽으로는 신라와 영토 분쟁이 예상됩니다."

"하슬라국? 태기왕은 벌써 연전에 죽었는데 명주산에 그들의 후예가
있었단 말인가?"

"예, 명주산은 본래 예국의 도성지로서 단군 시대에 창해에 속했으며,
최근에 하슬라(河瑟羅)라 하였습니다."

"그런데 천리나 떨어진 그들이 왜 육부촌 병사들과 서로 내통을 한단
말인가?"

"그것은 육부촌의 많은 사람들이 태기왕 세력으로 흘러들어 상당수가
친척지간이고 지금도 왕래가 있어 치열한 전투를 벌이지 않는 것입니다."

"이상하군. 박혁거세 거서간께서 그들을 모조리 소탕하였는데, 어찌 세
력이 저리도 등등하게 남아 있단 말인가?"

"당시 명주산 남쪽에서 거서간의 명을 받은 남해차차웅이 한명도 남김
없이 잔류세력을 없애버렸습니다. 지금 이건 육부촌의 농간이라고 할 수
도 있습니다만 알 수가 없습니다."

"육부촌의 장난이란 말인가?"

"저로서는 그들이 친척관계라는 것 외에는 특별히 짐작이 가지 않습니다."

"그렇다면 자네는 동해 대사촌의 금씨 일족에 대해 들어본 적이 있는가?"

"예?"

"대사촌의 금씨를 아는가?"

"모르나이다."

"그래? 알았다."

석탈해는 또 잠시 말이 없었다. 그리고는 조금 무거운 어조로 다시 전음을 보냈다.

"내가 일년 전에 기억을 잃은 후 자네는 아진의선님의 소개로 나에게 왔지만 그전에 나는 붕어하신 거서간님과는 잘 아는 사이였지?"

"예, 그러하옵니다."

"내가 몇 달 전 차차웅을 동해에서 구하기 전 차차웅을 뵌 적이 있었나?"

"예."

"좋은 관계였나?"

"주군께서는 차차웅님과는 별로 친분이 없었습니다만, 거서간님과는 좋은 사이였나이다."

"충신이었단 말인가?"

"그, 그렇다고 할 수 있습니다만…"

"가히 충신은 아니었군."

"그게 아니라 주군께서 무공 증진을 위해 워낙 싸움을 하고 다니셔서…"

"내가 그렇게 파락호였나?"

"아니옵니다. 용서하소서. 주군!"

"그런데 왜 차차웅께서는 지난날 동해에서 나를 알아보지 못하셨지?"

"그건 속하로서는 잘 모르겠나이다."

"그대는 아진의선의 사람이지만 차차웅의 명을 받고 있지 않는가?"

"속하는 주군의 명을 최고로 받드나이다."

"진심인가?"

"제 목을 걸고 말씀드립니다."

"알았다. 물러가라."

"예!"

탈해는 아직도 기억나지 않는 자신의 과거가 가슴 속의 통증으로 남는 것 같아 답답하기 그지없었다. 심호흡을 하고 나자 삼월의 공기가 생각보다 차가웠다. 피곤해서 그런지 한기가 살을 저미고 들어오는 듯했다. 석탈해는 차차웅이 선왕의 시신을 찾기보다는 이서국과 진한 그리고 육부촌 세력과의 다툼에 부쩍 신경을 쓰는 것이 의아했다. 예전에 용성국 출신인 아진의선의 말대로 스스로 신통력이 있다면 그는 어째서 시신을 찾지 못하는 것일까? 의심은 의심을 낳는다는 말이 사실이었다. 석탈해는 극도의 피로감을 느꼈지만 잠이 오지 않았다. 단전호흡으로 소주천 행공을 하여 피로감은 떨쳐버렸지만 망상은 지워버릴 수가 없었다.

이윽고 삼백여 명의 궁사들이 도착했다. 금성 성문 앞에는 월성 북쪽 접전지로 향할 보병 군사 오백이 도열을 마치었고 기병은 이미 궁성 밖에 집결하였다. 배상길을 필두로 정천종과 설우혁이 지난밤의 피로를 말끔히 털어버린 듯 생기 있는 모습으로 나타났다. 하지만 은동이 나타나지 않았다. 이서국의 유곤장군을 쏘아죽인 공로로 상을 받기로 했지만, 그녀의 모습이 보이지 않았다.

아니공주는 갑옷차림으로 좌측에는 설장군과 우측에는 이장군을 대동하고 마상으로 몸을 날려 싸늘한 표정으로 말을 매우 빨리 몰았다. 월성의 북문을 통과하자마자 도열한 육부군이 일제히 고개를 숙였다. 아니공주는 육부군 지휘장군을 불러 대치 상태를 확인하고는 자초지종을 물었다. 지휘장군은 상장군 정달화로 정천종의 숙부였다. 육부촌 출신이나 해전에 능한 장수였기 때문에 육상전에는 매우 신중한 편이었다. 그는 대치 상황이 발생하자 일단 상부에 보고하고 명령을 기다리고 있었다. 뜻밖에도 대치상황의 원인은 말도 안되는 엄청난 요구사항 때문에 벌어진 것이었다. 진법을 설치하여 대군의 공격을 저지하고 있었는데 진한군들은 혁거세 선왕의 관을 가지고 있다고 주장했다. 그래서 육부촌 병사들은 그들을 공격할 수가 없었던 것이었다. 요구는 실로 엄청났다. 신라 북측 땅 백리를 떼어주고 앞으로 황금 열관을 내어놓고 백년간 예국땅을 침범치 말 것이며 그리고 유실된 태기왕의 해골을 찾아주고 향후 제사를 성대하게 지내달라는 것이었다.

"무엇이? 건방진 놈들!"

아니공주는 마치 차차웅처럼 고함을 쳤다.

"장군은 어째서 차차웅께 이 사실을 고하지 않은 것이오?"
"예, 일단 저들의 말을 믿을 수 없었습니다. 관을 보여주지도 않고 제멋대로 무리한 요구를 하는지라…또 적장은 저의 육촌형인데 어려서부터 거짓말을 잘 하는 자이옵니다."

아니공주는 즉각 이 사실을 차차웅에게 보고했다. 아니공주의 윤허를 받은 석탈해가 앞으로 나와 적병들의 진법을 유심히 살펴보았다. 그리고는 진의 약점을 찾았다. 적의 칼과 창이 실제와 달리 너댓 배로 커 보이는 진법술이었다. 탈해는 속임수를 꿰뚫어보고 적장을 향해 소리쳤다.

"나는 석탈해장군이다. 내가 이 진법을 잘 알고 있으니 항복을 함이 어떠한가?"

"웃기지마라!"

적장이 탈해를 비웃었다. 그리고는 일단계 진법을 펼치라고 외쳤다.

"오냐! 내가 진법을 파해하면 너희는 곧 죽을 목숨이다!"

말을 마친 탈해는 검을 휘둘러 전열의 병사 한명과 바로 그 뒷열의 병사 두 명을 동시에 베어버렸다. 그러자 진법이 일순간 깨지고 말았다. 진법이 와해되자 적 장수가 다음 진법을 외쳤다. 진법은 전보다는 축소되었지만 더욱 단단해보였다. 그러나 탈해는 아랑곳하지 않고 다시 진법을 구성한 병사들에게 달려들었고 뒤에 있던 장수가 나섰다. 제법 호기롭게 발검하여 탈해에게 공격을 가했지만 삼합만에 절명하였다. 그러자 다시 다른 장수가 앞으로 나오며 다음 진법을 구성하라고 외쳤다.

"삼 단계 진법!"

"나는 이 진법도 파해할 수 있다. 거서간님의 시신을 내어놓고 속히 물러삼이 어떠한가?"

"어림없는 수작마라!"

저항이 거칠었지만 이번에는 탈해가 화살을 쏘아 진법을 뚫고 적병 한 명을 쓰러뜨렸다. 그러자 적장이 외쳤다.

"정녕 그대들이 진을 깨고 쳐들어온다면 우리는 거서간의 시신을 손상 시킬 수밖에 없다!"

"이런 치사한 놈들! 감히 거서간님의 시신을 갖고 흥정을 하다니? 내 너희들을 모두 죽여없애버릴 것이다."

"잠깐!"

탈해가 흥분하자 아니공주가 나섰다. 그녀는 정달화 장군에게 무언가 귀엣말을 주고 받은 뒤 외쳤다.

제 14화 - 4. 예국의 자객 - 거서간 붕어 사흘째(2)

"나는 신라국 아니공주다! 적장은 들으라! 그대들이 거서간님의 관을 돌려준다면 차차웅님께 아뢰어 가능한 한 그대들의 요구를 들어줄테니 시신을 내놓는 것이 어떠한가?"

"확답을 듣기 전에는 어림없다! 문서로 써서 차차웅의 수결을 받아오라!"

시종 공주의 곁을 지키던 정달화 장군이 자신의 조카인 정천종을 불렀다. 정천종은 아니공주에게 예를 올리고 허락을 얻은 뒤 다시 앞으로 나아갔다. 그리고는 사자후와도 같은 목소리로 외쳤다.

"이장군은 들으시오. 그대들의 요구 중 땅 백리를 달라는 것을 제외한다면 나머지 요구에 대해서는 차차웅께 허락을 얻어올 것이고 그렇지 않다면 여기서 그대들을 도륙을 낼 것이요!"

그의 목소리에는 어쩐지 거부할 수 없는 강한 의지가 엿보였다. 적장은 적지 않게 당황한 모습이었다. 그러나 정천종의 주장을 거부하였다. 얼굴에 노기를 띤 천종은 창을 들어 백장이 넘는 거리의 적진의 군기를 향해 던졌고 창은 보기 좋게 적기의 봉을 부러뜨려버렸다. 믿을 수 없는 괴력이었다. 과연 정천종이었다.

적장은 잠시 망설이다가 그의 요구에 따르기로 했다.

한편 궁성에서는 아니공주가 보낸 전령의 말이 채 끝나기도 전에 남해 차차웅이 엄청나게 진노했다. 그런데 그는 태기왕 잔존세력의 요구사항을 모두 들어주겠다는 것이었다. 황급히 입궁한 호공이 시신을 훼손해서는 절대 안된다는 진언이 있었기 때문이었다. 결국 진한군은 약속을 얻어내고 돌아갔고 선왕의 시신은 되찾았다. 거서간이 승하한지 삼일만이었다.

시신을 되찾은 시각은 황혼 무렵이었다. 차차웅은 거서간의 시신을 찾은 감격 때문인지 탈해에게 이미 어두워졌으니 하루 쉬었다가 출발하라고 명했다. 탈해는 일행을 데리고 아진포로 향했다. 극도로 피로감을 느낀 탈해는 토함산 암자보다는 친할머니 같은 아진의선에게 가서 어리광이라도 부려볼 요량이었다. 아진포로 접어들자 탈해는 어느덧 푸근한 느낌을 받았다. 갈매기 울음소리와 철썩거리는 파도소리가 그의 마음을 평안하게 하는 것 같기도 했다. 힘겨운 일이 있을 때나 쉬고 싶을 때 습관처럼 자신을 키워준 아진의선을 찾아오곤 했다.

아진의선은 계림 동쪽 하서지촌의 아진포에서 오랫동안 고기잡이를 하다가 이제는 은퇴했다. 그녀의 이름 아진의선(阿珍義先)이 널리 알려진 것은 그이가 바로 혁거세 거서간의 고기잡이 할멈이었기 때문이었다. 오랜 세월동안 거서간이 원하는 물고기를 잡아 진상을 하였는데 낚시와 투망실력은 인근에서 당할 자가 없었다. 아진포 옛집에 다다르자 탈해는 아이처럼 사립문으로 달려들어갔다.

"할머니, 저 왔습니다."

"어디 보자! 며칠만인가? 거서간님 일로 고생하더니 조금 야위었구먼."

"아니에요."

"엊그제 궁궐에서 수사책임을 맡은 너를 보니 참으로 의젓하더구나."

석탈해를 친손자처럼 반기는 아진의선은 얼굴에서 광채가 나는 노파였다. 석탈해 일행을 한번 매서운 눈빛으로 둘러보고는 이내 할머니의 온화한 표정을 지었다.

"저런! 얼굴이 반쪽이 되었구나! 뭐 만난 것 좀 먹여야지. 아범아! 바다에 나가 보약 좀 잡아오거라. 용봉탕을 끓일테니 거북 큰 놈으로 찾아보거라. 나는 암탉을 잡아야겠다. 잘 먹고 한 이틀 푹 쉬다 가거라!"

"아니에요, 할머니, 저 시간이 없어요."

"아니 왜?"

"내일 새벽에 이성국과 용성국에 다녀와야겠어요."

"그래도 요기는 하고 가야지, 너 용봉탕을 좋아했잖아. 기다리거라!"

상길과 천종 그리고 우혁이 거북이 잡이를 가는 그녀의 아들 무명을 따라 바다로 가고 아진의선이 닭을 잡으러 집을 비운 사이 백의가 해변의 솔숲 속에서 전음을 보냈다.

"석탈해님, 아니공주께서 밀파한 자가 인근에 잠입해있습니다. 말씀을 아끼십시오."

"알았다."

탈해에게 아진의선이 돌아와 백의에 대해 이야기를 해주었다.

그는 원래 아진의선이 천거해 궁에 들어갔고 한때는 남해차차웅의 사람이었지만 이제는 석탈해를 주군으로 모시고 있기 때문에 아니공주에 대해서조차 긴장을 늦추지 않았다. 사실 기억을 잃은 석탈해는 백의 덕분에 신라에 와서 자리를 잡았다고 해도 과언이 아니었다. 석탈해를 비밀리에 수행하는 백의는 석탈해의 모든 행동과 실천을 판단하게 하는 은인이었다. 실제로 그에 의해 아진의선과 박혁거세 거서간 그리고 남해 차차웅과의 인연이 만들어진 것이다.

아진의선이 혁거세의 눈에 든 것은 낚시실력도 실력이거니와 그녀가 방물장사로 위장하여 태기왕의 산성에 잠입한 공로를 인정받은 뒤부터였다. 진한의 마지막 왕인 태기왕은 박혁거세에 쫓겨 맥국에 몸을 의탁하여 지내다가 맥국의 늙은 하진왕의 눈에 들게 되었다. 그는 맥국의 슬하공주와 혼례를 맺고 결국 맥국의 왕위를 물려받게 되었다. 맥국의 왕이 된 태기왕은 동으로는 예국와 동북으로는 고구려, 북으로는 옥저 그리고 남쪽으로는 신라와 접경하여 여러 차례 전투를 치렀다.

맥국은 적의 침입을 받고 패퇴, 남쪽 성인 삼악산성으로 옮겼다. 삼악산성을 거대한 산성 요새로 만들었다. 기와를 구워 궁궐을 짓고 군사훈련을 강화하여 태기왕은 맥국의 부흥을 기원했다. 고구려 세력이 남하하고 옥저 부여 등의 압박이 심해지자 주요생산물인 기와 생산을 위해 남쪽으로 도성을 옮긴다. 기와를 구웠던 곳을 왜대기라고 불렀는데 신라의 혁거세 거서간은 영토 확장과 기와생산지를 빼앗기 위해 대대적인 전투를 벌인다. 맥국을 침공한 신라군은 삼악산성을 완전히 포위했다. 맹렬하게 공격했으나 삼악산의 산세가 험준하고 삼악산성이 견고해서 방어망을 뚫지 못했다. 맥국 군사들은 위에서 내려다보면서 신라군에게 활을 쏘고 돌을 굴려 내렸다. 신라군은 삼악산성을 힘으로 점령할 수 없다는 것을 알게 되자 위장전술 비책을 내어놓았다. 혁거세 거서간의 일급참모인 남해차 차웅은 많은 군사가 휴식을 취하는 것처럼 꾸미기 위해 안장을 얹어 놓지 않은 빈 말들을 매어 놓았다. 신라군의 주둔지인 삼악산의 맞은 편 강 너머에 있는 산등성이와 계곡에 허수아비를 만들어 세웠다. 신라군은 맥국의 군사가 허수아비를 군사로 알고, 또 빈 말을 보고 싸울 뜻이 없는 것처럼 위장을 했던 것이다. 더군다나 산성 바로 가까이에는 늙고 쇠약한 군사들이 훈련하면서 칼싸움을 해 보여서 더욱 안심시키려 했다.

맥국 군사들이 안심하고 있을 때 신라군은 맥국 대궐의 서문 앞 숲에 매복했다. 그리고는 군사들의 빨래를 많이 널어놓았다. 군복을 모두 빨래 하여 널어놓았으니 공격하지 않을 것으로 믿게 만들었다. 군사의 이동이나 전투 준비를 하지 않을 듯 위장하고 몰래 군사를 북문 쪽 덕두원으로 이동시켰다. 그러나 신라군은 줄사다리를 이용하여 맥국군을 기습했다. 신라군은 북문을 부수고 쳐들어와서 왜대기 골짜기의 맥국군사를 공격했다. 기습공격을 받은 맥국 군사들은 끝까지 싸웠으나 패퇴했다.

삼악산성의 서문에 매복하고 있던 신라군도 방물장수 할머니로 위장한 아진의선을 앞세워 길을 안내케 하고 맥국의 슬하왕비가 부탁했던 패물을 구해가지고 왔다고 고했다. 방물장수 할머니에게 맥국 군사들이 성문을 열어주자 신라군들은 그 틈에 일제히 쳐들어왔다. 서문도 적들에 의해 점령되었다.

신라군은 북문과 서문을 통해서 쳐들어와 삼악산성을 완전히 점령했다. 안심했던 맥국의 군사들은 제대로 싸워보지도 못하고 크게 패하고 말왔다. 맥국의 왕과 장수와 백성들이 뿔뿔이 흩어지고 겨우 살아남은 태기왕 일행은 삼악산성을 버리고 평창군 봉평면 태기산으로 피난하여, 다시금 재기를 노리게 되었다.

태기왕이 봉평으로 동남하한 후 세력을 회복하고 신라군과 최후의 전투를 하려고 덕고산에 이르러 군막을 치고 산성을 축성, 병마를 훈련시켰다. 태기왕의 부하 중 삼형제(森炯濟)장군과 호령(號令)장군, 이렇게 두 장군이 있었다. 삼형제 장군은 두 부하가 있었다. 그들은 흑의와 백의였는데 삼형제 장군과 친동생처럼 지내는 사이라 그 셋을 일컬어 삼형제(三兄弟)장군이라 불렀다. 삼형제 장군은 삼형제봉에 진을 치고 군사 삼백 명으로 일대를 이루고 호령 장군은 호령봉에 군사 오 백명으로 진을 벌이고 있었다.

호령장군은 호랑이처럼 용감하게 싸웠지만 전장의 뒷 쪽 도주골로부터 신라국의 대군이 쳐들어와 그와 그 군사들은 섬멸되었다. 신라군은 태기산으로 몰려왔다. 신라 우회군의 선봉에는 남해차차웅이 우뚝 서 있었다. 그는 삼형제봉의 군사가 세봉에 각각 백 명씩 궁수를 매복하여 활을 쏠 준비를 하는 것을 눈치 채고 호령봉에서 전면전을 선택한 것이었다. 호령장군의 패전 소식을 접한 삼형제 장군은 진을 버리고 군사를 몰아 태기산성으로 달려갔다. 그러나 산성이 함락되고 전세가 돌이킬 수 없는 상황이었다. 그곳에는 이미 박혁거세의 신라육부 정예군이 들이닥쳐 있었다. 삼형제 장군들은 겨우 태기왕을 호위하여 산성을 벗어 급히 피난을 하였다. 태기왕은 워낙 당황하였는데다가 적군의 추격이 급하여 피난하던 중 옥산대에서 옥새를 잃어버리고 왕유에서 잠시 휴식을 취한 뒤 멸인에 도착했다.

그때 옥새를 찾은 아진의선이 태기왕의 마지막 결사대인 호위대를 거짓 명령서에 옥새를 찍어 유인하였다. 멸인 뒷산의 절벽 위로 불러내어 일거에 화살공격으로 전멸시켰다.

한편 멸인 계곡에는 이미 남해차차웅이 군사를 집결시켜 추격군을 재편성한 상태로 태기왕을 기다리고 있었다. 차차웅은 신기가 있고 주술을 잘하여 태기왕이 멸인으로 도망칠 것을 예지력으로 알고 있었다. 태기왕은 소수의 장군들만을 대동한 채 멸인을 빠져나가려했다. 그러나 천여 명의 신라군사들을 이끌고 공격해오는 남해 차차웅을 피할 수 없었다. 남해 차차웅에게 대패한 태기왕 군사들이 전멸하여 더 이상 어찌할 수 없게 되자 삼형제 장군은 단신으로 왕을 모시고 백옥포로 갔다. 그곳에서 삼형제 장군중 맏형은 장렬하게 전사했고 두 동생, 흑의장군과 백의장군이 왕의 옥체를 업고 도망치다가 강에 투신하여 태기왕은 결국 최후를 마쳤다. 태기왕이 신라군에게 쫓기어 피난하다가 해가 저문 곳이라 하여 무일리(無日里)라 했는데, 그곳의 강가에서 발가벗은 채로 떠내려와 혼절해 있던 백의를 아진의선이 구했다.

그런데 아진의선이 구한 그 장군은 정신을 차렸으나 아무것도 기억을 못하였다. 갑옷을 걸쳤다면 그가 태기왕의 수하였는지 남해왕자의 수하였는지 알 수 있었겠지만 공교롭게도 백의는 실오라기 하나 걸치지 않은 알몸이었다. 그런데 남해 차차웅은 그가 자신의 수하라고 말했다는 것이었다. 아진의선은 생김새와 풍채로 보아 백의는 삼형제 장군의 막내로 추정하였다. 그러나 누구 하나 남해차차웅에게 그런 사실을 말하는 자가 없었다. 당시의 충격으로 기억을 상실한 채 남해차차웅의 수하로 들어갔고 이제는 석탈해의 보좌무사가 되어 신라의 비밀스런 인물이 되었다. 태기왕은 죽고 백의는 기억을 잃은 이야기는 자못 의심스러웠건만 탈해는 백의가 기억이 돌아왔는지를 단 한 번도 묻지 않았다. 결국 진한의 마지막 태기왕은 그렇게 최후를 맞이했다. 다만 신라군은 흑의장군과 태기왕의 시신을 찾지를 못했다. 전투가 끝난 후에 박혁거세 거서간이 차차웅에게 태기왕의 생사여부를 물으니 차차웅은 시체를 확인했지만 급류에 휩쓸려 갔다고만 말했다.

말을 마친 아진의선은 탈해를 묘한 눈빛으로 바라보았다. 그리고는 웃는 표정으로 물었다.

"탈해야, 너는 뭐 하고 싶은 말이 없느냐?"
"예? 무슨 말씀이세요?"

탈해가 영문을 몰라 어리둥절한 기색을 하자 아진의선이 바투 다가와 앉으며 재차 물었다.

"아니 뭐 기억나는 게 없느냐?"
"없어요. 아니? 그럼 저도 태기산 전투에 참가했었나요?"
"아니다. 또 물어볼 것이 있거든 말해보거라."
"참, 할머님은 거서간님의 검혼이 먼저 지풍 같은 것에 덧씌워진 것일 수도 있다고 하셨는데 제가 면밀하게 살핀 바로는 지풍을 맞아 살이 찢어진 열상은 없었습니다. 검상이 전부였습니다."
"내상은 피부에 전혀 흔적을 남기지 않는 정밀한 수법도 있느니라. 아직은 단정을 짓지 말고 광범위하게 살펴야한다."
"예, 그런데 차차웅께서는 저를 전투에 참여시키면서 수사에 총력을 기울이지 않는 것 같은 느낌을 받았습니다."

"그거야 범인을 잡는다는 게 인근 수십 개 나라를 뒤져야할 판이니 막연해서 그렇겠지. 그리고 너의 진면목을 시험하여 알아보려고 그랬을 테지."

"그런가요? 제가 좀 예민했나봐요. 제 기억이 나지 않아 한동안 예민했었는데 할머니께 배운 호흡법으로 많이 느긋해진 것 같아요."

"그래? 후후후후. 이제 좀 쉬거라."

"예."

제 15화 - 4. 예국의 자객 - 거서간 붕어 사흘째(3)

탈해는 거서간의 죽음, 차차웅의 수사 명령 그리고 태기왕의 장렬한 최후가 마치 눈에 선하게 떠오르는 것 같아 가슴 한 구석이 헛헛하여 일단 자리에서 일어났다. 아진의선에게 대략적인 이야기를 들은 석탈해는 역사와 인간들의 투쟁이 수평선 위의 갈매기들처럼 아련하고 보잘 것 없다는 생각이 들었다. 서산에 해가 기울고 어스름 땅거미가 토함산에서 내려와 아진포에 어둠이 내릴 무렵 무명은 세 무사와 함께 육부군의 방패만한 거북을 잡아왔다. 아진의선은 미리 익힌 닭고기에 거북을 넣어 용봉탕을 끓여냈고 탈해와 상길, 우혁 그리고 천종은 예로부터 신선들이 마셨다는 신선주를 밤이 이슥하도록 마시고 또 마셨다. 술자리 분위기가 무르익자 천종이 시를 읊조렸고 우혁이 춤을 추기 시작했다. 탈해는 기분이 매우 좋았지만 백의가 전음으로 알려준 밀정에 대한 정보 때문에 그다지 대화를 많이 하지는 않았다. 젊은이들이 노래하고 춤추는 모습을 오랜만에 본 아진노파는 좌중에게 들뜬 목소리로 말했다.

"젊음이 좋긴 좋구나! 하지만 젊음이 항상 자네들 곁에 머무는 것이 아니야. 내가 관상을 보니 모두 선량하고 의리 있는 사람들이로구만! 이번 기회에 의형제를 맺어 삶과 죽음을 같이할 동지들이 되어봄이 어떻겠나? 모두 나이도 동갑이라면서?"

"우와! 할머니 그거 좋은 생각이에요!"

"배사형은 어떻게 생각해? 아니 상길아! 친구하자!"

"응? 아니 그게…으응… 그러지, 뭐."

"우와! 이야호!"

아진노파의 제의에 천종과 우혁은 쾌재를 부르며 반겼다. 상길은 호공 문하에 일년 먼저 들어왔기 때문에 다소 뜨악했지만 차차웅의 총애를 한 몸에 받고 있는 석탈해와 친구가 된다면 손해 날 일도 아니었다. 석탈해와 배상길이 눈웃음으로 고개를 끄덕이자 천종과 우혁은 환호성을 질렀다. 둘은 누가 먼저랄 것도 없이 그동안 사형으로 깍듯하게 모셨던 상길에게 반 말을 해대기 시작했다. 특히 맺힌 게 많았던 우혁이 제일 말이 많았다.

"어이! 배상길, 야! 배상길! 그 동안 너무했다. 매일 우릴 구박하구 말이야. 나이도 같은 데 말이야. 그리고 너 생일은 동짓달이야? 그럼 니가 제일 동생이잖아! 하하하."
"그만해라."
"처음부터 말이 안되는 거였어. 은동이는 너하구 친구를 먹었는데 우리 셋만 너한테 사형이라고 부르고 또 우리가 은동에게는 야! 너! 라고 부르는 게 말이 되냐?"
"그만하라구!"
"알았다! 친구 먹으니까 좋잖아 안 그래?"
"그 그렇지 뭐…"

상길은 울며 겨자 먹기로 내키지 않는 대답을 히고는 자기노 억울한지 석탈해를 불렀다.
"야! 석탈해! 너 과거 왕족이었다구 우리 무시하면 안된다. 알았냐?"

"후후후."

석탈해는 그저 웃기만 할 뿐이었다. 아진포 앞의 동해바다는 이제 완전히 깜깜해졌고 이따금 큰 파도가 귀신 옷자락처럼 허옇게 바닷가로 다가왔다가는 가뭇없이 사라질 뿐이었다. 친구들이 잠들자 술이 무척 오른 석탈해는 포구의 모래 언덕을 잠시 거닐었다. 모래둔덕의 솔밭으로 터벅터벅 걷고 있는 탈해 앞에 검은 그림자가 다가섰다. 아진의선 노파였다.

"오밤중의 바닷가에 귀가 많더구나."
"할머니도 아셨어요?"
"그래, 내가 다 쫓아 버렸다. 네 친구들은 곤히 잠들었다. 앞으로 친구들과 잘 지내거라. 저 아이들이 장차 네게 힘이 되어 줄 거다"
"고마워요, 할머니."
"고맙긴 뭘, 너두 그 예전의 차차웅처럼 말을 하는구나."
"예? 차차웅님이라니요?"
"그도 어려서 여기서 좀 머물렀지. 남해차차웅이 혁거세의 건국의 공으로 후계자로 선택된 건 다 그의 신통력 덕분이지 뭐. 차차웅은 신기가 있는 신동으로 혁거세를 어려서부터 도왔고 그래서 지금 그 자리에 있는 게지."
"예? 그 그럼 차차웅께서 거서간의 적자가 아니었단 말입니까?"
"그럴 수도 있다는 말이지."
"너도 거서간 세력 편에 서서는 아니된다. 호공이나 육부촌의 늙은 떨거지들은 차차웅의 적수가 못된다. 태기왕도 죽고 호공도 발톱을 숨겼으니 이제 차차웅의 시절이야. 흘흘흘."

"저는 무슨 말씀인지 모르겠어요."

"그건 나중에…으음? 네 이놈! 우리말을 잘 엿들었더냐? 썩 나타나거라! 도망가려고 한다면 뼈를 이 백사장에 묻게될 것이다! 빨리 나타나지 못할까!"

아진의선은 별안간 허공에 대고 외쳤다. 그리고 잠시후 기괴한 웃음소리가 들렸다.

"흐흐흐흐흐. 나를 묻으시겠다?"

"자객인가?"

"찔러야 자객이지 않겠는가? 난 그대들을 찔러 죽이지는 않겠다. 다만 공력이 대단한가 싶었는데, 별거 아니군!"

"이런 쥐새끼 같은 놈! 잡아서 집으로 끌고 가 조사를 해봐야겠다. 칼집을 보니 예국의 칼잡이로군! 놈을 잡아라! 탈해야!"

"예, 할머니!"

"글쎄, 과연 나를 잡을 수 있을까? 흐흐흐흐."

어둠 속에서 모습이 확실하지는 않았지만 괴이한 냄새가 났다. 탈해는 순간 그 냄새가 어제 차차웅의 처소에서 맡았던 향내음과 흡사한 것을 깨달았다. 그리고 자객의 말처럼 기운이 모이지를 않았다. 탈해가 칠보검을 꺼내자 검에서 빛이 났고 자객의 모습이 하얀 백사장에 드러났다. 그는 외팔이었다. 그리고 주변에는 연기가 날리고 있었다. 그건 이른바 독무(毒霧)였다.

"아니! 이건? 할머니! 호흡을 멈추세요!"

"흐읍!"

탈해는 호흡을 멈추었지만 현기증이 나면서 공력이 모이지 않았다. 아진의선 역시 운기조식을 하고 움직이지 않았다. 어둠 속에서 자객은 두 사람 쪽으로 다가왔다.

"흐흐흐, 이미 늦었다. 약속대로 죽이지는 않겠지만 무공을 폐지해야겠다. 후후후. 그럼 팔 하나를 잘라볼까? 목을 치지는 않으니 억울하지는 않을게다."

외팔이 자객은 검을 들어 탈해의 팔을 베려고했다. 운기조식을 하던 탈해가 문득 어떤 생각이 났는지 그에게 물었다.

"어디서 팔을 잃고 와서 내 팔을 빼앗겠다는 게냐? 혹 내가 그랬던가? 미안하지만 나는 기억이 나지 않는다!"

"미친 놈! 무슨 개수작이냐? 석탈해 이놈! 니가 작년에 내팔을 가져간 이후로 나는 절치부심했다. 이제 원수를 갚아주마. 흐흐흐, 자! 아주 더럽게 아프도록 잘라주마. 울고불고 비명을 질러봐라! 얍!"

"핑!"

외팔이 자객이 탈해의 팔을 자르려는 순간 화살이 날아들었다. 언제나 그렇듯이 은동의 화살소리는 가히 공포스러웠다. 화살소리가 들리자마자 외팔이의 칼이 그의 손에서 튕겨나가버렸다. 그 강력한 화살은 새벽 바닷가의 정적을 갈랐다.

"으윽! 누구냐?"

은동은 대답 대신 화살을 또 날렸다. 웬만한 고수가 아니라면 그녀의 화살공격을 막을 수 없었다. 자객은 본능적으로 화살을 막았지만 어둠속에서 연달아 날아오는 초고속 화살에 적지 않게 당황했다. 그리고는 다시 한 번 바람을 가르는 화살 소리가 들리자 외팔이 자객은 어둠 속으로 사라져버렸다.

"탈해야. 괜찮아?"

은동이 순식간에 달려와 호흡조절을 하고 있는 탈해를 부둥켜안았다. 아진의선이 은동의 머리통을 쥐어박았다.

"아니? 은동이 요년아! 할미는 뵈지도 않냐?"
"어머? 할머니도 계셨어요?"
"어쭈? 요거 말하는 거 봐라? 나는 니 눈에 들어오지도 않는구나?"
"아니에요. 근데 자객한테 죽을 걸 살려드렸는데 고맙다고는 하지 않고 왜 머리통을 쥐어박아요? 흥!"
"뭐야? 한 대 더 맞아봐라!"
"아얏!"

"어허! 빨리 떨어지지 못해? 아직도 껴안고 있네! 요것들이?"

탈해는 은동에게 고마운 마음 이상의 그 어떤 감정이 일어나 품에서 벗어나려고 했다. 하지만 천진난만한 은동은 아진의선과 입씨름을 하면서도 탈해를 계속해서 꼭 부둥켜안고 있었다.

"어여 따라와! 여기는 위험하다! 속히 집으로 들어가야한다."

아진의선이 속보로 집으로 향했고 탈해는 호흡을 멈춘 채로 은동의 부축을 받으며 아진의선을 뒤따라갔다.

옛 진한 땅 만어산의 얼음골은 한여름에도 계곡에 얼음이 얼어있었다. 그곳에 종종 신비한 만어산녀들이 나타나 그 차가운 물에서 목욕을 하곤했다. 특히 얼음계곡에서 가장 크고 차가운 호박소에 그녀들이 나타나면 일대가 대낮에도 어두워졌다. 다섯 여자들이 벌거벗고 깔깔대며 물 속을 드나들며 물장난을 치면서 신묘한 음악소리를 내는 것은 가히 형언하기 어려울 정도로 아름다운 광경이었다. 하지만 그녀들을 본 사람은 거의 없었다.

깊은 계곡의 고요를 깨는 물 흐르는 소리가 그윽한 호박소 위의 너럭바위 위에 검은 인영이 셋 나타났다. 그들은 바위 뒤의 솔밭에 은신하여 무언가를 찾는 눈치였다. 잠시후 검은 인영 하나가 또 나타났다. 그는 무척 서둘렀는지 황급히 달려온 기색이 역력했다.

"왜 이제 오시는가? 일을 그르칠 참인가?"

나이가 가장 많은 흑검귀가 외팔이 백독수가 늦게 나타나자 볼멘 소리로 나무랐다.

"왔으니 된 거 아니요? 개인적인 복수를 할 일이 있어서 진한으로 돌아서 왔수."

"백독수! 우리가 같은 예국 출신이라고 봐주는 것도 이번이 마지막이야!"

"알았수!"

"자, 모두 모이시오!"

설표가 여인들의 그림을 한 장 꺼내었다. 그리고 작고 낮은 목소리로 말했다.

"지금부터 세분은 동남서향을 뒤져서 이런 여인 다섯이 보이거든 즉각 전음을 날리시오. 나는 북쪽 계곡을 살피겠소!"

"야! 그림은 선녀로군. 이렇게 삼삼한 년들을 그냥 죽이긴 아깝군. 데리고 놀다가 죽이면 안되나? 흐흐흐."

백독수가 농을 하자 설표가 자신의 검을 잡고 발검할 것처럼 자세를 취하며 말했다.

"백독수! 계약을 했으니 쓸데없는 소리하지 말고, 내 명을 따르시오! 쥐도 새도 모르게 황천으로 가는 수가 있으니…"

"알았수. 농도 못하나, 참…"

"한 시각 정도 수색을 하면 그녀들이 보일 것이요. 나는 여기 남아서 호박소를 살피다가 그녀들이 나타나면 즉각 전음으로 연락을 하겠소이다.

자 출발하시오."

"잠깐!"

이운하가 날카로운 목소리로 말했다.

제 16화 - 4. 예국의 자객 - 거서간 붕어 사흘째(4)

"만어산에는 산신에 버금가는 천녀가 소도에 있소이다. 소도에서 멀리 떨어져 여자를 죽여야 하는데 이쪽 북쪽지역은 소도에서 가깝소. 그런데 왜 이 장소에서 다시 집결하고 여기서 그 산녀를 죽인단 말이오?"

"아! 맞는 말이요. 하지만 깊은 산중에서는 산녀들을 잡을 수가 없소. 그녀들은 워낙 빠르고 신출귀몰하여 숲속에 은닉하면 우리의 경공으로는 잡기가 어렵소. 그리고 여기 계곡에는 나무도 없고 그녀들이 목욕하느라고 방심하여 잡기가 용이하기 때문이오. 일단 산녀들이 나타나면 그중 한 명은 떼어놓고 그녀를 얼음골 아래로 몰아붙여 소도에서 멀리 떨어지도록 만들 것이오. 그리고 잡는 거요. 일단 흩어져 찾아봅시다."

"알겠소."

이운하와 흑검귀 그리고 외팔이 백독수는 연기처럼 사라져 세 방향으로 날아갔다. 설표는 궁표검객이 준 단검을 꺼내들고 계곡 주위를 살폈다. 나무꾼이나 약초를 캐는 사람들이 오지 않는 이른 아침시각에 주로 나타난다고 하여 일찌감치 시간을 맞춘 설표는 계곡 위로 올라가 산녀사냥을 하면서 그녀들을 몰아갈 위치와 죽일 장소를 둘러보았다. 그리고 다시 호박소 쪽으로 향하는데 여자들의 노랫소리가 들렸다. 그리고 웃음소리와 이상야릇한 악기소리도 들렸다. 산녀들임을 직감하고 세 사람에게 전음을 날렸다. '호빅소 위쪽 계곡으로 즉시 이동하시오!'

설표가 주위를 살피며 그녀들이 잘 보이는 곳에 몸을 은닉했다. 위쪽 계곡의 소는 호박소 보다는 작았지만 바위들이 많아 주위에 잘 보이지 않는 곳이었다. 그만큼 계곡이 깊었다. 설표가 살펴보니 과연 아리따운 다섯 명의 여자가 긴 머리를 휘날리며 물장난을 치고 있었다. 그녀들은 다섯 명이 동시에 소리를 질러대서 상당히 소란스러웠고, 시종 웃고 노래하는 모습이 마치 미친 여자들 같았다. 어찌 보면 새들처럼 푸다닥거리며 물위를 날아오르기도 했고 천진난한 산짐승들처럼 이리 뛰고 저리 뛰었다.

자객 네명이 모이자 설표는 궁표검객이 알려준 대로 한명을 정해 토끼몰이를 하듯이 사냥을 하기로 하고 가장 작아보이고 계곡의 하류 쪽에서 자맥질을 하는 산녀를 정했다. 그들은 여러 개의 돌멩이를 준비하고는 목표로 정한 여자 주위에 집중적으로 돌팔매질을 했다. 그러자 십여 개의 돌멩이들이 계곡의 수면 위로 떨어졌고 놀란 산녀들이 일제히 흩어져 계곡 주위로 달아났다. 그러나 맨 아래쪽에 있던 산녀는 물속에 있었던 터라 날아오르지 못하고 계곡 아래쪽으로 달리기 시작했다.

"지금이야! 쫓아!"

설표의 외침과 동시에 네 사람은 전속력으로 경공을 펼쳐 산녀를 쫓았다. 산녀는 사슴처럼 통통 튀어오르면서 계곡 아래로 달아났다. 계곡 양쪽에 이운하와 흑검귀가 옆을 막고 뒤에는 설표과 백독수가 막아섰기 때문에 산녀는 계속 계곡 아래로 달릴 수밖에 없었다. 하류는 점점 유량이 많아지면서 달리기 어려웠고 산녀는 계곡의 가장자리로 나왔다. 그 순간 흑귀가 그녀를 덮쳐 쓰러트렸다. 멀리서 보는 것과는 달리 가까이서 보니 그녀는 대단히 사납게 생긴 괴물이었다. 어쩌면 화가 나서 표정이 일그러진 지도 모르겠지만 산녀의 얼굴은 시시각각 변하고 있었다. 그녀는 대단히 빨랐고 두어 장 높이로 솟구치기도 했지만 고수자객 네명의 포위망을 빠져나갈 수는 없었다.

"크허엉!"

그녀가 극도로 화가 나자 괴상한 짐승소리를 냈다. 그리고는 네 사람을 향해 할퀴려 했다. 하지만 검을 든 고수급 무인들을 당할 수는 없었다. 네 사람은 사절진을 펼쳐 그녀를 점점 옥죄어갔고 이윽고 이운하가 그녀를 뒤에서 잡고 양팔을 제압했다. 그와 동시에 설표가 금가한철로 만든 단검으로 그녀의 가슴팍을 찔렀다. 심장에 단검이 박히자 산녀는 그대로 절명하였다. 놀랍게도 그녀의 몸이 쪼그라들기 시작했다. 마치 종이가 불에 타버리듯이 형체가 점점 없어지더니 아기 머리통만한 크기의 돌로 변했다. 설표는 즉시 그 돌을 들어 계곡물에 담갔다. 계곡의 바위에 부딪친 돌에서는 팅 팅 하는 쇳소리가 났다.

"정말 신기하구먼!"

흑검귀가 입을 다물지를 못하자 백독수가 한마디 했다.

"어차피 이렇게 돌덩리가 될 거 좀 데리고 놀면 어떠냐 하는 게, 아까 내 얘기였수! 어때? 다들 좀 아깝지. 호호호호."
"자, 돌이 철로 변했다! 돌아갑시다. 서두르자고!"

네 자객이 종석철을 들고 떠나려 할 때 일성대갈이 들렸다.

"멈춰라! 웬 놈들이냐?"
"이런 제길! 기어이 소도천녀를 만나는구만. 에이!"

흑검귀가 발검을 하자 나머지 세 사람도 순식간에 검을 빼들었다. 네 자객 앞에 신비로운 사슴을 타고 나타난 천녀는 진노한 분기를 스스로 억제하는 것 같았다. 그녀의 뒤에는 네 명의 산녀들이 따라와 겁에 질린 표정으로 숨어있었다.

"이런 천인공노할 작자들 같으니라구! 감히 성소에 와서 만어산 성물인 산녀를 죽여?"

천녀의 분노와는 반대로 오히려 설표는 차분했다. 그는 전음으로 진으로 맞서자고 했다.

"다들 두려워마시오. 만어산 천녀는 산신급이 아니오. 우리와 비슷한 정도의 무공을 갖고 있다고 들었소이다. 일단 진법으로 공격하면 제압이 가능할 것 같소이다. 그리고 계약한 대로 최대한 나를 보호하시오. 궁표 검객께 이걸 갖다드려야 하니 말이오. 자, 진을 펼칩시다."

네 사람은 사방으로 퍼져 병기를 앞세워 천녀에게 공격하기 위해 진을 좁혀갔다. 소도의 천녀는 과거 국선으로 내가기공은 대단히 높았으나 실제로 병장기를 다루지 않기 때문에 상대에게 치명상을 입히기 어려웠다.

천녀는 사슴에서 내려 박달나무 가지를 들고 네 사람을 향해 다가왔다. 하얀 머리카락이 바람에 날리자 늙은 모습에도 기품이 서려보였다. 그녀는 먼저 공격을 하기 전에 훈계를 하려했다.

"참으로 용서할 수 없는 놈들이로다! 지금 나와 맞서겠다는 것이냐? 나도 죽이려고?"

천녀는 분기탱천한 모습으로 박달나무를 치켜들었다가 다시금 심호흡을 하고는 나뭇가지를 집어던졌다. 네 사람은 그녀가 공격을 하는 줄 알고 진을 느슨하게 뒤로 물렀다. 그러나 이내 차분해진 천녀가 공격을 멈추고 천천히 다시 말했다.

"좋다. 내 너희들을 용서할테니 나와 함께 소도로 가서 죄를 뉘우치고 죽은 산녀의 명복을 빌어주는 게 어떠하냐?"
"말이 많다! 할망구. 내 검을 받아라!"

흑검귀가 그야말로 전광석화와 같은 참법을 연거푸 세 번을 시전하였으나 천녀는 모두 피하였다. 그녀는 이렇다할 공격을 하지 않았다. 이번에는 설표가 표창을 던진 후 역시 쾌검을 휘둘렀지만 천녀는 가까스로 표창을 막음과 동시에 설표의 공격도 다 피해냈다. 설표가 눈짓으로 사절신을 펴자는 신호를 보냈고 사방으로 흩어진 자객들이 천녀를 에워쌌다. 천녀는 다소 긴장한 표정이었다. 쾌검이 능한 흑검귀가 섬광처럼 칼을 휘둘렀다. 그리고 천녀가 피해나오는 길목에 설표가 표창을 날렸고 이운하는 확인사살을 하는 자법으로 그녀를 끝낼 요량이었다. 외팔이 백독수가 독병의 마개를 열고 마지막 독공을 준비했다. 그런데 흑검귀와 설표가 공격을 채 펼치기도 전에 천녀의 놀랄 만큼 강력한 장풍에 맞고 계곡의 바닥에 나뒹구는 것이 아닌가? 위기를 느낀 이운하가 신형을 날렸다 장풍을 쏘고 아직 자세를 취하지 못한 천녀를 한 박자 빠르게 공격했다. 하지만 천녀는 급하게 탄지신공으로 손가락 장풍을 쏘았다. 이운하는 엉겁결에 검으로 지풍을 막았으나 검이 부러지고 말았다.

"이놈들! 죄를 뉘우치기는커녕 악독한 초식을 펼치다니! 모두 사로잡아 풍백께 바치리라!"
"이 할망구, 내칼을 받아라!"

흑검귀와 설표가 쾌검을 양쪽에서 동시에 공격을 감행했다.

"이얍! 핫!"
"오냐! 이젠 용서치 않을 테다!"

천녀는 순간 공중으로 서너 장 높이로 솟아오른 다음 박달 나무를 길이로 쪼개 양손에 쌍검처럼 잡고 마구 돌기 시작했다. 그 회전력으로 일대에 회오리바람이 몰아쳐 네 사람이 자세를 제대로 잡지 못할 지경이었다. 그때 설표가 다시 외쳤다.

"사절진을 펼쳐!"

네 사람은 절진으로 겨우 버텼지만 천녀는 회전을 멈추지 않았다.

"이야아!"

천녀의 기합소리와 함께 양손에서 돌던 박달나무가 수백 개의 토막으로 부서져 암기처럼 사방으로 날렸다.

"슈슈슉!"
"모두 피해!"

이운하가 잽싸게 피하면서 외쳤다. 모두들 초고수급이기 때문에 천녀의 팔방풍우와도 같은 나무토막 비술을 막아내긴 했다. 그러나 그것이 진짜 암기나 철제류의 표창이었다면 네 사람이 제아무리 초고수라해도 심각한 부상을 입을 수 있는 공격이었다.

"으음..."

천녀는 그들이 예상외로 고수임을 알고는 다소 맥이 빠진 상태였다. 그녀가 엄청난 공격을 하고난 다음 운기조식을 하고 다시 노림수를 엿보고 있을 때 주위에서 사그락거리는 소리가 났다. 살아남은 네 명의 산녀들이 나타난 것이었다. 죽은 산녀의 복수를 하기 위해 나타난 모양이었다.

"이런, 저것들이 합세하면 골치아프겠군!"

설표는 백독수에게 눈을 찡긋해보였다. 그리고는 자신이 감추고 있던 수십 개의 비수들을 동시에 그녀들에게 날렸다. 그리고 그 순간 백독수가 독병을 열어 천녀에게 뿌리자 얼음골 일대는 독무로 뒤덮여버렸다. 미리 해독약을 먹은 네 사람은 독안개 속에서 주위를 살폈다. 천녀와 산녀들이 독을 피해 멀리 달아난 것을 확인한 후 화급하게 얼음골을 빠져나왔다.

천녀와 네 자객의 싸움은 비겁한 독극물의 암수로 끝이 났지만 얼음골은 퍼런 독물이 번져 검푸른 물빛으로 변해버렸다.

제 17화 - 5. 이성국의 도인들 - 거서간 서거 나흘째(1)

선왕의 옥체를 수습하고 국상준비가 예정대로 진행되자 궁궐은 겉으로는 정상을 되찾은 것처럼 보였다. 실제로 차차웅은 진한의 잔존세력과 대치하며 내통한 죄를 물어 육부촌의 실세들을 제거하기 시작했다. 그러나 다섯 후궁들이 모두 육부촌 출신인지라 후궁들의 반발이 무척 거셌다. 혹시 불똥이 자신의 소생인 왕자들에게 튀지 않을까 노심초사했다. 하지만 후궁들은 서로 단합하지는 못하였고 차차웅은 그러는 사이 차근차근 반역세력들을 조사하여 추포해 나갔다. 금성의 육부촌 출신장군들을 진압하다가 자칫 그들과 연계된 지방호족들을 건드리면 곤란해지기 때문에 차차웅은 중앙에 파견와있는 지방호족 군사들을 금성에서 거의 다 철수시켰다. 그리고 육부촌 출신 장군과 고관대작들을 삼십여 명이나 투옥시켰다. 하지만 잡음은 별로 없었다. 실제로 월성과 금성의 궁궐 뜰에는 상복을 입은 궁인들이 분주하게 오갈뿐 겉으로는 숙청작업이 이루어지는 동안 이렇다 할 소란이 없었기 때문이었다.

진한 무사들과의 전투도 끝나고 하루 사이에 대대적인 육부세력 징벌이 끝나자 이제 남해 차차웅에게 맞서는 세력은 없었다. 차차웅은 탈해를 궁으로 불렀다.

"석탈해공! 자네가 큰 공을 세웠네. 이서국과의 전투도 그렇고 태기왕의 졸개들과노 타협이 잘 되었고 말이야. 나는 자네가 내 생명의 은인이라서가 아니고, 자네의 지혜와 능력을 믿고 있네. 덕분에 반역도 일당을 잡아들일 수 있었네."

"차차웅이시여. 과찬이시옵니다."

"에, 자넨 뭐 나에게 할 말이 없는가?"

석탈해는 아무 말도 생각이 나지 않아서 최근의 정국에 대해 왕을 위안하고자 입을 열었다.

"차차웅님이시여! 고관대작 삼십여 명이 투옥되었으니 심려가 크시겠습니다."

"무엇이? 심려? 그대는 어찌 태기왕 세력과 내통한 반역도들 잡아넣은 일을 놓고 심려라는 말을 입에 담는가? 말을 가려하게!"

차차웅이 진노하자 석탈해는 당황했다.

"소, 송구하옵니다."

"아닐쎄! 각설하고 자네와 아진공 제자 동문들의 공을 내 잊지 않겠네! 그리고 적장 유곤장군을 죽인 그 은동이라는 처자에게는 상으로 철괴와 금을 내리도록 하겠다. 그리고 아니공주가 자네 칭찬을 무척 하더군!"

"황송하오이다."

"그런데 자네는 우리 아니공주를 어찌 생각하는가?"

"예? 무슨 뜻이온지요?"

"자네가 보기엔 예쁜가? 아니면 박색인가?"

"예? 예쁘옵니다."

"그래? 그럼 됐네."

"예…"

"허허허허 사람 참 어리숙하기는…. 그나저나 출발이 지연되어 자네가 바쁘게 생겼군. 특별히 거서간님의 용마와 교배한 천비마를 내어줄 터이니 속히 다녀오도록 하게. 그러면 용성국과 이성국은 이틀 안에 다녀올 수 있겠지? 열이틀 뒤 거서간의 발인이 있을 것이니 그날 이후 자세한 이야기를 함세."

"예. 알겠나이다."

석탈해는 차차웅의 명을 받아 거서간 붕어 사흘만에야 이성국과 용성국으로 출발하게 되었다. 배상길과 설우혁 그리고 정천종만을 대동하고 이성국으로 향했다. 과연 용마의 후예답게 말들은 보통 말보다 두 배 이상의 속력을 냈다. 네 사람은 마치 꿈을 꾸는 것처럼 흥분하여 말을 몰았다. 유난히 승마에 관심이 많은 정천종이 앞서나가며 환호성을 질렀다.

"와! 이거 죽인다! 하늘을 나는 것 같구만! 과연 명마야! 이래서 거서간님이 진한을 통일하셨구만! 하하하하"

"조심해라! 천종아! 그러다 말에서 떨어질라."

"염려 붙들어매라! 나는 말의 명수 정천종이다! 우하하하"

네 사람이 그야말로 미친 듯이 날랜 말을 채찍질하며 부지런히 달렸지만 이성국은 하루거리였다. 아침에 출발히여 쉬지 않고 말을 날렸지만 벌써 날이 저물고 있었다. 이성국의 성문은 아리수변의 낮은 산에 있어서 찾기는 용이했지만 이제는 백제와의 관계 때문에 성문을 통과하여 들어가는 길이 수월하지만은 않았다. 대부분의 백성들이 백제와 교류하고 있기 때문이었다.

탈해 일행은 아진공과 예전에 무공수련을 함께 했던 이성산성의 도인을 찾아 서쪽 성문으로 길을 잡았다. 커다란 화강암 석재를 옥수수 알처럼 둥글게 다듬은 성벽의 돌과 벽의 기울기가 독특했다. 뛰어넘을 수는 없지만 타고 오르려하다가는 꼼짝없이 경비병의 화살을 맞을 수밖에 없는 가파르지도 완만하지도 않은 경사가 이성산성을 난공불락의 요새로 만들었는지도 모를 일이었다. 산성으로 오르는 길은 그야말로 적막했다. 봄꽃들이 피어있고 온갖 새들이 지저귀고 바람은 향긋한 내음이 가득했다.

지금의 이성산성의 성주는 여자인데 그녀는 백제건국왕인 온조왕의 모친인 소서노의 외손녀라고 했다. 아진공 사부에게 들은 바에 의하면 단일건 도인이라는 이성국의 지도자와 용주도인이라는 이성국의 제이의 지도자 두명이 번갈아가면서 이성산성의 신을 모신다고 했다. 용주도인이 바로 아진공 사부의 사제가 되는 도인이었다. 이성산성의 산신은 제일신과 제이신이 있었다. 그들은 모두 인간이었는데 도를 닦아 성인이 되었고 후에 산신이 되었다고 했다. 혹자는 그들이 모두 용왕의 후손이라는 설이 있고 또 단군왕검의 후손이 산신이 된 것이라고도 했다.

이성산성 아래에 나지막한 언덕으로 보이지만 막상 올라가면 의외로 오르기가 힘든 곳이 바로 이성산의 춘장성이다. 여기에 예로부터 이성산의 여산신인 춘장시모가 거한다고 전하나 정확히 본 사람은 극히 드물었다. 고인(古人)이 전하기를 이곳은 햇살이 일찍 들어 봄이 일찍 오고 늦게 간다하여 춘장(春長)이라 불렸고 이곳을 지켜주는 여신이 날개옷을 입고 날아다닌다하여 시모(褫母)라 하였다. 그렇기 때문에 이성국은 항상 아늑

한 곳으로 봄의 느낌을 갖는다고 전해지지만 시모의 날개옷 즉 시(襹)라는 우의(羽衣)를 탐하는 자들이 자주 찾아오는 바람에 점차 인심이 흉흉해지고 있었다.

국경을 넘어 이성국 궁성을 바로 앞두고 산길로 접어든 후 길이 좁아지면서 탈해 일행은 일렬로 말을 타고 갈 수밖에 없었다. 말을 달리던 탈해는 문득 하늘을 보았다. 붉은 실핏줄처럼 구름들이 묘하게 생겨난 사이로 죽은 자의 붉은 눈처럼 달이 기묘하게 떠있었다. 말을 달리면서 큰 나무 사이로 나타났다 사라지는 달을 보며 탈해는 하늘 밖 너머의 또 다른 하늘에서 기괴하고도 음산한 기운이 드리우는 것 같은 느낌을 받았다. 모두들 말의 속도를 늦추었다. 그러다가 맨 앞의 배상길이 이윽고 말을 멈추고 좌우를 살펴보았다. 계곡에는 습습한 기운이 감돌았고 키 큰 나무들 때문에 주위가 어둑어둑했다. 그들은 말에서 내려 나무에 말을 묶었다.

"모두들 이제부터 걸어야겠군, 여기에 말을 매어두어야겠어. 샘물이 있으니 말이야."

"그렇군. 그런데 이 명마들을 잃어버리면 어떻게 하지?"

"걱정마라. 이들은 우리가 오지 않으면 자동으로 신라로 복귀하게 되어 있는 놈들이니까."

"그래? 과연 명마로군."

탈해가 천종과 우혁에게도 눈짓으로 말을 매라는 시늉을 하는 순간 피잉 소리와 함께 암기가 날아들었다.

"피잉!"

"암기다! 조심해!"

표창에 일가견이 있는 천종이 숲속을 가리키면서 외쳤다.

"위쪽 숲에 매복이다!"

석탈해는 짐짓 당황했다. 그리고는 몸을 숙여 주위의 동료들에게 매우 작은 소리로 말했다.

"저들이 언제부터 우릴 미행한 거지?"

"미행은 아니고 원래 여기에 매복해있던 놈들 같은데?"

우혁이 좌우를 둘러보며 말했다.

"비겁하게 숨지 말고 정정당당하게 모습을 보여라! 이 산적 놈들아!"

숲속에서는 아무 대답이 없었다. 그러자 천종이 강하게 소리쳤다.

"이 산적놈들! 당장 안 나오면 내가 가서 잡는다! 나한테 잡히면 죽는다. 이놈들!"

"무엇이? 이 성소에 숨어든 도적놈들이 뭐가 어째?"

소나무 숲 뒤에서 나타난 두 사람은 고급스런 옷차림의 남녀였다.

"뭐? 우릴 보고 산적이라고? 야! 도둑놈들아! 적반하장도 유분수지, 너희들 말 다했냐?"

소녀는 씩씩대며 앞으로 걸어왔고, 능글맞은 표정의 무사가 뒤를 이어 나왔다. 소녀는 미색이 뛰어났지만 생김새답지 않게 입이 매우 거칠었다.

"야! 이놈들아! 여긴 성소다! 감히 성소에 말을 타고 들어오다니! 너희 같이 멍청한 도둑놈들은 처음 보는구나! 혹시 너희들 간세는 아니냐?"

그들이 고급스런 의복을 입고 성소를 운운하는 것을 보고 석탈해가 예를 갖추어 말했다.

"실례했소이다. 우린 간세가 아니요! 우리들은 진한의 신라국에서 온 사람들이요! 이성산성의 용주도인을 뵈러 왔소이다. 그런데 언제 보았다고 함부로 반말을 하시오?"
"하하하하. 가소롭구나! 여기에 신물을 훔치러오는 놈들은 모두 용주도인이나 단일건 도인을 뵈러온다고 해놓구서는 실제로는 도적질을 하는 것을 내 모르는 줄 아느냐? 그리고 도적놈들한테 반말하는 건 당연한 거 아니야?"

이번에는 금빛이 번쩍이는 갑옷을 입은 남자가 발건히여 앞으로 나왔다.

"이놈들! 이분은 이성산성의 소성주님이시다. 그리고 나는 이성국 소충천장군이다. 순순히 오랏줄을 받으면 목숨만은 살려줄테니 모두 무기를 버리고 무릎을 꿇어라!"

"무엇이? 말로 해서는 안되겠구나!"

배상길도 발검을 하고 소충천장군이라는 자의 앞으로 나아갔다. 그의 기도가 무척이나 당당해보였다. 소충천이 초식을 피려는 찰나 배상길이 선제공격을 했고 순간적으로 곁에 서 있던 소녀도 발검을 하여 상길의 공격을 막아내고 재빨리 공격을 감행했다. 그러자 천종도 끼어들었다.

"이대일의 싸움은 불공평하지!"

정천종의 강한 공격에 소녀가 칼을 놓쳤고 두 사람은 서로에게 동시에 작용된 반탄강기에 의해 튕겨나갔다. 그녀는 공중에서 빠르게 땅으로 착지한 후 그 앞에 서 있던 탈해를 화가 난 표정으로 노려보았다. 그리고는 탈해를 향해 장풍을 쏘았다. 탈해도 몸을 솟구쳐 장풍을 피한 뒤 재빠른 경공으로 그녀의 뒤로 날아갔다. 공중에 뜬 상태에서 탈해가 검집으로 가격을 하려하자 그녀도 경공으로 솟구치려다가 뒤에 와있던 탈해에게 부딪치고 말았다. 두 사람은 뜻하지 않게 서로 얼싸안은 자세로 허공중에 솟았다가 황급히 떨어졌다. 그때였다.

"휘이익!"

일진광풍이란 말이 무색할 정도의 강한 회오리바람이 한 차례 일더니 주위가 마치 일렁거리는 물결 속에 잠긴 것처럼 흔들거렸다. 탈해도 순간 중심을 잃고 하마터면 넘어질 뻔했다. 그러다가 바람이 무거운 공기 덩어리처럼 주위를 무겁게 누르는 느낌이 들었다. 눈을 뜨기 힘들 정도의 광채가 일대를 환하게 밝혔다. 실로 어마어마한 공력이었다.

"저것이 도대체 뭐란 말인가?"

제 18화 - 5. 이성국의 도인들 - 거서간 서거 나흘째(2)

탈해는 자신도 모르게 그런 말이 튀어나왔다. 희뿌연 일진광풍이 가시자 그들의 눈앞에는 실로 믿을 수 없는 광경이 벌어졌다. 눈부신 미모의 두 여인이 봉황과 청학을 타고 별안간 그들 앞에 나타난 것이다. 그들은 순식간에 하늘에서 땅으로 날아내린 모양이었다. 지금까지 기세등등하던 소녀가 부복을 하고 그들을 향해 절을 하며 공손하게 말했다.

"이성산성의 소성주, 소녀 소일연이 삼가 가야산신 정견모주(正見母主) 여신님과 능가산신 금흘영모(錦紇英母) 여신님을 뵈옵니다!"

"오! 소성주로구나?"

"어인 행차시옵니까?"

"우리에게 급하게 오라고 해놓고 신전에 시모가 안계시던데, 네가 혹 지금 어디에 계신지 아느냐?"

"예, 소인이 알고 있사옵니다. 시모께서는 지금 단일건 도인님과 아리수변에 계신 줄 아옵니다."

"그래? 아리수라면 대수 북쪽 강안이 아니냐? 그럼 시모께서 아리수 북쪽으로 강을 건너갔다고? 네가 앞장 서거라! 아니다! 한시가 급하니 너도 봉황에 올라타거라!"

"예!"

소성주는 봉황에 타면서 소장군에게 소리쳤다.

"두 산신께서 오셨다고 성주님께 전해주세요!"

"예!"

세 사람은 그야말로 바람처럼 사라졌다. 그리고 소충천 장군은 석탈해 일행을 보고는 다급하게 말했다.

"너희들 오늘 운 좋은 줄 알아라! 성소에서 어슬렁거리지 말고 서둘러 이곳을 떠나거라!"

천종은 여신들이 사라진 쪽을 보면서 놀란 표정으로 말했다.

"도대체 무슨 일인지 모르겠네? 저 여인들이 여신? 마치 귀신에게 홀린 듯하구만! 에이! 참!"

"그런데 탈해야, 너 아까 그 소녀를 껴안았는데 책임져야하는 거 아냐?"

"무슨 쓸데없는 소리를 하고 그래! 자! 빨리 가자구!"

배상길과 정천종이 중얼거리며 놀렸지만 탈해는 모른척하고 갈 길을 서둘렀다. 하지만 아까 그 순간을 생각하면 자신도 모르게 가슴이 두근거리기는 했다. 그 생각을 떨치려고 하면 할수록 새록새록 생각이 났다. 그는 괜스레 심호흡을 했다.

일행은 용주도인의 암자로 가면서 역사와 인물에 밝은 설우혁에게 두 여산신에 대한 이야기를 들었다. 정견모주는 천신 이비가지(夷毗訶之)와 맺어져 뇌질주일(惱窒朱日)과 뇌질청예 두 왕자를 낳았는데, 주일은 변한을 통일하기 위한 야망을 가진 인물이고 청예는 보검을 만드는 천하제일의 야장장이었다는 것이다. 뇌질주일은 지금 대가야의 아진시왕이고 뇌질청에 역시 수로왕이 되어 가야를 다스리고 있었다. 또한 능가산신 금흘영모 여신은 과거 우장군과 진장군에게 백발백중의 신비한 신궁술과 절묘한 표창술을 각각 가르쳤다. 그들에게 변한궁을 지키게 하여 마한과 진한의 군대가 쳐들어오지 못했다. 특히 그녀가 손수 만든 금흘명궁은 삼한을 통틀어 최고의 활로 명성이 자자했다. 아직까지도 그들의 신비한 궁술과 표창술의 비급이 능가산에 숨겨있다는 전설이 전해진다.

우혁의 이야기를 들은 일행은 다시 길을 재촉했다. 아진공 사부가 일러준 대로 산성의 중간 쯤에 기암괴석이 늘어선 계곡에 용주도인의 처소가 있었다. 아진공 사부께서 알려주신 것보다 암자는 훨씬 초라하고 옹색했다. 탈해 일행이 암자에 다다르자 나이를 가늠할 수 없는 도인이 문앞에 나와 기다리고 있었다. 아마도 그는 탈해 일행의 도착 시각을 이미 알고 있었던 모양이었다. 흰 수염이 허리까지 내려온 용주도인은 단번에 탈해를 알아보았다.

"그대들은 진한 땅에서 온 사람들이지? 아진공께서는 강녕하신가?"
"예, 도인님."
"그래, 무얼 가지고 왔느냐? 나에게 보이거라!"
"예."

일행이 정중하게 도인에게 예를 올린 다음 탈해는 단검을 싼 보자기를 풀어 도인에게 건넸다.

"오호! 철단검이로군! 흐음, 이건 지금은 사용하지 않는 초기 철제병기인데 청동이 섞인 것으로 보아 백년은 족히 넘은 것이로군."

"예? 백년이요? 그런데 이성국의 병장기가 맞습니까?"

"그렇긴 한데, 워낙 칼날을 갈아서 아닌 것 같기도 하고…."

"제가 보기에는 용성국과 이성국에서 이런 가늘고 날카로운 칼을 만드는 것으로 알고 있습니다만, 칼날을 이처럼 날카롭게 벼른 것은 처음 봅니다. 이렇게 예리한 단검을 쓰는 이성국의 고수무사가 있지는 않은가요?"

"예전에 용성국에서 가막미르가 칼을 뾰족하게 오래 갈아 이처럼 가늘게 만들었다는 소문을 들었지. 하지만 그는 용성국을 떠난 지 오래되었고 소문이라 확실하지는 않지."

"저어, 그런데 가막미르가 누굽니까?"

가막미르라는 말에 탈해는 순간 반사적으로 이상한 느낌이 들었는지 다급하게 물었다.

"가막미르? 용성국의 왕이었지. 아니 정확히 말하면 왕을 몰아내고 왕이 되려고 한 자였다고 해야할까? 지금은 지하뇌옥에 갇혀있다는 소문만 무성할 뿐이지."

"지하뇌옥이요?"

"나는 잘 모른다만, 아마도 염라대왕이 잡아둔 모양일테지…"

"그럼 그는 용입니까?"

"물론이지."

"그런데 저어…."

"말하라!"

"용이 사람처럼 칼을 쓸 수 있습니까?"

"가능하지."

"예?"

"도술을 부릴 줄 알면 용이 사람으로 화할 수 있게 되고 그러면 칼이 아니라 장풍도 쓸 수 있다."

"그럼, 가막미르도요?"

석탈해가 무언가 안다는 듯한 표정으로 물었다

"가막미르라…… 이름만 들어도 끔찍한 공포의 흑룡이지. 그자라면 그러고도 남지."

"그렇군요."

"아마도 용성국에 가야 그의 행방을 알 수 있을 것 같구나. 만약 사형께서 용성국에 가신다면 구성련이라는 처녀를 찾아가시라고 전해주게."

"구성련이요? 그분이 누구신지요?"

"그녀는 과거 구야국의 거수였던 구정동의 딸이다. 구정동이야말로 진짜 야장장이다. 한때 우리 이성국의 성인인 춘장시모님께 단검을 바쳤고, 시모께서 그 검을 궁표검객이라는 제자에게 주었는데 그는 홀연 스승을 저버리고 가막미르에게 붙어버렸지. 난 아직도 왜 그자가 그랬는지 이해가 가지 않는다. 이번 사건에 가장 의심이 가는 자가 바로 궁표검객이다."

"예? 궁표검객이라면 삼한 최고수라고 일컬어지는 무사잖아요."

설우혁이 끼어들었다가 용주도인에게 핀잔을 들었다.

"어험! 누가 그러더냐!"

"송구합니다."

"그런 말은 할 필요가 없다! 좌우간 구정동, 그러면 이 칼도 한눈에 알아볼 것이다. 그의 딸은 가히 여신이 될 만한 자질을 타고 났으나 얼마전 용성국에서 용왕비로 키우려고 데려갔지. 그녀는 용성국 사람이 되었지만 지금은 삼한땅의 모든 소식을 소상히 알고 있는 용성국 신녀가 되었다네."

"예, 그랬군요."

"그런데 결국 내가 별로 도움이 되지 못한 것 같구만."

"아닙니다. 도움이 많이 되었습니다. 감사합니다. 사숙님!"

석탈해는 잠시 망설이다가 입을 열었다.

"그런데 오는 길에 가야산신 정견모주님과 능가산신 금흘영모님을 뵈었습니다."

"그래? 그분들이 여길 왜? 그리고 자네들이 어떻게 그들을 안단 말인가?"

"예! 저희가 그분들을 아는 건 아니고, 소성주라는 소녀가 그렇게 불러서 저희는 그냥 본 것 뿐이옵니다."

"그래? 무슨 일이 있었는가?"

"예, 두 산신이 춘장시모라는 이성산신을 만나러 강변으로 급히 갔습니다."

"혹 산신들께서 북쪽 강안으로 갔던가?"

"예, 그러하옵니다."

"으음, 그렇군."

배상길이 어렵사리 말을 했다.

"그런데 무슨 일인가요? 대수 북쪽에 누가 있습니까?"

"글쎄, 나도 잘 모르겠네, 아마도 진한땅 거서간의 붕어와 관련이 있겠지…"

"그럼 산신들이 거서간님을 시해한 자객들을 알고 있을까요?"

"그렇지는 않을 걸세, 그들도 모르니까 몰려와서 의논을 하는 걸테지."

"저어…"

석탈해가 용주도인에게 다소곳한 자세로 물었다.

"뭐 좀 여쭈어봐도 괜찮겠습니까?"

"뭔가?"

"혹시 신라국 대사촌의 김씨에 대해 들어보신 적이 있습니까? 제 사부님께서는 들어보지 못하셨다는군요."

"대사촌 김씨? 사형께서 모르신다고 하셨어?"

"예."

"그들이 신라국에 숨어있었나?"

"예. 사숙께서는 아시는지요?"

"난 수련하는 분들과 검을 쓰는 자들에게 예전에 그들이 병장기를 잘 만든다는 소문만 들었지 어디에 있는지는 몰랐네."

"그렇군요. 그 존재가 있긴 있었군요."

"그렇지만 몰살당한 걸로 아는데…"

"현재 그들에 대한 별다른 얘기는 못들으셨구요?"

"모르네. 그일이 아리수 북쪽의 신선들과 관련이 있나?"

"아닙니다. 그냥 제가 개인적으로 궁금해서요…"

"으음."

용주도인은 잠시 하늘을 바라보고는 무언가 의심스럽다는 듯이 고개를 조금 갸웃해보였다. 그리고는 무언가에 집중하듯 고개를 숙이고 귀를 기울였다. 어디에선가로부터 온 전음을 듣는 모양이었다. 탈해 일행에게 작별을 고했다.

"자네들은 용성국에 가서 조사를 더 해야할 것 같구먼. 그럼 조심히들 가시게."

"예, 안녕히 계십시오!"

석탈해 일행은 소기의 목적은 달성했지만 거서간을 시해한 홍수가 어쩌면 용일지도 모른다는 막연한 사실을 가지고 돌아가는 것이 마음에 걸렸다. 차차웅은 그 사실을 믿어주겠지만 만조백관들에게는 비웃음을 살 일일 수도 있기 때문이었다.

석탈해 일행이 산을 내려가는 것을 물끄러미 바라보던 용주도인은 별안간 기운을 모으더니 하늘로 치솟아 날았다. 그리고는 북쪽으로 신형을 날렸다. 마치 한 마리 새가 하늘을 날아올랐다가 다시 땅에 내려앉는 모양으로 날아가던 용주도인은 강가에 다다르자 십여 개의 나무토막을 던지고는 그것을 밟아 날아오르기를 반복하면서 강물을 넘어 북쪽 강안으로 갔다. 그리고 커다란 바위산의 중턱에 다다라 의관을 정제하듯 옷매무새를 고쳤다. 십여 장 앞에 신비로운 자태의 노인들이 그를 보고 눈인사를 건넸고 용주도인은 매우 공손하게 그들에게 예를 올렸다.

"용주도인 오셨소?"
"예, 신모님과 산신님들을 뵈옵니다. 부르셔서 서둘러왔습니다."
"일단 좌정하시지요."
"예."

용주도인이 가장 늦게 도착한 모양이었다. 그는 주위를 빠르게 살폈다. 이성산의 춘장시모 곁으로 가야산신 정견모주와 능가산신 금흘영모 그리고 단일건 도인이 마치 운기조식을 하듯 고요히 정좌하고 있었고 그 곁에는 소일연이 두 손을 공수하고 긴장한 채 서있었다.

제 19화 – 5. 이성국의 도인들 – 거서간 서거 나흘째(3)

"잠시 후 용마도인이 온다고 했으니 조금 기다려보십시다."

이성산신인 춘장시모가 조금 초조한 표정으로 건너 산을 바라보며 말했다. 하지만 누군가 올 것 같은 기미는 보이지 않았다. 춘장시모는 용주도인과 단일건 도인에게 산신들이 모인 이유를 간단하게 말했다.

"조금 늦으시나보네…에, 오늘 이렇게 여러분을 모신 것은 아리수하의 가막미르 봉인이 열린 것을 점괘를 보고 알게 된 제가 금홀영모와 정견묘주 두 산신을 모시게 되었습니다."
"그렇군요."
"그런데 과거 마고여신과 칠신선이 가막미르를 봉인하고 승천한 이후 백명의 따님들에게 인간계에 나타나지 말고 숨어서 수련하고 승천할 것을 명령하였는데 그때 따님들이 승천하지 않고 여기저기 흩어져 산신들이 되었다고 합니다."
"그런데요? 그게 무슨 상관이지요?"

용주도인은 춘장시모말의 의미를 몰라 재차 물었다. 그러자 춘장시모는 잠시 망설이다가 말했다.

"그 따님들이 아니라면 누가 마고여신의 봉인을 감히 풀 수 있을까요?"
"글쎄요…"

곁에 앉아 있던 정견모주가 말을 이었다.

"신라 혁거세의 암살이 혹시 가막미르의 짓인가요? 아니더라도 그가
관련이 있을 터!"

"그래! 그놈이 뒤에서 교사를 했을 지도 모르지요. 신라에서는 아무런
연통이 없나요? 시모님?"

춘장시모의 말에 단일건 도인이 말을 이었다.

"신라에는 안 갔어요! 거긴 아진의선이 있지 않은가요?"

"아진의선이 우리와 척을 진지가 오래되어 왕래는 없지만 가막미르를
보면 없애려고 할테지요."

이번에는 정견묘주 여신이 말했다.

"그럴테지요. 하지만 가막미르가 세력을 업고 왔다면 아진의선으로서는
역부족이지요. 그런데 어떻게 아진의선의 눈을 피해 혁거세를 쳤을까?"

"그거야 내통자가 있었겠지요."

"그렇겠군요."

단일건 도인이 조금 망설이는 표정을 짓다가 말을 이었다.

"제가 긴히 드릴 말씀이 있습니다."

"무슨 일이십니까?"

"예, 제가 철야기도를 열 이틀간 드린 끝에 풍백님의 감응을 받았습니다."

"그래요? 역시 단군의 후예님답군요!"

춘장시모가 놀라 다가서며 말했다.

"그래서요?"

"예, 우려하던 대로 우리가 봉인했던 가막미르가 명부를 통해 탈출하여 지상으로 숨어든 모양입니다. 풍백께서는 환웅천왕께서 만류하셔서 지상에 오지 못하시니 동해용왕과 남해용왕을 시켜 가막미르를 잡으려고 하십니다."

"그들이 가막미르를 당해낼 수 있을까요?"

"글쎄요. 그거야 풍백께서 안배하신 일이니 저희야 어쩔 수 없지만, 만일 용왕들이 도움을 청하면 의당 따라야겠지요. 용왕들로 해결이 안되면 승균선인과 마고여신이 재차 강천하시겠지요."

"그렇군요. 알겠소이다."

"휘이익! 쾅광!"

산신들의 대화도중 별안간 일진광풍이 불며 흙먼지가 일어나더니 천둥치는 소리와 같은 목소리가 들렸다.

"여어! 오랜만이오! 헌데 웬일들이슈?"

"용마도인, 오랜만입니다!"

춘장시모가 손을 들어 반가운 표를 하며 말했다. 산신과 도인들 간의 인사치고는 대단히 거친 형국이었다. 용마도인은 그야말로 지저분한 떠돌이 거지같은 인간의 행색이었으나 몸에서는 대단한 광채가 나오고 있었다. 정견모주가 앞으로 나오면서 말했다.

"단도직입적으로 묻겠습니다."

"그러슈!"

"아리수에 봉인되었던 가막미르가 달아난 것을 알고계십니까?"

"달아나요? 아니, 언제요?"

"허어! 모르셨단 말입니까? 어찌 그러실 수가? 밤낮으로 술독에 빠져 계시니 쯔쯔…"

"허허 참, 난 금시초문인데? 그리고 그놈이 달아나봐야 어딜 가겠소? 잡아서 도로 처넣으면 되지!"

금흘영모가 답답하다는 듯이 손사래를 치고 나서며 말했다.

"이보세요! 용마도인! 어디 있는 줄 알아야 잡지요. 그리고 풀어준 자가 누군지 알아야 그것들을 같이 잡을 것 아닙니까?"

금흘영모의 말에 다소 화가 난 표정을 짓던 용마도인은 기침을 한번 하더니 날아갈 차비를 했다.

"흐음! 내 금세 다녀오리다!"

용마도인은 가뭇없이 연기처럼 사라졌다가 그야말로 반식경도 되지 않아 옷이 젖은 채로 되돌아왔다.

"가막미르의 봉인은 안쪽에서 명부의 문을 열고나간 것이오! 마고여신이 설치해둔 팔괘봉인 진식이 조금도 흐트러지지 않았소이다. 그걸 열려면 우리 여덟 명의 내공을 합친 것을 넘어서야하는데 그건 불가하지요. 하지만 진식 전체가 땅속으로 더 깊게 박혀있었소. 마치 그 아래에서 잡아당긴 것처럼 말이외다. 그놈은 지상으로 나올 수가 없어서 명부로 간 것이 틀림없소이다!"

"무엇이오? 가막미르가 스스로 탈출했다고요?"

"그렇소! 이걸 보시오!"

용마도인은 용주도인을 향해 쇠붙이를 던졌다.

"이건 뭐요?"

"이건 봉인이 아니고 안에서 봉인틀을 잘라낸 철조각이외다! 봉인틀이 땅속으로 당겨지면서 잘려나간 것이오!"

용주도인의 증언에 모든 신선과 도인들이 경악을 금치 못했다.

"누가 봉인을 해제해준 것이 아니고 스스로 나왔단 말인가? 어떻게 그럴 수가…."

춘장시모가 탄식을 하자 용마도인은 자신이 보고 왔다면서도 연신 고개를 갸웃거리며 말했다.

"가만있자…혼자 봉인을 푼다? 그럴 리가 있나? 그것 참 알 수 없는 노릇이구면…혹시 봉인의 수호자들 가운데 가막미르의 세력에 당한 분이 계시다면 그럴 가능성이 가장 큰데…"
"그게 누구란 말이요?"
"마고여신과 선도여신은 승천하셨으니 나머지 여섯 분들 가운데 한분일 거외다."
"그럼? 우리 넷 말고는 봉래도인과 동해용왕인데…봉래도인은 가장 막강한 분이시니 감히 당할 자가 없을 테고……"

춘장시모, 금흘영모, 정견묘주 그리고 용마도인은 거의 동시에 고개를 끄덕였다. 그리고 성질이 급한 용마도인이 단발마 같은 외마디 소리를 질렀다.

"동해용왕? 그랬군!"
"그랬다니요? 용마도인께서는 동해용왕과 왕래가 있었습니까?"

춘장시모가 의심스러운 표정으로 묻자 용마도인은 고개를 가로저었다. 하지만 춘장시모는 계속 의구심 어린 표정을 지었다.

"연락을 한 것이 아니고, 그간 나와 봉래도인이 용왕에게 아무리 연락을 보내도 도통 무응답이었지요. 용왕이 당했다면 지금의 용왕은 아마 가짜일거요. 누군가 그를 제거하고 안쪽 봉인을 풀었을 거외다!"

"춘장시모님, 그건 어렵다고 봅니다, 어찌 용왕을 제거한단 말씀이시오? 다른 일이 있었던 아닐까요?"

용마도인은 춘장시모의 추론을 부정하고 다른 의견을 말했다.

"용왕이 당한 것이 아니고 둘이 야합을 한 것이라면요?"

"그럴 리가요?"

"오년 전 동해용왕은 가막미르가 왜적이나 해적들에게 동해의 해상 통행료를 받아먹게 되자 화가 나서 우리에게 동참한 것이었는데, 이제 와서 가막미르와 용왕이 이익을 나누어먹기로 합의를 한 것일 수도 있지 않겠소이까?"

"자자! 아직 아무것도 확인되지 않았으니 금강산 모임에서 대책을 강구해야 할 거요. 마침 사흘 후가 그믐이니…"

"그럽시다! 이번 달 그믐에 금강산에서 보십시다. 봉래도인에게 여쭈어보는 수밖에 길이 없겠소이다."

산신들이 자리를 뜨려고 하자 용마도인이 길을 막고 여신들에게 물었다.

"그건 그렇고 이 도인들은 왜?"

"아! 용마도인께 연통을 넣어도 아무런 소식이 없어서 우리끼리 정했소이다. 승천하신 선도성모와 마고여신님을 대신하여 팔괘봉인에 새로

참여할 도인들이시오. 용마도인께서도 단일건 도인과 용주도인을 잘 아
시지요?"

"알기야 알지. 하지만 술도 한번 같이 먹지 않고 이거 뭐 싱거워서…"

"그 싱거운 소리는 금강산에서 하십시다. 자! 그럼!"

"알았수다! 내가 먼저 가리다!"

용마도인이 다시 사라졌고 다른 신선들도 인사를 나눈 뒤 바람에 모래
알 흩어지듯이 그렇게 가뭇없이 사라졌다. 아리수변에는 스산한 바람만
불 뿐이었다.

봉황을 나란히 타고 이성산성의 소도로 돌아온 춘장시모와 소일연은
찻잔을 들고 담소를 나누고 있었다. 어머니의 스승인 춘장시모와 감히 차
를 마신다는 것은 상상도 못했던 일인데 춘장시모가 냉이차를 권했다. 봄
이면 온산에 가득 돋아나는 냉이를 뜨거운 물에 넣고 마시기 전에 춘장시
모는 손바닥을 찻잔에 잠시 갖다댔다. 그리고 기를 약간 방사하자 더없이
맛난 냉이차가 되었다. 시모의 기를 받은 잔은 그 쑵쏠한 냉이차의 맛을
일품으로 만들어버렸다.

"이야! 너무 맛있었어요! 최고에요, 시모님!"

소일연은 감탄을 연발했다. 하지만 춘장시모는 그녀를 물끄러미 바라
보면서 시익 웃을 뿐이었다. 춘장시모는 긴요한 이야기를 하려는듯했다.

"시모님! 다음에 오면 또 끓여주실 수 있으세요?"

"오냐, 나는 괜찮다만 니가 성주한테 야단맞을까봐 걱정이구나."

"성주님께는 비밀이에요. 저야 몰래오면 되지요. 뭐 히히"

"그래 알았다. 일연아! 너 참 이쁘게 잘 자라주었구나. 우리 일연이…벌써 열여덟인가?"

"예. 왜요? 무슨 하실 말씀이라도 있으세요?"

"그래, 어느덧 니 혼사이야기가 나도는구나."

"제 혼인이요? 에이, 저는 시집 안갈 거에요."

"후후후. 그게 니 마음대로 되는 게 아니란다. 너를 보면 내 사부님이 저절로 생각나는구나. 너는 소서노 사부님을 꼭 닮았지. 그분은 니 증조모님 뻘 되시는구나."

"참! 시모님, 소서노님 이야기 좀 해주세요. 우리 어머님은 통 아시는 게 없더라구요."

"아는 게 없는 게 아니고 시할머니가 어려워서 말을 못하는 거지."

"그래요? 돌아가신지 수십 년인데 뭐가 그렇게 어려우시대요?"

"그러게나 말이다. 그래도 그분께서 허락하셔서 이성국이 생겨난 거란다. 사실 현재 이성국은 백제에 그 뿌리를 두고 있지. 아주 오래전 고구려의 시조이신 동명성왕께서는 동부여의 금와왕을 피해 졸본 부여로 피해오는데 그곳에 있었던 우이국 족장의 미망인 소서님을 만나 결혼하게 되고 아들 온조를 낳으셨다. 소서노님은 전남편 우이(優台)로부터 얻었던 온조의 이복형 비류(沸流)도 동명싱왕의 친아들로 입적시키셨지. 그리고 두 아들과 함께 왕을 도와 고구려를 건국하셨단다. 그런데 고구려에 예씨 부인이라는 왕의 전처가 나타나고 그 소생인 유리왕자가 태자가 되자 소서노님은 두 아들을 데리고 아리수 쪽으로 남하하셨단다. 평야지역에서 안정적인 정착을 원했던 온조계 해(解)씨 세력들은 형 비류계와 갈라져서 온조왕의 십제(十濟)국을 건국하였다. 비류계 진(眞)씨 세력들은 한반도 남부로 그 세력을 확장하면서 목지국 등 토착 마한세력을 정복하고 싸워 나가다가 홀연히 비류왕이 사라지셨다. 혹자는 서거하셨다고 하지만 시신을 찾을 수가 없으니 그 누구도 알지 못하고 있지. 그래서 십제국이 형님 나라인 백제국과 합쳐서 이제는 백제라고 불리고 있단다. 하지만 아직도 비류왕의 행방은 묘연하지. 소서노님이 승천하시기 전에 비류왕의 제사를 지내도 좋다고 하셔서 이제는 누구나 서거하신 걸로 인정하고는 있어. 혹자는 비류왕이 왜나라로 갔다고도 하고 또 누구는 산에 들어가 도를 닦는다고도 하지. 그러나 왕이 별안간 도인이 되는 것도 이상하지 않으냐?"

"그렇긴 하네요."

"혹시 나라를 통치하는 문제로 암살을 당하셨거나 마한이나 왜나라의 자객들에게 당하셨는지도 모르는 일이지."

"시모님께서도 모르세요?"

"글쎄…"

시모는 잠시 생각에 잠겼다. 그녀의 표정이 살짝 야릇하게 변했다.

제 20화 - 5. 이성국의 도인들 - 거서간 서거 나흘째(4)

"나도 잘은 모르지… 비류왕, 그분을 뵌 적은 있지만 그렇게 쉽게 돌아가실 분 같지는 않았는데…백제가 건국을 할 때 소서노님의 남동생인 소서원 검객이 누나를 보호하기 위해 군사들을 대동하고 오셨단다. 그 부친인 소연타발의 구원요청으로 그 군사들은 동부여로 회군하였으나 패전하여 일천여 명의 군사들이 전멸하고 말았다. 그때 회군 대열에 합류하지 못한 소서원의 아들이 바로 네 할아버지이고 십년 전에 돌아가신 전 성주 소욱현이 바로 네 아버지 아니냐. 소서노님은 어쨌건 천랑왕 해모수님의 며느리이기 때문에 해모수님을 기리는 성소를 만들었고 이미 마한 대부분의 나라들을 정복한 백제가 돌봐주고 있기 때문에 이성국은 성스러운 책무를 지속할 수 있는 것이란다."

"예, 잘 알고 있습니다. 그리고 시모께서 우리를 지켜주시고 계신 것도 잘 알고있어요. 늘 감사드려요."

"얘가 별말을 다하는구나."

"참, 시모님! 우리 할아버님하고 수련하던 이야기를 해주세요. 지난번에 말씀해주신다고 하시고는 아직도 안 해주셨어요."

"그 케케묵은 이야기는 들어서 뭐하려고?"

"그래도 해주세요."

"니 할아버님도 살아계시면 팔십이 넘었겠구나. 우리는 한때 조의선사에게 무공을 배웠지. 노사께서는 공력이 무르익어 마치 커다란 소나무 같은 분이셨지. 우리에게 가르치실 때나 말씀을 하실 때, 혹은 명상을 하실 때에도 스승님의 마음은 한적한 표정이셨지. 한 달에 한번 용을 타고 어디론가 다녀오시는데 하룻밤 다녀오신 후로는 한 번 가부좌를 하시면 열흘이 지나야 끝이 나곤 하셨지. 우리는 스승님이 안 계신 때에 배운 무공수련을 함께 복습했고 스승님이 계실 때에는 쥐죽은 듯이 조용하게 있어야했지. 스승님 발치에서 같이 명상을 하면 스승님에게서 알 수 없는 이상한 기운이 우리에게로 밀려왔지. 그 고요함 속에 스승님은 우리에게 진기를 보내주시는 거야. 바람 부는 창가에 성긴 댓잎이 우는 소리, 풀벌레 우는 소리, 늦은 밤 향기로운 들풀꽃 내음 속에서 우리는 그렇게 공부를 했단다."

"우리 할아버님은요?"

"응?"

"그러니까 시모님께 무슨 말씀이 없으셨어요?"

"무슨 말?"

"아니, 뭐 이쁘다든가…"

"예끼! 이 녀석!"

"아니 근데 왜 시모님은 우리 할아버님과 혼인을 하지 않으셨어요?"

"혼인? 무공 수련 오년 만에 소검객은 누이를 따라갔고 나는 삼년을 더 스승님께 무공을 배우고 돌아와 보니 벌써 니 아버지를 낳았더구나."

"그런데 우리 할머님은 제 아버님을 낳으시다가 돌아갔는데 그럼 그 후에라도 우리 할아버님하고 다시…"

"차 식는다!"

춘장시모는 차를 다시 한잔 따랐다. 그리고 좀 전처럼 손바닥으로 기를 방사하였다. 신기하게도 식은 찻잔에서 모락모락 김이 올라왔다. 놀라운 공력이었다.

"일연아! 너도 차후에 성주가 될 터이니 틈나는 대로 서책을 읽고 내공
수련과 백성을 돌보는 일은 게을리하지 말아야 한다."

"예. 명심하겠나이다."

분위기를 바꾸려고 춘장시모가 웃으며 그녀에게 다가와 물었다.

"그런데 너는 나에게 뭐 할 말이 없느냐?"

"예? 드릴 말씀이요?"

"그래."

"없는데요?"

"금흘영모가 그러는데 니가 웬 남자들하고 어울려 놀더라고 하시던
데…"

"아! 그거요? 어떤 도둑놈들이 성소에 와해 행패를 부리길래 혼내주었
어요. 제가 남자애들하고 놀다니요? 에이 참! 당치않으세요!"

"그래? 그놈들이 다치지는 않았고?"

"아뇨 그게…"

"그런데 니 얼굴이 홍조를 띄는구나, 그 숨소리도 좀 그렇고?"

"아유? 그런 거 아니에요! 시모님!"

평소 어렵던 춘장시모 앞에서 부끄럽기도 하고 오해를 살까봐 걱정도
되어 소일연은 점점 얼굴이 더 빨갛게 되었다. 그걸 알아차린 춘장시모가

찻잔을 물리고 일어섰다.

"오냐. 알았다. 그만 물러가거라."

"예. 시모님. 소녀 물러가옵니다. 차 잘 마셨습니다."

"소일연 소성주님. 서두르시게. 니 사촌 오빠 소충천 장군이 정자 밖에서 기다리고 있구나."

정자밖에 나오니 과연 소충천 장군이 와있었다. 소일연은 춘장시모의 능력이 대단하다고는 알았지만 눈으로 보지 않고도 밖을 훤히 본다는 것이 신기했다. 장군을 보자 아까 성소 밖에서 싸우던 사내가 생각이 났다. 소일연은 자신도 모르게 가슴에 손을 갖다 대었다.

한편 석탈해는 신라 왕궁에 복귀하여 남해차차웅에게 그 동안의 일을 보고하기 위해 금성에 들었다. 차차웅은 매우 근심어린 표정으로 석탈해를 맞았다. 탈해는 분위기를 파악하고 조심스럽게 물었다.

"차차웅이시여! 무슨 고민이 있사옵니까?"

"으음, 내 외숙께서 궁성의 방비를 강화하시다가 흉수들에게 당하시어 아직 의식이 돌아오지 않고 계시네."

"예? 그럼 알령도인께서요? 누가 감히 도인님을 공격할 수 있단 말입니까?"

"글쎄…어떤 자일까? 그래서 왕비께서 몹시 걱정을 하고 계시지…으음…내가 배 다른 왕자들에게 신경을 쓰느라고 외숙을 소홀히 한 것 같아 마음이 좋지가 않구면."

차차웅은 평소와 달리 조금 초조한 기색을 내비쳤다. 그리고는 다시 탈해를 바라보았다.

"그래! 이성국에서는 성과가 있었는가?"

"예! 차차웅이시여, 거서간님을 해친 흉수의 칼은 이성국의 무기가 맞을 수도 있지만 워낙 심하게 갈아놓은 상태이기 때문에 용성국의 칼과도 비슷하다고 하옵니다."

"그래? 비슷한 칼일 수가 있다면 용성국에도 가봐야겠구나."

"그러하옵니다."

"그런데 이성국에서 가장 의심이 가는 자는 누구인가?"

"예, 이성국의 여신인 춘장시모가 축출한 궁표검객이란 자가 의심이 가는 최고수이나 행방이 묘연하여 현재로서는 그가 살아 있는지조차 알 길이 없나이다."

"궁표검객이라… 한때 삼한 땅 최고수 중 하나라고 소문난 무사였는데, 언제부터인가 사악한 무리들을 데리고 다닌다고 하던데 그자를 집중적으로 알아봐야겠군. 그리고 용성국 쪽은 어떤가?"

"용성국에는 가막미르라는 용화인이 있사옵니다. 과거 주위 국가들을 복속시켰는데 궁표검객도 그의 수하인 듯합니다. 아마도 아리수의 뇌옥에서 봉인을 풀고 최근 탈출을 한 모양인데 소신이 소상히 알아보겠나이다."

"그래, 수고가 많았다. 내일 용성국을 다녀오려면 고단하겠군. 그만 돌아가 쉬도록 하세."

"황송하옵니다."

금성을 빠져나온 석탈해는 친구들을 보기 위해 골굴암으로 가는 길에 사제를 만났다. 바로 설우혁의 동생으로 속가제자들을 지도하고 있는 설시혁이었다. 탈해가 나타나자 친동생이나 다름없는 시혁 사제가 환하게 웃어주었다. 석탈해는 반가운 마음에 시혁에게 말을 붙였다.

"시혁아. 수련은 잘되고 있니?"

시혁이는 탈해가 조금 어려운지 공손하면서도 부끄러운 표정으로 대답했다.

"그냥 그렇습니다. 제 딴에는 무술 수련을 열심히 하고 있지만 사형들처럼 진전이 있는 건 아닙니다."
"그래? 넌 골굴암엔 언제 입문했지?"
"오 개월 정도 되지요."
"기초를 누구에게서 배웠어?"
"골굴암 본원과는 떨어진 암자인데 무술 스승은 존함도 알 수 없고 나이도 가늠키 어려운 복면을 쓴 분이였습니다."
"그가 뭐라고 하던가?"
"수련생들과 자기는 사제 관계가 아니니 인연이나 후광을 얻을 생각을 말라고 하더군요. 다만 나라를 위해 큰 일을 할 사람을 키울 것이니 자신의 수련을 못 따라 가면 재목이 안 되는 줄 알고 스스로 물러나라고 하였습니다."
"그래? 목소리가 어땠어?"

"쉰 목소리였는데 하루 종일 오리걸음 오천 번에, 주먹으로 바위만 두 들기다가 결국은 많은 문하생들이 무술수업에서 쫓겨났죠."

"아니 왜?"

"실력들이이 모자라서요, 하하하하하."

"그분 아마 여자 무술 스승인 것 같은데?"

"예? 누군지 아세요?"

"잡아랏!"

그 순간 왕궁의 금군들이 웬 사내를 잡으라고 외쳤다.

"아니? 내가 잡아주마!"

순간 시혁이 먼저 몸을 날렸고 석탈해도 뒤를 따랐다. 궁에서 북쪽으로 난 숲으로 자객이 숨어들었다. 그리고는 감쪽같이 자취가 묘연했다. 그곳은 계림의 소도였다. 잠시 후 금군들이 숲속에서 나오면서 차례로 나뒹굴었고, 그 뒤에서 흑의인 둘이 소도의 뜰 안에 모습을 드러냈다.

"누구냐? 너희들은 어찌 관군을 죽이느냐!"

석탈해가 외쳤지만 그들은 대답 없이 여덟 명이 더 나타나 약속이나 한 듯이 진법을 펼쳤다. 소도의 웅신상과 천단 제단 뒤에 숨어있던 여덟 명의 무사들이 동시에 발검하여 둘에게 덤볐다. 검은 복면의 사내들은 검과 검이 요란한 금속 소리를 내면서 싸우는 와중에 몇 명이 바닥으로 쓰러졌다. 흑의인들은 모두 고수급 무사들이었다. 열 명 대 두 명의 싸움은 아무래도 무리였다. 석탈해가 잔뜩 긴장하여 선공을 노렸다. 그때였다.

"피잉, 피잉, 핑!
"비켜서라!"
"으아악! 악! 악!"

어디선가 화살 여러 발이 날아오고 별안간 백색천으로 얼굴을 가린 여성이 나타나 쾌속검을 휘둘렀다. 그녀는 순식간에 화살과 칼로 아홉 명을 쓰러트렸다. 가공할 무공이었다. 마지막으로 화살을 튕겨낸 최고수 흑의인을 제압하기 위해 그녀가 전면으로 나섰다. 그러나 최후의 흑의인은 백의녀와 거의 동수를 이루었다. 그녀가 서너 합을 겨루고는 뒤로 밀리자 그가 가까이에 있던 시혁을 공격하려했다. 석탈해가 황급히 방어하자 다시금 백의녀 뒤로 경공술로 이동하여 기습을 감행했다.

"이얍!"
"핫!"

그러나 백의녀는 기다렸다는 듯이 검을 회전하여 흑의인을 노려 참법 검술로 허공을 갈랐다. 순간 흑의인은 검을 놓쳤고 두어장 정도 밀리면서 소나무 등걸에 몸을 부딪쳤다. 석탈해가 몸을 날려 제압하려 할 때 그가 독공을 펼쳤다.

"펑!"

"피해! 독이다!"

일대에 독무가 퍼지자 호흡을 멈추고 괴한을 쫓으려는 시혁을 석탈해가 막았다.

"안돼! 시혁아! 추적하지 마라!"

"왜요?"

"자칫 독공에 당한다! 그는 고수다!"

"예! 사형!"

"그나저나 구은을 입었습니다. 은공께서는 누구시온지?"

"알 것 없소. 갈 길 가시오!"

탈해가 백의녀에게 감사의 말을 하려했지만 홀연히 사라지고 말았다. 때마침 소도에서 천녀가 나왔고 죽은 자들의 넋을 위로했다. 천녀는 칠십대 노파였지만 차분하고도 성실하게 일대를 치우고 제를 올렸다. 탈해는 천녀를 도와 시혁과 함께 죽은 자들의 명복을 비는 기도를 올려주었다. 시혁을 보내고 혼자 남아 탈해는 곰곰 생각을 해보았다. 여러 생각이 머리를 어지럽혔다.

어둠 속에서 달리고 칼부림하느라고 몸은 파김치가 되었지만 석탈해는 입가에 미소가 돌았다. '흐흐 온동이 그 징도로 무공이 늘었어? 놀라운데?' 그는 고개를 또 갸웃했다. '그런데 그 흑의인들은 애초부터 나를 노렸나? 그냥 도망치던 자들인가?' '왜 궁의 금군들이 그를 쫓았을까?' 알 수가 없었다. 그런데 답답하지도 않았다. 기억이 없는 것이 오히려 마음을 편안하게 하는 경우도 있구나하고 생각했다.

제 21화-6. 아진의선과 물여위-거서간 붕어 오일째(1)

탈해는 금군이 쫓던 흑의인을 보고하고 궁성에 변고가 있나하고 다시 차차웅의 처소를 찾았다. 차차웅은 거서간 생각에 잠겨 매우 침울해있었다. 대화를 나눌 상황이 아니었다. 처소에서 나오며 여전히 침울하고 근심이 가득한 차차웅의 얼굴을 바라보다가 문득 눈이 마주치자 그는 화급히 고개를 숙였다. 차차웅이 어렵기는 했지만 웬지 측은하다는 생각이 들었다.

그는 용성국으로 떠나기 전 휴식을 취하고 싶었다. 언제나처럼 탈해는 남산을 찾았다. 물여위와 수련을 하고 나면 기운도 나고 마음이 든든해지기 때문이었다. 경공을 써서 최대한 신속하게 산을 올랐다. 남산 위에서 괴상한 짐승의 울음소리가 들렸다.

탈해가 물여위의 거처에 다다르고는 깜짝 놀랐다. 물여위가 땅에 엎드려 미동도 하지 않고 있었기 때문이었다. 순간 탈해는 그가 죽은 줄 알았다. 앞으로 고꾸라져있는 모습에 당황하여 그를 황급하게 일으켜 세우려했다.

"아니? 스승님! 왜 이러세요? 돌아가신 건 아니죠?"

"으응? 아! 이놈아! 이거 놓고 얘기해라!"

"휴우! 난 또…"

"또 뭐? 내가 죽었을까봐?"

"예!"

"예끼 요놈아! 자, 내 코에다가 재채기나 해봐라."

"예, 에취!"

"한번 더!"

"에취!"

"좋아."

"그런데 왜 그러고 계셨어요? 꿈에 조상님이라도 만나뵈셨어요?"

"아…그게 말이야…아니다…"

"아, 말씀 좀 해보세요! 왜 얘기를 하다마세요?"

"니가 믿을지는 모르겠다만은 풍백께서 날 좀 보자고 하시는 것 같은
데…."

"예? 천상 삼사 중 으뜸이신 바람신 말인가요?"

"비천마를 보내셨다면 사흘 안에 오실텐데…"

"그래서 그 비천마에게 절을 하신 거에요?"

"아니, 그게 아니구…나를 데리러 오신 천상사자인줄 알았는데, 풍백
님의 현신을 예고한 비천마의 등장이라니…난 아직 멀었나보다…"

"실망하지 마세요. 사부님. 일단 수련을 열심히 하시다보면 머지않아
승천하시겠지요, 뭐. 밤낮으로 이렇게 무덤에 누워 내공을 쌓으시는데 신
선이 되는 건 당연한 거 아니에요?"

"요놈! 노인을 놀리면 못쓴다! 에잇!"

"아야!"

늘 그렇듯 탈해는 제아무리 빨리 피하려고 해도 물여위의 꿀밤을 피하
지 못했다.

"사부님. 그럼 아까 그 소리가 장시상천마(長嘶上天馬)의 울음소리였어요?"

"너도 들었구나. 그 비천마는 하늘을 마음대로 날아다니지. 신선들의 눈에만 날개가 보인다는데 나는 날개를 볼 수가 없었단다. 울음소리가 무척 큰 편이고, 날아오를 때 힘차게 울고나서 빠르게 하늘로 치솟는 모습이 매우 인상적이지. 울음소리는 아마도 용의 울음소리와 같을 게다. 장시상천마라 불리는 것은 창공으로 날아오르기 전에 길게 울고 승천한다 하여 붙여진 이름이지만 필경 용과 말의 잡종일 것이야."

"예? 용과 말이 그럴 수가 있나요. 크기가 안 맞잖아요?"

"음양의 합체가 꼭 같은 크기끼리 하라는 법이라도 있냐? 그리고 용은 자신의 크기를 마음대로 조절할 수가 있느니라. 그런데 야! 이놈아! 너 지금 스승의 말을 의심하는 게냐?"

"아니, 그게 아니구…스승님이 하도 뻥이 심하셔서…"

"에라이!"

"아이쿠!"

이번에는 탈해가 물여위의 꿀밤을 예상하고 피하려고 작심하였지만 영락없이 머리통을 맞고 말았다. 그리고는 고개를 갸웃했다. 속으로 '도대체 얼마나 빨라야 저 꿀밤을 피할 수 있는 거지?' 하고 중얼거렸다.

"그거야 간단하다. 나보다 빠르면 된다."

"예? 이젠 내 마음 속 소리까지 들으시나요?"

"아니, 니 입무양을 보고 답을 힌 기다. 요놈아!"

"아이코! 이제 그만 좀 하시죠. 꿀밤은 사절입니다."

"탈해야. 니가 나에게 재채기를 해주지 않느냐?"

"그렇죠."

"왜인지 아느냐?"

"그거야 사부님이 하라고 하셔서 그리고 말씀을 안해주시니까…"

"니 재채기는 나에게 약이 되느니라. 그게 고마워서 내가 너에게 꿀밤을 선물로 주는 거다."

"그럼 사부님 꿀밤이 저에게 약이 된다고요? 쳇! 말도 안되는…"

"오냐! 흐흐흐흐. 자 가부좌를 틀고 앉아 운기를 해봐라!"

"예!"

잠시후 탈해의 정수리에서 미세하게 김이 모락모락 피어났고 물여위는 손바닥을 탈해에게 향해 내밀었다.

"허어! 너 독에 중독되었더냐?"

"예, 어젯밤, 아진의선님 댁에 갔다가 바닷가에서 외팔이 검객을 만났는데 그자가 독을 뿌린 모양입니다."

"그래? 상체를 벗어보거라."

물여위는 탈해의 피부가 벌겋게 변한 것을 보고 즉각 양손을 뻗어 탈해의 명문혈에 기를 방사하였다. 잠시 후 탈해는 각혈을 했다. 그리고는 피부의 검붉은 반점들이 사라지기 시작했다.

"고맙습니다. 스승님"

"이놈아. 쌈박질 좀 하지 말고 다녀라."

"이건 싸운 게 아니고 그놈이 와서 일방적으로 독을 뿌렸다니까요."

"손바닥도 마주쳐야 소리가 난다고, 니놈이 뿌린 씨를 거두는 게다."

"하, 참! 진짜 억울하다니까요!"

퉁명스럽게 말을 하고 옷을 입다가 옷소매에 간직하고 다니던 차차웅의 목간이 떨어지고 말았다.

"그게 뭐냐?"

"목간입니다. 차차웅이 숙제로 주신거지요."

"칠칠맞게 흘리고 다니지도 말거라."

"아이고! 잔소리! 어? 여기도 글씨가 써있네?"

"뭐?"

"차차웅께서 주신 목간의 측면에 이런 글씨가 써있네요!"

"어디보자."

按故文(안고문), 옛글을 상고해 보건대, 新羅此六部之祖(신라차육부지조) 신라의 여섯 부(部)의 조상들은 似皆從天而降(사개종천이강) 모두 하늘에서 내려온 것 같다. 金馬拜地有壹兒(금마배지유일아) 금빛 말이 절하는 곳에 아이가 있었다. 此後童男浴於東泉(차후동남욕어동천) 나중에 그 아이를 동천에 목욕시켰더니 身生光彩赫赫如金(신생광채혁혁여금) 몸에서 광체기 나는데 마치 금과 같았다.

"혹시 사부님은 여기에 대해서 뭐 아시는 것 좀 있으세요?"

"글쎄다."

"혹시 거서간님의 성이 금가였나요?"

"박가 아니냐?"

"아니, 그건 겉으로 그런 거고 원래 금씨가 아니냐구요?"

"성씨가 겉이 있고 속이 있다는 소리는 처음 듣는구나! 그리고 내가 거서간 아버지도 아니고 그걸 어떻게 아냐? 이놈아!"

"하긴…그런데요. 사부님!"

"왜?"

"사부님은 참 아시는 것도 많고 또 모르시는 것도 되게 많으세요."

"그거 칭찬이냐 욕이냐?"

"물론 칭찬이죠. 헤헤"

"그래? 예끼! 이놈아! 농으로 하는 칭찬도 있냐?"

"아이고! 이번 꿀밤은 되게 아프네! 저 갈래요!"

"이 녀석아! 보약을 주었으면 고마운 줄을 알아야지. 인사도 제대로 못하는 놈이 어찌 큰 인물이 되겠누?"

"알았어요. 감사합니다."

"잘 가거라. 아진의선에게 안부나 전해다오."

"예? 제가 이따 아진의선께 가는 건 또 어떻게 아셨어요?"

물여위는 일언반구도 없이 무덤에 눕더니 곧바로 코를 골며 잠에 빠져들었다. 인사도 하는둥 마는둥 탈해는 경공을 구사하려는데 자신도 모르게 한층 공력이 증진된 것을 느꼈다. 경공으로 순식간에 해변의 하서지촌으로 날아올 때야 비로소 물여위의 꿀밤이 내공을 증진시킨 것을 깨달았다. 물여위는 생각할수록 신기한 노인네였다.

숙신국의 궁표검객이 머무는 궁은 과거 숙신국 왕자가 쓰던 동궁이다. 가막미르를 위해 왕의 처소인 대전은 비워두고 있었다. 궁표의 동궁전에 이제 막 네 자객이 돌아왔다. 흑검귀와 설표, 이운하 그리고 백독수가 임무를 마치고 귀환하여 종석철을 궁표검객에게 바치자 그는 오늘따라 이상스러울 만큼 기분이 좋은 표정을 지었다. 평상시의 공포스러운 표정도 훨씬 덜하였다.

"내가 오늘은 기분이 매우 좋구나. 가막미르님께서 명부에서 출발하신 다고하시니 사흘 안에 이리 오실게다. 우리에겐 크나큰 광영이 아닐 수 없다. 또 변한 금흘영모의 신궁을 훔치러 간 자객아이들이 그 귀한 신궁을 가지고 왔구. 너희들이 종석철을 가져왔으니 근래 이처럼 기분 좋은 날이 없구나. 그래서 말인데 오늘은 내가 너희들에게 축복을 내리고자 한다. 네 사람은 잘 들어라."

궁표검객은 수염을 한번 쓰다듬더니 의자의 양팔걸이를 쿵하고 쳤다. 그 쿵하는 소리가 궁밖에까지 들릴 정도였다.

"좋아. 너희들! 계약한 황금 한관을 받겠느냐? 아니면 내가공력을 받겠느냐? 내가 두 번씩 공력을 불어넣으면 너희들은 두 배 이상으로 내공이 증진될 것이다. 너희에게는 다시없는 기획인 것이다. 그건 황금 열관, 아니 백관도 될 수 있는 가치가 아니냐? 으하하하하."

"저어…"

궁표검객의 기세에 눌려 조용히 듣고 있던 흑검귀가 조심스럽게 말했다.

"그냥 황금만 받아도 되는 거지요?"
"금에만 관심이 있더냐? 무공은 그 정도면 충분하다고 느끼나?"
"아니 저는 꼭 내공을 받아야하는 것은 아닌지…"
"으하하하하!"

궁표검객의 벽력같은 웃음소리에 네명은 동시에 귀를 막았다. 실로 엄청난 내공이었다. 그러자 다시 자세를 추스른 백독수가 짜증이 난 듯 말했다.

"지금 우리를 겁을 주어 금을 안주시겠다는 건 아니죠?"
"뭐라? 이 자식이!"

궁표검객이 백독수를 향해 손을 뻗어 허공중에 주먹질을 하려했을 뿐인데 백독수는 궁표검객의 기에 눌려 비틀거렸다.

"으윽!"
"오냐. 너는 저 금을 가지고 당장 나가라!"
"예!"

외팔이 백독수가 금괴를 가지고 부리나케 방을 빠져나가자 이운하가 긴장한 듯 말했다.

"저는 내공을 받겠습니다."

"그래? 좋다. 다른 사람은?"

"예, 저희도 내공을…"

"오냐."

궁표검객은 세 사람이 상의를 탈의하도록 하고 자신이 만든 따뜻한 차를 마시게 했다. 그냥 차가 아니었다. 차에서 산삼과도 같은 약초의 강한 향기가 나는 보약이었다.

"자! 그것을 마시고 운기조식을 하게! 자네들의 소주천이 일어나면 나의 진기를 나누어주지."

잠시 후 세 사람이 정좌하고 단전호흡을 하자 세 사람의 정수리에서 김이 모락모락 올라오기 시작했다. 궁표검객은 기마자세로 자신의 기를 모은 다음 매우 천천히 움직이며 세 사람의 등허리에 양손을 대고 기를 주입하였다. 그럴 때마다 기를 받는 자들의 머리 위로 하얀 수증기가 더욱 가열차게 올라갔고 이마에서는 비오듯 땀이 흘러내렸다. 그렇게 두 차례 반복을 한 궁표검객은 조용히 방을 빠져나왔다. 세 사람은 계속 단전호흡으로 운기조식을 했다. 그리고 그들의 얼굴에는 모두 미소가 지어졌다.

제 22화 – 6. 아진의선과 물여위 – 거서간 붕어 오일째(2)

토함산을 넘어 동해안으로 수로를 따라 가면 감포의 하서지촌 아진포가 나온다. 아진의선의 거처가 거기에 있었다. 아진의선은 평소에는 평범한 고기잡이 노파이지만 내공은 가늠하기 힘들 정도였다. 석탈해가 오면 늘 친손자처럼 반겨주는 그녀에게서 탈해는 어머니나 할머니 같은 느낌을 받곤 했다. 그녀는 탈해를 보자 반겼다.

"아니? 바쁘다는 사람이 여긴 또 왜 왔어?"
"그냥요. 할머님이 보고 싶어서요."
"녀석! 싱겁기는… 왔으니 따뜻한 밥이나 먹고 가려무나."
"예. 늘 고맙습니다."

아진의선은 석탈해의 옷매무시도 고쳐주고 옷깃에 묻은 마른 풀을 떼어주며 물었다.

"니가 뭘 물어보려는지 내가 한번 맞춰볼까?"
"예!"

석탈해는 자못 긴장했다. 아진의선이 탈해 자신이 궁금해하는 것을 가끔 맞출 때마다 머리카락이 쭈뼛 서는 느낌이었다.

"니가 과거에 둔술을 할 줄 알았는지 궁금한 게지?"

"예? 어떻게 아셨어요?"

"니가 요즘 남산에서 그 미친 노인네하고 둔갑술을 배우는 모양인데 너무 가까이하는 것은 바람직하지 않은 것 같구나."

"예? 하지만 이제 사제지간이 되기로 정식 예를 올렸는데요?"

"아무리 사제지간이라 해도 그 노인네는 워낙 괴팍해서 말이야. 예전에는 말도 못했지. 한 칠팔십년 전에는 매일 술 먹고 싸우지 않는 날이 없었단다. 도인의 경지에서 선인의 경지로 올라간 다음부터 저렇게 점잖은 척하는 게지. 그나마 승균선인이 오셔서 심하게 나무란 다음부터 철이 든 것 같애. 근데 요새는 그 제자인 용마도인이라는 작자도 늘 술을 과하게 먹고 다니면서 도인들 망신을 다시키고 있지 뭐냐. 그 스승의 그 제자라니까! 후후후."

"제가 보기에는 인자하신 것 같던데요."

"후후. 괜한 얘길 했구나. 자 답을 해주마. 너는 용성국에서 올 때부터 선왕이신 함달바왕의 진기를 물려받았단다. 자세히는 모르지만 용성국 내부와 천하의 신선과 도인들이 결정한 일인지라 대세를 따를 수밖에 없었던 왕께서는 너에게 내공과 무예를 주입시키신 모양이다. 그 덕분에 너는 둔술은 물론이고 수많은 무공을 이미 익히고 세상으로 나온 셈이지."

"하지만 기억도 없고 초식이나 호흡법도 모르는데 어떻게 그 무공들을 사용하나요? 또 작년에 제가 누구와 싸우다가 어금니가 빠진 이후로 기억도 잃고…. 솔직히 말씀드려서 답답하고 이런 제 운명에 화가 나기도 해요."

"니 운명에 화가 난다고? 그건 어리석은 마음 때문에 생겨난 쓸데없는 생각이다. 기억이 돌아오고 너의 능력을 발휘해서 천하를 살기 좋은 세상으로 만드는 훌륭한 인재가 될 사람이 자책이나 하고 답답하다고 짜증이

나 내서야 되겠느냐?"

석탈해가 아무말도 못하고 있으니까 아진의선이 인자하게 웃으며 옆
으로 와서 앉았다. 그녀는 해변의 모래밭에서 무언가를 주웠다.

"자! 이걸 보아라!"
"아니? 이건 조개 껍데기 아닙니까?"
"그래, 두손으로 잡고 집중하여 보거라."
"예."

석탈해는 운기조식하여 단전호흡을 한 상태로 조개껍데기에 집중하였다.

"탈해야. 뭐가 보이느냐?"

탈해는 아무 생각 없이 그냥 입을 열었다.

"그냥 새가 보이는데요? 그럼 원래 새였군요. 이 조개는…"
"그게 보이느냐?"
"예? 그냥 잘 모르겠는데 어렴풋이 그런 거 같아요."

석탈해는 순간 놀라 자신이 무슨 말을 했는지 어안이 벙벙했다.

"그럼 내가 이 조개의 전생을 알아맞춘 것입니까?"

"나야 모르지! 니가 새라고 했지 않느냐?"

"저, 전 그냥 생각나는 대로 말한 것이에요. 할머니, 제가 뭐 이상한 건가요?"

"나는 모른다니까? 조개의 전생이 새였다구? 호호호호호! 너 정말 대단하구나!"

조금 후 분위기가 다소 가라앉자 석탈해가 어렵사리 말을 꺼냈다.

"저어…"

"왜 그러냐?"

"그런데 할머니 대수 북쪽에는 뭐가 있어요?"

"뭐라니?"

"아니 그러니까 누구 뭔가 대단한 사람이 있나요?"

"강 부근에 말이냐?"

"예."

"그걸 왜 묻는 게야?"

"예, 실은 이성국에 갔을 때 가야산과 능가산의 여신들을 보았는데 그분들이 강북으로 간다고 해서 말이에요."

"그들이 왜 강북으로 간 것이야?"

"그건 이성산신인 춘장시모가 거기에 갔다고 해서 따라간 모양이던데요?"

"그래? 한단산의 산신이 있기는 한데 그 산신은 무척 괴팍해서 어울리지 않을 텐데 그래도 그를 찾아간 모양이로군…"

"그가 누군데요?"

"한단산 산신으로 불리는 용마도인이지. 아까 내가 말한 물여위 선인의 제자 말이다."

"그런데 그 도인이 왜 괴팍해요?"

"나도 모르지. 하여간 미친 산신이라는 별명이 있어. 혹은 천신이었다가 천상에서 지상으로 유배되어 그렇게 성질머리가 고약하다는 소문도 있고 좌우간 그의 스승이나 금강산의 봉래도인만이 그를 제압할 수 있지…"

석탈해는 말이 나온 김에 계속 질문을 했다.

"그런데 용마도인과 춘장시모와 금흘영모 그리고 정견모주는 모두 산신인데, 그들이 왜 인간세계에 간섭을 하는 거죠?"

"그야 마고여신의 부탁 때문이란다."

"마고여신이요?"

"응, 예전에 승천하신 지리산 여산신이신데 원래는 천상천왕님의 따님이셨지. 그래서 다시금 승천하신 게다."

"그런데 무슨 부탁이요?"

"그거야…너는 몰라도 된다."

"뭔데요? 그러니까 더 궁금하잖아요."

"니 기억이나 궁금해하거라."

"그런데 할머니, 정말 작년에 제가 누구와 싸웠던 걸까요? 상처도 별로 없는데 기억만 잃다니…"

"글쎄다. 나도 그게 희한하구나. 참! 일단 용성국 입구에 도착하면 동굴 입구 아랫마을에서 의원을 하는 아진도파를 찾아라. 그리고 내 이름을 대거라. 그녀가 신녀를 만나게 해줄 것이다."

"할머니, 저어…이건 내힘으로 알아보려했는데 도무지 알 길이 없어서 그러는데 대사촌금씨들은 어떻게 된 거에요? 대사촌이 혹시 거서간님의 왕자들이 살던 곳인가요?"

"왕자라니?"

"말하자면 거서간님의 후궁의 자식들이 살았는지요?"

"그건 아닌 것 같구나. 나도 잘은 모른다만, 금씨들은 태기왕을 배신하고 신라에 와서 또 거서간을 배신한 대장장이들인데 부락에 불이 나서 모두 멸문지화를 당했다더구나."

"그게 다에요?"

"그래, 내가 신라에 오기 전에 그 대사촌인가 뭔가 하는 부락이 없어졌으니, 그것도 소문으로만 들은 것이라 나도 잘 알 수가 없구나. 좌우간 너는 이번에 용성국에 가면 특히 몸조심을 하거라."

"예. 걱정마세요."

아진의선은 말을 마치고 탈해의 짐을 꾸리기 시작했다. 용성국에 간다는 탈해를 물끄러미 바라보면서도 아진의선은 더 이상 아무 말도 하지 않았다.

신라땅에서 바다와 닿은 길로 천리를 북쪽으로 가면 금강산이 나온다. 금강산은 명산답게 예로부터 네 개의 이름이 있었다. 봄의 이름인 금강산(金剛山)을 포함해 여름에는 봉래산(蓬萊山)이다. 이 이름은 봉래도인 때문에 생겨났다는 설도 있다. 왜냐하면 봉래라는 신선이 사는 산이기 때문이었다. 가을에는 풍악산(楓嶽山)이요, 겨울에는 개골산(皆骨山)으로 불렸다. 동서로 백리, 남북으로 백오십리에 이르는 그야말로 장대한 산이다. 기암괴석 및 폭포 그리고 바다를 낀 지역으로 이루어져 있으며 사람들은 이 산을 세 부분으로 나누어 흔히 내금강, 외금강, 해금강으로 부르기도 했다.

봉래도인의 거처는 금강산 곳곳에 있으나 이번 삼월모임에는 신선과 도인들이 외금강 구룡폭포 위의 정자에서 모이기로 약조하였다. 외금강 지역은 내금강의 동쪽에 있으며, 동해안을 따라 펼쳐진 지역으로 풍광이 무척 수려했다. 봉래도인이 구룡연으로 떨어지는 구룡폭포의 커다란 물소리를 들으며 차를 끓이고 있었다. 언제나처럼 승균선인이 가장 먼저 도착하였고 용마도인을 포함한 여섯 명의 팔패도인이 거의 동시에 정자로 날아들었다. 다만 동해용왕만이 보이지 않았다.

정견모주와 춘장시모 그리고 금흘영모는 승균선인을 보자 마자 허리를 깊숙이 숙여 예를 표했다. 또한 용마도인과 단일건 도인 그리고 용주도인은 승균선인을 가까이서 만나보는 것이 처음이라 대단히 상기된 모습이었다. 그들 역시 깍듯하게 예를 올렸다. 봉래도인이 제자 아이를 불러 차를 내오게 하고 모두 차를 한잔 들고 나자 승균선인이 인자한 표정으로 말을 하기 시작했다.

"고명하신 신선도인들께서 이번 금강산 회합에 이렇게 선뜻 참석하여 주시니 참으로 고맙소이다. 제가 천상에서 내려온 이유는 여러 도인들의 안부를 묻고 또 가막미르가 명부로 가서 다시금 지상으로 나오게 된 일을 조사하기 위함입니다."

"예? 그놈이 명부에서 올라왔습니까?"

성마른 용마도인이 물었다. 그리고는 주먹을 쥐며 말했다.

"그럼 다시 잡아 쳐넣어야지요."

승균선인은 용마도인과 대조적으로 차분하게 말을 했다.

"글세, 아직은 때가 아니고 저와 함께 강천하신 마고여신께서 명부와 동해용궁을 다녀오시고 나면, 전후사정을 알아보고 나서 우리가 움직여야 할 것 같소."
"그럼 오늘 우리가 의논할 이야기는 뭐지요? 선인님?"

춘장시모가 조심스럽게 질문을 했다.

"예. 이땅에는 대단한 도인들이 많이 있습니다. 저 옛날 풍백께서 우리 인간들에게 풍류도법을 알려주시고 수많은 인재들이 수련을 하여 승천하거나 혹은 지금도 도처에서 부단히 도를 닦고 있는 줄 압니다. 제가 감응하는 정도로는 내력이 상당한 수준으로 높은 도인들은 오십 여명이 됩니다. 물론 제가 용렬하여 기감을 느끼지 못하는 분들도 있습니다. 속세에서 내공을 수련한 인재들을 합치면 백 명에 이릅니다만 제가 아는 도인들이 오륙십 정도지요."
"그런데요?"
"근자에 들어 승천할 만한 수준의 도인들이 종종 사라지는 경우가 있었습니다."

"아니 왜요?"

"글쎄, 저도 그걸 잘 알지 못해서 여러분들의 협조를 구하고 있습니다. 일단 제 소견을 말해보지요. 그들을 데려가는 주체가 명부의 시왕 중 한 분이신지 아니면 명부의 귀왕들이 감히 열 명의 시왕들 몰래 명부로 데려가는 것인지 모르겠소이다만 도인들이 명부로 자진해서 가지 않았다면 강제로 끌려갔을 것 같습니다. 또 하나의 가설은 누군가 엄청난 고수가 나타나 산에서 도를 닦는 도인들을 해치고 다니는 것이라 사료됩니다."

"그런데 도대체 누가 그렇게 당한 것입니까?"

"최근에 세 명의 도인급 인재들이 사라졌소. 대야산의 선유동에서 도를 닦던 유선도인이 없어졌소이다. 전음을 해도 통 소식이 없어서 내가 직접 가보니 동굴의 암자가 텅 비어있었소. 아마도 사라진지 달포는 된 듯했습니다. 그리고 내토땅 용두산의 점말도인도 비슷한 시기에 사라졌소이다. 점말동굴에 가보니 역시 도인의 온기가 사라진지 꽤 되었습니다. 마지막으로 나흘 전 신라의 거서간이 피살되었다는데 시신이 사라졌소이다."

"혁거세의 경우는 다르지 않습니까? 신라 거서간은 자객에게 피살된 것 아닙니까? 제가 신라에서 온 관리들을 만나봤습니다."

용주도인이 신라출신답게 확신을 갖고 말했다. 그러나 승균선인은 고개를 가로로 저었다.

"혁거세의 승천 바로 전에 누군가 혹은 알 수 없는 힘이 거서간의 승천을 가로막고 있었소이다. 이미 승천하신 선도성모가 매우 우려하고 있고 이 일로 말미암아 풍백께서 주관하시는 천상회의가 열렸습니다."

"그랬군요. 그렇다면 가막미르의 소행인가요?"

"이 일은 가막미르 정도의 힘으로는 가당치 않은 일입니다. 이땅에 실로 엄청난 고수가 나타났거나 아니면 명부의 누군가가 의도하고 가막미르는 거기에 놀아난다고 봐야겠지요."

"저어…"

"말씀하시지요. 금흘영모님."

제 23화 - 7. 용성국(1)

금흘영모가 망설이다가 입을 열었다.

"오늘 모임에 물여위 선인은 어찌 부르시지 않으셨나요?"

"아, 그야 그 친구는 불러도 오지 않을 위인이구요. 가막미르를 다시 잡는다면 팔괘진을 설치할 여덟 명의 도인들이 결성되어야 하겠기에 그렇게 되었습니다. 보시다시피 그 제자인 용마도인이 오시지 않았습니까?"

"그렇군요. 그런데 이건 제가 그분하고 감정이 있어서가 아니라 그분 정도의 무공이라면 지금 말씀하신 도인들을 능히 제압하시겠지요?"

"뭐요? 금흘영모! 지금 제 사부님을 의심하십니까? 말씀 다 하셨소이까?"

용마도인이 금흘영모의 말을 듣고 욱하는 성질을 내고 말았다.

"아닙니다. 그런 분이 또 있나 해서 저는…"

"그렇다고 봐야지요."

용마도인을 자제시키려고 눈짓을 한 승균선인이 금흘영모를 보면서 대답했다.

"제가 알기로는 물여위 정도의 선인이라면 몇몇 도인들을 제압할 수는 있겠지요. 하지만 그 선인은 다른 도반을 해칠 이유가 없습니다. 무릇 선인라 함은 선행을 닦아 승천을 목전에 두고 있는 분인데 악행을 저지를 수가 없기 때문입니다. 그런 걱정은 하지 않으셔도 됩니다. 다만 제가 여러 도인들과 산신들에게 드리고자 하는 말씀은 우리끼리 수시로 전음을 통하여 도인을 납치하거나 해치는 세력이 있다면 신속히 연락을 하자는 것입니다. 어때요? 모두 동의하시죠?"

"예."

모두 불안한 기색을 보이자 봉래도인이 걱정스러운 표정으로 승균선인에게 질문을 했다.

"승균선인님. 그런데 흑마술을 연마하거나 양생법을 수련하다가 사술을 닦는 좌문방도들 중에서 혹시 사라진 자는 없습니까?"

"글쎄. 가막미르 말고는 잘 모르겠는 걸?"

"혹 가막미르의 친구 중에는요?"

"나는 그쪽 위인들과 친분이 없네그려. 자네가 그런 도인들에 대해 알게되거든 알려주시게. 봉래도인!"

"예. 선인님."

"아! 그리고 천상에서 풍백님의 명으로 산신들이나 도인들께서는 무림인들간의 분쟁에 개입하지 말라는 당부의 말씀을 하셨습니다. 이번 기회에 풍백님의 전언을 여러분께 알려드리는 바이오. 그럼 오늘 회합은 여기서 마치기로 하고 혹여 더 하실 말씀이 있으시면 누구는 개의치 마시고 말씀하세요."

"없습니다."

용마도인은 먼저 말을 하고 나서 주위를 살폈다. 역시 아무도 말을 하지 않았다. 그러자 용마도인은 예의를 갖추어 절을 하고는 먼저 자리를 떴다. 언제나 그렇듯이 신선급 경공술로 다른 도인들도 연기처럼 사라졌다. 다만 정자의 주인인 봉래도인과 가장 먼저 온 승균선인만이 다시 차를 마실 뿐이었다. 그들은 한참을 그렇게 말없이 차를 마시면서 멀리 내다보이는 동해바다를 망연자실 바라보았다. 잠시 후 봉래도인이 고개를 숙이고 승균선인에게 무언가 말을 해달라는 표정으로 자세를 고쳐앉았다. 그리고도 한참 후 승균선인이 이윽고 입을 열었다.

"자넨 지난밤 바람이 세차게 분 것을 알고 있나?"

"잘 몰랐습니다."

"초피나무 가지가 바람에 부러졌더군."

"그랬군요."

"어제 그 바람은 초피나무 여린 가지가 이처럼 연약할 줄 알았을까?"

"모르고 지나갔겠지요."

"그랬을까?"

"그러니 부러졌지 않겠습니까?"

"헌데 말일세, 새벽이슬이 그 향기를 품었다가 물기가 증발하니 온통 초피나무 향기가 진동을 하는구면."

"오…바람이 다 뜻이 있어 불었군요."

"뜻이 없는 존재가 어디 있겠는가?"

"하지만 선인님! 그냥 두고보고만 있기에는 너무 안타깝습니다."

"자넨 그 나이에 혈기가 너무 방장해서 탈이야. 쯔쯔쯔."

마침내 승균선인도 바람처럼 암자에서 사라졌다. 구룡폭포 주위로는 때 이른 산수유와 진달래가 피기 시작했고 그 엄청난 물이 쏟아져 출렁이는 구룡연 주변은 기암괴석이 즐비하게 모여 마치 신선들이 춤을 추는 것 같았다. 새봄에 돋아난 나무의 새 이파리들과 수풀과 새싹들의 향연이 향기와 함께 연무에 어우러져 그 아름다운 경관이 수려하기 그지없었다.

용성국으로 출발하려는 순간 석탈해는 문득 불안감을 느꼈다. 왜 그런지를 골똘히 생각하였으나 도무지 불안한 마음을 떨치지 못했다. 그는 전음으로 백의를 불렀다.

"백의 있는가?"

"예, 하명하소서!"

"내가 용성국에 가본 적이 있는가?"

"예, 그렇다고 들었습니다. 저는 그 이전의 이야기는 알지 못합니다만 아진의선님의 말에 의하면 그렇다고 합니다."

"용성국에서 좋지 않은 일이 있었던가?"

"그것은 잘 모르겠나이다."

"알았다. 거리를 두고 따라오라!"

"예, 명을 받듭니다."

석탈해는 상길, 천종, 우혁 그리고 은동과 함께 말을 힘차게 달려 용성국으로 출발했다. 자신의 과거 기억이 불안감을 주고 있다면 좋지 않은 기억일거라 치부하고 일단 잊기 위해 달리는 말에 박차를 가했다. 용성국은 이름이 많았다. 정명국(政明國)이나 완하국(琓夏國)이라고도 화하국(花厦國)이라고도 했다. 용성국은 정사가 바른 나라이고 용들이 사는 커다란 집들이 많았다. 용성(龍城)이라함은 용이 도읍을 한 곳이라는 의미이다.

어느덧 웅심산의 권역에 들어온 탈해 일행은 저 멀리 웅심산이 잘 보이는 언덕 위의 소도 앞에 말을 멈추었다. 은동은 언제나처럼 그들에게서 멀리 떨어져 궁수 역할을 했다. 누군가 기습을 한다거나 매복이 있을 때 활을 쏘아 그들을 제압하기 위함이었다. 소도 부근에는 잡초가 무성했다. 지킴이가 없는 버려진 소도였다. 그들은 자신들의 병장기들을 돌제단에 올려놓고 간단한 제례를 올리기로 했다. 석탈해의 칠보검, 배상길의 연쌍검, 정천종은 창과 표창 그리고 설우혁은 화살과 단도를 돌제단 위에 놓고 절을 했다. 제례는 일종의 고사와도 같은 것이었다. 임무수행 중에 사고가 나지 않도록 기원하고 그들은 다시 말을 달렸다,

탈해로서는 친구들과 나선 길이 어찌 보면 다소 불안한 느낌이 들기도 했지만 용성국에 다가갈수록 자신감이 생겼다. 용성국에 대해서 가장 잘 아는 사람이 아진의선이었고 비록 동행을 하지 않았지만 친여동생을 소개시켜준다고 했으니 믿음이 갔다. 용성국을 가기위해서는 일종의 진법과 같은 험로를 통과해야만 했다. 그렇기 때문에 아진의선의 여동생과 같은 안내자가 필요한 것이었다.

용성국의 백성들은 용이 인간이 된 용화인 그리고 용성국으로 끌려왔거나 스스로 넘어온 인간들로 구성되어 있었다. 그들은 외부인이 침입할 수 없도록 결계를 치고 있어서 아무나 용성국에 들어갈 수가 없었다. 백성과 외부인과의 왕래를 막기 위하여 목책을 둘러 용성국 전체를 막아놓았는데 그것이 진법으로 작용하고 있었다.

용성국의 결계를 드나들 수 있는 사람은 진법을 꿰뚫어 볼 수 있는 능력을 가지고 있는 인물이 아니면 안되었다. 아니면 그야말로 엄청난 내공을 소유하여 진법의 충격을 감당할 수 있거나 특수한 호흡법을 익혀 차계와 피계 즉 말하자면 외부와 용성국과의 진법 통로를 통과할 수 있어야한다. 더러 내공이 다소 부족해도 진법의 길이나 보법의 요령을 알면 인간계와 선계를 넘나들 수도 있는 것이었다.

아진의선에 의하면 용성국의 입구는 모두 이십 팔개나 된다고 했다. 웅심산에서 가장 가까운 곳은 흑수나루 근처의 절벽이었다. 이십팔 명의 용화인 용왕들이 은거하는 실로 신비로운 산의 가파른 비탈이었다. 산은 기암괴석의 준봉들이 즐비했고, 이 산길을 지나치지 않고서는 용성국으로 진입할 수 없게 되어 있었다. 그 기암괴석들의 도처에 커다란 동굴들이 있었는데 인간계에서 용성국의 왕궁으로 들어가는 길목에 위치한 협곡 구석 구석에 인위적인지 아니면 자연적인 것인지 알 수 없었지만 마치 벌집처럼 삐죽삐죽한 바위틈 사이로 동굴이 수 없이 나 있었다.

일행은 일단 웅심산 절벽의 중간쯤 날카로운 암벽 사이에 동굴을 발견했다. 탈해는 그곳이 용성국 입구라는 것을 직감했다. 그리고 산 아래의 의원으로 향했다. 의원은 한산했다. 문이 열려있었지만 문턱에 뽀얗게 먼지가 쌓여있었고 사람이 다닌 흔적이 없었다. 꽤 오랜 동안 아예 의원문을 닫아놓은 것처럼 보였다. 배상길이 좌우를 살피며 주인을 불렀다.

"의원님 계십니까?"

"아무도 안계시오?"

몇 번을 불렀지만 대답이 없었다. 네 명이 흩어져 방 여기저기를 살펴도 인기척이 없었다. 그런데 별안간 문밖에서 웬 노파가 부리나케 뛰어들어왔다.

"웬 놈들이냐?"

뒤돌아 있던 설우혁은 하마터면 뒤로 자빠질 정도로 놀랐다. 노파의 경공이 실로 엄청나게 빨랐기 때문이었다.

제 24화 - 7. 용성국(2)

"할머니가 의원이세요?"

"그렇다! 누가 아파서 왔는가? 나는 왕진만 다니니 집을 말하거라! 차후에 가마!"

"아닙니다. 저희는 아진의선의 부탁으로 용성국에 들어가기 위해 왔습니다. 아진도파님 맞으시죠? 저희들을 용성국으로 안내해주십시오! 저어… 여기 대왕전복 껍데기를 갈아 만든 가루를 가지고 왔습니다."

"어디 보자. 진품이긴 하군!"

노파는 전복가루를 받고도 마뜩치 않은 표정이었다. 지겹고 짜증난다는 표정으로 머리를 북북 긁으며 말했다.

"신라국 인간들이 왜 자꾸 오고 지랄이야! 젠장! 이번이 마지막 부탁이겠지?"

"예? 우리 말고 누가 또 왔었습니까?"

"아니다! 너희들은 몰라도 된다."

"그럼 가주시는 거죠?"

"알았다. 잠시 기다리거라!"

다시금 안채로 들어간 노파는 얼마 지나지 않아 바로 행장을 꾸려나왔다. 그리고는 일행을 하나하나 살피다가 석탈해를 보고는 화들짝 놀라는 것이 아닌가.

"아니? 네놈은? 니, 니가 어떻게 아진의선의 부탁을 받고 왔는가?"

"할머니 저를 아세요?"

"이게 미쳤나? 너 나 몰라?"

"그럼 저를 잘 아시는군요?"

"잘 알진 못해도 작년에 가야국에서 네놈과 대결은 한 적이 있지 않느냐? 왜 겁이 나서 모르는 척하기냐?"

"아니, 그게 아니고 제가 기억을 잃었습니다! 그럼 제가 어르신과 싸우고 기억을 잃었나요? 그래요?"

"호호호호호. 또 맞을까봐 둘러대기는 녀석…."

"아닙니다. 탈해는 진짜 기억을 잃었습니다."

배상길이 나섰다. 그러나 아진도파는 네 사람을 눈여겨보더니 고개를 끄덕거렸다.

"기억이야 잃으면 잃을수록 좋지 뭐! 이 고달픈 인생에서 잊을 건 잊고 살아야지. 그런데 뭔가 대단한 일이 터진 모양이구먼. 용성국 문턱이 다 닳겠어! 일단 용성국으로 들어가자구! 조심해서 나를 따라와!"

"예!"

아진도파는 아까 석탈해가 보아두었던 동굴을 향해 무척이나 빠른 속도로 경공술을 펼치며 날아갔다. 경공은 실로 엄청났다. 경공으로만 따진다면 천하 최고수급이었다. 네 사람은 그녀를 놓칠세라 최대한으로 경공술을 펼쳐 따라붙었다. 동굴은 아래에서 보는 것과는 판이했다. 대단히 넓고 큰 동굴이었다. 습기가 별로 없는 대신 으스스하고 칼이나 창처럼 생긴 날카로운 바위들이 워낙 많이 깨져있어서 자칫하면 발을 다칠 위험이 도사리고 있었다. 한참을 들어가자 이윽고 동굴 입구의 빛이 거의 사라졌고 아진도파는 익숙하게 품에서 빛나는 돌을 꺼냈다. 말로만 듣던 야명주였다. 야명주를 꺼내자 동굴은 다시 환하게 되었지만 아진도파의 그림자 때문에 뒤를 따라 걷기가 어려웠다. 앞서가던 아진도파가 이윽고 걸음을 멈추었다. 그리고는 동굴내부의 울림 때문인지 대단히 무서운 목소리로 말했다.

"모두 잘 들어라! 잠시 후 목책이 나온다. 외부와 용성국 간의 경계이다. 그 목책을 지나갈 때 절대로 아래를 보아서는 아니된다. 모두 앞사람의 옷을 잡고 바싹 다가서서 시종 고개를 쳐들고 하늘을 보며 걸어야 한다. 알겠느냐?"

"예!"

"내가 밑을 봐도 좋다고 할 때까지 한 사람도 아래를 보아서는 안된다! 명심해라!"

"예!"

"다시 한 번 말한다. 앞사람의 몸을 잡고 다섯 명이 마치 한 사람처럼 움직여야하고 절대로, 절대로 아래를 보면 아니된다!"

그때 배상길이 끼어들었다.

"이제 그만 좀 하쇼! 다 알아들었으니!"

"좋다. 출발하자!"

진법이 설치되었다는 목책에 다가서서 아진도파는 자신의 뒤에 우혁 그리고 천종, 탈해 마지막으로 배상길을 한 줄로 세웠다. 그리고는 목책으로 들어가지 않고 고개를 쳐든 채 연습삼아 걷기를 반복했다. 아진도파의 구호에 따라 네 사람은 왼발! 오른발! 왼발! 오른발! 을 반복해서 외치며 걸었다.

진법이 설치되었다는 동굴의 끝부분은 믿을 수 없을 정도로 밝은 빛이 났다. 일행이 동굴을 빠져나오자 푸른 하늘과 흰 구름이 평화롭게 보였다. 삼월말의 하늘이 한여름의 뭉게구름이 피어있는 하늘처럼 여겨졌다. 석탈해는 편안하게 하늘을 보고 걷다가 별안간 뒤에서 배상길이 옷을 잡아당기며 고래고래 악을 쓰는 것에 놀라 하마터면 자신도 앞 사람의 옷을 놓칠 뻔하였다.

"으악! 으악! 아! 사람 살려! 아이고! 나 죽는다!"
"하늘을 봐라! 아니면 눈을 감아라! 아래를 보면 안된다!"

배상길은 아래를 보다가 무언가를 본 모양이었지만 재빨리 아진도파가 위를 보라고 소리쳤다. 그러나 그의 미친듯한 요동은 그칠 줄 몰랐다.

"뱀이다! 이무기! 아니 괴물이다! 으악! 악! 사람 살려!"

그는 발악하듯 소리 지르는 것 이상으로 온몸을 흔들어댔고 그러면 그럴수록 석탈해는 몸을 잘 움직일 수가 없었다. 그래도 다행인 것은 배상길이 탈해의 옷을 끝까지 잡고 있어서 대오에서 이탈되지는 않았다.

"으윽! 불이야! 앗! 뜨거워! 으아! 으으…"

이번에는 불구덩이를 지나가는 것처럼 느껴진 모양이었다. 과연 진법을 통과하는 고통이 만만치 않은 것이었다. 배상길은 거의 초죽음이 된 모양이었다. 백보를 지나지 않아 마침내 결계를 지나왔다. 아진도파는 아직 정신을 차리지 못한 배상길에게 와서 머리통을 쥐어박았다.

"에이! 이놈! 너 때문에 우리가 다 죽을 뻔하지 않았느냐!"

결계가 매우 짧은 거리였지만 석탈해의 옷과 배상길의 옷은 여기저기 뜯어져있었고 배상길은 온몸이 땀으로 젖어 마치 물에 빠진 사람의 형색을 하고 있었다. 부끄러운지 고개를 들지 못하고 아무 말이 없었다.

용성국의 입구를 지나 한적한 숲에 이르자 자신이 다녀올 데가 있다면서 모두를 숲속에 대기시키고는 아진도파는 안개처럼 사라졌다. 탈해의 지휘 하에 모두 사주경계를 펼쳤다. 탈해는 사방을 주시하면서 다시 한번 익숙한 느낌을 받았다. 언젠가 용성국에 와봤다면 자신을 알아볼 사람들이 있기 때문에 각별히 조심해야한다는 말을 속으로 되까렸다.

반각이 지나지 않아 아진도파는 얼굴에 복면을 한 여인 다섯 명을 데리고 왔다. 탈해는 그녀들의 모습을 언젠가 본적이 있다는 느낌이 들었다.

인사를 나누며 서로의 목소리를 들을 때, 그녀들도 탈해의 목소리를 알아보는 듯 잠시 주춤했지만 이내 고개를 돌려버렸다. 아진도파는 무슨 낌새를 챘는지 고개를 끄덕해보였다. 아진도파의 제자들로 보이는 무공이 출중한 여인들은 복면 아래로 머리카락을 길게 늘어뜨린 모양으로 보아 도인들 같았다.

복면을 한 여인들이 구성련이라는 용성국 신녀의 거처를 알고 있었다. 신녀는 현재 폐관수련중인데 그녀들이 불러낼 수 있다고 했다. 그리고 이미 연통을 해두었으니 조금 후에 신녀가 폐관수련처에서 나올 것이라 했다. 탈해로서는 용성국에서 구성련이 신녀노릇을 하면서도 틈틈이 폐관수련을 하고 있었다니 놀라울 따름이었다. 그는 조심스럽게 아진도파에게 용성국의 근황에 대해 물었다.

"현재 용성국의 국왕은 누구십니까?"

"한미르왕이시다."

"아! 그렇군요. 바로 그분이 가막미르를 축출하신 겁니까?"

"그건 나도 잘 모른다. 일단 자세한 건 신녀에게 물어봐라."

"예."

"그런데 한명이 보이지 않는구나?"

"예. 은동이는 어디 갈 데가 있어서 거기 들렀다가 돌아갈 때 합류할 겁니다."

아진도파가 은동을 찾았지만 은동은 언제나처럼 수호 궁수의 역할을 하기 위해 일행과 떨어진 것이었다. 은동은 일행의 수호자였다. 아진도파는 길을 재촉했다. 신녀의 암자는 그리 멀지 않은 곳에 있었다. 용성국의 국경선 부근이었다. 암자 부근은 매우 깔끔하게 정돈되어 있었고 마당의 화초와 조약돌에서는 은은하게 빛이 발하고 있었다.

그런데 암자 밖에는 누군가 나와 있었다. 다름 아닌 신녀였다. 열 명이 급한 경공으로 자신의 암자에 들이닥쳤는데도 신녀는 놀라기는커녕 웃는 표정으로 탈해 일행을 맞아주는 것이었다. 마치 그들에게 반갑게 인사를 하는 느낌이었다.

"어서 오시오. 기다리고 있었습니다."

"아니?"

"어찌 우리가 오실 줄 알았소? 벌써 그렇게 신통력이 좋아졌소?"

아진도파는 의아한 표정을 지었다.

"아닙니다. 연락을 미리 받았지요. 그런데 이분들이 다입니까?"

"그렇소."

"더 오실 분들이 안계신지요?"

"없소. 자 전복분이요. 받으시오"

"예, 감사합니다."

신녀는 어른 주먹 두배 정도의 전복가루 보따리를 자신의 행랑에 신속하게 집어넣었다. 약제로 사용할 보양이었다. 그녀는 좌우를 살핀 후에도 암자 밖 먼 곳까지 두리번거렸다. 아진도파도 본능적으로 주위를 둘러보다 물었다.

"왜 그러시오? 누굴 찾는 게요?"

"아닙니다. 그래 용건이 무엇입니까?"

"우선 내 용건을 말하리다. 그리고 나서 신라국에서 온 사람들의 말을 들으시오."

아진도파가 뒤의 석탈해에게 자신이 먼저 묻고 다음에 질문을 하라는 표시로 손을 들어 기다리라는 시늉을 했다.

"신녀님께 묻겠소이다. 내 듣자하니 가막미르가 탈출했다는데 사실이요?"

"나도 소문으로 들어 확실하지는 않지만 그의 탈출은 천하에 큰 혼란을 일으킬 것입니다. 또 가막미르는 원군이 생겨 이제 팔괘도인들이 나서도 제압하기 어려울 것입니다."

"원군이라니요?"

"확실치 않으나 내토의 칠룡과 또 다른 숨은 고수들이 그와 합세한 것 같습니다."

"칠룡이요? 그들은 이미 승천하지 않았나요?"

"아닙니다. 이무기로 화하여 호수 속에 숨어 있었어요. 마고여신이 금 시조를 시켜 용들을 죄다 잡아간다고 하나 제아무리 금시조라고 해도 물 속 바위틈이나 동굴 깊은 곳에 숨은 용은 다 잡을 수가 없지요. 게다가 하 백신도 수수방관하고 있으니 그들은 살판이 난 게지요."

"으음 그렇군요."

"더 물어볼 말이 없다면 나는 이만 가겠습니다."

"아니 잠깐! 신라사람들의 질문이 남았지 않소?"

"저는 전복분을 받은 만큼만 말해드립니다."

아진도파가 말을 마치가 석탈해가 나섰다. 품에서 전복분 보자기를 하나 더 꺼내 신녀에게 건넸다. 그는 신녀에게 예를 갖추고 목례를 한 후 침착하게 말했다.

"그럼 저희가 온 이유를 말씀드리지요. 첫째, 이 칼이 용성국의 칼인지 그리고 둘째, 이 칼을 쓰던 사람이 누구인지 셋째, 그자가 지금 어디에 있는지를 알 수 있나 해서 왔습니다. 부탁드립니다."

칼을 본 신녀는 흠칫 놀라는 표정을 지었다가 다시 안면의 기색을 바꾸었다.

"내가 왜 보따리 하나를 받고 세 가지 질문에 답을 다해드려려 하나요?"
"이성국의 용주도인께서 말씀하시기를 신녀께서 분명 도와주실 거라고 해서…"
"아! 용주도인…도인님은 평안하신가요?"
"예. 저희 사숙님되십니다."
"알겠어요."

신녀가 용주도인을 알고 있는 것을 확인한 탈해는 다소 안심이 되있다. 무언가 실마리가 풀리는 듯했다.

"신녀님, 그럼, 말씀해주시지요."

"이제 소용없는 일입니다. 용주도인께서는 지난날 제 선친을 구해주신 은혜가 있었으나 동미리국이 망하고 아버님이 돌아가신 이제 와서 그 구은이 무슨 소용이랍니까?"

"뭐요? 그건 신의를 버리는 일이 아닙니까?"

별안간 의리파 설우혁이 소리를 질렀다. 하지만 신녀는 눈 하나 깜빡하지 않았다.

제 25화 - 7. 용성국(3)

"호호호, 신의요? 신의는 살아서 지키는 것 아닙니까? 나에게 무엇을 줄 수 있나요?"

"예?"

"저에게 줄 것이 아무것도 없다면 그만 돌아들 가시지요. 저는 폐관수련을 마저 마쳐야겠습니다."

"정말 가십니까? 한나라의 신녀라는 분이 이토록 신의가 없으시다니!"

"그럼, 조심히들 가세요!"

신녀는 좌우를 물리고 폐관수련 동굴로 들어가려고 자리에서 일어섰다. 다소 어정쩡한 자세로 목례를 하는둥 마는둥하더니 암자의 계단을 내려가기 시작했다. 그때였다. 어디선가 무척이나 고강한 내공을 실은 목소리가 들렸다.

"멈추거라!"

사자후와도 같은 엄청난 목소리에 주위 모든 사람들이 호흡으로 내공을 올려 귀를 막아야만했다. 일대에 마치 산불이 난듯 허연 연기가 무럭무럭 피어나고 주위에 일진광풍이 불어 모두들 몸을 가누느라 비틀거렸다. 잠시 후 흰 머리카락이 무릎까지 내려온 노인이 장죽을 짚고 나타났다. 그러자 신녀는 화급하게 무릎을 꿇고 예를 올렸다.

"오셨나이까? 소녀, 봉래도인을 뵈옵니다. 별래무양하시옵니까?"

"그래! 오랜만이구나! 나를 기다렸더냐?"

"예, 그러하옵니다."

봉래도인은 좌우를 살피더니 아진도파를 알아보았다. 그리고는 눈살을 찌푸렸다.

"그대는 아직도 용성국에 사람들을 함부로 들이는가?"

"아닙니다. 이들은 신라국 사람들로 아진의선이 보냈사온데, 신녀에게 물어볼 것이 있어 왔습니다."

아진도파는 조금 전과는 판이하게 달랐다. 마치 겁에 질린 소녀처럼 다소곳하기까지 했다. 봉래도인의 눈치를 보며 연신 고개를 조아렸다. 봉래도인은 아진도파를 나무라다가 신녀를 바라보면서 안색을 부드럽게 바꾸었다.

"과거 함달바왕과 달리 이번 한미르왕은 적녀국에서 왕비를 데려오지 않고 삼한에서 왕비를 구하고자 하니 너는 각별히 심신수련을 게을리하지 말지니라."

"예, 알고 있습니다."

"그런데 서책보다는 명상수련에 열심이더구나?"

"틈나는 대로 서책도 열심히 보고있나이다."

"그리고 왕비가 되면 네 아비의 원한에 연연하지 말고 덕을 널리 베풀거라. 신선이 되고자한다면 덕을 베풀고 선행을 쌓는 길 외는 아무것도 없느니라!"

"예, 명심하겠습니다."

"아무것도 아닌 것까지도 보살필 수 있겠느냐?"

"예?"

"무슨 말인지 알겠느냐?"

"예… 저는… 그러니까 그냥 모두를 다 보살피라는 뜻으로…"

"그러하냐?"

"예…"

"표정을 보니 선한 마음으로 잘해낼 것 같구나. 후후후. 자, 이건 네 아비의 유품이다."

"감사합니다. 도인님! 흑흑."

"구정동이 사라진 것은 분명하나 반드시 죽은 것은 아니니 아직 제사를 지내지는 말거라!"

"예? 그럼 돌아가신 게 아닌가요?"

"그건 나도 모른다. 일단 받아서 잘 간직하거라."

봉래도인은 청동검 한 자루를 신녀에게 건넸다. 신녀는 검을 부여안고 눈물을 흘렸고, 봉래도인은 우는 신녀를 달랬다. 그러다가 별안간 탈해 일행에게 눈길을 주었다.

"그대들은 용성국에 어찌 왔는가?"

"예, 저희들은 신라국 태자님의 명을 받들어 이 칼의 주인을 찾기위해

왔나이다."

"아니? 이것은?"

"아시는 칼이옵니까?"

석탈해가 봉래도인 앞으로 한발 다가서자 봉래도인은 또 놀란 표정을 지었다.

"근데…자네는?"

"저를 아십니까?"

"이럴 수가?"

"왜 그러십니까?"

"자네가 신라국에서 왔다고?"

"예, 그러하옵니다."

봉래도인은 무언가 아는 눈치이고 또 석탈해도 알아보는 것 같았지만 끝내 아는 체를 하지 않았다. 무언가 숨기는 눈치였다.

"이 칼은 용성국의 것이 맞습니까?"

"이렇게 칼을 숫돌로 심하게 간 것은 그 근본을 속이기 위함이니 어찌 그 근본을 알겠는가?"

"그럼 용성국의 것인지도 모르십니까?"

"다만 자루의 표식으로 보아 이성국이나 용성국의 흔적이 있지만 그것 도 남의 안목을 속이기 위해 그렇게 만든 것인지도 모르지…"

"아! 그럴 수도 있겠군요…"

석탈해는 매우 실망하여 자신도 모르게 탄식이 나왔다. 탈해는 정신을 차릴 겨를도 없이 또 다른 질문을 해버렸다.

"도인님! 혹시 이 칼이 가막미르와 관계가 있습니까?"
"가막미르? 왜 그리 생각하는가?"
"아니…그게… 가막미르가 최근 아리수 지하뇌옥 봉인에서 탈출해서…"
"무엇이? 이놈! 어디서 그런 요망한 말을? 네놈은 누구냐?"

도인이 사자후를 내지르자 주위의 모든 사람이 주춤거렸고 아진도파의 제자들은 쓰러지기도 했다. 봉래도인은 죽장을 번쩍 들어 석탈해를 내리칠 기세였다. 그러자 기세에 압도당한 석탈해가 무릎을 꿇으면서 말했다.

"예… 저는 석탈해라 하옵니다. 신라국의 아진의선께서 보내서 왔습니다."
"아진의선이 너를 보냈더냐?"
"예, 사실은 남해태자께서 보냈지만 아진의선은 저의 할머니 같은 분이십니다."
"그렇군!"

봉래도인은 잠시 무언가를 생각하는듯했다. 그리고는 무거운 어조로 말했다.

"내 오늘 아진의선을 봐서 너를 죽이지 않겠다만은 가벼운 입을 또다시 놀리고 다닌다면 네놈의 목숨을 거두리라!"

"송구하옵니다. 그러나 기왕에 입 가벼운 놈으로 낙인이 찍혔으니, 하나만 더 묻겠나이다. 혹여 가막미르의 행방을 알 수 있나요?"

봉래도인은 놀란 눈을 치켜떴다 그리고는 너털웃음을 웃었다.

"뭐라? 껄껄껄껄. 네가 찾는다고 해도 그자를 당할 것 같으냐? 허허! 그놈 배포가 두둑하구나! 하지만 무엇이든 찾으면 결국에는 찾아질 게다. 그런데 왜 네 품속에 있는 그 칼에 대해서는 묻지를 않는 게냐?"

"예?"

"그것이 더 궁금하지 않았더냐? 허허허허! 대단한 인연이 있는 놈이로다. 허나 지금은 내가 너를 도울 생각이 없구나. 허허허허허."

커다란 연기가 피어나고 다시 바람이 한차례 일어나고 봉래도인이 홀연 사라지자 용성국 신녀가 사라진 쪽을 향해 예를 올렸다. 그리고는 암자에서 성소로 들어가려고 할 때 석탈해가 그녀를 붙잡았다.

"잠깐만요. 신녀님! 우리 거래를 합시다! 우리가 무얼 드리면 될까요?"

"좋아요. 동해용왕의 천년거북 등껍데기를 구해다주세요. 그러면 이 칼의 주인을 알려드리지요."

"좋습니다. 신녀님 지금은 약속밖에 드리지 못하지만 나 석탈해의 이름을 걸고 반드시 가져다 드릴테니 이 칼의 주인이 누구인지 지금 말해주시오!"

"그 약속을 어떻게 믿나요? 그대가 다시 올지도 모르고 혹여 다시 온다 해도 용궁에서 천년거북피를 훔치기가 만만하지 않을텐데요."

"신녀는 아진의선을 아시지요?"

"예."

"그분이 나를 주워 데려다 키우셨소이다. 아진의선께 유언으로 부탁을 드릴테니 믿어주십시오. 제가 못하면 아진의선께서 대신 해주실 거요!"

"그건 억지에요! 거래조건이 되지 못합니다."

"잠깐! 내가 보증하겠소! 나는 아진의선의 친 동생이요."

아진도파가 웬일인지 탈해를 돕자고 나섰다. 그때였다. 암자에 별안간 무언가 불에 타는 나무토막들이 몇 개 날아들었고 주위는 순식간에 연기로 휩싸였다.

"펑!"

"으으."

"콜록콜록."

사람들이 모두 기침을 하고 우왕좌왕할 때 아진도파가 외쳤다.

"다들 호흡을 참아라! 이건 미혼연기다!"

그러니 친징과 우혁 그리고 배상길이 비틀거렸고 아진도파 주위에 있는 여인들도 하나둘 쓰러지기 시작했다. 잠시 후 신녀도 쓰러졌다. 석탈해도 몽롱한 정신을 차리려고 애를 썼지만 몸에 힘이 빠지기 시작했다.

그리고 비린내가 진동하는 이상한 자가 나타났다. 어깨에 낫을 메고 있었고 발을 절었다. 그가 좌우를 둘러보며 혼잣말을 했다.

"다들 자빠졌군! 그놈에 영감탱이 진작에 떠나줄 것이지…흐흐흐."

봉래도인이 떠날 때를 기다렸다가 미혼탄을 터뜨린 모양이었다. 그가 긴 낫을 들고 신녀에게 다가갈 때 아진도파가 외쳤다.

"이놈! 그 낫을 치우지 못할까! 콜록콜록."
"어? 아직 혼절하지 않았나? 할멈? 내공이 대단한데? 그런데 숨도 못 쉬고 몸도 제대로 움직이지 못하면서 나를 어떻게 해보려고? 히히히히."

사실 아진도파는 혼절하지는 않았지만 그 괴인과 겨룰 수가 없었다. 그가 신녀를 해친다면 그저 속수무책으로 바라볼 뿐이었다. 괴인이 낫을 치켜올리며 비소를 흘렸고 신녀를 해치려할 때였다.

"피잉!"
"으윽!"

그 낫을 쳐 날려버리며 전광석화와 같이 빠른 화살이 날아들었다. 낫을 떨어뜨린 괴인은 무척 당황했다.

"멈춰라, 이놈!"

제 26화 - 7. 용성국(4)

활을 쏜 자는 바로 은동이었다. 괴인은 은동의 강력한 화살에 적중되었지만 쓰러지지는 않았다. 그가 이번에는 검을 치켜들자 은동은 비린내가 진동하는 괴인에 맞서 검을 뽑았고 한손으로는 면포를 들고 석탈해의 코를 막았다. 이미 미혼탄의 연기가 거의 사라졌고 정신을 차린 석탈해는 간단한 운기조식으로 기운을 차렸다.

"탈해야, 정신차려! 괜찮아?"
"응! 고마워."

석탈해는 품에서 칠보검을 꺼내들고 함께 괴인에 맞섰다. 석탈해와 은동이 점점 기세를 잡아나갔다. 급기야 둘은 일방적으로 밀어붙였고 낫을 놓친 괴인은 검술에서 밀리자 채 십 합을 버티지 못하고 도망치고 말았다. 암자 곁의 웅덩이 속으로 뛰쳐들어가더니 영영 나오지 않았다.

석탈해는 그 괴인이 생각보다 고수라는 게 마음에 걸렸다. 자신과 은동이 혼신을 다해 협공을 할 만한 고수가 강호에 별로 없었다. 그렇다면 그가 왜 자신을 노렸고 또 누굴까 하는 생각이 더욱 더 혼란스럽게 만들었다. 암자에 바람이 수 차례 시원하게 불고 한 시진이 지나자 모두들 깨어났다.

탈해가 은동에게 고맙다는 인사를 할 겨를도 없이 그녀는 바람처럼 사라졌다. 다시 수호궁수 역할을 하기 위해 사라진 것이었다. 사라지며 그녀가 남긴 말은 참으로 의미심장했다.

"탈해야! 이 은동이가 널 늘 지켜줄게! 아무 걱정마!"

모두 정신을 차린 후 어리둥절했지만 아진도파가 은동과 석탈해의 활약을 설명해주었다. 하지만 믿을 수 없었기에 아무도 탈해에게 감사의 인사를 하는 사람이 없었다. 그러자 아진도파가 다시 나섰다. 그러나 신녀는 잠시 망설였다. 아까와는 사뭇 다른 자세로 겸손하게 말했다.

"어쨌든 내 목숨을 살려주셨으니 은혜를 입었군요."

"은혜는요, 뭘."

"좋아요. 내가 아는 것을 말하지요. 아주 정확한 건 아니지만 가막미르의 수하 중에 궁표검객이라고 있어요. 단검을 자유자재로 사용하고 실제로 장검이나 창을 든 상대와도 단검으로 맞서는 고수에요. 실로 믿을 수 없을 만큼 빠른 쾌검을 사용하는 자입니다. 그가 이런 칼을 지니고 다녔지요. 하지만 확신을 할 수는 없어요."

"궁표검객이라면 이성국 출신 아닙니까?"

"원래는 근본을 알 수 없으나 이성국의 춘장시모에게 사사한 적이 있고 후에 가막미르에게 무공을 배우고 결국 그의 수하가 되었으며, 삼한 최고수중 한명으로 알려졌지요. 훗날 가막미르가 신들에게 잡혀 봉인된 후 숙신국으로 간 것으로 압니다만…"

"아! 그렇군요. 그래서 이성국의 칼일 수도 있고 또 용성국의 칼이기도한 것이로군!"

"그런데 검술로는 그를 당할 자가 인간 중에는 거의 없을 것입니다. 과거 부여 최고수인 소서노 여신에게 무공을 배운 춘장시모의 검술에다 악독한 가막미르 공력이 더해졌기 때문이지요. 가막미르가 팔신선에게 봉인된 이후 혼자서 악행을 저지르다가 얼마 전에는 승균선인이란 산신에게 잡혀 과거를 뉘우치고 개과천선하여 도를 닦는다고 하기도 하고 지하뇌옥에 감금되었다는 소문을 들었는데 좌우간 가막미르가 탈출했으니 다시금 그가 궁표검객을 찾을테지요. 정확한 정보를 알게 되면 석탈해님에게 연락을 드리지요."

"그렇군요. 감사합니다. 그리고 동해용궁의 거북껍데기를 꼭 구해다 드릴께요."

"아니에요. 혹시 동해용궁에서 거북피를 못 구하신다면 제 아버님이 살아계신지 알아봐주시겠어요? 동미리국의 거수이셨던 구정동어르신입니다. 제가 병장기와 철에 대해서 잘 아는 것도 집안 내력입니다. 제 아버님은 진한에서 으뜸가는 대장장이로도 알려져있지요."

"알겠습니다."

"그럼 부탁드려요"

신녀가 스스로 부끄러워하자 석탈해는 근심어린 표정으로 말했다.

"저는 약속은 꼭 지킵니다. 헌데 이제 누가 가막미르를 막는단 말입니까?"

모두들 아무 말이 없었고 다만 신녀가 혼잣말처럼 봉래도인이나 승균선인이리면 기능하다고 했는네 봉래도인은 순순히 석탈해를 도와줄 것 같지 않고, 승균선인은 또 어디에서 찾는단 말인가. 석탈해는 무언가 얻어가는 것이 있기도 했지만 다른 한편으로는 막막하기 그지없었다.

"아! 그래, 내가 승균선인의 소식을 들은 적이 있어요!"

그때 신녀가 급히 말했다.

"선인께서는 지금 금강산에 계시다는 소리를 들었어요."
"그래요?"

잠시후 귀를 기울이는 자세를 취하던 아진도파가 자신 있는 표정으로 말했다.

"뭐? 어디서? 용두산 점말동굴에서? 그래? 알았다……승균선인이 며칠 전 용두산 점말동굴에 가셨다는군요."
"그래요?"
"마고신과 승균선인이 만난 것을 내 언니가 보았대."
"아진의선이요? 으음, 마고신이 잠시 강천하셨다는 게 사실이군요."

둘의 대화는 참으로 기묘했다. 신녀와 아진도파가 대화하는 중에 아진 의선이 전음을 보낸 모양이었다. 아진도파는 머나먼 신라국의 아진의선 과 전음을 주고 받는단 말인가? 석탈해는 새삼 그들의 내공에 경의를 표 할 따름이었다.
석탈해는 아진도파에게 가서 아까의 무례함을 사죄했다. 그리고 자신 과 가야국에서 만난 일을 자세하게 물었다.

"왜 제가 가야국에 갔었나요?"

"진짜 기억이 나지 않는 거야? 그야 가야국의 수로왕이 천하의 인재를 찾는다며 무술과 도술시합을 벌였고 무술이나 도술깨나 한다는 무인들이 거기 모였지. 그 자리에서 왕에게 도전하기 전 결승전에서 우리가 만났잖아! 진짜 기억이 없느냐?"

"전혀 기억이 없어요. 그런데 제가 아진도파님을 이겨서 수로왕에게 도전했나요?"

"뭐 이겨? 아니 니가 건방을 떨어서 내가 혼을 내주려는데 아진의선이 전음을 보내 결국 내가 포기했지. 니가 하도 까불어서 진짜로 혼내주려고 했는데 니가 만만치 않더구나. 정말 싸가지가 없는 놈이었어! 내가 봐주고 있단 걸 눈치 채고는 더욱더 달려들더라고? 나는 아진의선과 전음을 주고받으면서 적당히 져주려고 했지만 나중에는 화가 나서 하마터면 성질을 참지를 못하고 이길 뻔했어. 결국 내가 포기를 하는 바람에 니가 결승에 가서 수로왕에게 도전하게 되었지. 그런데 니가 수로왕을 이기면 가야국을 달라고 해서 머리끝까지 화나게 했지! 히히히. 하여간 너는 도대체가 우스운 놈이라니까!"

"좀 자세히 말씀해주세요!"

"오냐. 수로왕이 왕위에 오른 이년째 되는 해였지. 수로왕은 도읍지를 알아볼 양으로 신답평이라는 곳으로 갔다. 그곳에서 사방을 두루 살펴보고는 신하들에게 말했다."

—이곳은 현재 잎사귀만큼 좁지만 지세가 빼어나서 여기에 터를 닦으면 훗날 아주 훌륭해질 것이다.—

"왕은 이곳을 새로운 서울로 삼아 그날부터 성을 쌓고 궁궐과 관청, 창

고 등을 지었다. 이 공사를 할 때도 농사일이 없는 겨울철을 이용하여 백
성들에게 곤란이 없게 했다. 이듬해 정월 공사가 끝나니 좋은 날을 받아
새 대궐로 들어갔다. 그리고 천하의 재주있는 자들을 불러모아 극진히 대
우하고 자신의 무술과 도술을 보여 그들을 부하로 삼으려했다. 수많은 삼
한 땅의 무사와 도사들이 가야국에 모여들었다. 그런데 너는 기이한 배를
타고 바다를 건너 신답평의 수로왕 대궐 앞 강어귀까지 들어왔지. 이미
준결승전을 치루어 네 명의 고수들이 남았는데 탈해 니가 거침없이 임금
앞으로 나가서 미친 사람처럼 외쳤어."

　-내가 왕과 겨루어 이긴다면 왕위를 주시오!-

　"그러나 수로왕은 놀라는 기색도 없이 조용히 말했어."

　-나는 하늘의 명을 받아 나라를 안정시키고 백성들을 편안하게 하기
위해 천명을 받들어 가야국을 건국하였다! 이런 하늘의 명령을 어기고 왕
위를 내놓을 수는 없는 일이다. 하물며 어찌 너 같은 자에게 나라와 우리
백성을 맡기겠느냐? 우선 저 무사들을 꺾고 그따위 말을 해야할 것이다.-

　"이 말을 들은 네가 준결승을 치루고 있는 두명의 무사를 상대로 이대
일의 결투를 벌였지. 너는 무술뿐 아니라 둔갑술도 능하더군! 니가 둘을
한꺼번에 제압하고 승자로 결승을 기다리고 있던 나에게 매우 건방지게
말했지."

　-늙은 노파는 저승길을 서두르지 말고 그냥 포기하시오!-

　"그때 싸가지 없는 너를 보고 가소로웠지만 혼을 내주기로 마음먹었지.
그래서 평생 도를 닦던 내가 이성을 잃고 너와 싸웠지. 그런데 중간에 아
진의선의 전음이 온 거야."

　"그래서요?"

"아주 기분이 나빴지만 포기를 했지. 그랬더니 니가 더더욱 미쳐서 날 뛰더군!"

"어떻게요?"

"마치 니가 수로왕을 이미 이기기라도 한 것처럼 말했어."

―수로왕! 우리 술법으로 겨루어 봅시다. 그대가 지면 군소리 말고 왕위를 내놓을 일이요, 내가 진다면 조용히 물러가겠소이다.―

―이런 건방진 놈! 오냐!―

"왕도 좋다고 동의했지. 어느새 주위에는 무림대회에 참가한 무사들과 가야국의 신하들이 몰려와 두려운 마음으로 이 시합을 지켜보았다. 그때였어. 말이 끝나기가 무섭게 니가 한 마리의 매로 변신했고 수로왕도 순식간에 커다란 독수리로 변했지. 매가 재빨리 공격하려 했으나 커다란 독수리 앞에서는 능히 과감한 공격을 할 수가 없었지. 다시 너는 도술을 써서 무척이나 조그맣고 빠른 참새로 변했지. 재빨리 독수리를 향해 급소를 공격하려 했어. 그런데 이번에는 왕이 날카로운 매로 변신하는 거야. 그때 니가 얼른 본래의 모습으로 돌아오자 수로왕도 자기 모습으로 돌아왔지. 도술을 무리하게 시전하여 둘 다 피로한 기색이 역력했지. 그런데 수로왕이 검을 빼들고 너를 향해 다가가자 지친 너는 무릎을 꿇고 항복했잖아."

"기억이 없습니다."

"그런데 니가 수로왕에게 용서를 구하고 빌더구나."

―아까 술법을 겨룰 때 매는 독수리에게, 참새는 매에게 죽게 되어 있었으나 끝내 살려 주셨습니다. 이는 죽이기를 싫어하는 성인의 인자하심 덕분이올습니다. 제가 어리석어 왕을 상대로 임금 자리를 다투었습니다.

저는 즉시 이 나라를 떠나겠습니다. 부디 넓은 마음으로 용서해 주시기 바랍니다.

─네가 진정으로 뉘우친다면 용서하겠다.─

─예! 그럼 저는 이만⋯-

"너는 그야말로 도망치듯이 그 길로 대궐을 나가 신답평의 나루로 가서는 부리나케 배를 타고 달아났지. 그때 신하들과 너에게 패배한 무사들이 너를 살려보내면 후환이 두렵다고 왕에게 아뢰었지. 처음에 왕이 그 말을 무시하더구나. 그리고 한참 후에 혹시나 니가 마음이 바뀌어 훗날 가야땅에 와서 난리를 일으키지는 않을까 염려하여 배 오백 척을 동원하여 뒤쫓게 했지. 그러나 너는 잡히지 않고 귀신처럼 도망을 쳤더구나."

"그래요? 내가 좋은 사람은 아니었군요⋯"

"너는 한마디로 악동이었지"

이야기를 다들은 탈해는 고개를 갸웃거렸다. 그리고 은동과 상길도 탈해의 그런 과거 때문에 탈해를 몇 번이고 다시 보았다. 쑥스러운 표정으로 무리를 벗어나 한적한 곳에서 망연자실 생각에 잠겼다. 그런 그를 먼 발치에서 바라보는 동문들도 마음이 무거운 표정을 지을 뿐이었다.

제 27화 - 7. 용성국(5)

숙신국에는 근래에 점점 먹구름이 끼는 날이 잦았고 이웃국에서 숙신국의 하늘을 보면 늘 어두운 기운이 드리워져있었다. 나라의 분위기와 흡사하게 숙신국 가막미르의 궁궐에 검은 복장을 한 무사들이 지속적으로 모여들었다. 그들은 숙신국무사로 계약을 하고는 곧바로 궁궐 밖에 집합해 군사훈련을 받았다. 바야흐로 숙신국에 가막미르의 군대가 운집하고 있던 것이었다.

궁표검객은 측근들을 불러모았다. 그리고는 매우 진지하게 군사훈련을 지켜보면서 무언가에 흥미 있는 표정으로 말을 했다.

"나는 평생 저런 병정들을 죽이는 게 내 업이었다. 근데 말이야. 이제 와서 내가 군사들을 키운다는 게…그것 참 기묘한 일이 아닌가? 설표야. 너는 네 팔자가 이리 될 줄 알았더냐?"

"예? 아니요!"

"이놈아! 예야? 아니요야? 한 가지만 대답해야지! 저런 병신 같은 걸 내 오른 팔로 두고 있으니 나도 참 갑갑한 팔자로군!"

"송구합니다!"

"좋다! 동부여와 동옥저에서 군사 천명씩 보내오고 군량미도 도착했나?"

"예. 그렇습니다. 주군!"

궁표검객에게 혼이 난 설표가 군기가 바짝 들어서 힘차게 대답했다.

"좋아. 매일 식사와 취침시간을 제외하고는 부단하게 군사훈련을 시키거

라. 저 허접쓰레기 같은 것들을 정예병사로 만들어야 한다. 알겠나? 설표!"

"예! 주군"

"그리고 이운하와 흑검귀는 나를 따르라. 신라국을 돕고있는 남해용왕의 이심이라는 용화인을 제거하려면 슬슬 내토칠룡을 데리고 와야겠다. 내 오늘 너희에게 좋은 구경을 시켜주마. 흐흐흐."

궁표검객은 두 측근을 데리고 남하하기 시작했다. 그들의 경공은 거의 무림계의 최고수준이었다. 이운하와 흑검귀는 궁표검객의 내공을 받고 세배나 무공이 증진되었다는 사실에 놀랐다. 궁표검객과 나란히 상승무공으로 경공을 펼쳐 날아갈 때 그 공력을 실감하고 영광스러운 마음에 가슴 벅찬 표정들이었다.

그들은 불과 반나절만에 내토땅의 용두산에 다다랐다. 칠백 리가 넘는 거리를 옆 마을에 마실 삼아 걸어갈 정도의 시각만에 주파한 것이었다. 용두산의 남쪽 끝자락에는 유서 깊은 커다란 호수가 있었다. 의지(義池) 혹은 임지(林池)로 불리는 이 호수에는 이무기가 산다는 소문이 무성했다. 실제로 이무기를 본 사람이 꽤 되었다.

아주 먼 옛날 환웅천왕께서 강천하신 이래 이 땅의 인간들에게 농법을 알려주어 농경문화가 시작되고 삼한 땅 각지에서 농사가 바야흐로 전개되었을 때 농부들은 가뭄을 대비해 물을 저장해두어야만 했다.

대개 산골에서 흘러내려온 물을 대어 썼지만 물을 가득 담아두고 쓰기가 용이하지 않았다. 더구나 논 부근으로 흐르는 강물이 없다면 물을 끌어 쓰기가 불가능했던 것이다. 용두산 인근에는 강물이 없었다. 내토땅의 논밭에 물을 끌어올 수가 없어서 가뭄이 들면 농사가 힘들어 고생을 하였다. 많은 농부들은 한결 같이 논농사에 필요한 물을 원했고 그 정성이 하늘에 닿았는지 하늘과 땅에 상서로운 기운이 감돌았다. 그러던 어느 날 용머리를 닮은 용두산에서 용이 솟아오르며 샘물이 터져나왔다. 그로부터 용두산 샘물은 의지를 굽이쳐 흐르며 개천을 이루었고 농부들은 그 물로 농사를 짓게 되었다.

용은 참으로 놀라운 영물이다. 예로부터 용은 물과 땅 그리고 하늘 등으로 우리 조상들의 세계관 전체를 자유롭게 드나들었던 신비의 존재이다. 용은 바다와 하천 등 물이 있는 곳을 발생지로 하여 승천하여 하늘에서 활약하는 신성한 동물로 상징된다. 용은 물을 상징하는 신비의 존재이다. 처음에는 수중에 거하다 나중에 우화등선하여 하늘로 비상하는 영물로 변하게 된다. 물에 사는 동물이 육지에 나오는 일은 자라, 거북이, 게 등 몇 종류가 있지만 하늘로 비상하는 용만이 신적인 존재로 전환되었다. 용은 때로는 커다란 뱀이나 크나큰 물고기로 변하고, 때로는 인간으로 변하여 인간과 결혼도 한다. 그런 부류를 용화인(龍化人)이라고 한다. 용은 모습을 마음대로 바꿀 수 있는 능력을 가지고 있고, 자유자재로 모습을 보이기도 하고 모습을 숨기기도 한다.

한편 용두산에서 흘러내려온 의지의 개천물은 농사에 매우 큰 도움이 되었다. 그러나 의지를 휘돌아가는 개천물로는 필요할 때 많은 양의 관개수를 쓸 수가 없었다. 자연스럽게 만들어진 제방 아래의 호수는 매년 홍수가 나면 모아둔 물이 유실되었고 홍수가 아니어도 수시로 제방이 무너져 물을 원하는 만큼 모아둘 수가 없었다. 그런데 수십 년 전 용두산의 동굴에서 도를 닦던 점말도인이 나타나 인근 사람들을 모아 제방을 쌓고 용두산 개천물을 막아 물을 가두게 되었다. 점말도인과 인근마을사람들이 일치단결하여 튼튼한 제방을 쌓은 뒤로는 호수가 범람하는 일이 없었다. 그리고는 그 물이 점차 불어나 의지라는 커다란 호수가 된 것이다. 의로운 연못이라는 뜻의 의지는 도인의 올곧은 성품에서 유래한 것이었다.

궁표검객은 용두산으로 오르다가 용담이라는 작은 연못을 들여다보았다. 그리고는 수면에 귀를 갖다대고 무언가 소리를 듣기위해 집중하기 시작했다. 그리고는 경공을 펼쳐 산으로 날아올랐다. 흑검귀와 이운하는 영문도 모르고 궁표검객을 따랐다.

궁표검객은 호수가 내려다 보이는 산중턱의 후미진 곳에 멈추어서서는 기감을 느끼듯 양손을 앞으로 뻗어 손바닥으로 무언가를 찾는 자세를 취했다. 그 어떤 존재를 손바닥으로 찾는다는 것은 웬만한 기인이 아니고서는 이해할 수도 없는 일이었다. 잠시 후 무언가 감응이 있자 입가에 희미한 미소가 번졌다. 무겁고도 강한 목소리로 외쳤다.

"내토칠룡은 들으라! 그대들은 이미 가막미르님과 함께하기로 결정했다는 것을 내가 알고 있다. 그대들도 본 궁표검객을 잘 알고 있을 것이다. 나는 가막미르님을 대신하여 너희들을 풀어주기 위해 왔노라. 여기 용성국 용왕의 금패가 여기 있다. 너희들은 가까이에 와서 직접 보지 않고도 용왕패를 느낄 수 있을 것이다. 듣고있나?"

"…"

"의심하지 말고 나와서 가막미르님의 대리인인 나를 영접하라. 너희들을 가둔 점말도인은 이미 없어졌다. 가막미르님이 너희들을 풀어주기 위해 그를 잡아가셨다. 어서 나오거라! 내토칠룡이여!"

궁표검객이 산이 쩌렁쩌렁 울릴 정도로 목소리에 내공을 주입하여 용들에게 외쳤지만 동굴 안에서는 아무런 소리도 들리지 않았다. 잠시 기다린 궁표검객은 약간 짜증이 난듯한 표정으로 좌우의 두 사람을 한번 보더니 이번에는 좀 낮고 정중한 어조로 말했다.

"나타나라! 내토칠룡이여. 나를 못 믿겠는가?"
"우리가 그대를 어찌 믿는가? 가막미르에게 직접 오라고 해라!"

마침내 동굴 안에서 용의 목소리가 들렸다. 궁표검객은 반가운 표정으로 말했다.

"오! 그대들이 동굴에 있는 줄 알고 있었다. 나는 가막미르님의 대리인이다. 그 증좌를 가지고 왔다. 그대들이 내 말을 믿고 안 믿고는 그대들 마음대로 할 수 있다. 그러나 점말도인을 없애준 것에 대한 보답은 해야하지 않겠는가?"
"하지만 또다시 우리가 너에게 잡힌다면 보답할 필요가 없겠지."
"나는 너희들을 잡아가두지 않는다. 오히려 수백 개의 강과 지하수에서 자유롭게 헤엄치고 또 마음껏 하늘을 날아다니도록 해주겠다!"
"그럼 그대가 요구하는 것이 무엇인가?"
"먼저 이무기와 해태들을 조종하는 이심이란 자를 찾아 없애주게. 그리고 가막미르님이 이 땅의 나라들을 일통하실텐데 아마도 세 번의 대규모 전투가 있을 것이네. 그 전투에 참가하여 가막미르님을 도우면 그걸로 점말도인을 없애고 자네들을 자유롭게 해준 빚을 갚는 걸로 하겠다! 그리고 전투에서 우리가 승리하면 가막미르님께서 그대들을 다시 용화인으로 살아가도록 해주시겠다고 약조하셨다. 과거 점말도인이 그대들이 용화인으로 변신하는 것을 막아놓은 결계를 풀어주겠다고 하셨다. 이제 되었나?"

"알았다."

잠시후 수풀속의 동굴에서 무럭무럭 수증기 같은 김이 나오더니 일대가 짙은 안개에 뒤덮였다. 그리고는 거대한 용들이 밀도가 짙은 구름처럼 뭉게뭉게 불어나더니 투명한 물덩어리처럼 움직이는 것이 어슴푸레하게 보였다. 하지만 용들이 모두 몇 마리인지 그리고 얼마나 큰지는 잘 알 수가 없었다. 내토칠룡들은 가까이에 와서 용왕패를 보고는 고개를 조아리듯 커다란 머리를 아래로 움직여보였다. 그렇게 일곱 용들이 용왕패에 예를 표하자 궁표검객은 대단히 만족스러운 표정으로 말했다.

"내토칠룡이여! 그대들은 이심을 처리하고 숙신국으로 오라. 나는 숙신국으로 가서 그대들을 기다리겠다!"

"알겠소!"

용들이 안개 속으로 사라지자 입가에 미소를 지은 궁표검객이 좌우를 대동하고 용두산을 빠져나왔다. 점말동굴 주변에는 한참동안 하얀 안개가 너울거렸고, 용들은 투명하게 몸을 변신하여 하늘로 날아올라 가뭇없이 사라지고 말았다.

삼한의 몇몇 나라, 가령 고구려와 부여 그리고 백제와 신라 같은 큰 나라들이 숙신국의 움직임을 예의주시하고 있을 때 내토칠룡을 준비시킨 궁표검객은 주변국의 허를 찌르는 묘수를 발휘한 것이다. 가막미르의 용성국왕 신패를 가지고 용을 제압한 궁표검객은 이로써 가마미르를 맞이할 만반의 준비를 마쳤다. 만면에 가득한 그만의 야릇하게 웃는 표정이 그것을 반증해주는 것이었다.

지금까지 누구도 궁표검객의 진면목을 잘 알지 못했다. 혹자는 삼한 땅 최고수라고도 했고 부여의 저 유명한 무림가인 창해가문의 가주 창해신도에게 패한 적이 있다고도 했다.

궁표검객이 다시 모습을 드러낸지 불과 한달 여만에 숙신국의 군사 규모는 오천 명이 넘어서고 있었다. 물론 주변국과 결탁하여 지원군을 받게 되면 수만에 육박할 것으로 숙신국 병사들은 자신하고 있었다.

숙신국으로 서둘러 돌아온 궁표검객은 궁궐 내외부를 더 없이 깨끗하게 청소시켰다. 그리고 심복부하들을 대동하고 궁궐의 집무실에 다소 긴장한 표정으로 서 있었다. 누군가를 기다린지 얼마 되지 않아 자시가 되자 궁궐의 천막이 휘날리며 강풍이 불기 시작했다. 그리고 차가운 한기가 느껴지고 주위에 어두운 기운이 드리워졌다. 그 누구도 눈치채지 못한 순간에 검은 그림자가 궁궐의 한 가운데 나타났다. 궁표검객이 공수를 하고 그를 향해 앞으로 나아가 예를 올렸다. 그 괴인에게서는 악취가 풍겼다.

"어서 오십시오. 저는 궁표검객이라 하옵니다."

"나는 명부의 야차귀왕이다. 가막미르의 말씀을 전하러왔다."

"말씀하시지요."

"풍백과 마고신이 강천하였다. 오일 후 그들이 다시 승천한 후 가막미르님이 지상에 현신하실 것이다. 앞으로 남은 시간 동안 만반의 준비를 하고 있으라 하셨다. 그리고 그 동안의 그대 행적을 치하하셨다."

"예! 알겠습니다."

"좋다. 가막미르님에게 전할 말이 있는가?"

"속하들은 없사옵고 오일 후 주군의 광영스러운 모습을 뵙겠나이다."

"알았다. 그럼…"

"살펴가십시오!"

가막미르의 전령으로 명부의 야차가 왔다는 것만으로 궁표검객의 가슴을 뛰게 했다. 그는 유난히 코를 킁킁거리며 야차가 사라진 공간으로 가서 냄새를 맡아보았다. 이운하와 흑검귀 그리고 설표는 내색은 안했지만 지옥야차의 악취에 괴로운 표정이 역력했다. 궁표검객은 흡족한 표정을 지었고 무언가를 다짐하는 듯이 주먹을 쥐어보였다.

제 28화 - 8. 추포된 차차웅 - 서거 육일째(1)

"어서 오게, 석탈해공!"

용성국에서 돌아온 탈해를 남해차차웅은 친아들처럼 반겨주었다. 탈해는 궁표검객을 범인으로 지목했다. 그러자 차차웅은 이미 알고 있었다는 듯이 고개를 끄덕였다. 궁표검객에 대해 강한 의구심을 애초에 갖고 있었지만 탈해에게 사실을 확인한 것이었다. 그는 육부회의에 그 사실을 알리지 않고 흑의에게 궁표검객과 가막미르에 대한 조사를 맡겼다. 무공의 깊이를 가늠할 수 없는 고수인 흑의가 반월성의 고수급 무사 수십 명을 대동하고 궁표검객을 찾기 위해 떠났지만 탈해는 뭔가 아쉬운 마음이 들었다.

"차차웅이시여! 저도 함께 움직이겠나이다. 궁표검객을 찾는데 일조하게 해주십시요!"

"아니다. 탈해, 자네는 아진공 암자에 가서 대기하라. 그리고 나의 명을 기다리거라! 그들의 거처가 밝혀지면 알령도인과 선도산 도인들 그리고 그대와 아진공과 아진의선이 함께 가서 그들을 제압할 것이다."

"예! 명을 따르나이다."

다음 지시가 있을 때까지 아진공 사부에게 가서 명을 기다리라는 차차웅의 말을 듣고 일단 석탈해는 안심이 되었다. 모든 일이 이제 차차웅의 손에 달려있기 때문에 자신은 한발 뺄 수 있었다. 그러나 탈해는 가막미르라는 인물, 아니 그 악룡에 대해서는 어쩐지 께름칙하기 그지없었다. 그와 궁표검객이 상당한 고수라고는 짐작했지만 신라의 모든 고수들을 총동원하고 아진의선 할머니까지 가신다는 것도 조금 의아했다.

아진공의 암자로 돌아온 탈해는 백의를 시켜 궁표검객에 대해 알아보는 한편 지인들을 통해 정보를 수집하기 시작했다. 그런데 아진공 사부는 아무것도 묻지 않았고 심지어 아무런 관심이 없는 것 같았다. 상길과 천종 그리고 우혁도 차차웅의 함구령에 따라 이성국과 용성국에 다녀온 것을 사제들에게 한마디도 말하지 않았다. 탈해로서는 한편으로 퍽 답답했다.

탈해는 자주 찾는 곳이지만 올 때마다 길이 매우 신비로웠다. 계곡으로 올라오는 길에는 머리 위로 마른 칡덩굴 가지와 겨우 붙어있는 썩은 나뭇잎과 그것들을 부스럭거리게하는 스산한 바람으로 일대가 마치 귀신의 기운이 서린 것처럼 기묘한 분위기를 풍겼다. 하지만 물여위의 자랑이 끝이 없는 소위 명당이라는 곳은 들어오는 길과는 딴판이었다. 남산의 양지 바른 묘지들 사이의 잔디밭은 늘 그렇듯이 푸른빛이 가득하여 평화로웠다. 새소리와 솔숲에 불어오는 바람소리가 온몸을 청신하게 해주었다. 같은 바람이라도 명당으로 들어오는 바람은 향기가 나는 것 같았다.

물여위는 언제나처럼 자신이 파놓은 무덤에 누워 있었다. 오동나무로 커다란 상자를 만들어 마치 방처럼 넓게 꾸며놓은 무덤 속에서 편안하게 자고 있었다. 삼월이라 아직 땅에 냉기가 가득한데 아랑곳하지 않았다.

석탈해는 그를 볼 때마다 거의 잠만 자는 기인이라 신기하기도 했지만 자신이 아는 한 인간 중에서는 최고수일 거라고 생각했다. 더없는 괴짜였지만 그의 무공을 배우고 싶어 더더욱 그를 자주 찾는 것이었다. 탈해가 다가가자 물여위는 눈을 감고 자는 체로 일어나 잠꼬대하듯 그에게 말을 걸었다.

"아이야! 오랜만이구나! 북쪽 나라들은 봄이 와도 아직 춥지? 으자자자자!"

기지개를 켠 물여위는 짐짓 잘난 체를 하듯 거들먹거리며 말을 했다.

"예! 잘 다녀왔습니다. 그 동안 강령하셨습니까?"
"무덤에 드러누워 자는 사람이 강령은? 각설하고 재채기나 해봐라."
"예, 에취! 에취!"
"잘했다! 한번 부탁에 두 번을 해주다니, 고 녀석 참! 흘흘흘흘."
"스승님 덕분에 잘 다녀왔습니다. 그런데 뭐 좀 여쭈어봐도 괜찮습니까?"
"오냐, 하지만 괜찮지 않은 건 묻지 말거라."
"저어 궁표검객이라고 아십니까? 가막미르의 수하였다는데요."
"소문이야 들었지. 지금 어디 있는 줄은 모르고."
"묘향산에서 승균선인에게 잡혀 반성하며 도를 닦고 있다는 풍문도 있더군요."
"그렇게 잘 아는 놈이 왜 내게 묻누?"
"아니, 그냥 소문이 그렇다는 게지요. 확실하진 않아요."
"그 따위 소문은 믿을 게 못된다. 승균선인은 나이가 이천 살이라는 소문도 있고 진작에 승천했다는 수문도 있디."
"예? 그게 사실인가요?"
"내가 언제 거짓말하디? 너는 차차웅이나 조심해라! 괜히 말 안 듣다가 반역죄로 잡혀가지나 말고! 이놈아!"

"예? 그게 무슨 소리에요?"

"뭐! 아니다! 각설하고 둔술 공부를 더해보자꾸나!"

"사부님! 그러니까 궁표검객을 아시기는 하신 거죠?"

"몰라! 이놈아! 칼 잘 쓴다는 소문만 들었다. 자! 집중하거라!"

물여위는 이야기를 중지하고 탈해를 향해 정면으로 앉아 둔술에 대해 강의를 시작했다.

"둔술이란 말이다. 빛을 바꾸어 상대방이 나를 못보게 하거나 다르게 보게 만드는 비법이다. 빛에도 여러 차원이 있지. 사람이 인식하는 빛이 있는가 하면 도인만이 인식할 수 있는 빛이 있다. 도인에 따라서 또 수련 경지에 따라 볼 수 있는 빛과 볼 수 없는 빛이 있는데, 도광영력이 뛰어난 즉 나 같은 도인들은 높은 차원의 빛과 낮은 차원의 빛을 모두 볼 수 있지. 험험"

물여위는 몇 개 나지도 않은 수염을 가다듬으며 또 잘난체하듯 말을 이었다.

"빛을 다스리려면 먼저 해와 달의 기운과 빛을 알아야 하느니라. 그것을 일러 바로 일월성법이라 하느니라. 가령 밤하늘의 달빛과 별빛을 끌어당기면 달과 별빛이 약해지고 주위가 어두워지게도 할 수가 있다. 또 나를 빛나게도 하고 어둡게도 하고 또 보이지 않게도 한다 이 말씀이다. 알겠냐? 요 녀석아!"

"아얏!"

물여위는 탈해에게 꿀밤을 한 대 매겼고 탈해는 불현듯 자신이 다른 생각을 하고 있다는 것을 깨달았다.

"딴 생각 하지마라! 정신을 좀 차렸냐?"
"예!"
"둔갑술이란 말이야, 마음먹은 대로 제 몸을 감추거나 다른 것으로 바꿀 수 있는 방법이라 이 말씀이야. 둔술(遁術) 혹은 기문둔갑(奇門遁甲)이라고도 하지. 누차 말하지만 이 둔술에 능하려면 집중력을 키워야 하느니라. 집중을 위해서는 호흡을 참아야한다. 자, 내 앞으로 다가오너라!"

물여위는 두 손바닥을 앞으로 뻗어 탈해에게 기를 방사하고는 다시 말했다.

"마지막으로 진짜 중요한 요결은 니 자신을 없애야 하느니라. 니가 없어져야 새로운 것으로 변할 수 있지 않겠느냐?"
"예? 사부님, 그게 무슨 뜻이온지…"
"차차 알게 될 것이다. 자! 이제 숙제 검사를 할 시간이다! 요 앞의 소나무에 집중해보거라."

석탈해는 사부의 가르침대로 호흡을 멈추고 소나무를 뚫어져라 쳐다보며 집중에 집중을 더했다. 그러자 석탈해의 몸이 서서히 변하면서 소나무의 색깔을 띠기 시작했다.

"자! 저 소나무가 전생에 무엇이었던고?"

"예! 저 소나무는 벌레였습니다."

"그래? 호오! 고 녀석 참 기특한데?"

"예?"

"아니다. 칭찬하면 자만해지는 법! 이제 얼추 걸음마를 하네?"

석탈해는 한번 시익 웃고는 문득 자심감이 생겼다.

"그럼 제가 잘했나요?"

"예이! 이놈아! 잘하긴 이제 시작이라니까? 애가 말을 못 알아먹네? 참!"

물여위는 또 석탈해의 머리통을 쥐어박으려했지만 이번에는 탈해가
사정거리 밖에 있다가 재빨리 피했다. 하지만 물여위는 바람처럼 다가와
피하는 방향으로 가서 꿀밤을 갈겼다

"딱!"

"아야!"

"집중해라! 이놈아! 잘만 하면 그 집중한 대상에 대해 알 수도 있고 나
중에는 둔갑술을 펼친 상태에서 무공을 실행할 수도 있느니라! 하지만 둔
갑술은 니가 숨을 참고 있는 동안만 가능하다!"

"예? 그럼 숨을 못참으면요?"

"도로 원래의 모습으로 변하지."

"아! 그렇군요. 그럼 호흡을 길게 할 수 있으면 둔갑 시간도 늘어나네요?"

"여태 내가 한말이 그거 아니냐! 너 돌대가리냐?"

"죄송해요. 그럼 곰으로 변해서 싸우면 곰의 힘이 나오나요?"

"아니! 오로지 너의 힘만 나온다."

"그럼 별거 아니군요?"

"하지만 상대는 너를 진짜 곰으로 보기 때문에 살살 맞아도 엄청 아프게 느껴지지."

"에이! 그게 말이 되요?"

"말이 아니면 개나 소라도 된다! 요놈아!"

"아야!"

"히히히히히."

물여위는 다시 석탈해의 머리통을 쥐어박았다. 그리고는 아파하는 석탈해를 보면서 우스워죽겠다는 듯이 키득거렸다.

"이젠 권술을 좀 복습해볼까? 무술의 각개 동작에는 호흡과의 합리적인 배합이 요구 된다. 이 호흡이 딱딱 맞지 못하면 연공의 효과를 얻을 수 없으며 오히려 병신이 될 수도 있지. 암! 힘을 쓸 때에는 각 동작마다 개(開), 합(合), 봉(封), 폐(閉)에 맞추어 호흡이 이루어져야 한다. 이제 석달이나 배웠으니 네놈이 권법을 디 뗄 때가 된 거 같구나. 모름지기 권법을 배운다면 먼저 하나의 권술기법을 배우고 그 기법 역시 호흡에 맞추어 실행해야한다. 이제 네가 속도를 터득했으니 숨을 들이 마시며 양팔을 얼굴 앞에서 교차시키고 오른 무릎을 위로 들어 독립세가 되면서 일순간에 숨을 토하며 발을 내리고 오른 팔꿈치를 빼내는 요령으로 권을 타출해보거라."

"예!"

탈해는 지난 석달 간 연습한 권법 열두 초식을 시전했다. 매우 안정되어 있었고 내공으로 말미암아 주위에 바람이 일어나며 무거운 기운이 감돌았다. 자못 진지한 그의 동작을 보던 물여위의 입가에 마침내 미소가 흘렀다.

"좀 괜찮군…일격 필살의 위력은 바로 호흡과 동작이 일치된 발경(發勁)의 부단한 연습으로 이루어지느니라! 알겠느냐? 자 그럼 발경을 호흡을 끊어 여러 개로 나누어 해보거라."

"얍! 흡흡흡!"

"더 여러 개로! 이십 개 이상으로! 손가락을 피고 질러보거라!"

"예!"

석탈해는 물여위의 가르침대로 발경을 하자 희한하게도 손끝에서 기운이 여러 개 방사되는 것을 보고 깜짝 놀랐다. 마치 손가락이 그대로 빛으로 변하여 길어지는 느낌이었다.

"어! 스승님! 이거 엄청나네요?"

"너는 이제 권법과 둔술이 거의 다 되었구나. 아니, 기억이 대충 되돌아온 거지. 부지런히 수련을 거듭해야하느니라. 시간이 별로 없구나."

"예? 무슨 시간이요?"

"아니다…"

"그럼 제가 권법과 둔술을 과거에 잘 했는데 기억이 나지 않아 지금 잘 안되고 있단 말씀입니까?"

"그거야 나도 모르지. 네가 과거에 잘 했는지 잘 못했는지! 그러니까 내 말은 네놈이 소질이 있거나 예전에 좀 놀던 가락이 있거나 둘 중 하나다 이런 말씀이지. 자! 각설하고 이번 숙제는 에 또…어라? 삼월인데 벌써 날파리가 있네? 그래! 저 날파리를 보고 호흡을 멈춘 다음 집중하여 네 몸을 날파리로 바꾸어보거라."

"에이! 어떻게 사람이 날파리가 됩니까? 요렇게 작은데…"

"하! 고놈 참! 말 많네! 잘 하던 놈이 웬 딴소리야?"

"예? 잘하던? 그러니까 과거에 제가 둔술을 한 경험이 있기는 있다는 거죠?"

"하! 고놈, 말 진짜 못 알아듣네! 몰라 몰라, 이놈아! 다 귀찮다. 어서 가 버려라 이놈아!"

"왜 그렇게 저를 빨리 쫓으시려고만 하세요? 혹시…제가 예전에 매나 참새로 둔갑술을 펼친 걸 알고 계신 거죠?"

"뭐? 누가 그래?"

"누가 그런 건 중요하지 않고요! 일전에 제가 가야국에서 수로왕과 둔갑술 시합을 벌일 때 사부님도 거기 계셨나요?"

"난 금시초문이다. 니가 수로왕하구 겨루었다고?"

"예! 사부님은 다 아시잖아요?"

"내가 이백살을 넘게 살아도 니가 수로왕과 도술 시합했다는 소리는 처음 듣는구나?"

물여위가 별안간 소나무 위에 대고 뭐라고 혼잣말을 했다.

제 29화 – 8. 추포된 차차웅 – 서거 육일째(2)

"뭐라구? 그래 알았다. 그래, 얘가 탈해다."

"아니? 누구하고 이야기하세요. 사부님?"

"아! 인사해라. 탈해야. 쟤는 너보다 선배인 함미중서 사형이니라."

물여위가 손가락질을 한 나뭇가지 위에는 다람쥐가 한 마리 앉아 있었다. 석탈해가 소스라치게 놀라고 말았다. 그 다람쥐가 말을 하는 것이 아닌가?

"오호라! 이 친구가 석탈해에요? 기골이 좋고 신통력이 있게 생겼군. 히히히."

그 함미중서라는 쥐모양의 괴물이 인간의 말을 하는 것도 신기했지만, 자신에 대해서 평가를 하는 것도 놀라웠다.

"앞으로 잘 지내보자구. 탈해사제! 히히히히."

"사제? 내가 사제라고? 으음, 그, 그러지, 뭐…"

탈해가 신기한 다람쥐를 보며 말문이 막혀 멍하고 있는데 물여위가 급하게 탈해를 불렀다

"탈해야! 니가 꼬리를 달고 왔구나. 함미중서랑 노닥거리느라고 손님

맞이를 소홀이한 건 아닌지 모르겠다."

"무슨 말씀이세요?"

"저길 보아라."

산 아래로 난 솔밭 길의 장송의 늘어진 가지 위에 검은 그림자가 나타나더니 주위를 둘러보고는 석탈해와 물여위 쪽으로 내려왔다. 외팔이 백독수였다. 그의 젖은 의복에서 이상한 냄새가 났다. 바닷가에서 맡았던 바로 그때 그 독이었다. 순간적으로 호흡을 멈추려했으나 이미 독을 조금 들이마신 탈해는 순간 동작이 느려져버렸다

"피익"

"윽!"

그때 외팔이가 독침을 한 번 더 쏘았다.

"너는 내 독에 세 번이나 중독되고도 살아남은 유일한 놈이야! 평생 잊지 않으마. 여기서 세상에 그만 하직인사를 하거라. 후후. 마침 무덤을 파놓았으니 그냥 들어가면 되겠구나. 흐흐흐."

백독수는 발검한 상태로 천천히 석탈해에게 다가왔다. 탈해는 상당히 어지럼증을 느꼈다. 그때 물여위가 훈수를 했다.

"탈해야! 지금 배운 권법 중 이십지강법을 시전해보거라. 저놈이 팔이

하나니 양수잡이인 니가 훨씬 유리하지 않겠냐? 초식을 펼치면 스무 개나 되는 긴 창이 있는 셈이 아니냐?"

"예!"

탈해는 내공을 모아 방금 배운 이십지강 권법으로 지력을 쏘아보려했으나 독침을 맞았기 때문에 기가 제대로 모이지가 않았다. 그런데도 불구하고 지풍 기운이 약하게나마 발사되자 백독수가 놀라고 말았다.

"아니? 독에 중독된 놈이 지풍을 쏘다니! 내공이 상당하구나! 흐흐, 독이 몸에 좀 더 퍼질 때까지 기다려주마."

백독수는 석탈해 주위를 빙글빙글 돌면서 일부러 시간을 끌었다. 그러자 물여위가 재촉을 했다.

"야! 이놈아! 넌 돌대가리냐? 니 몸의 기운을 개(開), 합(合), 봉(封), 폐(閉)를 할 줄 알아야지. 우선 머리로 올라가는 기운을 폐하여 독이 올라가지 않게 하여 더 이상 어지럽지 않도록 하고 정신을 차려라. 이 바보야! 그리고 독기운은 다리로 보내 다시 위로 올라오지 못하게 봉하고, 손가락에 기운을 합하여 열면 지력이 발사되는 걸 왜 모르느냐? 이 멍청아!"

석탈해는 물여위가 하는 말을 그대로 따라했다. 자신도 모르는 사이에 발사된 이십지강에 맞아 백독수는 손도 한번 제대로 못써보고 쓰러지고 말았다.

"퍼퍼펑!"

"으윽! 사, 사부께서 보, 복수를…"

그만큼 탈해의 지풍은 강력했다. 그는 누가 복수해줄 거라고 말하는 듯했지만 이십 개의 지풍을 순식간에 집중적으로 맞아 온몸에 구멍이 나 그대로 즉사하였다.

"탈해야. 그놈 피가 굳기 전에 빨리 그놈을 물어뜯어 피를 마시거라!"

"예?"

"그게 해독약이니라. 필시 저놈은 미리 해독약을 복용했을 것이다."

"그래도 죽은 놈 피를 어떻게…"

"안 먹으면? 너도 저놈 따라 죽을래?"

탈해는 내키지 않았지만 외팔이의 팔뚝을 깨물었고 피부로 흘러나온 피를 빨아마셨다. 함미중서의 가늘고도 다행스럽다는 듯한 숨소리가 들렸다.

"휴! 나는 사제를 오늘 만나자마자 잃는 줄 알았네!"

"뭐? 고놈 참! 하하하하."

"헤헤헤헤."

탈해는 죽다 살아났는데 물여위와 다람쥐가 농담을 하며 웃는 것을 보자 기가 막혔다. 어떻게 보면 외팔이의 죽음이 측은하기는 했다. 불구인데다가 온몸에 구멍이 나서 더더욱 그렇게 보였다. 안쓰러운 표정의 탈해를 쳐다보면서 물여위는 혼잣말처럼 중얼거렸다.

"저 외팔이는 자신의 사부가 복수해줄 것이라고 외치며 죽었냐?"

"그런 것 같은데 잘 모르겠습니다."

"찜찜하구나."

"왜요?"

"저자의 사부는 북부여의 창해가문의 초고수이다. 한때는 창해신도라 불렸지."

"그 창해 역사의 가문말인가요?"

"응. 육십년 전에 그들의 사조들이 박혁거세의 건국을 도왔지. 한때 창해가문은 부여제일의 가문으로 제자들만 일천 명을 헤아렸다. 당시 가주였던 창해신검 조세연이라는 할멈이 소서노와 더불어 부여의 최고수라 불렸지. 그리고 다섯 제자가 있었는데 그들은 한결같은 고수급이었지. 창해신검. 창해신도. 창해신퇴. 창해신창 그리고 창해신궁이 그들이었단다. 그 전성기는 오십년이 채 되지 않아 가버렸고 최고수인 창해신검은 신선이 되겠다고 산으로 들어갔고 그중 제일 실력이 시원치 않은 창해신도가 가문을 이끌었지만 점점 명성이 약해지고 가세가 기울어갔지. 정녕 세월이 무상하지. 북부여는 한나라에게 치이고 동부여는 고구려에 밀려서 나라가 말이 아니다. 창해가문도 이제는 거의 망해서 명맥만 유지할 뿐이다."

"그런데 그중 시원치 않다는 창해신도라는 그 사부는 엄청 고수인가요?"

"그렇다. 그는 도법으로는 일가를 이룬 자인데 제자인 저 외팔이 놈이 악행을 일삼고 잔혹하여 사문에서 축출했지, 아마?"

"그럼 저 나쁜 제자의 복수를 해주지 않겠네요. 뭐."

"그래도 한때 제자였기 때문에 복수를 할 수도 있지. 가문의 위상을 걸고 복수를 하는 거지, 악독한 그 자를 보고 복수하는 게 아니니까 …후후후 왜, 두렵냐?"

"아뇨!"

"어째서?"

"저는 사부님이 지켜주시겠죠 뭐."

"사부? 글쎄다. 니 사부 아진공이 창해신도와 겨루어서 이긴다는 보장이 있을까?"

"아니요. 그렇게 말씀하시는 바로 물여위 사부님이요. 어떠세요? 이길 자신 있으시죠?"

"나야 물론 이기지! 헌데 나는 그자가 복수하러 오기 전에 승천할 거다."

"참나 원! 도인치고 자기 승천을 이렇게 떠벌리시는 분은 아마 스승님 밖에 없을 걸요?"

물여위는 함미중서와 작은 소리로 대화를 하더니 탈해에게 물었다

"근데 너 저놈 이름은 알고 있냐?"

"모릅니다."

"백가지 독을 쓴다고 하여 백독수라 불린 자이다. 재작년인가 니가 저 아이 팔을 부러뜨렸다면서?"

"제가요? 기억에 없는데요? 참 며칠 전에도 하서지촌에 와서 지 팔 어쩌고 하는 것 같았어요. 저는 그런 적이 없는데?"

"그래? 함미중서야. 얘가 아니라는구먼? 뭐? 맞다고? 그렇지! 탈해라는 놈이 기억을 잃었지. 하여간 늙으면 죽어야해. 나까지 기억이 오락가락하네! 이놈들아! 모두 그만들 가거라. 나는 좀 자야겠구나. 탈해야. 다음에 우리 함미중서를 또 만나면 너에게 큰 도움이 될 게야. 오늘은 그만 가 보거라.“

"예? 왜 갑자기?"

"넌 이놈아! 아주 더럽게 바쁜 몸 아니냐? 그리구 아진공인가 아직공인가 하는 니 잘난 사부가 너를 찾는구나. 저 함미중서가 지금 알려주지 않느냐?"

"그래요? 저어, 그런데 스승님…"

"누가 니 스승이냐? 넌 스승이 둘이냐?"

"에이! 또 왜 이러세요?"

"누가 물으면 날 사형이라고 해라!"

"정말요?"

"니 맘대로 해! 이 싸가지 없는 녀석아!"

"혹시 궁표검객이나 가막미르의 소식 들으면 좀 알려주세요! 사흘 후에 올게요. 아셨죠?"

"몰라! 이놈아! 나는 좀 자야겠다."

"예. 푹 주무세요. 사형! 그럼 사제 물러갑니다. 아! 그리고 함미중서 사형, 아니, 이제 사질이 되나? 이제 내가 자네 사숙일세. 후후후 전 진짜로 갑니다. 사형!"

"뭐? 그래…오냐! 이놈아!"

"스승님! 아니 사형님! 안녕히 주무세요."

제 30화 - 8. 추포된 차차웅 - 서거 육일째(3)

탈해는 백독수의 시신을 수습하여 산을 내려가기 시작했다. 외팔이의 시신을 들쳐 업고 산을 내려올 때 또 나뭇가지로 땅을 팔 때 탈해는 자신의 업보가 얼마나 더 있을까 하는 반성의 마음이 생겼다. 무덤을 만들어주고는 진심으로 명복을 빌어주었다.

탈해는 경공을 써서 부리나케 아진공 사부의 처소로 이동했다. 물여위에게 대사촌 김씨에 대해 자세히 물으려다가 외팔이를 죽이느라고 경황이 없었고 또 진지하게 물어도 그가 농담을 할 것 같아서 포기하고 말았다. 아진공 사부가 자신을 찾는다는 소리를 들을 수 있는 물여위 사부 덕분에 탈해는 늦지 않고 암자에 다다랐다. 때마침 설우혁이 눈짓으로 탈해에게 암자 안으로 들어가라는 시늉을 했다. 아진공은 세세히 묻지 않았고 경위를 보고하는 동안 탈해는 사부의 큰 바위 같은 거대함에 자못 압도되었다.

아진공에게 이성국과 용성국의 일을 세세히 보고하고 나자 마음이 한결 더 편해졌다. 사실 아진공은 아진의선의 동생이었기 때문에 석탈해는 아진공을 숙부나 할아버지처럼 생각하고 지내오던 터라 더욱더 부담이 덜어진 생각이 들었다.

그날 밤 탈해는 자신의 처소 밖에서 물여위의 가르침대로 벽으로 화하는 둔술을 시전해보았다. 잠시 후 우혁과 천종이 처소에 왔다가 방안과 밖을 살피더니 고개를 갸웃하고는 그냥 가버렸다. 탈해가 벽에 붙어있는 것을 발견하지 못한 것이었다. 탈해는 웃음을 참으며 그들이 돌아가는 것을 바라보고는 내심 마음이 뿌듯했다. 그런데 이번에는 엄청난 속도로 누군가 암자로 날아오는 것이 느껴졌다. 그는 암자 지붕 위로 날아들었고 지붕위에 바짝 엎드렸다. 다름 아닌 백의였다. 무언가 이상한 생각이 들었는지 지붕 위에서 이리저리 몸을 움직여보았다. 그리고는 전음을 보냈다.

"주군! 백의이옵니다."

"…"

"계시는 거지요?"

"그렇다."

"아! 그렇군요! 저는 주군께서 보이지 않아 심려했습니다."

"말하라!"

"예, 내일 궁에 들라는 차차웅님의 명이 있었습니다. 오늘밤 전서가 올 것입니다."

"알았다."

"예! 그럼."

백의는 바람처럼 암자 지붕위에서 날아가버렸다. 다만 그는 경공을 펼치기 전 암자의 바깥벽을 눈여겨보고는 연신 고개를 갸웃거렸다. 무공이 남다른 그 역시 탈해의 모습을 볼 수는 없었다. 탈해는 비로소 호흡을 하여 원래의 모습으로 되돌아왔다. '호흡을 멈추지 않고 계속 둔갑술을 펼칠 수는 없을까?' 혼잣말을 하다가 탈해는 자신이 예전에 그런 생각을 했었다는 것이 얼핏 기억이 났다. '으음 예전에 내가 분녕히 둔갑술을 할 줄 알았군. 도대체 나는 어떤 인간이었을까?' 탈해는 이 생각 저 생각으로 전전반측하다가 자신도 모르게 잠이 들고 말았다.

이튿날 월성에 도착하자 이레 뒤로 예정된 보름장의 국장 준비를 위해 모두들 분주한 모습이었다. 이서국의 침범과 거서간 관이 분실된 이틀 동안 왕실과 고관대작들만 거서간 시신의 분실을 비밀에 부치고 있었다. 그 때문에 장례식은 겉으로는 예정대로 진행되는 것 같았지만 안으로는 고민이 깊었다. 천만다행으로 관도 되찾고 왕궁은 안정을 되찾았다. 그런데 이상한 점은 국상중 주변국과의 잦은 분쟁이 생기는 것이었다. 그 때문에라도 차차웅은 국상을 잔치 분위기로 만들어보려 하는지도 몰랐다. 보름장으로 진행되는 거서간의 국장은 벌써 엿새가 지나가고 있었다.

남해차차웅은 탈해가 입궁하자 선왕의 제에 쓸 정한수를 동구 약수에 가서 직접 떠오라고 명하고는 아니공주를 동행시켰다. 궁궐경비대와 육부군의 정비에 바짝 신경을 써야할 때인데 탈해는 복귀하자마자 제사 정한수를 떠오라는 차차웅의 명에 퍽 당황스러웠다. 국상중이었지만 차차웅은 집요했다. 그는 석탈해가 슬기롭다는 것을 알고 자신의 맏공주인 아니공주와의 만남을 자주 갖게 했다. 탈해도 아니공주가 재색을 겸비하여 싫은 건 아니었지만 무작정 끌려들어가는 것이 부담스러웠다.

아니공주와 탈해가 수행무사로는 백의 한명만을 대동한 채 말을 달려 한 시진에 도착한 동구(東丘) 약수터에는 숲의 사철나무들이 제법 울창하게 일대를 덮고 있었다. 앞서 매복이 있을지 몰라 백의가 먼저 말을 타고 갔다. 탈해는 공주의 말을 세우고 그늘의 나무 그루터기에 앉게 했다. 공주가 그늘에서 쉬는 동안 탈해는 경공으로 절벽 위에 올라 약수에서 석분에 물을 받았다. 탈해가 굉장히 빠른 속도로 절벽 위의 약수에 올라갔다가 돌아오자 아니공주는 무척이나 놀라는 기색이었다.

"대단해요! 마치 한 마리 새처럼 자유롭게 날아다니시는군요? 석탈해님, 이제 할아버님 국상장례에 쓸 정한수가 성의껏 준비되었으니 우리도 한 모금 마시죠."

"예, 그러시죠."

석탈해가 다시 약수터로 오르려 하자 아니공주는 수행한 백의를 시켜 물을 떠오라 명하였다. 백의는 아니공주가 건넨 금합과 탈해의 각배를 공손하게 받아들고는 돌아서자마자 절벽 위로 몸을 날렸다. 한 마리 새처럼 비상한 그는 공중제비를 두어번 돌고서 절벽 약수터 앞에 가뿐하게 착지했다. 한 시간 이상 말을 달렸고 경공을 발휘하기 위해 순간적인 내공을 많이 사용한 터라 목이 말랐다. 백의는 절벽 아래에서 탈해와 공주가 보이지 않는 각도에서 금합에 가득 물을 담고 이어 탈해의 각배에 물을 찰랑찰랑하게 떠 가지고 오다가 중도에서 먼저 맛보려고 입을 살짝 댔는데 그 각배가 입에 붙어 떨어지지 않았다. 제아무리 힘을 써보았지만 입에 붙은 각배는 떨어질 줄 몰랐다. 약수터 입구에서 끙끙대며 애를 쓰는 백의를 보고 탈해가 꾸짖자 고개를 조아려 용서를 빌었다.

"송구하옵니다. 주군!"

"백의! 자네가 감히 공주님과 내가 마실 물을 먼저 마시려 들다니!"

"송구하옵니다. 저를 벌하여 주십시오! 석탈해님! 이후에는 무엇이든 시 먼저 맛보지 않겠습니다."

백의가 반성하고 사죄하니 비로소 그릇이 그의 입에서 떨어졌다. 탈해는 물여위 사부의 가르침대로 격물에 명을 하여 내공을 주입한 일로 처음 겪는 일이어서 스스로도 놀랐으나 내색을 하지는 않았다. 백의가 두려워 하는 기색이 역력하였다. 그러나 잠시 후 석탈해는 너그러운 웃음을 흘리며 그를 용서해주었다.

아니공주는 석탈해를 신비로운 사내로 본 이후 상당량 매력을 느껴왔는데 오늘에 이르러 이러한 신법을 보고 호기심이 한층 더 발동되었다. 아니공주는 어떻게 해서든 석탈해에 대해 더 알고 싶어졌다.

"석탈해님은 어떻게 신라국에 오셨는지요?"

"예. 저같이 미천한 사람에게 이렇듯 관심을 주시니 송구하옵니다."

"아니에요. 차차웅께서는 석탈해님이 생명의 은인이고 무척 신비로운 분이라면서 늘 칭찬을 하셨어요. 아버님의 은인이라면 저에게도 은인이지요. 안 그래요?"

"송구하옵니다. 공주님."

"자, 이제 석탈해님 이야기 좀 해주세요."

"예, 그러지요. 저는 고향을 떠나 처음 제 수하들을 데리고 가락국 바닷가에 닿았습니다. 그 나라의 수로왕이 신민들과 함께 북을 치고 맞아 들여 머물게 하려 했지요 그런데 그들은 저의 배들을 환영하는 것인지 아니면 잡아가두려는 것인지 의심스러웠습니다. 그리하여 저의 집사가 배의 기수를 돌리라 하였고 계림 동쪽 하서지촌 아진포에 이르렀습니다. 마침 포구에 아진의선이라는 노파가 있었는데 혁거세 거서간께 물고기를 잡아 바치는 분이었습니다. 그녀가 우리를 바라보고 말하기를 —이 바다 가운데 본래 바위가 없었는데 까치가 모여들어 우는 것은 무슨 일인가?—하고 우리 배를 바라보았습니다. 그녀의 목소리가 얼마나 우렁찬지 우리는 수백 장이 떨어진 바다 위에서 들을 수 있었습니다. 그녀는 하늘로 두 팔을 벌려 주문을 외우기 시작했고 잠시 후 우리의 배가 속절없이 바닷가로 끌려갔습니다. 실로 놀라운 일이었습니다. 그녀가 배를 끌고 가서 바닷가에 정박시키자 해변 솔밭에서 새떼가 날아왔습니다. 까치 백여 마리가 배 위에 모여들었고 그 배의 궤 속에 숨어 있던 우리는 상자 사이의 틈으로 괴노파를 바라보았습니다. 당시 일곱 살이었던 저는 지금도 그때의 두려움이 생생합니다."

"그랬군요!"

"예, 아진의선 노파는 커다란 궤를 앞에 놓고 고개를 쳐든 채 외쳤습니다. ─하늘이시여! 제가 이 신물을 보고 길흉을 알지 못하여 하늘에 고하오니 답하여 주소서!─ 아진의선 노파는 얼마간의 기도 후에 고개를 끄덕하더니 궤를 열었습니다. 그녀는 나를 보고는 입가에 살짝 웃음을 흘렸습니다. ─오! 참으로 단정한 아이로구나!─"

공주가 눈을 초롱초롱하게 뜨고 끼어들었다.

"어머! 그때부터 아진의선과 아는 사이였군요?"

"예, 아진의선이 말하길 일곱 가지 보물인 금, 은, 유리, 파리, 마노, 산호, 차거와 노비 여럿이 그 배 안에 가득 차 있었다고 했어요. 아진의선에게 식사 대접을 받은 지 이레만에 제가 본래 용성국사람이라고 말했다는군요. 그리고 용성국에는 일찌기 이십팔 위의 용왕이 있었는데, 모두 사람의 태(胎)에서 나왔고 오륙세 때부터 왕위를 이어 만민을 가르쳐 성명을 올바르게 하였고, 여덟 품계의 성골이 있으나 선택하는 일이 없이 모두 대위(大位)에 올랐으며, 얼마 전 부왕 함달바가 적녀국의 왕녀를 맞아서 비를 삼았더니 오래도록 아들이 없으므로 기도하여 아들을 구할 새, 칠년 뒤에 큰 알 하나를 낳았는데, 이에 왕이 군신에게 사람으로서 알을 낳음은 고금에 없는 일이니 이것이 불길한 징조라고 고했습니다. 왕께서 명하시어 궤를 만들어 나를 그 속에 넣고 또 칠보(七寶)와 노비를 배 안에 가득 실어 바다에 띄우면서 축원하기를 —마음대로 인연 있는 곳에 가서 나라를 세우고 집을 이루라— 하셨답니다.

그러자 문득 붉은 용이 나타나 배를 호위하여 배를 정박시켰다. 배에서 나온 한 아이가 지팡이를 끌며 두 종을 데리고 토함산에 올라 석총(石塚)을 만들고 이레 동안 머무르면서 성중에 살 만한 곳이 있는가 바라보니 마치 초생달 같이 둥근 봉강(蜂岡)이 있어 지세가 오래 살 만한 곳이라 생각한 모양이었습니다. 내려와 찾으니 바로 호공(瓠公)의 집이었습니다. 몰래 숫돌과 숯을 그 곁에 묻고 이튿날 이른 아침에 그 집 문 앞에 가서 이것이 우리 조상 때의 집이라 하였습니다. 호공은 그럴 리가 없다고 하여 서로 다투어 결단치 못하고 관가에 고하였습니다. 관에서는 무엇으로써 너의 집임을 증명하겠느냐 하니, 제가 말하기를 —우리는 본래 대장장이였는데 잠시 이웃 시골에 간 동안 다른 사람이 빼앗아 살고 있으니 그 땅을 파 보면 알 것이라.— 하였습니다. 그 말대로 파 보니 과연 숫돌과 숯이 있으므로 그 집을 차지하게 되었지요. 그 소문이 나자 거서간께서 저를 부르셨습니다. 그리고 저에게 총기가 있다고 하시고 쌀과 비단을 내리셨지요. 또 제 성과 이름도 거서간께서 지어주셨지요. 옛적 내 집이라 해서 남의 집을 빼앗았으므로 성을 석씨(昔氏)라 하였습니다. 또는 까치로 인하여 궤를 열게 되었으므로 '까치작(鵲)' 자에서 '조(鳥)' 자를 떼고 석씨(昔氏)라 성(姓)을 붙이셨습니다. 또 궤를 풀고 탈출해 나왔으므로 이름을 탈해라 하였습니다."

"그럼, 석장군은 자신의 원래의 성과 이름을 모르시는군요?"

"그렇죠."

"용성국과 가야국 등의 그 모든 게 지금은 기억이 나지 않나요?"

"그렇습니다. 지금까지 제가 드린 말씀은 모두 다 최근에 아진의선이 말씀하신 것을 외운 것입니다."

"그래요? 그렇지만 너무 걱정하지 마세요. 머지않아 기억이 돌아올 거에요."

안타까운 표정의 아니공주를 보자 탈해는 순간적으로 호감이 느껴졌다. 그 표정을 들킬까봐 탈해는 고개를 숙여 절을 하며 감사의 말을 했다.

"고맙습니다. 공주님."

정다운 이야기를 주고받다가 벌써 성문 앞에 다다른 것을 탈해와 아니공주는 미처 모르고 있었다. 경비병들이 예를 올리고 말을 세울 때야 비로소 그들이 궁 앞에 도착한 것을 알았다. 차차웅의 처소 앞에서 아니공주와 탈해가 자신들이 왔다고 고하자 경비대 최장군이 차차웅의 명이라면서 둘에게 돌연 돌아가라고 했다. 아니공주가 물으니 흑의를 입은 정체 모를 자가 차차웅과 독대를 한다고 했다. 탈해는 그가 흑의임을 알아차렸으나 아무 말도 하지 않았다. 아니공주에게 예를 올리고 출궁하여 다시 암자로 돌아왔다.

사부님이 출타하시어 암자의 수련생들은 자라와 닭을 넣은 용봉탕을 끓여먹고 있었다. 예전에 아진의선에게 배운 일품요리였다. 하지만 탈해는 상념에 잠겨 입맛이 없었다. 친구들이 수차례 권하였지만 그는 먼저 침소에 들어 차차웅의 비밀에 대해 골똘하게 생각했다. 무슨 급한 일이 있었기에 국상의 정한수를 맞이하지 않았을까? 최장군이 말한 흑의인과는 어떤 대화를 나누었을까? 혹여 궁에 변고가 있는 건 아닐까? 백의를 불러 물어봐도 별다른 정보가 없었다. 밤새 전전반측하며 잠을 못 이룬 석탈해는 조반도 거르고 암자 주변을 산책했다. 온통 머리가 뒤숭숭했기 때문이었다. 골굴 폭포 옆의 솔숲에 다다르자 백의로부터 전음을 들었다.

제 31화 – 8. 추포된 차차웅 – 서거 육일째(4)

"석탈해님, 차차웅께서 찾으십니다. 속히 환궁을 하시는 게 좋을 듯 합니다."
"급한 일이 있으신 게로군! 알았다."

석탈해는 남해차차웅이 자신을 적극적으로 끌어들이려한다는 것을 알
게 된 이상 그와 한배를 타야한다는 강박관념이 자신의 마음을 편치 않게
했다. 지난 밤 흑의와 무슨 대책을 세웠는지 혹은 흑의가 궁표검객에 대
해 뭔가를 알아왔는지 모르지만 차차웅의 호출에 탈해는 상길과 우혁 그
리고 천종을 데리고 궁으로 향했다.

월궁으로 환궁하는 내내 누군가 석탈해 일행을 감시하며 뒤따르는 듯
했다. 상길과 종천 그리고 우혁이 지난밤 먹은 용봉탕으로 정력을 주체할
수 없다는 둥 평생 그렇게 맛있는 음식은 먹어보지 못했다는 둥 너스레를
떨며 시종 농담을 해댔지만 석탈해는 마음이 편치 않았다.

차차웅의 처소에는 평소와 달리 군사들이 운집해있었다. 줄잡아 백여
명은 되어 보였다. 탈해는 일단 친구들에게 기다리라고 말하고는 궁경비
대장인 최장군 쪽으로 달려갔다. 별안간 이상한 일이 벌어졌다. 경비대병
사들이 최장군을 향해 창과 칼을 들이대고 잡으려하는 것이 아닌가? 탈해
는 순간 자신도 모르게 최장군의 앞을 가로막으며 소리쳤다.

"그대들은 왜 이러는가! 이분은 경비대의 수장인 최장군님이시다!"

그러자 병사들이 소리치며 탈해에게도 찌를 듯이 창을 허공에 찔러댔다.

"여기 공모자 한 놈이 더 있다! 저 석탈해놈도 잡아가두어라!"

육부족을 이미 접수한 대보 이태충의 목소리였다. 그 뒤로 육부의 대신들이 서있었고 다시 그 뒤에는 가마가 대기하고 있었다. 탈해는 적지 않게 당황했다.

"최장군님! 이게 대체 어떻게 된 일이요? 이들이 정녕 미치지 않고서야 이럴 수가 있소?"
"나도 모르겠소이다. 석장군! 그런데 이들은 차차웅님을 찾고 있소이다."
"차차웅께서는 처소에 안계십니까?"
"그런 것 같소이다."

그때였다. 작은 성벽의 측면에서 거서간의 침소로 향하는 석문이 열리면서 차차웅과 노례왕자가 나타났다. 그러자 이태충이 다급하게 외쳤다.

"여봐라! 차차웅을 즉시 추포하라!"
"예!"

병사들은 차차웅을 에워쌌고 차차웅은 너무나 놀란 나머지 실소를 하였다.

"아니? 이놈들 국상중이거늘 이런 미친 짓거리를 하는 게냐? 참 나 원! 허허허허."

그러자 대보 이태충이 앞으로 나섰다.

"차차웅은 순순히 포박을 받으시오!"
"거서간께서 붕어하셨는데 누구의 명이란 말이오?"
"왕비님의 명이시오!"
"무엇이?"

그때 하늘에서 일진광풍이 불었다. 거대한 새가 나타나 하강하는 것이었다. 봉황새였다. 마침내 봉황 두 마리가 성벽 위의 하늘로부터 날아내렸고, 계룡족의 도인들이 봉황에서 내려서서 한 줄로 도열했다. 그 뒤쪽편에 대기하던 가마에서 차차웅의 모친인 알영부인이 내렸다. 그리고는 무거운 목소리로 말했다.

"모두 일단 이태충의 명을 따르거라! 차차웅을 추포하고 연후에 면밀한 조사를 할 것이다. 차차웅은 일단 명을 받들라!"

"아니? 어마마마! 대체 어인 일입니까?"

차차웅은 답답하기 그지없었다. 명을 거부할 수는 없으나 추포의 연유는 알고 싶었다. 그러나 막무가내로 육부족 대신들이 차차웅의 추포를 몰아붙였다. 왕비에게 무언가 말을 하려해도 불가능했다. 차차웅은 이내 포기하고 말았다. 육부족이 주도하여 알영부인과 함께 월성 안에서 차차웅 일행을 추포하는 것은 참으로 의외였다. 탈해는 이유가 무척이나 궁금했지만 어떻게 할 도리가 없었다. 왕비가 몽혼약에 취하지 않고서야 있을 수 없는 일이었다.

"차차웅과 그의 무리를 모두 뇌옥에 투옥하라! 저들이 왕위를 찬탈하고자 거서간을 시해한 것이 만천하에 드러났다! 시해를 목도한 증인들과 차차웅이 숨겨둔 거서간의 혈흔이 묻은 검도 발견되었다. 더 이상 발뺌은 있을 수 없다!"

육부대신들의 맨 앞에 이태충이 호기롭게 서서 외쳤고 그 뒤에는 수년 전 차차웅에 의해 추방되었던 신라국 최고의 무사 이운하가 자리하고 있었다.

"이런 모략이 있나? 누가 목격자인가? 그리고 그 검은 도대체 어디 있는가?"

차차웅은 짐작한 대로 누군가 일을 꾸민 것으로 보았는데, 그들이 증거물로 가지고온 차차웅의 검에는 거서간의 혈흔이 묻어있었다. 왕비는 계룡의 후예였기 때문에 마룡의 후예인 거서간의 피를 알아볼 수 있는 능력이 있었다. 왕비가 차차웅의 단검에서 거서간의 피를 확인한 모양이었다. 그리고 거서간의 내관이, 차차웅이 사람을 시켜 거서간을 시해하는 것을 보았다고 했다. 이미 칠십이 넘은 노인이었으나 일평생 충성스럽게 거서간을 모신 자였기 때문에 왕비도 그의 말을 믿었다. 차차웅은 진노했다. 그러나 노내관은 왕비 앞에서 다시 한 번 더 증언을 반복했다.

"차차웅께서 거서간님을 시해하는 것을 소신이 분명히 보았습니다…"

"무엇이? 이보게! 자네 왜 이러나? 누가 지시했나? 누가 그 모략을 짰는가?"

하지만 노내관은 대답하지 않았다. 그리고는 혼절을 했다. 그런데 그의 입에서 피가 쏟아져나왔다.

"흡! 윽!"

혀를 물고 자결을 한 것이었다. 이에 차차웅의 결백을 주장하며 노례왕자가 읍소로 만류하였으나 손자를 자신의 처소로 돌아가라 명하고 왕비는 가마 안으로 들어갔다. 그러자 계룡의 도인들이 내관의 죽음을 확인하고는 봉황을 타고 날아가버렸다.

"차차웅과 그의 수하들은 무기를 버리고 투항하여 오랏줄을 받으라!"

차차웅으로서는 왕비의 명이니 포박을 거역할 수 없었다. 왕비의 가마는 이미 떠나고 없었지만 최장군은 절규하듯 가마가 떠난 빈자리를 향해 가뭇없이 외쳤다.

"왕비마마! 정신을 차리시옵소서! 차차웅님은 왕비님의 장남이신 남해왕자님이옵니다! 이 모든 게 저 육부족의 모략입니다! 내관이 자결한 것은 차차웅님께 면목이 없어서이옵니다. 다시 한 번 살펴주시옵소서!"

"그렇사옵니다! 왕비마마! 육부의 음모입니다!"

석탈해도 같이 부복하며 읍소를 했다.

"이런 괘씸한 것들! 무기를 버리고 투항하지 못할까!"

그러나 이태충이 이미 주도권을 쥐었고 왕비는 이태충에게 모든 걸 맡긴 모양이었다. 차차웅은 일단 칼을 버리고 망연자실하여 서있었다. 탈해와 최장군도 칼을 버렸다. 그렇게 그들은 속절없이 체포되고 말았다.

이성산성의 춘장암자에서 운기조식을 하던 춘장시모가 인기척을 느끼고는 암자 위로 몸을 두둥실 띄워 날아올랐다. 그러나 아무것도 보이지 않았다. 춘장시모는 기를 모아 집중력을 높였다. 그리고는 암자 위에서 가장 높은 삼나무 꼭대기로 날아올라갔다. 부근을 내려다보던 춘장시모는 암자 건너편 절벽 쪽에 커다란 새가 앉아 있는 것을 보았다. 봉황이었다. 춘장시모는 신형을 날려 봉황의 곁으로 갔고 그 봉황새 아래 금홀영모가 초조한 낯빛으로 앉아 있었다.

"아니? 금홀영모께서 연통을 주시지도 않고 웬일이세요?"
"아, 그게 그러니까? 뭐 어려운 부탁을 할까하고…"
"왜 암자 안으로 들어오지 않으시고? 말씀하세요."
"부끄러워서 말씀을 드리기가 참…사실은 며칠 전 내가 활을 도둑맞았답니다."
"예? 암자에 가서 이야기합시다."

암자 안으로 들어와 엉거주춤하게 의자에 앉은 금흘영모가 우아한 청
옥으로 만든 머리장식을 매만지며 어렵사리 이야기를 털어놓자 춘장시모
는 표정의 변화 없이 말로만 놀라며 물었다.

"금흘명궁을요? 어쩌다가요?"

"제가 자리를 비운 사이 도둑이 든 모양입니다"

금흘영모가 도둑맞은 금흘명궁의 이야기를 하면서 춘장시모를 살짝
바라보았고 시종 느긋한 표정으로 있는 춘장시모 앞에서 부끄러운 기색
이 역력했다. 그리고는 무언가 다짐을 한 표정으로 말을 이었다.

"실은 제 활이 동미리국 거수였던 구정동이란 야장장이에게 받은 백년
한철로 만든 철궁이어서 각궁보다는 대단히 강했지요. 그런데 그 사람이
태기왕 서거 이후 가지산으로 숨어들었다는군요."

"그래서요?"

"시모께서 가지산 여신과 잘 아시는 사이라고 들어서 제가 가지산에 입
산하도록 허락을 좀 받아 주십사하고 이렇게 염치불고하고 왔습니다."

"새로 만드시려고요?"

"예, 도와주신다면…"

"그러십시다. 물론 도와드려야지요. 으음, 그런데 가지산신이 우리 소
성주를 아주 예뻐하시니 그 아이를 데리고 가십시다. 일종의 뇌물이지요.
후후."

"고맙습니다."

두 여신과 소일연은 세 마리의 봉황을 각자 타고 남으로 날아갔다. 봉황이 워낙 빨리 날아가서 그런지 아리수변의 이성산성에서 가지산까지는 불과 차를 한잔 마실 정도의 시각에 당도하였다. 산 정상에 다다르자 춘장시모는 가지산 여신의 거처를 확인하고는 봉황의 목깃털을 잡아당겨 하강하기 시작했다. 두 사람도 춘장시모를 따라 하강했다. 가지산 정상은 신비롭게도 봉우리 위의 하얀 구름과 나무들 사이의 푸른 안개들이 서로 어울려 모였다가 사라지기를 반복하는 상서로운 기운이 그곳에 감돌고 있었다.

두 산신은 소일연과 함께 가지산 여신을 방문하기 전 전음으로 연통을 넣었고 암자에서 기다리고 있던 가지산 여신은 삼월에 구경할 수 없는 산속의 향기로운 과일과 차를 준비하고 있었다.

"어서오세요들! 오! 일연이는 날로 예뻐지는구나!"

"강녕하십니까? 소녀 일연이 삼가 가지산 여신님을 뵈옵니다."

"먼 길 오셨습니다. 자, 앉으시지요."

자리에 앉은 세 사람은 무엇보다 가지산 여신 미모에 감탄을 금할 길이 없었다. 백발임에도 불구하고 얼굴피부는 마치 어린 아기와 같았고 오똑한 코와 수려한 눈매에서는 그윽한 매력이 풍겨나왔다.

"듣자하니 금흘영모께서 구정동의 야장소에 가고 싶으시다고요?"

"예, 그렇습니다."

"그런데, 이를 어쩌나?"

"아니, 왜요?"

"구정동은 사라진지 벌써 일 년이 넘었습니다.

"그래요?"

제 32화 - 8. 추포된 차차웅 - 서거 육일째(5)

"심려마세요. 영모님! 이즈음에는 남해용왕의 야장장이인 이심이라는 사람이 야장소를 운영하는데 솜씨가 구정동 못지 않습니다. 그가 구정동에게 모든 기술을 전수받았다고 하더군요."

"그래요? 그럼 제가 가서 백년한철을 조금 얻어볼 수 있을까요?"

"그러세요. 같이 가보십시다. 저는 일연이하고 산책도 하게 되어 기분이 아주 좋습니다."

야장소는 대장장이들이 쇠를 만들고 재련하는 곳이다. 구릿빛 피부의 울퉁불퉁한 근육을 지닌 강한 사내들이 주로 웃통을 벗고 쇳물을 끓이고 쇠를 두드리느라고 언제나 시끄럽기 짝이 없는 곳이다. 가지산 인근에는 노천에도 철광석이 보여 부근이 붉은색으로 변한 지역이 많았다. 이런 자연상태의 철광을 숯으로 오랜 시간 녹여내여 불순물을 제거하고 철기로 만드는 과정을 제철(製鐵) 또는 야철(冶鐵)이라고 한다.

철은 통상 일천오백 도가 넘어야 녹지만 가지산 야장소의 숯으로 가열하면 용융 온도가 천도 정도로 낮아지기 때문에 반드시 가지산 참나무 숯을 사용했다. 철광석을 숯(炭素)과 함께 섞어 높은 온도에서 가열하면 용융온도의 차이에 의해 철과 불순물이 분리되는데 이 과정을 제련(製鍊)이라고 한다. 이때 숯가마의 화로온도와 불순물이 없어지는 정도를 눈으로 확인할 수 있어야 진짜 야장 장인인데 구정동은 그것이 실제로 가능했다. 거수라는 높은 신분임에도 불구하고 진한땅 최고의 야장장이였다. 그는 철을 만드는 단조의 일인자였다.

제련로에서 꺼낸 철은 해면질의 상태를 유지하며 내부에는 아직 불순물이 남아있는데, 이것을 두드리면 철과 불순물이 쉽게 분리된다. 이러한 과정을 반복하면서 순철을 만드는 과정을 정련(精練)이라 한다. 정련해서 뽑아낸 순철 중에서 저탄소 철은 불에 달구어 두드리고 담금질하여 철기로 만드는데 이 공정을 단조(鍛造)라 한다. 이 단조기술이 지금 이심이라는 새로운 야장장인이 구정동에게 배운 기술이었다.

이심은 가지산 여산신의 명대로 백년한철을 철궁의 양쪽 날개에 쓸 용도로 만들어 내어주기로 했다. 그는 오십이 넘은 초로의 사내였지만 어쩐지 소일연을 자꾸 흘금거렸다. 마침 일연의 부근에서 건장한 사내 둘이 부지런히 철을 망치로 번갈아 두드리며 대도를 만들고 있었다. 그녀가 자연스럽게 이심에게 대도를 만드는 과정을 물었다. 이심은 얼굴 하나 가득 미소를 머금고 금흘영모의 백년한철을 제련하는 동안 소일연에게 대도 제련에 대해 자세하게 설명해주었다.

"아가씨께서는 잘 모르시겠지만 전투시 상대방을 공격하기 위한 도구를 일괄하여 소위 무기라 합니다."

"그 정도는 저도 알아요. 후훗."

"예, 그렇군요. 무기란 상대를 찌르고, 베고, 쏘는데 사용되는 모든 병장기가 포함되며 창, 검, 도, 칼, 활과 화살 등이지요."

"아이참! 저도 무공이 좀 되는 편이기든요."

"송구합니다. 자! 대도가 궁금하다구요?"

"예…"

소일연은 자신을 공주나 귀족집의 평범한 규수로 아는 이심이 답답했지만 그렇다고 말괄량이이며 무술이 고수라는 걸 드러내 보이고 싶지 않았다. 그의 기초적인 설명이 슬슬 지겨워지기 시작했다

"도는 양면의 날이 있는 검과 달리 한 면만 날이 서있지요."

"예…"

"우리 야장소에서는 주로 대도를 만드는데 도(刀)에서도 특히 환두대도(環頭大刀)가 가장 대표적입니다. 손잡이 장식의 종류에 따라 용봉문환두대도(龍鳳文環頭大刀), 삼루환두대도(三累環頭大刀), 삼엽문환두대도(三葉文環頭大刀), 소환두대도(素環頭大刀) 그리고 평환두대도(鮃環頭大刀) 등으로 구분됩니다. 저 부여의 최고수이신 창해신도의 용환두대도도 여기서 만든 명도입니다."

"창해신도의 명도를요? 그래요? 대단하군요!"

"그렇습니다. 그 명도로 창해신도께서는 악룡을 물리치셨지요. 소위 용의 비늘을 베어버리는 명도는 우리 야장소의 자랑이지요."

명도의 이야기가 나오자 소일연은 비로소 눈빛이 반짝이기 시작했다.

"명검이나 명도는 정성이 대단히 많이 필요하겠죠?"

"그럼요! 그런 명검은 백일 동안 천 번의 담금질을 하지요."

"백일에 천 번이요? 대단하네요!"

"하루에 열 번씩이지요. 하하하."

소일연과 이심이 파안대소를 하다가 서로 너무 가깝게 다가서자 이심이 뒷머리를 긁적이며 멋쩍게 웃는 동안 춘장시모가 다가와 은근히 한마디했다.

"야장대장의 성함이 이심이라고 하셨소? 나 좀 봅시다!"

"예, 시모님!"

"그대는 오십이 넘어보이는데? 그렇소?"

"예!"

"이 어린 아이보다 여기 산신이 그대에게 더욱 잘 어울립니다."

"예? 저는 그런 게 아니고…소인이 죽을 죄를 졌습니다. 오해하지 말아주십시오. 산신님! 사실은 제 아들놈이 나이가 차서 그만…"

"그래요? 그럼, 며느리감으로? 그렇다면 내가 실수를 했구려. 허허허허."

"아이참! 시모님!"

"하하하하하."

춘장시모는 이심이 일연을 탐내는 줄 알고 예민하게 굴었고 그 때문에 한바탕 웃음꽃이 피었다. 애꿎은 소일연만 얼굴이 발개져서 곤란한 미소를 짓고 말았다. 가지산 여신이 암자에서 직접 담군 신선주를 꺼내어 모두 천하 명주를 맛보려고 목을 빼고 술잔에 술을 따르기를 기다리고 있을 때였다. 어부로 보이는 노인이 허겁지겁 야장터로 달려 들어왔다.

"산신님! 여기 계셨군요. 암자에 안계시다길래 이리로 와봤습죠! 변괴이옵니다. 속히 바닷가로 와주십시오!"

"무슨 일인가?"

"예! 바다의 커다란 이무기와 영남칠산의 산군인 백호가 서로 싸우다가 동시에 죽고 말았습니다."

"뭐? 그런 변고가 있나?"

과연 백사장에는 집채만한 호랑이와 그 호랑이의 서너 배에 달하는 흉측한 이무기가 피를 흘린 채 나란히 쓰러져 있었다.

"이 백호는 영물로써 우리 영남칠산을 수호하는 산군(山君)인데 어째서 남해의 이무기와 싸웠단 말인가? 큰일이군! 이 호랑이는 운문산 산신께서 자식처럼 아끼시는 영물인데…"

가지산신이 혼잣말을 하는 동안 산 쪽의 구름 속에서 쏜살같이 산신들이 바닷가로 날아들었다. 가지산신을 제외한 영남 칠산 즉, 운문, 천황, 재악, 영축, 신불, 간월산의 산신들이었다. 소위 영남 칠현으로 불리는 도인들이었다. 누가 먼저랄 것도 없이 호랑이에게 다가가 죽음을 확인하고는 분노의 표정을 지었다.

"이런 해괴한 일이 있나!"

해변에 쓰러져있는 호랑이 사체와 이무기의 사체에는 이미 각다귀나 파리같은 벌레들이 꼬이고 있었다. 그들이 망연자실하고 있는 순간 바닷가에 집채만한 물거품이 일더니 일단의 무리들이 수면 위로 솟구쳐올라 왔다. 그들은 분기를 숨기지 않은 채 바닷물 위를 철벅철벅 빠른 걸음으로 달려왔다. 금빛도포를 입은 은빛수염의 건장한 괴인의 얼굴을 알아본 건 춘장시모였다.

"저분은 남해용왕이시다."

가지산자락 해변에 영남 칠산신과 남해 용왕이 등장하자 두 동물의 사체 주위에는 팽팽한 긴장감이 감돌았다. 일곱 산신과 남해용왕은 호랑이와 이무기의 사인을 밝히기 위해 두 사체를 샅샅이 뒤졌지만 이렇다 할 치명상을 찾지 못하였다. 그들의 피부에 난 상처와 소량의 피로는 결정적인 사인이 될 수 없었다.

"진한땅 사로국에 있는 아진공을 데려오시오. 그가 사인을 명확하게 판단해줄 것이요!"
"오랜만입니다. 용왕님! 그는 이미 고령이라 은퇴했소이다."
"오! 이성산신 춘장시모가 아니시오? 여긴 어쩐 일이시오?"
"예, 우연히 야장소에 왔다가…"
"잠깐!"

운문산 산신이 대화에 끼어들며 용왕에게 디기셨다.

"남해용왕은 잘 들으시오. 이무기가 뭍으로 올라와 영남칠산의 보배인 산군을 죽였으니 마땅히 용왕께서 책임을 지셔야겠소이다!"

"무엇이? 적반하장도 유분수지? 그걸 지금 말이라고 하시는가? 호랑이가 바닷가에 와서 물속에 있는 남해용궁 이무기를 물어죽였으니 영남칠산의 산신들이 책임을 지셔야하외다! 어디서 책임을 전가하는가!"

"뭐라구? 에이!"

"펑!"

"이얏."

운문산 산신이 분기를 이기지 못하여 남해용왕의 발 바로 앞에 강력한 장풍을 발사하였다. 그러자 이에 질세라 용왕이 팔을 한번 휘두르자 인근 바닷물이 마치 살아 움직이듯이 솟구쳐 올라와 칠산신 쪽으로 빠르고 강하게 날아왔다. 산신들을 모두 피했지만 인근의 나무들이 물벼락을 맞아 모두 부러지고 말았다.

"그만들 하세요!"

가지산 산신이 중간에 서서 싸움을 말리고 나섰다.

"아니? 가지산신은 누구편이요? 우리 산군이 죽었소이다. 아시겠어요?"

"압니다. 하지만 산신님들과 용왕님께서 무력을 쓰실 필요가 있겠습니까? 일단 말로 하시지요."

"정녕 가지산신은 용왕편인 게요?"

운문산 산신이 역정을 내자 가지산신은 그 고운 얼굴을 찡그리며 산신들쪽을 바라보았고 이어 서글픈 표정으로 남해용왕을 향해 고개를 돌렸다.

"제발 그만들 하세요…"

남해용왕은 그녀의 얼굴을 자세히 살폈다. 그리고는 엷은 미소를 짓고는 그제서야 분기를 가라앉혔다.

"일단 가지산 자락에서 일어난 사건이니 제가 책임지겠습니다. 마침 이곳에 야장소가 있으니 쇠를 녹여 두 영물의 원혼을 달랠 동상을 지어 매년 오늘을 기려서 제사를 지내도록 하겠습니다. 비록 이들이 축생이나 영물이니 제가 매년 제사를 지내지요. 물론 이들의 죽음은 안타까운 일이나 이렇게라도 하면 되지 않겠습니까? 어떠세요?"

용왕과 다른 산신들은 가지산여신의 제안에 어떠한 반박도 하지 않았다. 침묵은 막연한 동의가 되었고 가지산 여신의 제안을 받아들인 것이되었다.

제 33화 – 8. 추포된 차차웅 – 서거 육일째(6)

동해안과 남해안이 만나는 천하명당인 가지산 끝자락 해변 인근에 야장소가 자리하고 있었다. 남해용궁의 장군이며 야장장이인 이심은 가지산 여산신의 보호 아래 야장소를 운영했다. 그것은 용왕과 가지산여신의 합의하에 이루어진 것이었다. 그런데 용왕과 여산신 사이의 관계가 미묘해지자 인근 산신들의 심기가 편치 않았다. 하지만 남해용왕의 지원과 여신의 보호 덕분에 가지산 야장소는 가야국이나 신라국 혹은 왜국의 해적들부터 안전할 수 있었다.

야장소를 운영하는 이심이 부복하고 말했다.

"미천한 소인이 한 말씀 드려도 되겠나이까?"
"말하시오."
"예. 삼가 말씀 올리겠나이다. 가지산여신님의 말대로 두 영물의 동상을 만들겠습니다. 허락해주십시오!"

이심은 모든 산신들과 남해용왕에게 허리를 숙여 예를 올렸다.

"용왕님과 산신님들께 다시 아뢰오니 두 영물을 장사지내고 다시 야장일을 할 수 있게 해주십시오."

그의 요구에 용왕이 고개를 끄덕였다. 그러자 영축산 산신이 그를 알아보았다.

"내 그대를 본 적이 있다. 몇 년 전 남해바다에서 뱃놀이를 할 때 그대는 남해용왕의 수하였거늘 오늘 어찌하여 가지산에 숨어들었는가?"

"예?"

"그대는 간세가 아닌가!"

"…"

"어찌 대답을 못하는가! 이놈!"

영축산 산신이 지팡이에서 검강을 쏘았고 이심이 어물어물하는 사이에 용왕의 부하들이 대열을 짜 강철방패로 검강을 막아내었다.

"아니? 네놈들이?"

영축산 산신과 운문산 산신이 협공을 할 태세를 보이자 남해용왕이 나섰다.

"산신님들의 말씀이 맞소이다. 이 아이는 나의 조카요. 근래 동해용궁과 사이가 좋지 않아 여기서 철제무기를 만들게 되었소이다. 그들이 빈번하게 왜국의 해적들과 함께 남해용궁 영역을 침범하고 있소이다. 최근 동해 용왕군사들이 작살로 중무장하여 우리 군사들이 열세에 있었소이다. 그래서 이심을 시켜 강한 작살과 병장기들을 만들게 했소이다. 다른 의도는 없소이다."

"무엇이? 산군을 죽여놓고도 다른 의도가 없어? 그건 바다 것들이 육지를 넘보는 수작이 아닌가?"

"무엇이 수작? 그것이 감히 본 용왕에게 할 수 있는 언사인가? 배워먹지 못한 산귀들!"

"배워먹지 못해? 너나 많이 배워먹거라! 싸가지 없는 이무기놈아! 일제히 공격하라!"

"펑! 퍼펑! 펑!"

여섯 산신들이 모여 남해용왕 무리에게 무차별 장풍을 쏘아댔고 남해용왕도 장풍으로 맞섰다. 가지산 여신이 빠졌다고는 하나 남해용왕의 공력은 실로 대단하였다. 여섯 산신과 거의 동수를 이루고 팽팽하게 기운을 버티고 있었다. 양측의 공력이 부딪치는 장소에서는 회오리바람이 강하게 일어났고 불같은 기운이 치직치직 소리를 냈으며 자갈이나 돌맹이들이 부서져 마구 날아다녔다.

"저러다가 큰일이 나겠구먼. 으아! 사람 살려!"

몇몇 야장장이들은 겁에 질려 달아나버렸다. 금흘영모가 춘장시모를 바라보았지만 춘장시모로서도 어찌할 방도가 없었다.

"저렇게 서로 기력이 소진된다면 동귀어진은 아닐지라도 내상이 엄청 날텐데. 기력회복에 수십 년이 걸릴 수도 있겠군…"

여산신들의 우려 속에 소일연도 극도로 긴장을 했다. 그러다가 그녀가 하늘을 올려다보았다. 무언가 고막을 찌르는 듯한 굉음과 함께 엄청난 고수가 등장하였다. 그는 무모하게도 절대고수들의 엄청난 대결의 한 가운데로 파고들었다.

"콰과쾅!"

천수청려장(千壽靑藜杖)을 들고 양쪽의 무지막지한 기운을 중앙에서
받아낸 그는 봉래도인이었다. 그는 두 세력 간의 싸움을 중재하기 위해서
였지만 정작 양쪽의 기운을 흡수한 채 뒤로 쓰러지고 말았다. 물론 남해
용왕과 육 산신들도 저만치 나가 떨어졌다. 마치 그들은 불에 그슬린 사
람들처럼 초췌해보였다. 특히 그들의 머리카락이 실제로 불에 탄 것처럼
보였다. 그는 짧게 운기조식을 했다.

"으음!"

그런데 놀라운 일이 벌어졌다. 싸움을 말린 봉래도인의 몸에서 오색찬
란한 빛이 나는 것이었다. 그리고 그 광채는 점점 강해지더니 한껏 빛을
발하였다. 육안으로 바라보기 힘들 정도로 빛이 강해졌다. 그리고는 빛의
밝기가 잦아들면서 그 빛 속에서 봉래도인의 모습이 나타났다. 실로 천상
신이 지상에 현현한 것 같은 모습이었다.

그때 춘장시모가 외쳤다.

"아니? 저 빛은 선인반열과 천상지광이 아닌가! 오오!"

마침내 봉래도인은 덕을 쌓고 한 수준 높은 단계의 공력이 현현되었고
그로 말미암아 온몸에서 광채가 나면서 한 단계 진일보힌 것이다. 모든
산신들과 남해용왕 그리고 도인들이 일제히 그에게 경하의 인사를 했다.
춘장시모가 가장 먼저 예를 다하여 경하의 말을 했다.

"감축드립니다! 이제 도인에서 선인이 되셨군요!"

"정말 다행입니다. 이 땅에 큰 홍복이 아닐 수 없습니다."

금흘영모와 가지산신도 인사를 올렸다.

"축하드립니다. 봉래선인님! 이제 가막미르 같은 작자들도 활개치지 못하겠지요."

"봉래선인께서 지켜주신다면 우리는 아무 걱정이 없습니다!"

"경하드립니다. 선인님!"

"봉래선인님! 참으로 감축드립니다."

인사를 받던 봉래선인은 흡족한 얼굴로 말했다.

"고맙습니다. 그건 그렇고 양쪽은 이로서 화해가 된 겁니다."

싸우던 영남칠도인과 용왕은 물론 다른 산신들로부터 축하의 인사가 거듭 이어졌고 봉래도인의 얼굴에는 잔잔한 미소와 함께 결의에 찬 표정이 피어나고 있었다.

"쿠르릉!"

하늘에서 별안간 벼락이 치며 먹구름 속에서 엄청난 기운이 거대하게 소용돌이쳤다. 그리고는 구름 속에서 어둡고도 무거운 음성이 들렸다.

"이심이라는 자가 있는가? 이심은 앞으로 나와 머리를 길게 늘이거라!"

구름 속의 목소리는 필경 용들의 목소리였다. 봉래선인의 눈빛이 빛났다. 그리고는 용들이 놀랄 정도의 내공이 실린 목소리로 외쳤다.

"이놈들! 내토칠룡이 아닌가? 어디서 감히 인간에게 협박을 일삼고 다니는가? 썩 물러가라!"
"무엇이? 이런 가소로운 것이 있나! 혼쭐을 내주어야겠군!"

봉래선인이 도인에서 승급된 것을 몰라보고 내토칠룡이 오히려 큰소리를 쳤다. 내토칠룡은 흥분하여 구름 속에서 꿈틀거리며 그들이 숨어 있는 구름을 땅 가까이로 내려보냈다.

일곱 마리의 용들이 서로 순번을 바꾸어가며 구름 속에서 육지로 강한 파장을 쏘며 공격을 해왔다. 신선과 용왕은 괜찮았지만 야장장이들은 머리와 배를 부여잡고 고통을 호소했다.

"으으, 으악!"

소일연도 두통이 밀려와 기운을 모아 단전호흡을 했다.

"일연아, 괜찮으냐?"
"머리가 좀 아프옵니다…"
"똑바로 앉아라!"

"예."

춘장시모와 가지산 여신이 그녀의 등 한복판의 명문혈에 진기를 방사시켜주었다. 소일연은 곧바로 화색이 돌아왔다.

용들이 숨어있는 구름은 땅으로 더욱 더 낮게 내려와 금시라도 육지의 인간들을 덮칠 기세였다. 구름 속에서는 여기저기 번쩍거리는 빛이 나기도 했고 작은 천둥이 울려 분위기를 험악하게 몰아가고 있었다. 봉래선인이 분기를 억누르고 말했다.

"이놈들! 그만두지 못할까!"
"이심이 제 목을 바칠 때까지 우린 인간들을 공격하겠다. 흐흐흐흐."
"못된 놈들!"

그러자 봉래선인이 천수청려장을 치켜세우고는 믿을 수 없을 정도의 가공할 기운을 구름으로 방사하였다. 일순간 태양빛과도 같은 광선이 폭사하면서 구름이 폭발하듯 쿵쾅거렸다. 그리고는 용들이 힘없이 구름 밖으로 나와 바닷속으로 떨어지고 말았다. 혼비백산하여 물속으로 숨어들었으나 이번에는 남해용왕이 외쳤다.

"이놈들! 감히 남해에 숨어들어? 괘심한 놈들! 이야앗!"

용왕이 바닷물을 끌어모아 물속에서조차 바닷물로 용들을 공격하자 내토칠룡은 허겁지겁 다시 하늘로 날아올라 도망치기 시작했다.

"다시는 이곳에 나타나지 말거라!"

가지산 바닷가에는 한동안 봉래선인의 목소리가 메아리가 되어 울렸고 인근의 야장장이들은 그 소리에 귀를 막고 엎드려 있다가 한참 후에야 슬금슬금 일어섰다.

영남칠산신과 남해용왕은 봉래선인의 출현으로 하는 수 없이 화해아닌 화해를 하였고 이심은 다시 야장소를 운영하게 되었다. 그러나 봉래선인이 떠난 후 산신들과 용왕은 언제 보았느냐는 식으로 헤어지고 말았다.

용왕이 사라진 바다와 산신들이 가버린 영남칠산에는 고요한 적막이 흘렀다. 소일연은 한바탕 일진광풍이 휩쓸고 지나간 자리를 망연자실하게 바라보았다.

제 34화 - 9. 음모와 실각-서거 칠일째(1)

왕비가 처소로 돌아가고 나자 이태충과 이운하가 주도하여 차차웅을 태자궁에 유폐시키는 것이 아니라 다른 곳으로 끌고 갔다. 군사들이 세 사람을 이끌고 궁성의 북문 쪽으로 향하자 최장군은 단발마와도 같은 소리를 냈다.

"여긴! 지하뇌옥?"

결국 차차웅은 석탈해 그리고 경비대 최장군과 함께 지하 뇌옥에 투옥되었다. 북문의 성벽 뒤켠에는 한여름이 아닌 삼월인데도 이끼가 낀 음습한 바위 아래에 석문이 있었다. 세 사람은 석문이 열리자 가차없이 지하뇌옥으로 떠밀려 들어갔고, 석문이 닫히자 칠흑 같은 어둠이 찾아왔다.

"이런! 한치 앞이 안 보이는군!"
"소장이 불을 밝혀보겠나이다."
"그래? 수가 있나?"
"예!"

차차웅은 마치 운기조식을 하듯 어둠 속에서 정좌하고 앉아 한동안 말이 없었다. 탈해가 품속에서 야명주를 꺼내어 주위을 살폈다. 어른 손가락만한 크기의 작은 야명주였지만 주위를 밝힐 만은 했다. 퀴퀴한 냄새가 진동하는 어둠 속의 암벽에는 물기가 눅눅하게 묻어있었고 지하뇌옥은 그 길이를 가늠하기 힘들 정도로 어둠과 어둠으로 이어진 기나긴 동굴이 보일 뿐이었다.

그들은 이미 막혀버린 뇌옥의 문으로는 나갈 수가 없었다. 탈해는 반대쪽의 기나긴 통로를 향해 눈길을 주었다가 다시금 차차웅을 살폈다. 탈해는 차차웅이 뇌옥의 입구에 좌정하고 움직이지 않았기 때문에 하는 수 없이 그 옆에 앉아 밤을 지새울 수밖에 도리가 없었다.

어느덧 시간이 꽤 흘렀다. 배가 출출한 것으로 보아 날이 밝은 것 같았다. 그러나 차차웅은 아직 미동도 없었다. 최장군도 잠에서 깨고 탈해가 기지개를 켜며 신음 소리를 내자 비로소 차차웅이 움직였다. 그리고 나지막하게 말했다.

"모두 조용히 하라! 전음이 들린다!"
"예."

뇌옥의 입구 부근에서 들린 목소리는 흑의의 전음이었다.

"차차웅님! 무탈하시나이까?"
"나는 괜찮다. 보고하라!"
"존명! 대보 이태충과 육부촌은 이운하 등의 무장집단에 의해 휘둘리고 있습니다. 그들은 은밀하고도 기습적으로 비상령을 선포하고 군사들을 장악했습니다. 그리고 백싱들이 반발하시 못하게 그늘의 언로를 막고 있습니다. 심지어는 궁성경비대와 골굴암과 아진포까지 차차웅님의 세력을 몰아내고 있습니다."

"그럼 아진의선과 아진공은 어디로 갔단 말인가?"

"그건 저도 잘 모르겠습니다."

"으음, 반역을 꾀한다는 게 과거 작은 나라에서는 용이했지만, 신라와 같이 육십년 동안 나라를 키워온 대규모 국가에서는 쉬운 일이 아니다. 치밀하고 철저한 준비가 없으면 안되는 일이 아닌가? 그리고 어찌 고수 몇 명의 세력으로 반역을 꾀한단 말인가?"

"아닙니다. 대규모 세력인 듯합니다."

"흑의! 대규모세력은 누구란 말인가?"

"누군지 모르겠사오나 다수의 반역 세력은 이미 궁을 장악했고, 육부의 정상적인 기능이 마비되었습니다."

"그게 무슨 말인가? 육부가 그들에게 꼼짝을 못한단 말인가? 이태충이 누구에게 명을 받는다는 말이냐?"

"소인이 아직 자세히는 모르겠사오나, 선도산 도인들이 차차웅님의 추포를 나무라다가 선도산으로 돌아갔고, 노례왕자님과 아니공주님 그리고 최종석공과 손의섭공 또한 육부족에 반대하고 있습니다. 그러나 왕비께서는 아무말도 하지 않고 계십니다. 그리고 육부 내부에서조차 혼선이 있는 듯하옵니다. 그들의 논쟁소리가 궁성 밖까지 들릴 정도로 문제가 있어 보입니다."

"그렇군…그런데 육부의 귀족만으로는 이처럼 치밀하고 조직적인 반역을 꾀하지 못한다. 반드시 뒤에 누군가가 있다."

"그런 모양이옵니다. 상당수의 흑의인들이 궁으로 들어왔고 그들 대부분은 복면을 하고 있습니다."

"그래? 그럼 왕비께서는 무사하신가?"

"예, 그러나 이틀 동안 침소에서 계속 주무시는 것으로 알고 있습니다."

"허어! 왕비께서 중독당하셨거나, 편찮으신 게 아닌지 모르겠구나…"

차차웅은 분을 참는 표정으로 말했다.

"그런데 이상한 일은 궁성내부에 차차웅께서 막아놓았던 우물을 다시금 열어 그곳으로부터 이무기들이 나왔다는 말이 있습니다."

"정말인가?"

"예, 제가 확인한 바로는 우물을 막아두었던 커다란 바위와 돌들이 모두 제거되었습니다!"

"그럼 이 모든 게 용과 이무기들의 작란이란 말인가?"

"제가 추측하건데 그렇사옵니다."

"알았다. 내일 다시 보고하고 혹 지하뇌옥의 끝을 아는가?"

"예? 저는 모르옵니다."

"알았다. 물러가라! 니가 저들에게 노출될까 염려되는구나. 내가 지하뇌옥에서 나오면 다시 전음을 보내마."

"예!"

차차웅은 한동안 생각에 잠겼다

"으음 그렇군! 기막미르가 뒤에서 조정한 것이 틀림없다! 궁표검객이 왔다면…"

차차웅의 혼잣말을 들은 석탈해는 궁성에 복면을 쓴 자 중에 궁표검객이 있을 거라는 추측을 해보았다. 막연하게 그의 모습을 마음속으로 그려보았다. 그의 눈빛과 숨소리를 느껴보고자 했다. 잠시 후 탈해는 그의 모습과 숨소리를 희미하게나마 느낄 수 있었다. 탈해는 짐짓 놀랐다. 그의 모습이 대충 그려지는 것이 아닌가? 물여위 사부의 신법은 과연 신통했다.

한편 궁성의 대보 집무실에 불청객이 들이닥쳤다. 궁표검객이었다. 그의 기도에 압도되지 않는 자가 없었다. 궁표검객이 흑의인 백여 명과 함께 이태충의 앞에 섰다. 그는 강렬한 눈빛으로 이태충 대보를 쏘아보았고 이태충은 순간 저절로 고개를 숙였다.

소문처럼 늙지도 않았고 희대의 최고수라는 평가를 무색하게 할 정도로 대단히 평범했다. 하지만 안광은 매우 날카로웠다. 그는 이태충에게 예를 표하지 않았고 오히려 신라의 실권을 잡고 있는 대보 이태충이 궁표검객에게 쩔쩔매는 상황이었다. 허리를 필요 이상으로 숙인 이태충이 자신의 조카뻘인 이운하장군을 궁표검객에게 소개했다.

"제 조카를 소개해 올리겠습니다. 금번 신라국 공격과 점령을 지위했던 이운하장군입니다."

"그래요? 조카를 소개한다? 으음 과연 대장부답게 잘생겼구만! 하하하하."

"아니 왜 웃으십니까?"

"이운하장군? 자네 신라에서 이렇게 잘 나가던 장군이었나? 좌우간 수고했다."

"아니? 궁표검객께서 어떻게 운하를 아십니까?"

"이 아이는 나에게 아들과도 같다. 내 진기를 나누어주었거든. 으하하하! 어때, 내공이 증진되었던가?"

"예! 주군, 세배는 증진된 것 같습니다."

"좋아! 계속 충성을 바쳐라! 거기서 열배를 더 강하게 해줄테니! 너 같은 강한 무골은 흔하지 않거든. 좋아! 오늘부터 니가 설표 위로 승진하여 총책임을 맡아라!"

"예! 존명!"

궁표검객 바로 곁에 서있던 흑검귀와 설표가 뒤로 물러나고 옆으로 이운하가 자리바꿈을 하였다. 어리둥절한 표정을 짓던 이태충이 궁표검객이 웃는 것을 보고 안심하여 말을 이었다.

"삼한의 영웅이시며 진한국을 통일하신 맹주, 박혁거세 거서간님이 그의 패륜 아들 남해 차차웅에게 무참히 당하여 붕어하셨으니 이는 모두 남해용왕으로부터 지원을 받았던 것으로 확인됐습니다."

"그래? 좋아, 그렇게 백성들에게 공포하라! 그런데 누가 실질적으로 차차웅을 도왔나?"

"예, 남해용궁의 이심이라는 자와 골굴암의 아진공, 그의 제자 석탈해 그리고 아진의선이라는 노파로 밝혀졌습니다."

"남해용궁의 이심이라? 그놈은 우리가 몇 년 전부터 행방을 추적해 오던 자이다."

"그리고 그들은 봉래도인의 소개로 용왕의 수하들과 차차웅의 수하들이 전격적으로 야합한 모양입니다."

"알았다. 우선 아진의선과 아진공을 데려오라!"

"예!"

어찌된 일인지 신라국의 모든 권력이 궁표검객의 손아귀에 들어가버리고 말았다. 가막미르가 뒤에서 조정을 한다고는 하나 이태충과 육부의 대신들은 무언가에 홀린 듯 그의 명을 충실하게 따르고 있었다.

궁표검객은 흑의인들과 둘러앉아 차차웅의 처소에서 회의를 하고 있었다. 그들은 신라의 대신들을 보내고 본격적으로 국사를 논했다. 그것도 신라 후계자의 자리를 차지하고 진짜 후계자를 처치할 궁리를 하는 것이었다. 궁표검객은 이십 여명의 흑의인들을 향해 침묵하던 입을 열었다.

"들으라! 신라는 우리의 수중에 떨어진 것이나 다름없다. 이제 이 나라의 근본을 알고 그것을 활용하여 다스리면 되느니라. 먼저 박혁거세 거서간은 왕이 된지 십년 만에 북벌을 시도했다. 맥국과 대립하고 예국과 동맹을 맺었다. 그리고 동옥저와의 전투를 통해 북방의 지역을 넓혔다. 그 다음으로는 동진하여 동해안을 따라 내려와 나을촌에 도착한 후 고허촌에서 군열을 재정비하고 남쪽의 아진포에서 아진의선과 합류했다. 그리고 진한의 열 나라를 모두 합병시켰다. 그런데 그 모든 전투에 이미 아진의선이 참가하고 있었다. 그렇지 않은가? 흑검귀?"

측근 중 가장 나이가 많은 흑의인이 고개를 숙여 예를 표했다. 그리고 매우 공손한 자세로 말했다.

"예! 그러하옵니다."

"그럼 그 당시 어떻게 그들이 야합했는지 말해보라!"

"예, 아진의선은 지리산 마고신과 선도산 성모신으로부터 명을 받고 가막미르님을 해치고자 하였습니다. 그리고 충실한 성모신의 수하가 되었습니다. 아진의선은 그로부터 혁거세를 서쪽에 있는 임금(干)이라는 뜻으로 거서간(居西干)이라 불렀습니다."

"성도산 성모가 왜 아진의선에게 혁거세를 맡겼는지 그 연유가 궁금하구나."

"저도 연유는 모르오나, 성모는 남해용왕과 절친한 사이였는데 그 용왕이 추천한 모양입니다. 또한 성모가 승천 후 자신을 대신할 강한 수호자를 찾았고 아진의선이 그에 부합된 것으로 보입니다. 가막미르님을 해한 선도산 성모의 승천 이후 아진의선이 아직까지 남해차차웅을 돌보고 있는 것으로 아옵니다."

"알았다. 아무튼 혁거세를 따르던 자들을 모두 제거해야한다. 그것들이 가막미르님에게 감히 맞선 자들이다. 자! 움직여라!"

"존명!"

궁표검객은 회의를 마치고 주위를 물렸다. 그리고 잠시 운기조식을 했고 반다경이 지나지 않아 검은 그림자가 궁표검객의 처소 위에 날아들었다.

"왔는기?"

"예!"

"지금 출발하라. 문은 열려있다!"

"예!"

짧은 대화를 마친 그림자는 순식간에 신형을 날려 지붕 위에서 사라졌다. 을씨년스런 날이 저물면서 길고 긴 성벽에 땅거미가 졌고, 그 성문 끝의 지하 뇌옥문이 열리자마자 그림자가 스며들 듯이 빨려들어갔다.

입춘 추위가 지나고 삼월 말이 되었지만 날씨가 퍽 쌀쌀했다. 그러나 지하뇌옥은 견딜만하여 세 사람은 그럭저럭 눈을 붙였고 자고나니 모두 몸이 상당히 가벼워졌다. 차차웅 일행은 어쩔 수 없이 뇌옥문의 반대쪽으로 이동하기 시작했다.

"야명주가 점점 약해지고 있어. 일단 뇌옥문이 잠겼으니 반대편으로 가볼 수밖에 없군. 최장군이 앞장 서게!"
"예!"

동굴은 상당히 넓고도 높았다. 누가 일부러 파놓을 수는 없었겠지만, 직선으로 커다랗게 뚫린 지하 뇌옥은 수천 명이 들어갈 수도 있을 정도의 큰 규모였다. 바닥이 축축해서인지 철벅거리는 세 사람의 발걸음 소리가 처량하게 들렸다. 얼마를 걸었는지 모르겠지만 탈해는 어둠 속에서 오리 정도는 걸었다고 느꼈다. 그렇게 지루한 이동 끝에 이윽고 광장 같은 넓은 지역이 나타났다.

"조심해라! 무언가 아니 누군가 있을 지도 모른다."

차차웅의 목소리는 넓은 지하 광장에 울려퍼졌다. 야명주가 희미하게 비추는 전방에는 두 개의 어두운 동굴 입구가 보였다.

"쌍갈래 길입니다."
"으음, 어디로 가야하지?"

앞서가던 최장군이 걸음을 멈추자 차차웅은 두 개의 동굴 앞에 서서 광장을 둘러보았다. 그러다가 그는 코를 킁킁하며 냄새를 맡았다. 순간 차차웅이 외쳤다.

"이건 비린내다!"
"예? 비린내라니요? 그럼 물고기가 있다는 겁니까? 고걸로 요기를 할 수 있겠군요."

최장군이 배가 고팠는지 웃으며 입맛을 다신 뒤 침을 닦는 시늉을 했다. 차차웅과 탈해도 함께 실소를 터뜨렸다.

"허허허, 하하하."
"휙!"

그 순간이었다. 괴물체가 동굴 뒤 쪽에서 빠른 속도로 다가왔다.

"피하라!"

제 35화 - 9. 음모와 실각 - 서거 칠일 째(2)

차차웅이 두 사람을 밀면서 자신도 몸을 낮추었다. 괴물체는 미처 가늠할 수 없을 정도로 빨리 움직였다. 그리고는 전광석화와도 같은 금속성 소리와 함께 동굴의 바위에 불꽃이 피어났다.

"팅!"
"암기다!"
"으윽!"

검은 물체가 표창을 던진 모양이었다. 최장군이 비명소리와 함께 쓰러지면서 야명주를 놓쳤다. 석탈해는 본능적으로 칠보검을 꺼내들었다. 그러자 칼집에서 나온 칠보검에서는 야명주처럼 빛이 발하였고 주위는 다시금 밝아졌다. 사방이 분간되자 자객의 모습이 보였다. 그 괴물은 얼굴과 사지육신은 인간의 형상을 하고 있었지만 이무기였다. 뱀이나 개구리 같은 피부에서는 진물 같은 액체가 떨어지고 있었고 악취가 진동하였으며, 몸에 대충 둘러진 검은 옷에 점액질 물기가 배어있었다.

"흘흘흘흘."

이무기는 매우 기분 나쁜 소리를 내며 칼날이 긴 장낫을 들어올렸다. 이미 이무기와의 대결에서 이무기가 낫을 한손으로 들고 다른 손으로는 암기를 던진다는 것을 알아차린 석탈해는 촉각을 곤두세웠다.

이무기는 차차웅의 앞을 막고선 석탈해를 향해 암기를 던진 후 곧바로 낫을 들고 날아왔다. 석탈해는 순간적으로 암기를 쳐내고 바로 뒤 이어진 낫공격을 피했다. 그런데 이무기는 낫을 들지 않은 다른 손으로도 석탈해를 가격했다. 실로 놀랄만한 괴력이었다.

"아니? 저럴 수가?"

차차웅과 석탈해는 동시에 소스라치게 놀랐다. 동굴의 석벽이 이토록 쉽게 부서질 수 있단 말인가? 너무 습기에 오랜 세월 침식되었나 하고 벽을 만져보았지만 결코 그런 것이 아니었다. 믿을 수 없을 정도의 파괴력을 소유한 자였다. 하지만 동작이 상대적으로 다소 느렸다. 석탈해가 재빨리 몸을 움직이며 이무기의 주위를 맴돌자 이번에는 이무기가 동굴 천정에 매달린 거대한 종유석을 가격했다.

"쿵!"
"으악!"

조금 전에 암기에 비껴맞은 최장군이 깨어나 소리쳤다. 큰 종유석이 바닥에 떨어지자 동굴바닥이 진동을 했다. 동굴 속이라 굉음이 웅숭깊게 메아리가 되어 울려퍼졌고 어둠 속에서 먼지가 일었다. 이무기가 다소 당황한 기색을 보이자 석탈해는 바닥의 흙을 발로 차면서 먼지를 일으켰다. 잠시 후 그의 주위 십여 장에 온통 흙먼지로 가득 차 사위를 분별할 수 없게 되었다.

"이얍!"

"흡흡."

흙먼지가 일대를 뒤덮자 이무기가 마침내 당황하여 이러 저리 장낫을 휘두르자 차차웅이 합세하였다. 차차웅은 무기가 없어서 권법으로 맞섰지만 이무기의 엄청난 괴력을 당해낼 수가 없었다. 이무기에게 바짝 다가서서 수 차례 가격을 했지만 쓰러지기는커녕 오히려 차차웅의 팔을 잡고 맞섰다.

"얏!"

"이 자식 죽어랏!"

"퍽."

"으윽!"

이무기와 양손을 잡고 이리저리 자세를 바꾸어가며 힘 싸움을 하는 차차웅 때문에 석탈해는 쉽사리 공격을 하지 못했다. 한편 석탈해의 칠보검에서 나오는 빛도 먼지 속에서 그 밝기가 퍽 경감되었다. 결국 점점 힘이 빠진 차차웅과 이무기의 싸움은 한편으로 기울었다. 이무기가 일방적으로 차차웅을 몰아붙이는 형국이 되었다. 마침내 이무기가 벽으로 몰린 차차웅을 가격하려 할 때 석탈해가 날아올라 차차웅의 반대쪽에서 이무기를 칠보검으로 찔렀다.

"야앗!"

"푹!"

"윽!"

이무기는 차차웅과 양손을 마주잡고 기력을 쓰고 있었기 때문에 반격을 하지 못하고 검을 그대로 맞고 말았다. 석탈해의 검은 이무기의 등 중앙 명문혈 자리에 깊숙이 박혔다. 석탈해가 검에 강한 기운을 주입하자 이무기는 쓰러지고 말았다. 이무기는 죽어가며 비소를 흘렸다.

"내가 지금 돌아가지 못하면 더 강한 자가 올 것이다. 결국 너희들은 다 죽는다. 흐흐흐흐."

그때 아까 암기를 맞고 쓰러졌던 최장군이 소리쳤다.

"이놈! 그 입 다물라! 이야!"
"윽!"

최장군은 마지막 숨이 남아있던 이무기의 목에 단검을 박았다.

"아니? 최장군! 이놈을 이렇게 죽여버리면 어떻게 하나? 뭘 좀 물어보고…"
"아닙니다. 차차웅님! 이런 놈은 갈가리 찢어 죽여야…"

당황한 차차웅을 무시할 정도로 최장군은 광분했다. 무척이나 분한 표정의 최장군은 이무기의 목에 박힌 칼을 뽑았지만 아직도 분이 풀리지 않은 모양이었다. 결국 이무기는 숨이 끊어졌지만 세 사람은 그들이 엄청난 적들에게 쫓기게 된 운명공동체라는 상황을 절감했다. 차차웅은 석탈해의 양손을 부여잡았다.

"자네가 또 내 생명을 구했군! 고맙네!"
"아닙니다."
"자, 신속히 움직여야겠네! 계속 자객들을 보낸다면 우린 점점 불리해지지 않겠나! 가세!"
"예!"

차차웅이 서둘렀고 석탈해와 최장군은 신속히 이동했다.

"앗! 빛이 보입니다."

뛰어온 지 반각이 되지 않아 저 멀리 한줌 빛이 보였다. 지하뇌옥의 다른 끝인 모양이었다. 바위틈으로 이리저리 구불구불하게 이어진 출구는 바위와 덤불로 가려져있어서 예사 사람들이 발견하기 어렵게 되어 있었다. 뇌옥을 나온 세 사람은 눈이 부셔 앞을 제대로 볼 수가 없었다. 먼저 밖으로 나온 차차웅은 잠시 인상을 쓰다가 석탈해에게 물었다.

"여기가 어딘가?"
"남산 기슭으로 사료되옵니다."
"그래?"

"예, 일단 숲으로 몸을 피하시지요. 차차웅이시여, 먼저 추적을 따돌려 야하옵니다."

그들은 사주경계를 한 후 신속히 이동했다. 남산으로 이어진 지하뇌옥의 출구는 바위가 겹겹이 쌓여있어 나무꾼들이 잘 오지 않았다. 가시가 많은 잡풀들이 우거져 짐승들조차도 드나들기가 용이치 않았다. 다소 안전한 장소로 이동하여 산 아래를 굽어보던 차차웅은 나지막하게 말했다.

"기왕에 뇌옥에서 나왔으니 먼저 금성궁을 한번 둘러보고 싶구나."
"아니되시옵니다. 궁표검객이나 가막미르에게 잡히면 낭패를 보십니다."
"그럼, 이제 나는 어디로 간단 말인가?"
"우선은 궁궐로부터 멀리 달아나야할 것입니다. 속히 움직이셔야 하옵니다."
"알았다."

최장군의 설득으로 세 사람은 더러 잔설이 아직 녹지 않은 남산 기슭의 대숲과 솔숲이 우거진 속으로 들어갔다. 자연스럽게 아진암으로 길을 잡았다. 그곳에는 아진공과 그의 고수급 제자들이 있기 때문이었다. 기력을 회복한 세 사람은 경공을 펼쳐 남산을 순식간에 넘어 아진암에 도착했다. 아진암 입구에 다다르자 이곳의 지리에 밝은 석탈해가 일행을 멈추게하고는 먼저 동정을 살피기 위해 암자 쪽으로 이동했다. 암자아래의 수련처로 들어가던 탈해는 코를 킁킁거렸다.

"아니? 이 냄새는?"

그는 순간적으로 칠보검을 꺼내들었다. 피비린내가 났기 때문이었다. 석탈해는 발검을 한 상태로 한 걸음씩 암자 쪽으로 걸음을 옮겼다. 암자로 올라가는 길에 이무기들의 시체가 하나둘씩 보였다. 머리위에 검상을 입은 것으로 보아 그들은 모두 아진공 사부의 천지일곤검법으로 죽은 자들이었다. 그렇다면 아진공사부와 싸운 자들이 분명했다. 석탈해는 조금 작은 소리로 암자를 향해 사부를 불러보았다.

"사부님! 사부님! 소제 탈해이옵니다!"

암자 쪽에서는 아무런 대답이 없었고 암자 앞에는 이무기 세 마리가 모두 같은 검상으로 죽어있었다. 피비린내는 이무기들의 냄새였다. 탈해는 조심스럽게 암자의 문을 열었으나 어지럽게 난장판이 되어있는 암자 안에는 아무도 없었다. 석탈해는 이상한 느낌이 들어 경공술로 암자 위로 날아올랐다. 아나나 다를까 암자 뒤뜰에는 시체가 쌓여있었다. 그 시체 속에 아진사부의 시신이 놓여있었다. 일대에는 풀과 나무가 변색되어 누군가 독을 쓴 흔적이 보였다.

"사부님! 제가 왔습니다! 정신 차리십시오!"
"이미 돌아가셨군!"

차차웅과 최장군이 어느새 석탈해의 뒤에 와있었다.

"나 때문에 아진암자에 변고가 났군! 으음"

"흐흑, 사부님!"

차차웅은 흐느끼는 석탈해를 달래주었다. 하지만 아진공의 주검 앞에 할 말을 잃었다. 사부의 검상을 살피던 석탈해는 대단히 의아했다. 그것은 단순한 수평참법이었다. 무인의 기본검법이라는 좌에서 우로 수평으로 가르는 평범한 참법에 의해 돌아가실 사부가 아니었다. 또한 누군가 독을 미리 썼다손 치더라도 독공에 당할 분이 아니었다. 아진공은 붕어한 혁거세를 제외하면 신라의 최고수가 아닌가! 그렇다면 이미 절명한 후에 검에 베었거나 누군가 사부를 뒤에서 잡고 있을 때 벤 것으로 밖에 볼 수가 없었다. 그런데 아진공 사부의 검이 산산조각이 난 것도 이상했다. 엄청난 고수가 사부의 방어검술을 다 부셔버리면서 수평참법으로 공격을 했단 말인가? 천지에 아진공 사부의 방어술을 뚫고 일검에 제압할 고수가 있을까? 탈해 곁으로 다가와 검상을 살피던 차차웅이 혼잣말처럼 뇌까렸다.

"이건? 평참법이 아닌가? 으음…이자는 궁표검객보다 강한 자일 것이다."
"예? 차차웅님! 그가 누구란 말입니까?"
"글쎄…"

탈해로서는 도무지 알 수가 없었다. 사부가 당하신 지 한 시진이 채 되지 않았다. 그렇다면 암자에 있어야할 제자들의 시신이 하나도 보이지 않는 것이 의아했다.
'아니, 제자들은 모두 어디로 간 것인가? 그들도 역시 당했단 말인가?'
석탈해는 일단 주위를 빠르게 살폈다. 혹시나 살아남은 제자들이 있을

지 몰라 마음이 급했다.

　제자들이 사부와 함께 싸웠다면 그들도 모두 죽었을 가능성이 높았다. 그러나 석탈해는 제자들의 시신 혹은 병장기조차도 찾을 길이 없었다. 배상길의 쌍검이나 정천종 창과 표창 그리고 설우혁의 검도 보이지 않았다. 순간 자신의 가슴을 철렁하게 만든 것은 바로 은동의 행방이었다. 은동의 활은 보통사람의 것보다 한배 반 가량 크기 때문에 눈에 잘 띄었지만 암자 주위에서는 역시 발견되지 않았다.

　최장군은 이무기들이 다시 올지 모르니 아진공의 장례를 치르고 신속히 암자를 빠져나가자고 했고 차차웅도 서둘러 가묘를 만들 것을 명했다. 일단 세 사람은 시신을 암자 뒤에 가매장하기로 했다. 석탈해는 울면서 삽질을 해 겨우 사부의 시신을 눕힐 만한 구덩이를 팠다. 정식으로 염을 할 수는 없었지만 탈해는 사부의 의관을 갈아입혔다. 탈해와 최장군이 시신을 안아 흙구덩이에 내려놓으려 할 때였다. 일단 사람들이 들이닥쳤다.

제 36화 - 9. 음모와 실각 - 서거 칠일째(3)

"누구냐! 누가 감히 사부님을?"

소리를 친 자는 바로 정천종이었다. 그 뒤로 설우혁과 배상길이 아무렇지도 않은 표정으로 암자로 뛰어들어왔다.

"아니? 이게 어찌 된 일이란 말인가? 사부님!"

석탈해와 친구들이 사부의 주검 앞에 숙연해지려할 때 누군가 눈깜짝할 사이에 한 마리 산새처럼 암자 뒤로 날아들었다. 은동이었다.

"할아버지!"

은동이 뒤늦게 암자 뒤에 와서는 오열을 했고 한동안 소매에 얼굴을 묻고 울기를 멈추지 않았다.

"할아버지! 나는 어떡하라구! 내가 잘못했어! 다시 일어나란 말이야! 할아버지!"

탈해는 가슴이 먹먹했다. 탈해에게 있어서 사부의 죽음은 자신의 일부분이 없어지는 것 같은 충격으로 다가왔다. 늘 자신이 누구인가를 알기 위해 혼신을 다해왔건만 자신이 없어진다는 느낌이 들자 탈해는 문득 물

여위 사부가 말한 자신을 없애고 변신을 한다는 의미가 어느 정도 이해가
되었다.

"으으, 흑흑, 탈해야!"
"애들아!"

넋이 나간 사람처럼 멍한 탈해 곁으로 동기들이 다가와 어깨를 잡자 탈
해는 그들을 부둥켜안았다. 탈해가 물었다.

"그런데 너희들 왜 암자를 비웠어?"
"우리 모두 사부님의 명으로 이성국의 용주도인에게 아진암의 초석 네
개를 갖다주고 오는 길이야!"
"초석이라구?"
"사실 그 초석들은 하서지촌의 아진의선이 건네준 귀한 돌이었는데, 그
것을 모두 사숙님께 전해주라고 하셨어. 흑흑…"
"그래?"

탈해는 무언가를 직감했다.

"사부께는 이미 무언가 위기를 감지한 모양이셨군…"

그런데 마침 용주도인이 이성산성에서 금강산으로 도인회합에 갔기
때문에 네 사람은 그 초석을 제자들에게 전해주고 돌아오는 길이었다. 불

과 이틀만의 일이었지만 그 동안 아진암은 사실상 와해가 된 것이나 마찬가지였다. 결국 아진사부께서는 가막미르와 궁표검객이 올 것을 미리 알고 제자들을 피신시킨 것이었다.

"휴! 한심하구먼!"

차차웅은 착잡한 표정을 숨기지 않았다.

"이제 어디로 갈 것인가…"

석탈해는 차차웅이 딱하기도 했지만 왠지 모를 책임감이 어깨를 눌러왔다. 그래도 살아있는 동기들을 만나 다행이었고 무엇보다도 잃은 줄 알았던 은동과의 재회는 미묘한 감정을 불러일으켰다. 천종과 우혁 그리고 상길은 자신들을 자책하며 차마 울지도 못할 지경이었다. 차차웅이 달래고 가매장을 종용한 끝에 결국 임시로 장례를 치르게 되었다. 그런데 암자 아래의 폭포 쪽에서 소음이 들리기 시작했다. 이무기들이었다. 열 마리 정도의 이무기들이 낫을 들고 몰려왔다.

"크르르르."

사람의 형상을 했지만 그 괴물들은 마치 개구리나 물고기들처럼 비린내가 진동을 했다. 지하뇌옥에서 만난 이무기와 같은 자들이었다. 아진공의 장례를 지내려고 할 때 이무기들의 급습은 제자들의 분노를 극으로 끌

어울리게 했다. 화가 머리 끝까지 난 배상길이 앞서서 외쳤다.

"아진오행진! 모두 전열을 정비하라! 자! 돌격!"

배상길을 중심으로 전후좌우로 네 명이 배치된 진법은 다섯 사람을 마치 한 사람처럼 움직이게 했다. 다섯 개의 병장기가 하나처럼 움직여 일순간에 그들은 이무기 열을 모두 베어버렸다. 그야말로 놀라운 진법이었다.

"크르르릉."
"저기 또 온다. 진법을 펼쳐라!"
"아진오행진!"

이무기들은 긴 낫을 들고 있었지만 이상하게도 육탄공격을 감행했다. 배상길을 중심으로 좌측에 은동과 탈해 그리고 우측에 천정과 우혁이 양 날개처럼 이무기들을 가차 없이 베어나갔다. 이무기들은 미처 방어할 틈도 없이 볏짚단이 쓰러지듯 당했고 계속 밀려오는 이무기들 이십여 명이 그렇게 죽어갔다. 탈해는 의아했다.

"상길아. 이상하지 않아?"
"뭐가?"
"저놈들이 우리를 공격하려오는 게 아니라 죽으러 오는 불나방처럼 밀려오잖아?"

"글쎄…"

그때 우혁이 산 아래를 보며 외쳤다.

"저기 산 아래에 열명 정도가 또 오는데!"

우혁의 말이 끝나기 무섭게 어디선가 화살이 발사되었다.

"피이 핑핑핑핑! 피잉."

활을 쏜 자는 은동이었다.

"아니? 열명이 모두 죽었어! 역시 은동이야!"
"근데 상길아."
"이무기들 말이야. 아무래도 이상해! 일단 다 죽었나 봐라."
"응, 이런!"

이무기들의 시체를 살피던 상길이 깜짝 놀랐다.

"이놈들 사부님께 죽었던 자들인데?"
"뭐야?"

이무기들은 이미 아진공 사부에 의해 모두 머리에 검상이 있던 자들이었다. 아마도 물속에서 다시 살아난 모양이었다. 과연 생명력이 끈질긴 이무기들이었다. 전투는 순식간이었지만 대혈투 속에서 석탈해의 쾌검과 은동의 놀라운 궁술이 빛났다. 그리고 배상길과 정천종 설우혁이 모두 일심동체로 움직인 것을 차차웅은 인상깊게 바라보았다. 차차웅의 주관 아래 그들은 모두 아진공의 임시 장례를 치렀다. 장례를 마친 차차웅은 모두에게 단호한 표정으로 말했다.

"아진공은 거서간께는 더없는 충신이었고 나에게는 스승이었다. 참으로 아까운 충신을 잃었도다! 하지만 나는 반드시 아진공의 복수를 할 것이다. 이제 누가 있어 나를 지지해줄 것인가. 한치 앞을 볼 수 없는 시련이로구나! 하지만 나는 좌절하지 않고 앞을 살필 것이다. 내 그대들을 믿어 의심치 않으니 나를 따르라! 우리 모두에게 영광이 있을 것이다! 알겠느냐?"

"예! 삼가 명을 받드나이다!"

일단 암자를 벗어나 산 아래의 안전한 곳으로 이동하면서 최장군이 조심스레 차차웅에게 고했다.

"차차웅이시여! 일단 계림을 벗어나는 게 좋겠나이다. 선도산으로 가서 훗날을 도모하시지요."

"선도산?"

"예! 거기에 무공으로는 초고수이신 최도인님께서 계시다고 들었습니다."

"최도인이라니?"

"소벌도리의 아드님이신 최백호 도인이 아직 살아계시다고 들었습니다."

"그래?"

"반드시 최도인이 도움을 주실 것입니다."

"그분 세수가 어찌되시는가?"

"예, 거서간님보다 오십 세가 많으니 올해로 일백 이십 사세가 되시는 줄 아옵니다."

"그런데 초절정 고수라고?"

"그, 그렇지요."

"으음…"

그때 배상길이 말했다.

"여기서 선도산을 가자면 계림을 통과해야하니 대단히 위험합니다. 강을 건널 때 이무기들이 급습할 수도 있고 또 매복중인 이무기들에게 당할 수도 있습니다."

"그럼 어찌하면 좋겠는가?"

"돌아가신 아진공 사부께서 안배하신 뜻이 있을 것 같사옵니다. 먼저 이성국에 가서 용주도인을 만나면 아진공께서 왜 초석들을 맡겨두었는지 알 수 있을 것입니다."

"허나 용주도인은 금강산에 갔다고 하지 않았느냐?"

"예, 사흘간이라 했으니 내일이면 돌아오실 겝니다. 그리고 이성국으로 가는 길은 서쪽 신을 타고가면 뇌니까 이부기들을 피할 수 있을 것으로 사료되옵니다."

"으음…"

차차웅이 깊은 생각에 잠기자 이번에는 석탈해가 나섰다.

"차차웅이시여! 기운을 내소서! 제가 아진공의 사제인 용주도인이 있는 이성국의 산성으로 모시겠나이다. 용주도인이 도와줄 것입니다."
"그래, 가보자꾸나."

결국 차차웅일행은 서쪽 산능선을 타고 이성국을 향해 출발했다. 이미 날이 저물고 있었다. 사주경계를 하면서도 경공으로 달음질치는 그들은 마치 무언가에 쫓기는 어둠 속의 산짐승들 같았다.

남산의 북쪽 자락에는 대나무 군락지가 있었다. 일명 도림죽전이 그것이다. 그 대숲에는 가끔 이상한 소리가 들리는데 바람이 댓숲으로 들어가서 대나무 사이사이로 지나가며 괴상한 소리를 낸다고 사람들은 믿고 있었다. 더구나 귀신 울음 소리 같은 괴성 때문에 사람들이 피하는 곳이었다. 오늘 그 댓숲에서 사람을 부르는 소리가 났다.

—선인들이여 도림으로 오시오.—
—선인들이여 도림으로 오시오.—
—선인들이여 도림으로 오시오.—

무덤에서 잠을 청하던 물여위가 소스라치게 놀랐다. 득도를 하고도 수십 년의 세월이 지난 그이건만 이번 호출에 적지 않게 당황을 했다. 물여위는 실로 오랜만에 무덤에서 나와 마실을 가는 것이었다. 그는 연기처럼 사라졌다가 도림 앞에 귀신처럼 나타났다. 그리고는 먼저 와있는 승균선인을 향해 어정쩡한 인사를 했다.

"형님! 오셨수?"
"오래간만일세. 물여위. 똑바로 서시게. 시간이 되었네."
"예."

잠시 후 일진광풍이 일면서 부근의 대나무들이 심하게 요동쳤다. 두 선인은 고개를 갸우뚱했다. 그리고 흙먼지 속에서 환한 표정의 봉래선인이 나타났다. 그러자 물여위가 봉래선인에게 꿀밤을 한 대 주려다가 눈을 휘둥그레 떴다.

"아니? 너 봉래야? 선인의 탈을 써버렸구먼? 허허허허. 축하해!"
"송구스럽습니다. 아이고! 승균선인께서는 늘 먼저와 계시는군요."
"잘 되었네. 자네 어깨가 더욱 무거워졌구먼, 허허허…. 자자! 예를 갖추시게! 곧 오시네!"

도림숲에 바람인지 아니면 바람소리인지 모를 정도로 미세한 흔들림이 생겨났다. 그 공기덩어리가 대나무들 옆으로 이동하면서 실로 아름다운 선율이 울려났다. 바람 속에 알 수 없는 향기가 점점 강해졌다. 도림숲 전체가 환몽적인 빛으로 감싸지면서 하늘과 땅에 은은한 광재가 삼놀았다. 그리고 어떤 존재가 이미 그 바람 속에 있다는 것을 느낀 승균선인이 고개를 숙이고 조심스럽게 말했다.

"바람의 제왕이시여. 천상사부(天上師父)중 으뜸이신 풍백님을 지상의
미령한 선인들이 감히 뵈오이다."

"선인들은 고개를 들라!"

그러나 세 선인은 차마 고개를 들지 못하였고 그렇게 긴장하여 풍백의
전언을 들었다.

제 37화 - 10. 도피와 추격-서거 팔일째(1)

밤을 도와 달린 차차웅 일행은 동이 트기 전에 이성산의 소도에 모여 주위를 살폈다. 먼동이 트기 직전이라 그런지 사방은 칠흑 같이 어두웠고 승냥이와 같은 산짐승들의 울음 소리만 산속에 가득했다. 삼월 말이지만 추위가 옷섶을 파고들었다. 석탈해는 이미 이성산성에 와본 적이 있었기 때문에 칠보검을 꺼내들고 주위를 조금 밝힌 다음 지형지물을 살펴보았다. 그리고는 용주도인의 거처가 있는 산길로 길을 잡아 일행을 이끌었다.

소도에서 용주도인의 암자로 가는 길에는 대나무 숲이 길 양 옆으로 즐비했고 새벽 바람의 댓숲을 지날 때 귀신의 울음처럼 을씨년스런 소리를 냈다. 석탈해가 칠보검을 들고 선두에서 무리를 이끌었으나 일곱 사람은 바투 붙어 마치 한사람처럼 신속하게 움직였다. 그들이 산중턱에 다다랐을 즈음 여명이 아슴푸레하게 보이기 시작했다. 전방의 숲 덤불이 흔들리고는 잠시 후 누군가 나타났다.

"멈추시오!"

흑의인들이 매복하기 적당한 바위산에서 차차웅 일행을 기다리기라도 했다는 듯 느긋하게 어둠속에서 하나둘 모습을 드러내기 시작했다. 그리고 그 한 가운데 기도가 범상치 않은 사내가 정중하게 목례를 했다.

"저와 함께 계림으로 돌아가셔야겠습니다."
"아니? 그대는 이운하 장군이 아니신가?"

"오랜만입니다. 차차웅님!"

"나를 잡으러 온 겐가?"

"그렇습니다!"

그때 최장군이 버럭 소리를 질렀다.

"이놈 무례하다! 감히 차차웅께 망발을 하는 이런 불충을 저지르다니?"

"아니야! 최장군! 자넨 물러나 있게!"

"예? 하지만 어찌…"

"어허!"

"예, 알겠나이다."

차차웅은 이운하 장군과 무언가 말을 하고자했다. 이운하도 서두르지 않고 예를 갖추어 대화에 응했다. 그때 배상길이 최장군에게 물었다.

"그런데 저 이운하라는 자는 누굽니까?"

"실로 진한에서는 전설적인 무사로 알려진 고수야. 그의 삼지도(三枝刀)는 천하의 명기 중 하나였지. 아진공의 사제로 일찍이 혁거세를 도와 진한을 통일한 고수였으나 잠적한지 오래되었지. 말하자면 자네들에게는 사숙뻘이 되는구먼."

"그래요?"

이운하를 중심으로 흑의인들이 살벌한 기운을 뿜어내고 있었다. 그러나 당당하게 그들 앞으로 한걸음 걸어나서며 차차웅이 이운하에게 나지막하게 물었다.

"뒤를 밟았다면 왜 중간에 나타나지 않은 건가?"

"예, 저는 차차웅께서 숨겨둔 군사가 꽤 있는 줄 알고 계속 뒤를 쫓았습니다. 하지만 타국에 몸을 의탁하실 요량이시면 군사가 없다고 봐야겠지요. 후후후."

"으음…그랬군."

"자! 이성국 행은 여기서 막을 내리시고 저와 함께 돌아가십시다."

"그렇게는 안되지!"

차차웅이 발검을 하자 이운하 장군은 역시 느긋한 웃음을 흘렸다. 그리고 자신도 삼지도를 펼쳤다. 새벽의 여명이 비추는 그리 밝지 않은 상황에서 삼지도는 광채를 흩뿌렸다. 어둠속에서도 이운하장군의 얼굴에는 그 의미를 알 수 없는 웃는 표정이 보였다.

"저를 당하지 못하시니 구태여 이럴 필요가 있을런지요?"

석탈해는 순간 자신도 모르게 차차웅의 앞으로 뛰어 나왔다. 그는 믿지 못할 정도의 속도로 발검을 하였다. 칠보검에서 뿜어져나오는 광채가 이운하를 압도하지는 못했지만 이운하는 탈해의 쾌속발검에 다소 놀라는 기색을 보였다. 탈해 곁으로 바로 배상길과 동문들이 합세했다. 그러자 이운하의 뒤에 있던 십여 명의 흑의인들이 일제히 발검을 하고 앞으로 나왔다.

"이야! 얏!"

오행진은 흑의인 십여 명을 상대로 그 위력을 뽐냈다. 대단한 고수급들
인 흑의인들이 하나둘 제압당했고 배상길이 지휘하는 오행진 속에서는
은동의 가공할 위력의 강력한 화살이 튀어나왔다.

"피잉!"
"윽!"

열 명의 흑의인들이 저마다 부상을 입고 전열을 흩트리자 마침내 이운
하가 나섰다. 들고 있던 거대한 삼지도를 놓고 등에 맨 다른 검의 검집을
치켜들었다. 연검이었다. 이운하장군은 발검부터 남달랐다. 검집에서 검
이 빠져나올 때 엄청난 속도에 의해 마치 무지개와도 같은 강력한 검강이
터져나와 주위에 흩뿌려졌다. 석탈해 일행은 그 검강을 보고는 이미 기가
죽어 맞서지 못할 지경이었다. 겁을 먹은 석탈해 일행에게 이운하가 의사
를 타진했다.

"나와 겨루다가 죽을 텐가? 아니면 조용히 물러나겠는가?"
"오행진을 펼쳐라!"

다시 전열을 재정비하고 오행진을 펼쳤다. 그들이 오행진을 운용하여
하나의 몸처럼 이운하에게 공격을 감행했지만 이운하는 조금도 개의치
않고 천지일곤검법으로 검강을 정면으로 쏘았다. 아진공 사부와 같은 초

식이었으나 위력이 훨씬 강했다. 너무나 강력한 검강은 가히 집채만한 바위도 쪼갤 위력이었다. 이운하는 오행진의 바로 앞의 땅에 검강을 쏘아 다섯 명을 크게 흔들어 진법을 어느 정도 깨트리고는 연이어 다시 검강을 쏘았다. 희한하게도 기초초식인 수평참법에서 검강이 강하게 터져나왔다.

"핫!"
"으악! 윽, 윽, 으윽!"

. 그 검강으로 허무하게도 일합만에 아진오행진이 크게 흔들렸고 천종과 우혁은 내상을 입고 피를 토하기까지 했다. 그는 아진오행진법의 약점을 잘 알고 있었다. 진법이 깨지자 탈해와 상길 그리고 은동이 자신의 병장기를 들고 기습을 감행했다. 그러나 세 사람의 공격은 이운하의 방어 한번으로 무참하게 막히고 말았다. 이운하가 다시금 수평참법으로 검강을 쏘아 무작위로 공격해댔고 다섯은 피하기에 급급했다. 그때 탈해가 외쳤다.

"잠깐! 그대가 아진사부님을 죽였나?"
"아진사부? 돌아가셨나?"
"그래! 수평참법에 의해 돌아가셨다. 이 사부님의 원수! 얍!"

석탈해가 흥분하여 이운하에게 선공을 펼쳤으나 그의 반탄강기에 부딪쳐 오히려 고꾸라지고 말았다. 한마디로 풍전등화와도 같은 상황에서 석탈해 일행에게는 승산이 없었고 그저 시간만 끌 뿐이었다. 이운하의 위력은 명불허전이었다. 그는 전력을 다하지 않았지만 이미 오행진은 파해

되었고 천종과 우혁에 뒤이어 내상을 입은 배상길과 은동이 쓰러졌다.

"으으…"
"은동아!"

은동이 괴로워하며 쓰러지자 탈해는 자신도 모르게 은동의 몸을 부여안았다. 은동이 괴로워할수록 탈해는 분노가 배가되었다. 다시금 칠보검을 치켜들고 일어섰다. 이제 이운하와 온전하게 맞설 수 있는 사람은 석탈해뿐이었다. 칠보검이 어둠 속에서 빛을 발했지만 한 번도 제대로 된 공격을 감행하지 못했다. 결국 석탈해는 상황이 불리해지자 이운하의 검강을 피해 은신술과 둔갑술을 썼다. 차차웅과 동기들을 놓아두고 도망갈 수도 없고 그렇다고 이운하와 정면으로 맞서 승산 없는 겨루기를 할 수도 없는 진퇴양난의 형국이었다. 석탈해는 어둠 속에서 소나무 뒤의 바위로 변했다가 다시 본 모습을 나타내 이운하를 기습적으로 공격했다. 그리고는 물여위사부에게 배운 검초식을 한번 시전해보았다. 여러 개의 검강이 불완전하게 생겨서 공격이 실효를 거두지 못했지만 불규칙한 검강에 이운하는 적지 않게 당황했다.

"이야압!"
"펑! 펑! 퍼펑!"
"아니?"

탈해의 새로운 초식에 놀라 방어에 급급한 이운하는 다소 당황한 기색을 보였지만, 진기를 끌어올려 가공할 장풍을 쏘아댔다. 석탈해는 피하는 것 외에는 아무것도 할 수 없는 절대절명의 위기에 봉착한 것이었다. 바로 그때 놀랄만한 사자후가 그들의 머리 위에서 들렸다.

"멈추어라!"

모두들 귀를 막고 괴로워하고 있을 때 하얀 머리카락이 도포 밑까지 흘러내린 산신령 같은 모습의 노인이 하늘위에서 스르르 내려왔다. 어둠속에서도 광채가 나는 길다란 지팡이를 들고 엄청난 기운을 흩뿌렸다.

"아니? 저것은 천수청려장(千壽靑藜杖)? 그럼 저분은 봉래도인이 아니신가?"

최장군과 남해차차웅이 도인을 향해 예를 올렸다. 그런데 봉래선인의 등장과 함께 이운하와 흑의인들은 뒤도 돌아보지 않고 줄행랑을 쳤다. 이운하의 도주는 참으로 예상치 못한 일이었다. 도대체 봉래선인이 얼마나 대단하길래 진한땅 최고의 검객인 이운하가 저리 황급히 도주를 하는지 석탈해로서는 이해가 되지 않았다. 봉래선인은 도망가는 이운하를 물끄러미 바라보다가 차차웅을 알아보았다. 봉래도인이 선인의 반열에 오른 뒤로 온몸의 광채가 늘 은은하게 빛을 발하여 보는 이로 하여금 저절로 고개를 숙이게 만들었다. 차차웅은 봉래도인이 선인이 된 것을 알아차렸다.

"봉래도인님! 선인님이 되셨군요! 다시 인사올립니다. 선인반열에 오르심을 감축드립니다!"

"아니? 그대는 혁거세왕의 아들 남해왕자가 아니신가?"

"저를 알아보시겠습니까?"

"그대의 부친을 잘 알지. 지금 국상 중에 경황이 없을텐데 세자께서 이성국에 무슨 일이신가?"

"말을 하자면 깁니다. 제가 지금 쫓기는 신세가 되었습니다."

"그래? 왕위에 오를 차차웅이 곤란한 지경에 이르셨구먼."

"예, 거서간께서 비명에 붕어하시고 저마저 이꼴이 되었는데 그래도 이성국의 용주도인이 거서간님을 해한 칼의 임자를 알까하여 이곳에 왔나이다."

"흉수를 잡는다면서 어찌 칼의 주인을 찾는가? 칼을 훔쳐 쓴 자를 찾아야지! 이번 일은 차도살인계(借刀殺人計)이니 남의 칼로 다른 사람을 해친 것이 아니겠는가!"

"예? 그럼 범인은 따로 있습니까?"

"그렇다고 봐야지. 어떤 놈이 제칼로 거서간을 해할 수 있겠나? 안 그런가?"

"예? 예…"

차차웅이 대답을 못하자 봉래선인이 이번에는 석탈해를 바라보고는 고개를 갸웃했다.

"칠보검을 든 자네는 지난번 용성국에서 만난 적이 있지?"

"예, 또 이렇게 뵙게되네요. 도인님! 아니 선인님!"

"그런데 자네는 용성국의 함달바왕과 어떻게 되는 사이인가?"

"함달바왕이요?"

"아무런 인연이 없는가?"

"모르겠나이다."

"핏줄이 아니면 그렇게 닮을 수 없는 일, 아마도 그리 멀지 않은 친척일 걸세."

"함달바왕이라구요? 왕의 친척이면 제가 왕족이란 말인가요?"

"그럴테지."

석탈해는 처음 듣는 소리였지만 자기가 왕족이라는 말에 기분이 나쁘지는 않았다. 봉래선인은 석탈해 일행에게 다가와 주위를 살폈다. 그는 병자를 돌봐주는 의약신선(醫藥神仙)이었다. 탈해 일행이 내상을 입고 신음을 할 때 마침 그 위를 날아가던 그에게 고통의 소리가 들린 모양이었다. 봉래선인은 손을 앞으로 내밀어 최장군과 은동과 상길 그리고 우혁을 향해 기를 방사해주었다. 그는 그렇게 다친 사람들을 치료해주었다. 그리고는 들고 있던 지팡이를 휘둘러 기를 또 한 번 더 방사하였다. 건성건성 천수청려장을 두어 번 흔들었을 뿐인데 놀랍게도 내상을 입은 탈해의 동기들이 잠시 후 거뜬하게 일어섰다. 진실로 믿을 수 없는 광경이었다. 말로만 듣던 명아주 풀줄기로 만든 봉래선인의 청려장은 그것을 소지하면 천수를 누린다는 소문이 있었다. 아마도 지팡이에 도인의 내공이 담겨져 있어서 그런 모양이었다.

'저 정도로 고강한 내공을 지녔으니 이운하가 가뭇없이 도망을 친 게로군!'

석탈해는 봉래선인의 공력을 알아보고서야 비로소 이운하의 도망이 이해되었다.

"내 자네 선친과의 인연이 있어 자네를 또 만나게 되었나보네. 암자로 가보시게들, 용주도인이 거기 있을 걸세. 환자들을 돌봐주었으니 그럼 나는 이만…"

어둠 속에서 마치 연기가 피어나듯 흐릿한 무언가가 보이는가 싶더니 봉래선인이 사라졌다. 모두들 의아했지만 듣던 대로 봉래선인의 능력은 엄청났다. 차차웅 일행은 용주도인의 암자로 향했다.

새벽안개가 드리워진 암자는 퍽 고즈넉해보였다. 지난번처럼 용주도인은 방문객이 올 것을 미리 알고 찻물을 끓이고 있었다. 일행이 암자 안으로 들자 도인과 차차웅은 서로 상석을 양보하였다. 차차웅의 고집을 꺾지 않고 용주도인이 가운데 앉아 좌중을 둘러보았다. 그리고 용건을 물었다.

"어찌 또 왔는가?"
"사숙님!"
"아진공 사부께서 돌아가셨습니다."
"무엇이?"

제 38화 - 10. 도피와 추격 - 서거 팔일째(2)

아진공 사부의 죽음으로 용주도인의 충격이 자못 큰 모양이었다. 그는 한숨을 쉬더니 은동을 물끄러미 바라보았다. 사형의 혈육에게 안타까운 표정을 지어보였다. 하지만 은동은 무표정하게 용주도인을 마주보았고 용주도인은 헛기침을 한 후 잠깐 밖으로 나가있을 테니 사람들에게 쉬라고 했다. 잠시 후 탈해가 나가보니 도인은 소나무 앞에 서서 하늘을 망연자실 바라보며 혼잣말을 하고 있었다.

"사형께서는 선도산 성모보다 소서노 신모에게 가자고 한 내 말을 안들으시더니… 후우!"

탈해는 예를 올리고 용주도인에게 다가갔다.

"사숙님! 저희들이 용렬해서 스승님을 지키지 못했나이다. 죽을 죄를 지었나이다."

"사형께서는 어떻게 돌아가셨는가?"

"수평참법을 방어하셨는데 그 상태로 검이 부러지고 심장부위에 큰 검상을 입으셔서 그만…"

"검이 어떻게 부러졌던가?"

"검 중간에 여러 조각이 났는네 부러진 부분들이 녹아있었습니다."

"검강이로군."

"예? 그럼 사숙께서는 그자가 누구인지 아십니까?"

"글쎄, 사형을 단칼에 제압할 정도의 검강을 쓰는 자는 당금 천하에 몇 명 없다."

용주도인은 또 혼잣말을 했다.

"휴우! 그렇게 갈 거면서…"

석탈해는 예를 올리고 자초지종을 물었다. 그러자 용주도인은 석탈해를 다소 애틋한 표정으로 바라보며 말을 이었다. 두 사람이 과거 아진포의 의형제였다는 말을 시작으로 용주도인의 이야기가 길어졌다.

"옛날 아진포 북쪽 십리허에 내가 아진공과 그의 누이인 아진의선과 매우 가깝게 지냈다네. 내가 열다섯 살 때 남산에 사는 어떤 도사한테 도술을 배우러 갔다네. 그 도사는 의학, 천문, 지리, 기문둔갑 등에 두루 통달한 분이셨다네. 신통력이 뛰어나서 암자 앞에 있는 너럭바위에 앉아 좌선을 시작하면 홀연히 집채만한 호랑이 두 마리가 나타나서 양쪽에 엎드려 호법을 서고 있다가 좌선을 마치고 나면 사라지곤 했지. 좌선을 마친 뒤에 마치 감나무잎 비슷하게 생긴 나뭇잎을 달여서 한 잔씩 마시고 우리들한테도 한 잔씩 주셨지. 우리들이 무슨 약초냐고 물으면, 도인께서는 -이건 천상초이니라. 천상초를 먹으면 몸이 가벼워지고 머리가 맑아져서 수련을 잘 할 수 있게 될 것이니 부지런히 마시라-고 하셨어. 의형제를 맺으라고 하셔서 우린 자연스럽게 의형제를 맺었지. 그러나 도인은 나에게는 도술은 가르쳐 주지 않고 허드렛일만 시키셨어. 나는 그런 도인님이 싫어서 두 달 만에 집으로 돌아오고 말았지. 도인님의 성함도 몰랐는데 나중에 누군가 물여위라고 하기도 했지만 …"

"예? 물여위요?"

"왜, 그분을 아나?"

"아, 아닙니다…"

용주도인은 석탈해를 한 번 더 바라보다가 다시 말을 이었다.

"그 뒤에도 스승님이 날마다 달여 마시던 그 약초가 무엇인지 궁금했지. 남산에 들어가서 오랫동안 헤맨 끝에 마침내 그 약초와 똑같이 생긴 식물을 찾아냈다네. 나는 그 약초만 열심히 달여 먹으면 온갖 병이 나을 뿐만 아니라 신통력을 얻을 수 있을 것이라고 믿고 열심히 달여서 마셨지. 과연 몸이 가벼워지고 힘이 나더군. 이웃에 허리가 아파서 누워 있던 사람한테 주었더니 허리가 멀쩡하게 나았고, 다리가 아파 잘 걷지 못하던 사람이 활보를 하는 거야. 나는 약초물을 먹고 매일 남산에서 스스로 호흡공부를 하고 정신일도 수련을 했어. 그러던 중 남산에서 홀로 도를 닦던 아진형님을 다시 만났지 .형님은 스승이 아무말 없이 떠나가고 혼자 수련을 하고 계셨지. 당시 형님에게는 고향에서 같이 온 의남매를 맺은 아진의선이라는 누님이 있었어. 지금도 그렇지만 그분의 공력이 가장 높았지."

석탈해가 또 용주도인의 말을 끊았다.

"저어, 아진의선님이 아진공 사부님의 친누나가 아니에요?"

"의남매지. 아진의선이 아진형님의 목숨을 구해주고 의남매를 맺었다고 하던데, 왜?"

"아닙니다."

"일년 정도 수련을 하고나서 그 당시 아진의선 누님은 용성국에 일이 생겼다면서 먼저 떠나셨지. 둘은 원래 용성국 출신이거든. 그런데 수련의 진척이 없자, 형님이 나에게 십제국의 소서노 신모가 신통력이 뛰어나니 가서 제자가 되는 것이 어떠냐고 제안하여 우리는 의기 투합하여 소서노 신모의 제자가 되기로 결심하고 다음날 아침 십제국으로 출발하기로 했지. 그런데 이튿날 형님이 나오지 않고 웬 아이를 시켜 자신은 선도산 성모에게로 가니, 미안하지만 나더러 혼자 가라는 거야. 선도산 성모는 제자를 한명만 받는데 자신이 뽑혔다는 거야. 나는 화가 나서 혼자 십제국으로 와서 신모를 뵈고 이렇게 이성산성을 지키는 도인이 되었지. 그후로 형님이 신라국 대보가 되셨을 때 나에게 오셔서 함께 혁거세를 모시자고 했지만 내가 거절했네. 형님은 섭섭해하셨지만 그 후로도 종종 연통을 주셨네. 비명횡사하시다니⋯ 아진형님은 어린 나에게는 아버지나 친 형님 같은 분이셨는데⋯"

용주도인이 깊은 사념에 잠기자 석탈해는 자리를 비켜주었다. 혼자 앉아 있는 용주도인의 모습에서 탈해는 사부인 아진공의 모습을 보았다. 두 사람은 퍽 닮은 얼굴이었다. 잠시 후 암자로 돌아온 용주도인은 남해차차웅에게 목례를 했다. 그리고는 낮은 목소리로 말했다.

"잘 들으시오. 박혁거세 거서간의 비밀을 말해주겠소이다."

석탈해가 조금 다가앉으며 물었다.

"무언가 방도가 있군요?"

"그렇네. 아진공 사형께서 일이 이리 될 줄 미리 아시고 안배를 해놓으신 게야. 방도란 다름 아닌 거서간께서 숨겨둔 군사들이네."

"뭐라구요? 군사요? 숨겨둔 세력이라니요?"

"하지만 그들은 혁거세가 아니면 움직이지 않을 걸쎄."

"그렇다면 어찌 그들을 차차웅께서 데리고 온단 말입니까?"

"그거야 차차웅에게 달렸지. 거서간의 아들임을 입증해야겠지. 그리고 혁거세의 장례를 치른다는 명분으로 설득을 해야 할 걸세."

이번에는 경비대장 최장군이 차차웅과 용주도인의 눈치를 살피면서 물었다.

"도인님! 그들은 어디에 있고 또 병력은 얼마나 됩니까?"

"그들은 인간이 아니야. 그리고 하늘과 물속을 주유하니 찾아가는 것이 아니고 불러야 할테지."

"예?"

"그들은 용들이지, 다섯 마리의 용들이네. 그것도 이무기 같은 지룡이 아니고 천룡들일세."

"그런데 어찌 그들을 데려온다는 말입니까?"

"신물을 보여야지."

"신물이요?"

"내가 오초석을 갖고 있네. 본디 이것은 선도산 성모께서 아드님이신 거서간을 보호하기 위해 진법으로 만든 오행진법에 쓰인 초석이네. 네 개는 사형인 아진공이 갖고 있었는데 이틀 전 내게 보내셨고 내가 한 개를 가지고 있었지. 자 보시게!"

용주도인은 방구석의 상자에서 다섯 개의 초석을 꺼내보였다. 다섯 개의 돌은 각각 청, 적, 황, 백, 흑색의 돌이었다. 돌들은 암자의 호롱불을 받아 약간의 광채가 나보였다.

"오초석일세. 이것은 오행의 기운을 갖고 있는 돌로, 혁거세의 후계자임을 입증하는 것이야."

남해차차웅이 눈이 번쩍 뜨이는 표정으로 오초석에 가까이 갔다.

"오초석이요?"
"이제 이 돌들을 차차웅께 드릴테니 이것을 활용하여 용들을 움직이셔야합니다."
"고맙습니다. 용주도인!"
"아닙니다. 모두 거서간님과 아진공께서 안배하신 일이니 저는 그저 전달을 할 뿐입니다."
"그런데 이 구슬이 왜 초석이라는 겁니까?"
"초석이라함은 집을 짓는 주춧돌로써 이른바 기본석이지요. 이 초석으로 용이 살 집을 지어 용을 그 안에 가두는 것입니다. 일단 용이 오초석의 거대한 기운 안에 들어오면 그들은 그 오초석력의 기운 안에 갇히게 되고 결국 오초석의 주인에게 굴복하게 되지요. 그런 다음에야 용을 마음대로 부릴 수가 있지요."

"그런데 도인님 과연 용들이 제 말을 들을까요?"

차차웅은 자못 의심스런 표정으로 말했다.

"용들이 차차웅의 말을 듣지 않는다면 스스로 혁거세의 아들임을 입증해야겠지요."

"어떻게요?"

"글쎄요. 일단 이 돌들을 가지고가서 선도산의 도인들을 만나보는 게 좋을 듯합니다. 그 분들이 세세히 알고 있을 겁니다."

마음이 급한 차차웅은 주위를 돌아보지도 않고 용주도인에게 이별의 인사를 건넸다.

"감사합니다. 그럼 또 뵙지요. 신라국이 안정되면 한번 초청을 하겠습니다."

"예, 아직 한밤중인데 이동하시느라 고단하지 않겠습니까?"

"아닙니다. 한시가 급합니다."

"예, 그럼 살펴 가십시오."

차차웅일행은 오초석을 갖고 선도산을 향해 이동하기 시작했다. 이성산의 얕은 산등성이를 타고 다시금 동남쪽으로 일곱 사람은 새들처럼 경공술을 펼쳐 이동했다. 석탈해는 무엇보다도 선도산까지 가는 서너 경의 시간 동안 이운하의 세력이나 이무기들을 만나지 말기를 고대하며 빠르게 경공을 펼쳤다.

선도산은 높은 산은 아니었지만 서악의 기운을 받은 산이라 그런지 서기가 서린 느낌이었다. 산기슭의 동남쪽 비탈에는 중간 중간 진달래와 생강나무꽃이 피어 있었다. 왕벚꽃나무에도 꽃봉오리가 맺혀있었다. 아직 삼월인데 올해는 유난히 꽃이 일찍 필 모양이었다.

선도산의 세 신선들이 산위에 산령각(山靈閣)이라는 소도를 지키고 있다고 했지만 어두컴컴한 밤이라 소도를 찾기가 쉽지 않았다. 산정상에 오르자 넓은 정상의 공터에 십여 장 아래로 길이 나있었다. 석탈해는 칠보검에 진기를 주입하여 최대한 불빛을 강하게 만들었다. 길은 꼬불꼬불하게 이어져있었다. 선도산 정상에서 내려오는 길은 평평한 길이 나 있었지만 소나무가 빽빽하게 우거져 길인지 아닌지 분간이 어려웠다. 순간 최장군이 발을 헛디뎠다.

"어?"

"조심하시오."

탈해가 재빨리 부축하여 넘어지지는 않았지만 최장군은 아직도 몸상태가 좋지는 않았다. 산기슭 옆으로 내려가는 길은 좁고 험한데다가 숲을 헤치며 가야했다. 산 능선 길을 잠시 따라 더 내려가자 선도성모의 성소가 나타났다. 그리고 암자 뒤쪽으로 아슴푸레하게 호롱불의 빛이 새어나오고 있었다.

깊은 밤을 지나 새벽이 가까운 시간이었지만 세 도인들은 기도를 하고 있었다. 세 사람은 오직 수염길이로만 구별을 할 수 있을 정도로 닮아 있었다. 흰 수염이 배까지 내려온 도인이 가장 늙어보였고, 가슴까지 수염을 기른 도인 그리고 길이는 길지 않지만 얼굴전체가 거의 수염으로 뒤덮인 도인이 그나마 나이가 덜 들어보였다. 그들은 백세가 넘어보였다. 일행은 잠시 망설였고, 이윽고 차차웅이 먼저 인기척을 내며 암자 안으로 들어섰다. 그리고 최장군과 배상길 그리고 은동과 탈해가 암자 안으로 들어갔다. 우혁과 천종은 암자 밖에서 연신 안을 기웃거리자 암자는 급작스럽게 소란스러워졌다.

"실례하겠소이다."

"뉘신지…"

"오랜만에 뵙겠소이다. 신라국 차차웅이외다."

"아! 그러시구만, 여드레 후 국장일에 맞추어 가려했는데, 벌써 어인 행차이신 게요?"

"예, 선도산 도인들께 의논할 일이 있어 이렇게 황급하게 오게 되었소이다."

"말씀하시지요."

"각설하고 본론을 말하겠소이다. 지금 신라국의 궁성은 가막미르의 수하들이 장악을 했습니다."

"뭐라구요? 모반이란 말씀이오? 어찌 그런 일이?"

"이미 가막미르의 오른팔인 궁표검객과 그를 따르는 육부의 간신들 그리고 이운하 같은 역적세력들이 궁을 장악하고 있소이다. 내 생각으로는 궁표검객이 거서간님을 시해한 것 같습니다."

"그게 사실이요?"

"그렇소이다! 아니라면 누군가와 함께 그 악행을 저질렀겠지요, 그런데 이성산성의 용주도인께서 선도산 도인들께 거서간님의 용들에 대해 말해주었소이다."

"거서간님의 용들이라구요?"

"세 도인들께서 용들을 불러준다면 당장 거서간님의 시신을 되찾고 불순한 세력들을 쳐없애버리고 싶소이다."

"하지만 거서간님의 용들은 우리의 기도에 감응을 하지 않소이다. 그들은 영물들이고 또한 오직 승천하신 선도성모님과 거서간님의 말만 듣기 때문에 우리로서는 어쩔 수가 없소이다. 그리고 거서간의 오룡은 이미 승천하여 지상에서의 호출을 못들 수도 있습니다."

"아니요! 할 수 있소이다. 내가 오초석을 가지고 왔소이다."

"뭐요? 용의 집인 오력초석이 있단 말이요? 거서간께서 없애버리셨다는 것이 거짓이었군!"

"그렇소이다."

"하지만 우리에게는 거서간님의 오룡을 부를 능력이 없소. 우린, 선도성모께서 허락하신 봉황만을 부를 수 있을 뿐이외다. 그러나 봉황으로는 저 무시무시한 가막미르라는 악룡과 대적할 수가 없어요. 용은 덮어놓고 부르는 게 아닙니다. 다 절차와 방법이 있지요."

"그럼 누가 용을 부를 절차와 방법을 알고 있단 말이요?"

"한단산 산신이 용을 부르는 신통력이 있지만, 그가 용을 불러줄지도 의문이요. 그리고 혁거세에게 빚을 진 용들은 반드시 이 오력초석이 있어야만 움직이는데 용마도인은 사사로이 용을 부르기 때문에 혁거세님의 용들을 부를 수 있는지도 확신할 수가 없어요."

"용마도인이요?"

제 39화 - 10. 도피와 추격 - 서거 팔일째(3)

삼신선의 말을 듣고 있던 석탈해가 끼어들었다.

"신선님! 한단산 산신이라면 용마도인이요?"

"그래! 그런데 자네가 어찌 용마도인을 안단 말인가?"

"예, 저도 그저 이름만 들었습니다. 가막미르를 잡아 관리하는 도인이라고?"

"무엇이? 자네가 어찌 그 일까지 알고 있나? 자네는 누구인가?"

"예, 소장은 석탈해라고 합니다. 혁거세 거서간께서 장군으로 임명한 무명소졸입니다."

세 도인들은 석탈해를 물끄러미 바라보다가 다시금 입을 열었다.

"자네가 신선들과 산신들에 대해 밝으니 혹 승균선인이나 봉래선인 아니면 물여위선인을 아는가? 그분들이라면 능히 용마도인에게 청을 할 수 있지."

"예? 물여위선인이라구요?"

석탈해는 소스라치게 놀랐다, 지난 몇 달 동안 남산기슭에서 둔갑술과 도술을 가르쳐준 노인네가 승균선인이나 봉래선인과 함께 거명된다는 게 믿을 수 없을 정도로 신기했기 때문이었다.

"물여위 선인, 그 분은 압니다만, 용마도인을 불러주시면 제가 청을 해보겠습니다."

"자네가 신선들 중에 물여위선인을 안다고? 그래? 물여위선인의 명이라면 용마도인도 꼼짝 못하겠지. 좋아. 한단산 산신인 용마도인은 선도산의 도신주(桃辛酒)라면 자다가도 벌떡 일어나 여기로 올 걸세."

"그래요? 잘되었군요?"

"잘되다니? 일단 부탁을 해보는데 아마 어려울 거야. 좌우간 그는 우리가 염력으로 부르면 한각이 되지 않아 날아오곤하지. 그런데 그 작자가 복숭아술을 하도 퍼마셔서 우리가 자주 부르지는 않아."

"그렇군요. 그럼 지금 용마도인을 불러주실 수 있습니까?"

"그야 뭐 간단한 일이기는 하나 도신주가 많지 않아서 그가 실망할지도 모르네."

"일단 불러주시죠."

"알았네."

세 도인은 삼각형모양으로 서로를 바라보는 자세로 앉아 전음을 하기 위해 집중을 했다. 차차웅이 탈해를 끌어당겼다.

"아니? 석탈해! 자네 무슨 수가 있나?"

"예! 저만 믿으십시오!"

"그래?"

세 도인은 고개를 끄덕이면서 뭐라고 말을 하는듯하더니 눈깜짝할 사이에 일어서 버렸다.

"되었네, 그 작자가 불시에 들이닥칠 거야. 그가 한 번에 다 들이킬지 모르니 일단 도신주를 조금 숨겨놓아야겠어."

세 도인은 암자의 벽장문을 열어 한 사람처럼 움직여 호리병 세 개 중 두 개를 땅속의 비밀창고 같은 곳으로 옮겨놓았다. 그리고 나이가 가장 많아 보이는 흰 수염이 허리춤까지 내려온 도인이 계면쩍은 표정으로 탈해를 보며 말했다.

"이 도신주는 말이야. 내력이 있는 술이야. 예전에 이 선도산에 말이야, 도깨비들이 많이 있었거든. 성모께서 수련에 방해가 된다고 복숭아나무 수백 그루를 심으셨지. 그래서 산이 아예 복숭아밭이 되어버렸지. 그런데 복숭아나무를 귀신들이 싫어하잖아. 대개 도깨비들이 다 도망을 갔는데 미처 도망가지 못한 놈들 수백 마리가 성모님을 두려워하여 땅속에 숨어 있다가 다 죽어버렸어. 그리고는 이 암자 일대의 복숭아나무들이 그 죽은 도깨비들을 양분삼아 자라나서 그 맛이 기가 막히지. 그 도깨비 비료로 키운 복숭아로 술을 담그니까 이게 아주 죽여준다 이 말씀이지. 옥황상제 께서 마신다는 천상감로주에 가히 비할 만하지. 흘흘흘흘."
"그렇군요. 그래서 용마도인이 이 술이라면 사족을 못쓰는군요."
"그럼! 제까짓 게 이런 술을 어디 가서 먹어봤겠어?"

용마도인을 기다리는 동안 차차웅과 그 일행은 걱정이 앞섰다. 그러나 석탈해는 밝은 표정으로 암자 밖 그루터기에 자신있는 자세로 앉아 있었다. 결국 초조한 차차웅이 탈해에게 다가왔다.

"만약 용마도인이 우리의 부탁을 들어주지 않는다면 어찌할 것인가?"
"떼를 써야지요."
"뭐라구? 떼를 써? 기껏 방도라는 게 떼를 쓰는 건가?"

차차웅은 기가 막힌다는 표정으로 말했다.

"자네 그렇게 안 보았는데, 대책이 없구만…"

차차웅의 실망을 뒤로 하고 석탈해는 삼도인 중 나이가 제일 많이 들어 보이는 긴 수염의 도인에게 다가갔다.

"그런데 저어…"
"뭔가?"
"선도산에 최백호 노인께서 도를 닦고 계시다는데 그분이 혹 어디 계신 줄 아십니까?"
"그건 알아서 뭐하려고?"
"만나 뵙고 의논할 게 있어서요."
"글쎄, 무얼 의논한단 말인가?"
"도인께서는 모르셔도 됩니다. 다만 위치만 좀 알려주시면…"
"이런 고얀! 신선들 좀 안다구 뻐기는 겐가?"

"아이고! 아닙니다. 역정이 나셨다면 용서하시고… 최도인께서 어디 계신지를 알려주시면…"

"일 없네!"

"예?"

"최도인에게 이익이 된다면 알려줌세만 그렇지 않을 수도 있지 않은가. 그러면 나만 욕을 먹지 않겠나?"

"최도인께 이익이 됩니다."

"어떻게?"

"그건…노사께서 아직 승천을 못하고 계시니 속히 승천하는 비법을 알려드리고, 차차웅님이 다시 궁으로 돌아갈 방도를 논의하고자합니다."

"그래? 차차웅 문제야 용들을 불러오면 자연히 해결될테고, 승천하는 비법이라니?"

"도인께서는 모르셔도 됩니다."

"아니 이놈이? 에잇!"

"어이쿠!"

긴 수염 도인은 석탈해의 머리통을 쥐어박았다.

"아니? 왜 이러십니까? 도인님?

"이놈아! 내가 바로 최백호다!"

"예?"

"보자 보자 하니까 이게 노인을 가지구 놀고있네?"

순간 곁에서 지켜보고 있던 최충원 장군이 다가와 절을 올리고는 재차
물었다.

"도인님! 진실이십니까?"

"오냐!"

"소손 최충원! 증조부님 이렇게 뵈옵다니 꿈만 같습니다!"

"네가 최가였더냐?"

"예!"

최도인은 심기가 불편했지만 그래도 참고 다시 석탈해 곁으로 다가앉
았다.

"에헴! 그런데 비법이라는 게 뭐고?"

"최도인님! 먼저 차차웅님을 가막미르나 궁표검객으로부터 구할 방도
를 좀 알려주시죠?"

"수호 오룡들이 도우면 다 끝나는데 뭐가 걱정인고?"

"만일 용들이 말을 듣지 않는다면요?"

"그야 차차웅과 너희들이 합세하여 그것들을 물리치면 되지!"

"어떻게요?"

"이런 아둔한 것 같으니라구! 오냐! 비급을 하나 알려주마. 니놈 내력이
얼마나 될꼬?"

최도인은 탈해의 손목을 잡고 눈을 지그시 감았다가 깜짝 놀랐다.

"오! 이놈! 내공이 엄청나구먼! 됐다! 나를 따라해보거라. 호흡을 십일 할을 들이쉬고 손을 돌릴 때마다 내공을 실어 일푼씩 내쉬면서 검에 집중하여 검강발사의 호흡을 하는 것이니라! 진기운용과 호흡이 일치하면 검강이 만방으로 표창처럼 나가느리라! 이것이 바로 일검만파이니라!"

최도인은 기합을 외치고 심호흡을 한후 다시 숨을 내쉬면서 검을 좌우로 휘돌리는 시늉을 했다. 그리고는 거의 동시에 손을 펴 앞으로 뻗었다. 그러자 검이 없는데도 불구하고 최도인의 앞으로 수십 개의 기운 덩어리들이 나가는 것을 탈해는 분명히 보았다. 그 기운들은 하늘 위로 날아가 구름을 뚫고 없어져버렸다. 탈해는 한번 보고는 칠보검을 들어 허공중에 대고 똑같이 초식을 하늘 위로 펼쳤다.

"일검만파!"

그러나 탈해의 손가락에서 일순간 빛이 나는가 싶더니 별다른 반응이 없었다. 순간 최도인이 역정을 냈다.

"야! 이놈아! 실제로 검파가 나간다고 생각하면서 기운을 손가락 끝으로 보내 방사를 해야지!"
"송구합니다!"
"다시 해봐. 생각이 있는 곳에 기운이 있느니라!"
"예!"

탈해는 다시 일검만파를 시전했다.

"일검만파!"

그러자 먼동이 터오는 새벽 하늘의 얇은 구름들이 검파를 맞고 흩어지는 게 아닌가! 사람들이 모두 놀라 석탈해를 바라보았고 정작 초식을 가르쳐준 최도인도 무척이나 놀란 표정이었다. 사람들이 멍하게 하늘을 바라고보고 있었고 최도인은 탈해를 데리고 암자 안으로 들어갔다.

"고놈! 참으로 대단하구나! 나보다도 더 잘하네? 그 정도면 궁표검객이니 뭐니하는 놈들은 죄 내빼고 말거다. 후후후. 그래 이제 되었느냐? 그건 그렇고 니가 아까 말한 승천비법은 무엇이냐?"
"예, 그러니까 그게…"

"콰쾅!"

그때였다. 일진광풍이 일어나더니 암자의 문이 열리면서 먼지바람이 한가득 안으로 날려 들어왔다. 일순간 암자 안은 먼지로 앞이 보이지 않았다. 마침내 먼지가 가라앉고 용마도인이 그 모습을 드러내었다. 소문과 다르게 이산저산을 풍찬노숙을 하고 다니는 거친 나무꾼이나 산적 같은 형상을 하고 있었다.

"어험! 이 사기꾼 도인들아! 도신주가 아직 남았더냐?"

"허! 하필 요 때에 오다니! 이런 술 얻어먹으러 온 놈이 되레 큰소리냐? 예끼! 용마! 이놈아! 하하하하하."

"형님도 계셨수? 허허허."

"이런 미친 놈! 술이라면 사족을 못쓰지! 허허허허."

"좋은 걸 어떡해요! 헤헤헤헤."

그들은 가가대소를 하였다. 도신주를 마신다는 사실만으로 너무나도 좋은 모양이었다. 용마도인을 맞이하는 최백호 도인은 장난끼가 가득했다. 내심 무척 반가운 모양이었다. 탈해에게 한쪽 눈을 찔끔 감고는 고개를 끄덕이며 나중에 다시 이야기하자는 표시를 했다.

"어여 술상을 차리지 않고 뭣들 하는가!"

제 40화 - 10. 도피와 추격-서거 팔일째(4)

용마도인은 술을 재촉했지만 최도인이 그를 진정시킨 다음 석탈해를 소개했다. 석탈해는 심호흡을 한 후 엄청난 기도의 한단산 산신 앞에 정면으로 서서 큰 소리로 말했다.

"나는 신라국의 석탈해요! 내가 바로 용마도인의 스승이신 물여위 선인의 사제요. 그러니 용마도인의 사숙이 되는 것이지요?"

"뭐?"

"전음으로 확인을 해보시오."

"이런 콩알만한 게 어디서 스승님의 함자를 입에 올리며 사제 사칭을 하느냐? 술맛 떨어지게! 에잇!"

용마도인이 꿀밤을 한대 쳤으나 탈해는 재빨리 피했다.

"얼씨구! 피해? 고놈 참 빠르네?"

"어허! 의심을 할 게 아니라 확인을 해보시지요!"

"이놈이?"

순간 용마도인이 주먹을 쥐고 허공중에 혼들자 석탈해는 물론 뒤에 서있던 차차웅과 최장군 그리고 배상길까지 숨꼍하며 모두 쓰러질 뻔하였다. 빈 주먹질만으로도 웬만한 사람들이 심각한 내상을 입을 정도의 위력이었다. 실제로 그 주먹에 맞았다면 암자 안의 누구도 살아남지 못할 것이 분명했다. 용마도인은 신중하게 눈을 한번 감더니 분위기를 다소 가라 앉혔다. 최도인이 눈짓으로 전음을 보내라는 시늉을 하자 하는 수 없이 말을 들었다.

"오냐! 저승에 갈 준비를 하고 기다리거라!"

용마도인은 좌정하더니 심호흡을 두 번하고는 입을 중얼거리며 무언가 입속으로 말을 하는듯했다. 얼굴을 울그락불그락하더니 화를 내기도 하고 한바탕 웃기도 하면서 한동안 누군가와 대화를 주고받았다. 남산의 물여위와 전음으로 대화를 하는 것이 분명했다. 그리고는 다소 불쾌한 표정으로 좌정을 풀고 일어섰다. 석탈해가 자신있게 다시 그와 마주서서 말했다.

"어때요? 제가 도인의 사숙이 맞지요?"
"이런 어처구니없는 노릇이 있나!"
"저에게 예를 갖추실 필요는 없지만 저의 소원을 들어주서야해요!"
"니가 사부님의 사제라는 말은 못들었고, 나는 너를 인정하지는 않는다! 다만 사부가 네 부탁을 들어주라는 그 명은 따르겠다. 네가 원하는 것을 들어주라고 했으니 그리하마. 소원하는 바를 말하라!"

석탈해는 약간은 심술궂은 표정으로 자초지종을 설명했다. 그리고 오초석으로 용을 부르기 위해 온 그들의 부탁을 용마도인이 적극 돕겠다고 했다.

"용을 부르는 일은 다 된 거나 진배없다만 한 사람이 부족하구나."

"예?"

"사실은 태기왕의 묘소에 오초석의 반침이 있느니라. 그러나 음양인이 오초석의 음문과 양문 앞에 서 있어야하는데…"

"거짓은 아니지요? 내가 알기로는 태기왕의 묘는 없는 줄 아는데요?"

차차웅이 따지듯 묻자 용마도인은 차차웅을 꾸짖듯 바라보았다. 그리고는 따끔하게 한 마디 했다.

"수많은 백성을 다스릴 왕재가 어찌 그리 의심이 많으신가!"

"예? 그럼 태기왕의 묘가 어디에 있습니까?"

"어디긴 어디야! 바로 여기지!"

"뭐요?"

"그래! 선도산에 태기왕의 가묘가 있느니라."

"그래요?"

석탈해가 조심스레 물었다.

"저어, 도인님, 진한의 동미리국에 있는 것은요?"

"그거야 말로 가짜이니라! 그런데 너는 그 사실을 어찌 아느냐?"

"예? 그, 그건… 저도 모르게 말이 튀어나왔으나 사실 저는 모르고 있었습니다."

"무엇이? 그놈 참 알수록 수상한 놈이로다!"

그때 은동이 끼어들었다.

"아니야! 할아버지! 탈해는 기억을 잃었어요!"
"그래? 그럼 이제 기억이 돌아온 것이냐?"
"아닙니다."
"그럼 내가 지금까지 정신 나간 놈하고 대화를 했다는 거야? 이런!"

탈해는 무척이나 괴로워하면서도 당황하여 말을 이을 수가 없었다. 하지만 한시가 급한 차차웅이 일단 태기왕의 묘지로 가서 용을 부를 것을 간청하였다. 용마도인은 잠시 망설이더니 용을 불러내어 태기왕의 후손을 찾아 음양의 합을 맞추면 될 것이라 했다.

일행은 모두 산 정상의 바위 밑에 있는 동굴입구로 갔다. 정상에서 약간 내려와 있는 음지로서 선도성모의 암자 반대편에 있었다. 동굴에 도착하자 선도산 제일도인이 놀라 물었다.

"아니? 자네는 어찌 이곳을 우리보다 잘 아시는가?"
"사실은 가막미르가 신라의 거서간을 해할까 두려워한 선도성모가 여기에 가막미르를 봉인하고자 했는데, 마고여신이 반대하여 아리수 밑에 깊숙하게 봉인했지. 그때 나도 선도성모를 도와 봉인을 함께 하게되어 알게 되었지. 그 후 성모께서 거서간 수호오룡을 숨겨두려고 다시 이곳을 봉인장소로 쓰려했지만 접근성이 너무나도 용이하여 이중 장치를 한 것이네. 오초석받침에 오초석을 끼운 다음 거서간의 후예와 태기왕의 후예가 함께 호출하면 오룡이 나타나 국가를 구할 것이라 했지. 그 후예들이

기이한 힘을 발휘하는 것은 애초에 거서간과 태기왕에게 각각의 기운을 안배하여 숨겨두었기 때문이라고 전해진다네."

차차웅이 귀 기울여 듣다가 용마도인 곁으로 다가섰다.

"예? 태기왕은 패왕인데 어찌 거서간님과 같이 힘을 안배해두었다는 말씀이니까?"

차차웅이 의심스러운 표정으로 물었다.

"나는 그것 이외에는 아무것도 모르네. 일단 오룡을 호출하면 용들은 올 것이네. 그러나 그것을 오초력석의 큰 기운에 가두고 명을 내리는 것은 두 사람의 힘이 필요하네. 그대들이 진정으로 원한다면 지금 용을 부를 수 있네. 하지만 용에게 명을 내리려면 음양의 조화가 있어야할텐데…"

"예. 지금 호출해주십시오!"

차차웅은 급한 나머지 매달리듯 호소를 했고 석탈해는 불안감을 떨칠 수 없었지만 일단 차차웅의 뜻을 따르기로 했다.

"오초석을 주시게!"

용마도인은 오초석의 바닥을 눈여겨보았다. 그리고는 고개를 끄덕였다.

"진품이로군! 여기 바닥에 서인(徐印)이라고 쓰여 있어야 진품일세. 으음, 그런데 이건?"

"왜요?"

"바닥에 피가 묻어있군… 패왕의 피… 좋소! 좌우간 해보겠소!"

용마도인은 오초석을 각각의 색과 크기에 맞추어 받침대에 맞추어 끼웠다. 그리고 입정하여 주문을 외우기 시작했다. 불과 반다경이 지나지 않아 그의 정수리에서 모락모락 김이 올라오고 이마에는 땀이 맺혔다.

잠시후 일기가 대단히 흐려지며 새벽하늘에 검은 구름이 드리워졌고 점점 선도산 정상으로 구름들이 몰려왔다.

"용이다!"

과연 용마도인의 말처럼 아슴푸레하게 허연 수증기와 검은 구름 속에서 거대하고 신기한 형체들이 날아다니고 있었다. 용들의 출현이 분명했다. 용마도인은 또다시 주문을 외웠고 오초석을 중심으로 거대한 안개 기둥이 세워졌다. 마치 하늘의 구름이 땅위에 그대로 내려온 듯했다. 구름의 거대한 집이 지어지자 용들도 오초석 위의 집채만한 구름 속으로 내려왔다. 용들이 구름 속에 있는 것은 분명했지만 자세히 보이지는 않았다.

"지금이요! 차차웅! 용들에게 명하시오."

"예? 아, 예!"

차차웅은 안개속의 용들에게 우렁차게 외쳤다.

"들어라! 천룡들아! 나는 박혁거세 거서간의 아들 남해차차웅이다. 지금 거서간이 홍수에 의해 서거하시고 궁성이 가막미르에 의해 점령당했도다! 그대들은 나를 도와 나라를 구하라!"

그러나 용들에게서는 아무런 감응이 없었다. 세 도인과 용마도인에 의하면 용들에게서 감응이 와야한다고 했다. 아무래도 태기왕의 후손이 없어서 어렵다면서 그들은 차차웅에게 더욱 간절하게 명하라고 했다. 오초석에 갇힌 용들이 말을 듣지 않고 시간이 지체되자 용마도인은 일단 도신주를 마시자고 제의했고 세 신선과 함께 암자로 돌아갔다. 석탈해가 따라가보니 그들은 서로 먼저 술을 마시느라 정신이 없었다.

"자! 드시게! 도신주 이거 얼마만인가?"
"아이고! 형님 먼저 !"
"아닐세, 아우 먼저!"
"그럼 제가 먼저, 히히히히."
"하하하하."

그들은 그렇게 도신주에 취해갔다. 용마도인과 세 도인의 고민은 술과 함께 날아가고 있었다. 일딴 술을 빙해받지 않고 마시기 위해 암자에 결계를 치고 본격적으로 도신주를 마시기 시작했다. 용마도인은 술기운이 돌자 오초석에 태기왕의 피가 묻어 있어서 태기왕이나 그 후손이 필요한데 잘 되려나 모르겠다고 했다. 하지만 도인들은 이미 도신주와 송근주에 취해 제정신이 아니었다. 반면에 동굴에서는 차차웅의 부탁이 계속되었으나 독주를 마시고 깊은 잠에 빠져든 도인들은 깨어날 줄 몰랐다.

문득 동굴 부근에서 여려명의 인기척이 났다. 그리고 동굴 밖에서 경계를 펴던 상길과 우혁 그리고 천종이 힘없이 쓰러졌다. 누군가 고수가 손을 쓴 것이 분명했다. 은동과 탈해는 암자에서 동굴로 돌아오다가 수풀 속으로 황급히 몸을 숨겼다. 일단의 무리들이 오고 있기 때문이었다.

동굴 앞에서 기도하듯 용들에게 명령을 하던 차차웅 앞에 흑의인 무사 십여 명과 검은 수염의 기도가 출중한 무사가 나타났다.

"아니? 그대는 궁표검객?"
"나를 알아보는가? 차차웅?"

마치 약속이나 한 듯이 궁표검객의 등장은 매우 공교로웠다. 어쩌면 그가 도인들이 술에 취해 잠이 들기를 기다렸는지도 모를 일이었다. 차차웅을 향해 거침없이 다가가는 궁표검객을 향해 최장군이 검을 들고 달려나오다가 한순간에 쓰러지고 말았다.

"윽!"
"최장군!"
"아, 안돼! 차차웅님을 보호하시오! 아악!"

최장군이 절규했다. 그리고 차차웅이 발검을 하여 궁표검객과 맞서려는 순간 단발마와 함께 엄청난 속도의 신영이 날아들었다.

"멈추거라! 이놈!"

바로 차차웅의 호법인 흑의였다. 그가 나타나자 흑의인들이 가담하여 맞섰지만 흑의의 적수가 되지 못했다. 서너 합만에 십여 명의 흑의인들이 모두 쓰러졌다. 그리고 흑의는 궁표검객에게 공격자세를 취했다.

"제법이로군?"

쓰러진 흑의인들의 앞으로 나선 궁표검객이 야릇한 미소를 지었다. 그리고는 놀리듯 말했다.

"내 너를 줄곧 따라왔거늘 나에게 덤비는가? 후후후후후."
"주군! 무탈하십니까? 제가 저자를 처치하겠나이다!"

제 41화 – 10. 도피와 추격 – 서거 팔일째(5)

흑의는 차차웅에게 목례를 하여 예를 표한 후 궁표검객에게 달려들었다. 그는 자신이 빌미가 되어 차차웅의 위치가 발각된 것에 대한 책임감 때문인지 과도한 공력으로 초식을 펼쳤다. 엄청난 속도로 흑의의 공격이 이어졌지만 그의 공격은 궁표검객의 털끝 하나 건드릴 수 없었다.

흑의의 도포자락이 피로 물들기 시작했다. 일방적인 대혈투였다. 궁표검객의 한자밖에 되지 않는 짧은 단검으로 흑의를 처절하게 베고 또 베었다. 흑의는 전의를 상실한 후에도 치명상을 당했다.

"인간이 저렇게 잔인하다니…저런 악마같은 놈!"

더 이상 볼 수 없었던 탈해와 은동이 궁표검객을 향해 달려들었다.

"이얍!"
"피잉!

은동이 먼저 활을 쏘았고 탈해가 자신도 모르게 검초에 빨려들어가듯 검공을 펼쳤다. 일각 전에 배운 최도인의 일검만파초식이었다. 탈해는 의도와는 다르게 저절로 초식이 시전되었다. 마치 전생에 겪었던 일처럼 자신의 검초가 기억이 나는 것 같았다. 그러나 막상 정신을 차리고 보니 그것은 물여위가 가르쳐준 이십지강법 초식과 혼용된 것이었다. 열손가락에서 나온 지풍이 일검만파의 공력에 추가되어 가공할 위력으로 나타난 것이었다. 강력한 은동의 화살을 피한 궁표검객이 이번에는 수십 개의 검 강이 쾌속으로 밀려오는 것을 보고 순간적으로 몸을 날렸으나 그중 한 두 개의 검강을 맞고 부상을 입었다.

그러나 흑의와 차차웅마저 석탈해의 검강에 맞아 쓰러지고 말았다. 그 검강으로 인근의 나무들이며 동굴 아래의 암자까지 부서진 모양이었다. 탈해의 일검만파는 생각보다도 훨씬 강도가 컸다. 더욱이 자신도 모르게 물여위의 이십지강법을 일검만파와 혼용하여 썼기 때문에 열 손가락에서 십만파의 검파가 발사되어 통제가 불가능했던 것이었다.

가공할 위력의 공격과 그에 따른 굉음에 놀란 용마도인과 세 도인들이 동굴로 뛰어왔다. 그들조차 당황하여 정신이 없었다. 네 도인이 오는 것 을 보고는 부상당한 궁표검객이 황급히 자리를 떴다. 석탈해의 실수로 인 해 차차웅이 심각한 부상을 입었고 부상중이던 흑의와 최장군은 절명하 였다.

"네 어찌 우군까지 공격을 하였는고? 이들의 죽음은 너의 책임이다! 네 잘못에 대한 책임을 차후에 물을 것이다! 일단 차차웅을 살려야겠군!"

선도산 제일도인이 탈해에게 일갈을 한 후 네 신선들이 차차웅을 옹위 하여 사방으로 좌정하여 앉은 뒤 공력을 나눠주었다. 그런데 갑자기 석탈 해가 다시 칠보검을 뽑아 들었다. 그리고는 네 도인과 차차웅을 향해 다 시 한번 일검만파를 발사하였다. 네 도인은 공력을 끌어올려 반탄강기를 발하였으나 차차웅은 또 검강을 맞은 모양이었다.

"으윽!"

그는 쓰러진 채로 원망이 가득한 표정을 지었다가 기절하고 말았다.

"아니? 왜 그래 탈해야?"

부상을 입고 쓰러졌다가 암자로 돌아온 세 동문과 은동이 동시에 외쳤다. 탈해는 순간 몸을 날려 산 아래로 경공을 펼쳤고 은동과 나머지 동문들이 그 뒤를 따랐다. 팔부능선까지 날아가던 탈해가 경공을 멈추었고 뒤따르던 네 명이 거친 숨을 몰아쉬며 모여들었다. 배상길이 먼저 탈해에게 물었다.

"너! 왜 그랬어? 차차웅님에게 검강을 두 번이나 쏘다니!"
"아니, 그게 아니야! 궁표검객이 되돌아와 차차웅님을 해치려했어!"
"그게 무슨 소리야? 아무도 안보였는데?"
"그는 은둔술을 썼어. 난 알아볼 수 있었어! 아! 으…머리야!"

석탈해가 혼란스러워하면서 두통을 호소했다. 그러자 배상길이 탈해를 부축하고는 서둘러 도망을 종용했다.

"서둘러! 일단 차차웅님의 생사여부를 알아본 다음에 여기를 피하고 보자."
"내가 다녀올게!"

"탈해야! 너 도인들에게 잡히면 죽어! 조심해!"

"그래. 알았어."

탈해는 암자 위쪽으로 상승경공술을 펼쳐 날아갔다. 그가 둔갑술을 써서 바위처럼 변신하였다. 먼 발치에서 보니 네 도인이 차차웅을 겨우 살려내고는 안심을 하는 모양이었다. 그리고 탈해에 대해 이상한 놈이니 반드시 잡아 혼쭐을 내어야 한다고 분통을 터뜨렸다. 탈해는 조금 가까이 가서 차차웅의 상태를 보려다가 도인들에게 들킬까 두려워 암자 부근에서 조심스럽게 빠져나왔다. 탈해가 돌아오자마자 일행은 산을 내려가기 시작했다. 그들은 결국 오해로 말미암아 선도산에서 도망치기 시작한 것이었다.

산을 벗어나자 숨을 고르고 잠시 쉬었다. 우혁이 탈해의 어깨를 잡으며 위로했다.

"탈해야, 괜찮아?"

"…"

탈해는 말이 없었다.

"걱정마, 악인들은 지충수로 망히지. 지들이 늘 스스로 악행을 저지르다가 그 악행 때문에 무너지게 되어 있어. 오해가 풀리면 다 잘 될 거야."

탈해가 선도산을 한번 쳐다보고는 말없이 일어섰다. 그리고 정처없이 다시 뛰기 시작했다. 친구들도 말없이 그를 따랐다. 구름이 걷히자 멀리 수평선이 보였고, 탈해는 본능적으로 바다로 향해 달려갔다.

한편 신라의 궁성은 뒤숭숭했다. 실제로 궁의 주인이 누구인지조차 알 수가 없는 혼란 상황이었다. 이태충 대보는 궁표검객의 눈치를 보다가 육 부족과의 협력을 잃었고 왕족들과도 척을 지게되었다. 이태충대보는 이 운하와 중대사를 논의했지만 그의 조카인 이운하는 궁표검객의 심복으로 차차웅을 추적하는 일에 몰두하여 쉽게 다가갈 수 없는 상황이었다.

이태충 대보는 집무실에서 골똘하게 생각이 잠겨있다가 궁성 경비무 사의 보고를 받았다.

"대보 어르신! 왕자님과 공주님이 오셨습니다. "

"그래? 으음… 그냥 내가 바쁘다고 적당히 둘러대거라."

"예!"

그때 누군가 문을 열고 안으로 들어왔다.

"콰당"

"잠깐만요! 왕자님! 이러시면 안됩니다."

"무엇이 안된단 말이냐! 대보! 우리에게 이러실 수 있소이까?"

"아! 왕자님 오셨습니까? 제가 골치 아픈 일이 있어서요…"

노례왕자와 아니공주의 항의 방문을 받은 이태충은 떨떠름한 표정으로 마지못해 예를 올렸다. 왕자와 공주는 얼굴에 노기를 띄고 있었으며 굳이 그러한 내색을 숨기려하지 않았다.

"대보께서는 언제까지 중궁전에 경비무사들을 배치할 요량이시오?"

"그야 왕비께서 편치 않으시니까…"

"그런데 우리까지 근접하지 못하게 하는 게요?"

"그것이 왕비마마의 뜻이옵니다."

"거짓말 마시오! 당신과 그 궁표검객인가 뭔가 하는 작자의 뜻이겠지?"

"아닙니다."

"아니라면 증명을 해보시오!"

공주가 강하게 나오자 이태충을 말을 잇지 못했다.

"으음…"

"대보는 지금 당장 앞장서시오! 내가 어마마마를 만나 뵈어야겠소이다!"

"공주님! 그게 그러니까…"

"또 변명만 늘어놓으시려고? 대보! 그대는 신라의 대보인가? 아니면 저 흉악무도한 궁표검객의 하수인가?"

공수가 이태충 대보에게 삿대질을 하며 소리쳤다. 그러자 경비병들이 달려들어왔다. 이태충대보를 옹위하며 금방이라도 공주와 왕자를 공격할 것 같은 태세였다.

"너희들은 누구냐! 가만! 이 무사들은 계림군들이 아닌데?"

"알면 순순히 돌아가시오."

경비병 중 인솔자로 보이는 자가 공주를 노려보며 말했다.

"말로 할 때 돌아가시오!"

"뭐라? 말로 해? 말로 하지 않으면 어쩔텐가? 칼부림을 할텐가?"

공주가 검집에 손을 대자 경비병들도 일제히 창을 들고 방어자세를 취했다.

"공주! 그만하시죠."

"뭘 그만해!"

"누이! 이들과 싸울 필요는 없어요."

"싸움을 거는데 그럼 안 싸워?"

왕자는 말려보았지만 평소의 성격을 아는지라 아니공주를 끝까지 막아서지 못했다.

"오냐! 그래 검을 섞어보자꾸나!"

"추링!"

"아니? 안 된다!"

공주가 발검을 하자 경비병 다섯 명도 발검을 했다. 이태충이 말렸지만 공주와 다섯 병사들이 맞서서 금세라도 싸움이 일어날 분위기였다. 공주가 선공을 펼쳤다

"이얏!"

공주는 발검과 동시에 쾌검을 휘둘렀고 그들은 손아귀를 부여잡고 고통을 호소했다.

"아이고! 으윽!"
"휘익!"

그때였다. 누군가 엄청난 속도로 나타났다. 그는 부드럽게 움직였지만 빨랐고, 별로 힘을 쓴 것 같지 않았지만 공주의 검을 빼앗아 버렸다. 엄청난 고수였다.

"아니?"

손도 써보지 못하고 검을 빼앗기자 할 말을 잃을 정도로 그녀는 어리둥절했다. 순식간에 나타난 자는 바로 궁표검객이었다.

"공주께 무력을 쓰다니? 우리가 결례가 많았소이다. 지금 중궁전으로 가보시지요. 왕비께서는 아직 편찮으시오! 요구사항이 있으면 앞으로 나

에게 말씀하시오. 그럼…"

　궁표검객은 공주의 칼을 돌려주고는 홀연히 사라졌다. 공주와 왕자는
무척 당황했지만 일단 중궁전으로 걸음을 옮겼다.

제 42화 – 11. 태기왕 후손을 찾아서 – 서거 구일째(1)

다섯 사람은 그야말로 쫓기는 들짐승떼처럼 달리고 또 달렸다. 석탈해를 필두로 그 뒤에는 탈해를 가장 걱정하는 은동이 달렸고 천종과 우혁 그리고 마지막으로 상길이 사주경계를 하며 내달렸다. 선도산을 벗어나자 상길이 일행을 멈추게 했다. 과도한 경공 탓에 매우 숨이 찼다.

"여기서 잠시 멈추자! 헉헉, 우선 어디로 갈 것인가를 정해야지?."

"그래 그게 좋겠어. 목적지를 정하고 가는 것도 중요하지만, 우선 태기왕의 묘소를 정확하게 알아내야겠지. 그치 탈해야?"

흥분한 천종과 달리 우혁이 차분하게 말을 이어받았다.

"좀 괜찮아졌어? 탈해야?"

그러나 석탈해는 대답이 없었다. 스스로 감정을 조절하지 못할 정도로 죄의식에 사로잡혀있었다. 은동이 조심스럽게 탈해의 상태를 살피면서 말했다.

"니 잘못이 아니야! 탈해야. 궁표검객이 차차웅을 죽이려고 접근했고 너는 궁표검객을 해치우려다가 일이 그렇게 본 거삲아. 그리고 차차웅은 살아나셨잖아… 물론 최장군과 흑의가 잘못된 건 사실이지만 자책할 필요는 없어. 그들도 차차웅에 대한 충성이 있는 분들이니까 죽어서도 이해할 거야."

은동과 천종 그리고 우혁이 탈해를 걱정하며 갈피를 잡지 못하자 상길은 예전처럼 자신이 사형으로서의 역할을 하려했다.

"지금 탈해가 혼란스러우니까. 내말을 좀 들어봐! 이렇게 하자. 일단 태기왕의 후손을 찾자. 동미리국에 태기왕의 가묘가 있다고 했으니 분명 묘지기가 있을 거야. 묘지기를 찾는데 전념해야 해. 먼저 천종이 염탐을 하고 나머지는 은신할 곳을 찾아 숨어있기로 하자."
"그래, 그게 좋겠어!"

탈해가 정신을 차리고 말을 이었다.

"동미리국이라면 여기서 멀지 않으니 가서 태기왕의 후손을 찾아와서 차차웅님과 함께 용들을 데리고 신라국을 다시 찾아야지. 빨리 가자."

다섯 명은 신라국의 궁성을 우회하여 북쪽길을 돌아 바닷가의 동미리국으로 향했다. 상승 경공으로 불과 두어 시진밖에 걸리지 않았다. 선도산에서 밤새워 싸우고, 또 달려왔기 때문에 꽤 시장했다. 일단 객점에 들른 그들은 요기를 했고 식사를 빨리 마친 천종이 시장통의 행인들과 상점 주인들에게 몇 가지 내용을 알아보고는 부리나케 돌아왔다. 객점의 주인은 들락날락하는 탈해 일행을 이상하리만치 눈여겨보았다. 그러거나 말거나 천종이 나갔던 일에 대한 이야기를 늘어놓았다.

"애들아, 동미리국의 태기왕묘는 거서간의 명으로 없애버렸고 주선국에 가묘가 있대."

"그거 확실한 거야?"

"그렇다네."

"좋아! 주선국으로 가보자! 해안선을 따라 가면 그리 멀지 않을 거야, 수고했다. 천종아!"

배상길이 천종을 칭찬하자 우혁도 한 마디를 했다.

"내가 주선국의 지리를 잘 알아. 그리고 거수들의 무덤들이 어디 있는지도 다 꿰고 있지. 일단 그쪽으로 이동하자."

상길이 이번에는 엄지손가락을 치켜세우며 우혁을 칭찬했다.

"우혁은 역사, 지리에 밝아서 여러모로 써먹을 데가 많은 친구야! 우혁이가 없었으면 우리 어떻게 할 뻔했냐?"

"에이, 뭘…헤헤."

그러자 은동이 뭔가에 삐쳤는지 쏘아붙였다.

"지들끼리 잘 놀고들 있네. 아! 빨리 가기나 해!"

봄날의 해안선은 무척 아름다웠다. 바닷가 숲에는 때 이른 산수유꽃이 피기 시작했고 거대한 솔숲은 바다와 마주하여 장막을 둘러친듯했다. 수백 년을 살아온 거대한 소나무 사이로 길을 따라가니 광활한 바다가 눈앞으로 펼쳐졌다. 바다 가운데 솟은 바위섬은 마치 용의 형상을 하고 있었다.

"바다야! 바다!"

은동이 마치 강아지처럼 폴짝폴짝 뛰면서 해안의 모래 위에서 춤을 추며 돌아 다녔다. 탈해도 망망대해를 바라보니 가슴이 탁 트였다. 아진포에서 자라면서 질리도록 바다를 보았건만 그래도 요 며칠 어려운 시간을 보내서인지 탈해는 수평선을 보자 가슴 속이 후련하기 그지없었다.

은동이 말괄량이 기질을 발휘하여 몸을 숙인 다음 가랑이 사이로 바다를 보았다.

"야! 바다가 하늘에 있네? 어? 바다가 하늘인가? 헤헤."

순간 탈해는 무언가 깨달음이 있었다. '하늘과 땅은 서로 연결되어 있고 서로 의지하고 있구나! 그래서 하늘의 옥황상제도 실은 우리가 떠받드는 것이 아니라 우리에게 의지하는 것인지도 몰라!' 이런 엉뚱한 생각이 스쳐지나가자 왠지 자신감이 생기고 기분이 한결 나아졌다.

도착하자마자 우혁이 혼자 행동하기로 하고 일행은 후미진 산기슭에서 우혁을 기다리면서 주선국의 번화가 거리를 내려다보았다. 주선국은 실제로 신라국에 의해 흡수 통합되었지만, 백성들은 대체로 아직도 이 땅이 주선국인줄 알고 있고 주선국의 거수와 태기왕의 존재를 믿고 있었다. 길거리를 다녀본 우혁은 변화에 둔감한 백성들이 다소 의아해했다. 우혁은 어렵지 않게 태기왕의 묘를 알아왔다. 일행에게 태기왕의 소위 소국과 민이라는 치세이념으로 백성들의 삶에 그다지 개입하지 않은 때문인지 사람들에게 그날 그날 먹고살면 된다는 생각들이 팽배한 것 같다고 말했다.

"뭐? 그냥 먹고 살기만 한다? 그런 삶도 괜찮네."

"뭐라구?"

"탈해, 너답지 않다?"

"그래, 기억상실 이후 성격이 정말 많이 바뀌었어."

"내가? 그래? 옛날엔 어땠는데?"

"옛날에야 솔직히 싸가지가 바가지였지."

"정말?"

"하하하하하."

그들이 웃고 떠들며 이동하는 동안 사람들이 알려준 태기왕의 가묘 근처에 다다랐다. 묘비 대신 나무판을 세워놓았고 과연 그 뒤편에 진한지주지묘(辰韓地主之墓)라고 쓰여있었다. 나무묘비를 바라보던 탈해가 허무하다는 표정으로 말했다.

"자기가 진한 땅의 주인이라고? 이 땅의 주인은 백성들 아닌가?"

그러자 상길이 탈해의 말을 막듯이 말했다.

"아니지! 진한의 주인은 거서간님이시지! 아니, 이제는 차차웅이신가?"

"그럼 차차웅이 돌아가시면 누구 꺼야?"

언제나 엉뚱한 말을 하는 은동이 끼어들자 모두 대화에서 벗어나 주변으로 흩어져 무언가 태기왕에 대한 다른 흔적 같은 것이 없나하고 두리번거렸다. 주위를 둘러보아도 황량한 숲에 다른 묘도 없었고 인기척도 없었다. 탈해 일행이 묘 주변을 어슬렁거리던 차에 상길이 묘안을 냈다.

"혹시 묘지기가 부근에 살고 있을지 모르니 우선 이 묘비나무를 빼내어 묘를 일부러 훼손하는 척해보자."

상길의 말대로 천종이 땅에 대충 박혀있는 묘비목을 두어 번 흔들어 잡아서는 빼들었다. 그리고는 아무렇게나 무덤 위에 던져버렸다. 그 다음으로는 무덤 위로 올라가 껑충 껑충 뛰면서 누군가가 나타나기를 기다렸다. 아니나 다를까 얼마 지나지 않아 육순은 되어 보이는 노인이 칼을 들고 나타나 소리를 질렀다.

"웬 놈들인고? 감히 남의 묘를 이토록 예의 없이 훼손을 하다니? 이런 경을 칠 놈들!"

"영감님이 태기왕의 묘지기요? 아니면 태기왕의 아들이요?"

"무엇이? 네놈들은 누구냐? 이제 거서간과도 묵은 원한이 해소되었거늘…괘씸한 것들!"

묘지기노인은 칼을 뽑아들고 이리저리 휘두르며 탈해 일행을 쫓으려 했다. 천상 무골인 천종이 발검하여 첫 합을 겨루었을 뿐인데 묘지기라는 자는 검을 놓쳐버렸다.

"잠깐! 천종아! 그는 검객이 아니야! 그는 선비인 모양이다. 자세히 봐라, 무인의 근력이 아니야! 환자로군!"

늘 그렇듯이 우혁이 천종의 공격을 막아섰다. 칼을 떨어뜨린 노인은 저항할 기미를 보이지 않았다. 배상길 역시 천정의 앞을 가로막았다.

"그래, 우혁이 만류하지 않았다면 괜히 무고한 사람을 다치게할 뻔했다."

상길은 주선국의 태기왕 묘지기에게 늦었지만 목례하여 예를 표했다. 상길이 신라국 아진공의 제자들임을 밝히자 그는 의심어린 눈빛으로 탈해 일행을 처다보며 물었다.

"신라국에서 왔다고? 일찍이 거서간께서 태기왕과의 모든 원한관계를 풀었노라고 선언하시고 나는 태기왕에게 속죄하는 마음으로 스스로 묘지기를 자청하였는데 어찌 신라국에서 다시금 무사들을 보낸단 말인가?"

"어르신, 그게 아닙니다. 거서간께서 홍수에 의해 붕어하시고 차차웅께서 축출낭하서서 우리는 내기왕의 후손을 찾고자 이렇게 왔습니다. 우리는 신라국의 군사들이 아니고 차차웅을 도우려는 무인들입니다. 아진공께서는 벼슬을 그만두시고 초야에서 무공을 수련하셨는데 얼마 전 가막미르의 자객들에 의해 돌아가셨습니다."

"그래요? 거서간께서? 붕어하셨다고! 아이고! 이런 일이… 흐흑!"

탈해가 예를 갖추고 말하자 그는 뜻밖에도 울음을 터뜨렸다. 그리고 신라국이 있는 북쪽을 향해 세 번 큰절을 올렸다.

"거서간이시여! 불충한 이 구정동이를 용서하시옵소서! 아이고! 흐흑!"

그가 숨을 좀 돌리자 탈해가 그를 부축하며 물었다.

"뭐라구요? 당신이 구정동이라구? 그럼 구성련의 부친이시오?"

"아니, 그대들이 어찌 내 딸아이를 아는가?"

"살아계셨군요? 구성련 신녀는 자신의 아버지가 죽은 줄 아는데 그래서 유품으로 단검을 보며 우는 것을 저희가 보았습니다."

"그래요? 누가 내 단검을 딸아이에게 전해주었단 말이요?"

"금강산의 봉래선인이요."

"아! 그렇군, 봉래도인께서 내 자식을 챙겨주시는군, 그럼 되었소이다."

"그런데 과거 진한국 통일 시에 거서간님께 철검을 대량으로 생산해주신 거수께서 왜 이러고 계십니까?"

제 43화 – 11. 태기왕 후손을 찾아서 – 서거 구일째(2)

석탈해는 그를 의구심에 찬 눈빛으로 바라보았다. '구정동은 거서간의 충신이었다는데 어찌 태기왕의 묘지기를 하고있단 말인가?' 탈해는 상당히 혼란스러웠다. 그가 곰곰이 생각을 하고 있는 도중 우혁이 나섰다.

"어르신, 부탁을 하나 드려도 되겠소이까?"

설우혁이 구정동의 손을 잡고 간곡하게 말했다.

"무슨 부탁이요? 들어줄 만하면 들어드리리다."

"사실, 우린 신라국 아진공의 제자들이지만 또 이성국 용주도인은 우리의 사숙이 되십니다."

"그래요?"

"용주도인을 아시지요?"

"알다마다요. 내 생명의 은인인 걸요."

"그러시군요. 으음, 저, 태기왕의 후손은 어디 있습니까? 사실대로 말해주세요. 우리는 그분을 해치려는 것이 아니고 차차웅과 함께 용을 호출하기 위해 모셔가려는 거에요? 그분의 안전을 보장할께요."

"허허. 늦으셨구려. 왕자님은 벌써 동해용왕이 데려갔다오. 그분은 태기왕의 손자일뿐아니라 순음지체를 타고난 음의 상징이니 지하명부나 수중의 용궁에서 탐내는 분이였지요."

"틀림없지요?"

"그렇다니까요"

"휴우, 답답하구만…"

탈해 일행은 망연자실했다. 차차웅에게 데리고 갈 태기왕의 손자가 동해용왕에게 잡혀갔으니 가기도 어렵거니와 설령 용궁에 간다 해도 그를 빼앗아 육지로 데려올 엄두가 나질 않았기 때문이었다. 구정동은 병이 들었고, 가지산에 숨어들어 여생을 마치려고 했으나 태기왕의 승하 소식을 접하고 일년전부터 묘지기를 하고 있었던 것이었다. 탈해 일행과 구정동은 넋이 나간 사람들처럼 그렇게 하늘에 떠가는 구름을 한동안 물끄러미 바라보고 있었다.

한편 신라궁성에서는 궁표검객과 육부촌의 관리들이 모의중이었다. 잠시후 그들은 불시에 찾아온 방문객을 맞이했다. 예의의 흑의인은 가막미르가 보낸 자였다. 이태충과 이운하장군 그리고 방금 출타하였다가 돌아온 궁표검객이 가막미르의 사자를 접견하는 분위기가 심상치 않았다. 사자와 궁표검객은 귀엣말을 주고 받았다. 그리고는 궁표검객이 노기가 서린 어투로 이태충에게 가막미르군사들의 신라국 입성을 종용했다.

"이태충공! 하루속히 가막미르님의 입성을 준비해야겠는데, 이렇게 진행이 느려터져서 어찌 하겠소! 에이! 이성국과의 전쟁을 벌이고 뒤이어 백제와도 전쟁을 하려면 가막미르님이 친히 오셔서 신라국 조정 뒤에서 지휘를 하셔야 할텐데, 이공은 도대체 뭐하는 거요? 한시가 급해요! 내일 모레면 주군께서 명부에서 오시는데, 당장 입궁준비를 마치시오!"

"그건 곤란하외다."

"곤란하다니?"

"가막미르께서 아직 신라국 궁에 들어가지 못하는 이유는 알영부인의 부친 때문이요."

"알영부인의 부친이라니?"

"그는 과거 북해용궁의 용이었는데 후에 육지로 와서 용화인이 되어 딸을 낳았지요. 그들은 계룡족으로, 일설에는 봉황과 용이 결합하여 인간이 된 경우라 하오."

"계룡족?"

"그렇소! 그래서 그 계룡족이 알영부인을 수호하고 있기 때문에 다른 용들이 왕후가 지키는 궁으로 못 들어오는 것이지요."

"그렇군. 허나 계룡들을 다 죽이면 되지 않나?"

"그게 말처럼 쉽지가 않소이다. 그들은 봉황하고도 긴밀하게 연결되어 있어서 계룡족 용들과 전면전을 벌이는 동안 수십 수백 마리의 봉황들이 지원을 해오면 상황이 어려워지기 때문이요."

"그럼 언제까지 기다려야하나? 왕비도 처단해야하나?"

그때였다. 궁표의 좌우호법이 전서구 서한을 가지고 왔다. 그들은 부복하며 급하게 말을 했다.

"주군께 보고드립니다. 석탈해라는 자가 동미리국에 나타났고 합니다."

"그래? 당장 잡아들여라. 이운하장군! 속히 움직여라!"

"예!"

"아니다. 내가 직접 가마. 그놈은 절대 만만하지가 않다. 이번에는 놓치지 않으리라!"

"그래도 제가 처리하겠나이다."

"넌 여길 지켜라! 그리고 흑귀, 설표, 너희는 나를 따르라!"

"예! 주군!"

"그리고 전령은 가막미르님께 전하시게. 일이 거의 마무리되었으니 조금만 기다리시면 된다고 말이야. 후후후."

궁표검객은 보고문 쪽지를 보며 씁쓸한 미소를 지었다. 그리고는 주먹을 쥐며 다짐하듯 굳은 표정을 하더니 좌우호법 두 명만 대동하고 신형을 날렸다. 과연 삼한땅 최고수답게 경공이 범부들의 상상을 초월할 정도로 빠르기 그지없었다.

한편 주선국의 태기왕묘에서는 구정동과 탈해 일행이 작별을 고하고 있었다.

"내 자식의 소식을 알려주어 고맙소이다. 마침 태기왕의 삼년상 중 일년상이 끝났으니 나도 용성국에 가서 딸을 만나보고 한 많은 여생을 마쳐야겠소."

"생을 마치시다니요? 괜한 말씀을 다하십니다. 어서 가보시지요. 저도 동해용궁에 가서 태기왕 손자도 구해오고 천년거북의 등껍데기를 찾아 신녀를 뵈러가겠습니다."

"그게 무슨 말이요? 천년거북의 껍데기라니?"

"아 예, 그런 게 있습니다. 그럼 조심해서 가십시오."

"또 봅시다. 참, 이거 별거 아니지만 받아주시오."

구정동은 자신이 가지고 있던 검을 탈해에게 주었다.

"이검을 왜 제게?"

"내가 한때는 대장장이였다오. 이검은 천년한철로 만들었으니 강철은 물론이고 용의 비늘도 거뜬히 벨 수 있는 좋은 검이라오. 동해용궁에 가면 반드시 용들과 일전을 벌일 터, 이 검이 유용할 거외다."

"그럼 어르신은요? 병장기가 있어야 그 먼 용성국까지 가지요."

"허허, 내가 뭐라고 했수? 난 본시 대장장이니 검은 집에 가면 지천이요."

"알겠습니다. 그럼 염치불고하고 받습니다. 감사합니다."

탈해는 그가 대장장이였다는 말에서 문득 신라국의 건국 칠촌 중 하나였다는 대사촌의 금씨에 대해 물어보았다.

"혹시 거수 어르신께서는 신라국의 금씨에 대해 아시나요?"

"금씨 누구?"

"예, 거서간께서 신라를 건국하실 때 도움을 주었다는 칠 부족의 하나로 대사촌의 금씨요?"

"아니? 그대가 어떻게 대사촌을 아시나!"

"알고계시는군요?"

"아아, 아니, 모, 몰라!"

구정동은 티가 날 정도로 거짓부인을 했다. 그리고 서둘러 떠날 차비를 한다면서 바쁜 척하는 것이었다. 하지만 탈해로서는 더 이상 캐물을 수가 없었다. 구정동이 떠나고 나자 배상길이 낙담하여 한숨을 쉬었고, 탈해가 문득 무언가 떠오른 표정을 지었다.

"왜? 탈해야! 묘수라도 있니?"

"일단 신라로 돌아가자. 내가 아는 사람 중에 동해용궁에 가는 법을 알 만한 사람은 아진의선과 물여위 밖에 없어!"

"물여위가 누구야?"

"잔말 말고 빨리 가자구!"

"탈해야! 신라로 가면 궁표검객인가 뭔가 하는 놈이 있잖아?"

"괜찮아, 물여위 사부가 더 쎄!"

그들은 서둘렀다. 그러나 주선국에서 신라접경으로 들어서자 어느덧 해가 뉘엿뉘엿 지고 있었다. 해안선을 따라가다가 산길로 접어들기 시작했다. 혹시 가막미르의 군사들이나 이무기들이 있지 않을까하여 사주경계를 하며 속보로 계속 걸었다. 솔숲으로 접어들자 우혁이 탈해에게 물었다.

"탈해야. 그런데 동해용왕이 왜 태기왕의 손자를 데리고 갔을까?"

"바보! 그거 아까 구정동인가하는 영감님이 말했잖아! 음기가 필요해서 데려갔다고!"

은동이 핀잔하듯 끼어들었다. 그러자 우혁이 다시 따져물었다.

"그러니까! 용왕이면 음기가 충만할텐데, 굳이 인간의 음기가 왜 필요하냐 이거지?"

"하! 바보! 답답하네! 용의 음기만으로 안되는 뭔가가 있겠지! 그러니까 인간의 음기를 가지러 온 거 아냐!"

우혁은 은동의 말에 짜증이 나서 아예 귀를 막는 시늉을 했다. 그러자 상길도 덩달아 의아한 표정으로 말했다.

"그런데 아까 말이야, 좀 이상하지 않았어? 태기왕의 묘에 어째서 태기왕의 잔존 세력들이 없었지? 오히려 거서간의 충신이었던 구정동만이 묘를 지키고 있고, 며칠 전 신라까지 왔었던 태기왕 무사들이 묘 부근에 없는 게 이해가 되지 않네? 그리고 구정동이란 사람도 거수출신인데 일부러 무공을 전혀 모르는 사람처럼 굴고 또 삼년상을 한다고 했다가 자기 딸 이야기를 듣고는 별안간 일년상만 지내고 간다고? 좀 이상하지 않아?"

"상길이도 우혁이처럼 머리가 안돌아가네. 걔네들 다 신라에 잡혀있잖아. 그리고 지 딸이 중요하지 배신한 태기왕이 뭐가 중요하겠냐? 안그래? 바보 같은 소리들 하지 말고, 빨리 탈해나 따라가자! 알았어?"

은동이 또 핀잔을 주었다. 다소 가파른 산길을 만나자 탈해가 먼저 경공을 펼쳤고 저녁노을이 붉게 물드는 서쪽 산을 향해 일행이 빠른 속도로 날아가기 시작했다. 한참을 신속하게 이동하던 일행은 토함산 남단에서 잠시 멈추었다. 탈해가 일행을 멈추게 한 것이었다.

"여기 바다 쪽에서 서쪽 방향으로 토함산을 넘어가면 남산까지 금방인데 거긴 아무래도 매복이나 군사들과 조우할 위험성이 있어. 지난번 선도산에서 바다로 갈 때 선도산 북쪽으로 함월산을 우회해서 궁성부근을 피해간 것처럼 토함산 남쪽의 수봉을 지나 영지연못을 돌아서 남산으로 가자!"

"너무 도는 것 아니냐?"

"그래도 그게 안전할 것 같아."

"그래 좋아, 출발하자구! 내가 앞장을 서지! 얍!"

이번에는 길을 잘 아는 천종이 앞서갔다. 선봉에 서서 경공을 펼쳐 십여 장을 날아가다가 별안간 단발마 같은 신음 소리를 내며 허공중에서 꼬꾸라졌다.

"윽!"

"자객이다!"

부상당한 천종을 에워싸고 일행은 아진오행진을 펼쳤다. 아니나 다를까 댓숲속에서 흑의인이 나타났다. 천종에게 암기를 던진 자임에 틀림없었다.

"용케도 멀리 달아났군! 동미리에서 주선국을 갔다가, 도로 신라에 되돌아오다니 일부러 우리를 속이려고 그랬나? 석탈해! 오랜만이로구나! 요 쥐새끼 같은 자식!"

탈해는 또 기억에 없는 자가 자신을 알아보는 것에 대해 부쩍 관심이 갔다.

"자! 예전에 못다한 승부를 겨루자!"
"그대는 나를 아는가?"
"무슨 개뼉따귀 같은 소리냐? 나 흑귀다! 나를 몰라? 내 얼굴에 난 이 검 상은 네가 만들어준 것이 아니더냐?"

흑귀는 얼굴에 사선으로 난 흉터를 가리키다가 검을 앞으로 들고 공격 자세를 취했다.

"자! 잔소리 말고 내 검을 받아랏!"

제 44화 - 11. 태기왕 후손을 찾아서 - 서거 구일째(3)

흑귀는 엄청난 쾌검을 휘둘렀다. 검이 바람을 가르는 소리가 마치 귀신의 울음소리처럼 기괴하고도 서글프게 났다. 하지만 탈해는 웬일인지 방어만 할뿐 이렇다 할 공격을 하지 않았다. 어찌 보면 흑귀의 너무나도 빠른 공격 때문에 방어에 급급한 것인지도 몰랐다.

"자, 잠시 물어볼 말이 있다!"

석탈해가 숨을 고르며 흑귀에게 말했다.

"그대는 나를 어디서 보았단 말인가?"
"쥐새끼 같은 놈! 잘도 피하더니 이제 체력이 떨어진 게냐?"
"나를 본 곳을 말해다오. 나는 기억을 잃었다."
"그래? 오냐! 죽기 전 마지막 소원이니 말해주마. 동해의 용궁에서 우리가 싸운 것을 정녕 기억 못한단 말이냐?"
"우리가? 동행용궁에 갔었다고? 어떻게 갔느냐?"
"이런 미친 놈이 있나! 어디서 엉뚱한 수작질이야? 닥치고 검이나 받아랏!"

흑귀는 재빨리 살수를 펼쳤다. 탈해는 너무나도 급작스런 흑귀의 공격에 자신도 모르게 일검만파 검감을 칠보검에 잔뜩 기를 모아 방사하였다. 수백 개의 검강은 그 어느 때보다도 강력하였다. 검을 들고 달려오던 흑귀는 만신창이가 되어 즉사하였다.

"퍼퍼퍼펑!"

"으윽!"

흑귀가 처절하게 쓰러졌지만 탈해는 자신도 모르게 피투성이가 된 흑귀에게 달려가 물었다.

"이봐! 흑귀! 동해용궁에 내가 어떻게 갔냐고?"

하지만 흑귀는 이미 숨이 멎었고 시신은 너덜너덜한 천 조각처럼 산비탈에 널부러졌다. 탈해의 가공할 무공을 네 명의 동료가 넋을 잃고 바라볼 뿐이었다. 천종은 흑귀의 암기를 피하느라고 공중에 중심을 잃고 떨어져 넘어졌을 뿐 큰 부상은 없었다.

"일단 자객들이 나타나는 것으로 보아 서두르지 않으면 안되겠다. 그리고 저 정도 고수들이 여럿 나타나면 우리로서도 승산이 없어! 서두르자. 단 너무 높이 날지 말고 최대한 땅에 낮게 경공을 펼치자. 알겠지!"

"그래, 알았어."

일행이 이동한지 불과 반다경이 되지 않아 탈해는 누군가 그들을 추격하는 것이 느껴졌다.

"안되겠다. 일단 아진오행진을 시행하고 매복하여 기다리자. 또 고수가 따라온다."

"그래!"

추격전은 계속 이어졌다. 이번에는 앞서 죽은 흑귀와 함께 궁표검객의 호법 중 다른 하나인 설표였다. 그는 쌍검을 들고 나타나 일행을 향해 던졌다. 검들은 마치 새처럼 이리저리 날아다니다가 다시 설표의 손으로 되돌아갔다.

"이런! 후후."

설표의 기습은 실패했지만 아진오행진의 전열은 흐트러지고 말았다. 그는 어검술과 같은 검법을 썼고 보법이 특이했다. 다섯이 그 하나를 잡지 못할 정도로 괴상한 경공술로 이리저리 돌아다니며 시간을 끌었다. 은동의 화살 공격을 요리조리 피했고 천종과 상길의 협공도 미꾸라지처럼 빠져나갔다. 그 모습을 본 우혁이 그가 누구인지를 알았다.

"아니? 저자는 동예의 설표!"
"설표가 누군데?"
"한때, 예국과 맥국에서 이름께나 날리던 무사였지. 용성국으로 간다고 하더니 가막미르의 수하로 들어간 모양이로군!"
"좋아! 설표검객! 나 석탈해다! 우리 일대일로 승부를 내자!"

호기롭게 소리치며 석탈해가 나섰다.

"홍! 네놈이 흑귀를 죽인 이상 맞상대는 피하고 봐야지. 나는 최대한 시간을 끌테다. 곧 주군께서 오신다. 흐흐흐."

"비겁하구나! 설표! 그래도 동예국의 최고수였던 자가 피하기만 하고 시간을 끌다니 그러고도 무인이라 할 수 있겠나?"

"마음대로 지껄여라! 흐흐흐흐."

탈해는 연달아 피하기만 하는 설표에게 다가가서 천지검법으로 공격을 했다. 연이어 아진건곤참법 그리고 건공합일검법을 계속해서 펼쳤다. 그것은 아진공사부의 비전절기인데 탈해는 세 개의 초식을 연결하여 마치 하나의 초식처럼 연달아 사용한 것이었다. 그런데 놀랍게도 설표는 그것을 모두 피해내고는 스스로도 놀라 물었다.

"너는 이성국 소서노 신모와 어떤 사이냐. 그분 제자냐?"

탈해도 놀라긴 마찬가지였다. 아무리 동예국 최고의 무사라지만 아진공의 비기를 모두 피한다는 것은 검초를 알기 전에는 불가능했기 때문이었다. 그들은 서로가 같은 문파가 아닌가하는 생각으로 황당해할 수밖에 없었다. 그러나 설표가 당황한 틈을 노려 탈해는 일행들에게 경공을 제안했다.

"모두 날 따라와!"

탈해 일행은 순간 경공으로 이동을 했고 멍하니 서있던 설표가 다시 탈

해 일행을 추격했다. 탈해는 산길을 잘 알았다. 백여 장 떨어진 황금송 군
락지에 도착하자 일행을 멈추게하고 숲에 숨게 했다. 그리고 천종과 은동
을 오른쪽에 그리고 우혁과 상길을 왼쪽으로 각각 십여장 떨어져 검을 서
로 살살 부딪히게 했다. 양쪽에서 금속소리가 나자 뒤미처 따라온 설표는
경공을 멈추고 좌우를 번갈아 살피면서 어둠 속에서 촉각을 곤두세웠다.

"얍! 일검만파!"
"윽!"

그때 탈해가 구정동이 준 보검으로 일검만파를 시전하였다. 구정동의
보검에서는 차가운 기운과 함께 수백 개의 얼음 칼날 같은 검강이 쏟아져
나왔다. 석탈해는 이번에도 스스로 놀라고 말았다. 과연 한철로 만든 검
은 그 강도가 무척이나 강하였다. 그 강력한 검강에 설표 역시 흑귀처럼
처참한 주검이 되고 말았다. 한밤이 깊을 때까지 추격전이 이어졌다. 결
국 삼경에 다 되어서야 그들은 남산 기슭에 도착했다.

"거의 다 왔어. 이 부근이야! 일단 내 스승님을 찾아봐야겠어. 평소 무
덤을 파고 들어가 계셨으니 일단 그리 가보자."

칠흑 같은 어둠속에서도 석탈해는 대단히 익숙하게 남산자락을 마치
새처럼 날아올랐다. 나머지 네 사람은 그가 간혹 엄청난 무공을 보인다거
나 예상치 못한 경공술을 펼칠 때마다 당황해했지만 이젠 그것도 자연스
러운 일이 되고 말았다. 만일 탈해가 과거를 다 기억해내면 그가 엄청난

존재로 변할 거라고 예상할 따름이었다. 뒤따라가던 상길은 어두운 탓에 앞서가던 탈해를 하마터면 놓칠 뻔 했다가 가까스로 따라잡고 외쳤다.

"좀 천천히 가자! 우리 입장도 생각해줘야지!"

상길 일행이 경공을 펼치다가 한줄기 빛을 발견했다. 그 불빛이 비추는 곳에 두 사람이 보였다. 탈해는 희한하게도 노인의 얼굴에 대고 연거푸 재채기를 하고 있었다. 탈해는 기분 좋은 표정으로 남산 동편 기슭의 명당 가묘에 들어가 누워있는 노인과 대화를 나누었고 노인은 자신의 얼굴에 탈해의 침이 튀었는데도 싱글벙글 웃고 있었다. 노인 옆에는 사람 머리통만한 야명주가 빛나고 있었다.

"여기야! 어서와!"

탈해는 일행에게 좀 멋쩍은 표정으로 말했다.

"애들아! 인사드려! 이분은 내 스승님, 아니 사형이 되시는 분이야. 히히"
"이 할아버지가 니 사형이라구? 으음, 좌우간 처음 뵙겠습니다."
"오? 그래. 요 기집애가 은동이구먼, 헐헐헐, 다들 푹 쉬거라!"
"기집애가 뭐야! 흥!"

은동이 삐쳐서는 토라진 표정을 지었지만, 탈해는 인사를 마치자마자 따지듯 노인에게 물었다.

"아니? 그렇게 대단하신 분이셨어요? 왜 신분을 숨기셨어요?"

"뭐가?"

"승균선인이나 봉래도인과 같은 급이세요?"

"어? 이놈 봐라? 내가 뭘 숨겨? 난 너하구 둔갑술 놀이하며 재미나게 지냈잖냐? 그것뿐이다. 안 그래? 그리고 도인들이 뭔 급이 있어? 승균선인과 봉래도인? 뭐 그런 쓸데없는 얘기는 어디서 죄 주워들었냐? 흠흠!"

물여위가 짐짓 모르는 척하자 탈해는 더 가깝게 다가가 앉으며 캐묻기 시작했다.

"그나저나 사형님! 아니, 스승님! 아니, 물여위 선인님! 동해용궁에 가는 길 좀 알려주세요! 아니 저하구 같이 용궁에 가주시면 안돼요?"

"아니, 거긴 왜?"

"태기왕의 손자를 데려와야 해요."

"아, 글쎄! 걔는 왜 데려오려는 게냐?"

"태기왕이나 그 후손이 있어야 차차웅과 함께 용들을 부를 수가 있단 말이에요."

"근데 왜 손자를 불러?"

"아! 답답하시네!"

석탈해는 답답하여 가슴을 치며 말을 이었다.

"거서간 오초석에 태기왕 피가 묻어있는데 그 피를 가진 자가 거기서 그 기운을 돌려줘야한데나 뭐 그렇대요! 그리고 태기왕 직계가 다 죽고 그 왕자만 남았으니까요!"

"그게 다 무슨 소리냐? 그리고 누가 그래?"

"아니 누가 말했느냐가 중요한 게 아니구 용궁에는 어떻게 가요?"

"꼭 거기 가서 찾을 게 뭐냐? 혹 태기왕이 살아있다면 어쩔 것이냐?"

"태기왕이 아직 살아있다니요?"

탈해와 친구들은 소스라치게 놀랐다. 그리고 성질이 급한 상길이 다시
물었다.

"어르신! 태기왕이 안 죽었어요? 혁거세 거서간께서 죽이셨잖아요?"

"니가 봤어? 이놈아?"

"아뇨…"

"근데 뭐?"

"안죽었다면서요?"

"내가 언제?"

"좀 전에 어르신께서…"

"나는 태기왕이 안죽었으면 어찌할 거냐고 물었을 뿐이다. 에헴!"

상길과 탈해는 화가 나는 것을 억지로 참았다. 탈해가 마음을 가라앉히
고 차분하게 말했다.

"지금 농담할 시간이 없어요. 스승님!"

"난 농담한 적이 없다! 그리구 난 니 사형 아니냐? 이놈들아. 그리고 요
점은 거서간의 용들을 불러오면 되는 것이냐? 태기왕이나 그 손자를 데려

오는 것이냐? 아니면 가막미르와 궁표검객을 쫓아버리는 것이냐? 셋 중 하나를 골라보거라!"

탈해는 머리가 띵했다. 물여위라면 가막미르나 궁표검객을 물리쳐줄 것 같았다.

"좋아요! 하나 고르죠!"
"오냐!"
"당장 가막미르와 궁표검객을 물리쳐주세요!"
"그래? 그럼 니가 가서 그놈들을 데려오너라."
"예? 제가 어떻게요?"
"그야 나는 모르지? 어떻게 해서든 데리고만 오너라. 내가 혼을 내주마! 히히히히히."

물여위는 캄캄한 밤중에 아이들을 데리고 노는 것이 재미있는지 계속 말꼬리를 잡고 딴청을 피우며 파안대소를 했다. 석탈해는 일단 안도의 숨을 쉬었다. 흑의와 최장군을 죽이고 차차웅에게 심각한 부상을 입힌 죄의식에서 다소 벗어나는 느낌이 들었다. 마음이 가벼워진 탈해는 다시 화제를 가막미르 이야기로 돌렸다.

제 45화 - 11.태기왕 후손을 찾아서 - 서거 구일째(4)

"사부님은 그럼 가막미르가 여기로 온다고 해도 제압할 수 있는 거죠?"

"하늘을 새보다도 더 잘 날아다니는 놈을 내가 무슨 수로 제압하냐?"

"아까는 데리고만 오면 물리쳐준다고 했잖아요?"

"아니지, 그놈들을 물리치는 게 아니고 혼내준다고 했지."

"그게 그거지 뭐에요!"

"물리치는 것과 혼내주는 것은 다르지. 가막미르는 내가 혼을 내도, 그놈이 반성을 안하면 아무것도 아니야."

"그러니까 그 가막미르를 없애버리셔야죠?"

"용을 없애는 것은 천상의 풍백께서만 하실 수 있다. 나는 그놈이 저절로 죽기만을 기다리는 수밖에… 히히히."

"그럼, 사부님이 못이겨요?"

"이기지!"

"이기는데 못죽인다구요?"

"글쎄 그렇다니까! 얘가 왜 같은 말을 또 하게 해?"

"그런데 풍백께서는 왜 그런 악룡을 그냥 놔두시는 거죠?"

"글쎄다. 그리고 가막미르가 반드시 나쁜 놈이라고 만은 할 수는 없지."

"아니 왜요?"

"그놈도 다 사성이 있던다."

물여위는 눈을 지그시 감고 옹기종기 모여 앉은 탈해 일행을 마치 손자 아이들처럼 여기며 옛이야기를 두런두런 하기 시작했다.

"사실 용들은 원래 천하의 주인이었다. 에, 그러니까 환웅천황께서 강천하시기 이전 아주 오래전의 이야기이니라. 이 세상을 용들이 다스리고 있었다해도 과언이 아니었지. 동해바다에는 두개의 용국(龍國)이 있었다. 그 당시 용들에게는 두 가지 부류가 있었다. 그 중 첫째로 수중에서 사는 해룡이었다. 이들은 바다나 강과 같은 곳에서 물고기들처럼 살고 있었다. 그들은 사납고 또 전투능력이 강해 호전적인 성격이었지. 바다의 큰물고기나 강변의 맹수들도 마구 해치고 다녔다. 두 번째 이른바 천룡으로서 하늘의 구름이나 안개 그리고 물속을 자유자재로 다니는 족속이었단다."

그때 은동이 끼어들었다.

"용들이 서로 싸웠군요?"
"아니! 끼어들지 말아라. 그 용들의 크기는 작았지만 심령적 능력과 순간적인 이동을 하는 능력이 탁월하여 자신들보다 몇 배나 큰 해룡들을 지배하고 있었지. 그러나 그들은 성정이 온화하여 생명체를 함부로 해치지 않았다. 천룡족 용들은 통찰력이 비상하고 극히 영리하지만 더러 극히 사악한 존재들도 있었지."

은동이 또 한마디 했다

"그게 바로 가막미르에요?"
"하! 고년 말을 자꾸 끊네?"
"죄송…"

"그 천룡족들 중 일부는 이미 지상계에 들어가 있었다. 처음에 그들은 안개나 구름을 타고 지상에 들어갔다가 대부분 혹독한 추위에 견디기 위해 얼음 속에서도 살아남는 이무기로 변화하여 지상의 동물들이나 인간들을 해코지하기 시작했다. 그들은 지상의 왕들을 폭군으로 만들었으며, 자신들이 포섭한 인간들로 하여금 온 백성들의 재물을 수탈하게 했고 비적들을 여기저기 출몰하게 한 원흉들이다. 그들은 강이나 큰 못 등지에 근거지를 만들어놓고 여지껏 인간들을 해치며 살아왔지. 하지만 그놈들도 스스로 살기위해 사람들과 부딪혀서 해친 것이라고 할 수 있지."

물여위의 이야기가 끝나자 모두 서로를 바라보며 어안이 벙벙했다. 말을 할까말까 망설이다가 상길이 말했다.

"저어, 어르신! 용의 역사에 대해서는 잘 들었습니다. 하지만 저희가 궁금한 건 가막미르를 처단하시지 않으신다면 저희들과 동해용궁에 가주실 수 있으신가 하는 거예요?"

"용궁에? 하! 고놈! 말하는 태도가 좋아! 생긴 거답지 않게 예의가 바르구먼! 하지만 말이다. 사실 나는 여기를 떠서는 안되는 이유가 있다."

"그게 뭔데요?"

"너한테 말할 수는 없지만, 난 여기 좀 있어야만 한다."

"그럼, 사부님께서는 동해용궁에 같이 안 가시는 거예요?"

"이놈아. 안 가는 게 아니라 못 가는 게지. 기실 나도 가고 싶기는 하다마는 갈 수가 없구나."

탈해가 드디어 인내의 한계에 다다랐다.

"알았어요! 그럼. 우리끼리 가지요 뭐!"

탈해가 삐쳐서 자리에서 일어서자 물여위는 입가에 빙긋이 미소를 지으면서 건너 숲을 바라보며 말했다.

"그래, 알았다. 하지만 저 아이가 안내를 잘 해줄 꺼다. 쟤가 나보다는 낫다고 봐야지. 얘야! 이제 나오너라! 오래 기다렸구나. 허허허허."

물여위의 말이 끝나기 무섭게 어둠 속에서 인영이 나타나 석탈해 앞에 와서 다짜고짜 엎드렸다. 백의였다.

"주군! 오랜만에 뵙습니다. 그동안 얼마나 고생이 많으셨습니까?"
"오! 백의! 살아있었구나?"
"소인의 불충을 용서하소서! 이리로 오실 것 같아서 여기서 주군을 기다렸나이다."

탈해는 차차웅의 호법이었던 흑의가 죽었기 때문에 백의도 잘못되지 않았을까 걱정을 했었는데 막상 이렇게 만나고 나니 너무나도 반가웠다.

"그런데 백의와 사부님은 어떻게 아는 사이지요?"
"이야기가 길다. 사실은 적녀국의 해보공주가 바로 내 제자였느니라"

"적녀국 해보공주요?"

"그분이 누구냐 하면 말이다. 바로 니 모친이시다."

탈해는 화들짝 놀랐다. 자신의 기억조차 잃은 상태에서 모친에 대한 이야기를 듣자 혼란스러우면서도 반가워 가슴이 울컥했다.

"제 어머니는 어디 계시죠? 살아계신가요? 돌아가셨나요?"

"허허 그놈, 급하기는, 지금은 나도 모른다. 자세한 것은 백의에게 물어보거라! 진작 모든 걸 백의에게 맡겨두었는데, 니가 까불고 다니면서 어떤 놈하고 싸웠는지 엄청나게 상처를 입고 기억까지 잃었기 때문에 내가 다시 기억을 살려주고자 했는데 뜻대로 되지 않더구나. 이제 백의와 모든 걸 상의해서 네 앞길을 헤쳐나가거라."

"예? 백의도 스승님 제자에요?"

"아니옵니다. 주군!"

백의가 다시 엎드리며 말했다. 그러자 물여위가 입을 열었다.

"이 아이는 원래 용성국에서 소문난 고수 무사이니라. 나중에 네 아버지 함달바왕에게 시집온 해보공주의 수호무사가 되었지. 백의는 네 어머니의 가장 믿음직한 어린 충복이었지."

"그럼 차차웅의 호법인 흑의도요?"

"흑의가 이 대목에서 왜 튀어나오냐?"

"사실 제가 차차웅을 구하려다 실수로 흑의를 죽였습니다."

"그랬구나⋯ 흑의라는 자는 태기왕의 심복이었지만 기억을 잃고 차차웅의 호법이 된 자다. 백의는 용성국에서 와서 일부러 신라국에 잠입하여 너를 감시하는 역할을 하다가 차차웅의 신임을 얻고 너의 호법이 된 것이다."

"아, 그랬군요."

탈해가 애정어린 눈빛으로 백의를 바라보았다.

"그럼 그대는 내 어머님이 보낸 사람이란 말인가?"

"그렇사옵니다. 왕자님."

"뭐? 나보고 왕자라니?"

"탈해왕자님은 용성국 제 이십팔 대왕이신 함달바 폐하의 적자이십니다."

"내가? 그나저나 내 부모님은 어찌 되셨는가?"

"예, 함달바 폐하께서는 일찍이 승천하셨고, 해보왕비님은 가막미르군과 전투 중에 행방이 불명하온데 적녀국으로 돌아가셨을 거로 사료됩니다. 그러나 그 후로는 소식이 끊겨 저도 왕비님의 근황을 모르고 있습니다. 저에게 소식을 전해오던 노파가 죽었는지 아무런 연락이 없습니다. 하지만 걱정 마십시오. 왕비님께서는 적녀국의 공주님이셨으니 아마 잘 계실 겁니다."

"그렇군."

"제가 남자이기 때문에 적녀국에는 들어갈 수가 없으므로 후에 여자를 시켜 왕비님의 소식을 알아보겠나이다."

석탈해는 늘 기억이 돌아오지 않는 것에 대해 답답해했지만 대충 자신의 과거에 대한 이야기를 듣고 어느 정도 정리가 되자 그나마 좀 숨통이 트이는 것 같았다.

탈해는 백의에게 지난 시간 동안의 이야기를 하고 또 요 며칠 사이 신라국의 돌아가는 이야기를 듣고 상황을 정리했다. 가막미르가 궁표검객을 시켜 동옥저와 동부여를 진작에 접수하고 이제 진한의 통일국가인 신라국마저 집어삼키려는 야욕을 어떻게 해서든 막아야 한다는 사명감이 강하게 느껴졌다. 그리고 차차웅에 대한 보은과 그렇게 하기 위해서 동해용궁에 잡혀간 태기왕 손자를 데려와야만 했다.

탈해가 백의에게 물었다.

"그런데 백의, 태기왕의 아들은 살아있기는 한 거야?"

"예. 동해용왕이 그에게서 음기를 취하고 있다는 소문이 있사옵니다."

"그럼 그는 곧 죽겠구나."

"아닙니다."

"왜 안 죽어? 기를 다 빼앗기는데?"

"죽으면 더 이상 음기를 받지 못하니 일 년 이상은 곁에 두고 기운을 취할 것으로 보입니다."

"그래? 그 손자는 어떤 자였어?"

"그는 아주 영민했는데, 태기왕 서거 후에 신선이 되기 위하여 혼자서 산에서 도를 닦았다고 합니다."

"그래?"

"예!"

"뜻한 바 있어 속세를 잊으려 한다면 그 만큼 마음고생이 심했다는 증거라 할 수 있다. 좌우간 우리는 속히 동해용궁에 가서 그자를 찾아오자!"

　탈해는 실제로 천군만마를 얻은듯했다. 과거 백의가 차차웅의 간세가 아닌가하여 다소 심하게 대했던 것이 후회가 되었지만 막상 자신에게 왕자님이라며 어려워하는 백의에게 사과는 하지 못했다. 그는 백의에게 먼저 용궁에 대해 물었다.

　"그럼, 백의는 동해용궁을 가는 길도 잘 아는가?"
　"예, 압니다만, 사실은 왕자님이 더 잘 알고 계셨지요. 우선 주의할 점은 용왕을 피하셔야 하옵니다. 지금은 용왕의 심기가 불편하고 혹자는 용왕이 바뀐 것이 아닌가 할 정도로 성정이 사나워져있습니다. 하지만 태기왕의 손자를 곁에 둔 후로는 다소 좋아지고 있다고 합니다. 과거 그는 마고여신과 함께 가막미르를 잡아둔 팔신 중 하나였습니다만, 요즘은 봉래도인과 대립각을 세우고 나머지 선인들이나 여신들과도 연락을 끊고 지내고 있다 합니다."
　"그런데 예전에 내가 동해용궁에 자주 갔었나?"
　"예. 서너 번 다녀오셨지요. 왕자님께서는 아진의선님과 함께 용궁에서 무술대회에 참가하시기도 하고 용왕과 잔치에서 함께 식사도 하셨지요. 처음에는 친분이 좋으셨는데 후에는 그다지 사이가 좋지는 않았습니다."
　"그렇다면 내가 용궁에 가서 용왕에게 걸리면 좋을 일이 없겠는데."
　"그렇지요, 하지만 동해용궁에는 과거 용성국에 살았던 인물들이 있습니다. 그들이 은신처를 제공할 것이고 우리는 용왕에게 걸리지 않고 태기왕 손자를 데려와야겠지요."

"으음, 그렇군."

"저어, 그런데 주군께 뭘 좀 여쭤봐도 되옵니까?"

백의가 어려워하면서 질문을 했다.

"무엇인가?"

"오초석이나 칠보검을 가지고 계시지요?"

"응. 칠보검은 내 검이니까. 하지만 오초석은 차차웅께서 선도산 오초석 기저부에 결합시키셨지"

"오초석이나 칠보검을 반드시 지니고 가셔야 합니다. 칠보검이나 오초석을 가지고 가면 용궁에서 지상보다 몇 배나 강한 힘을 발휘할 수 있습니다."

"오초석에 그런 힘이 들어있었나? 그런데 자세히 보니 용들을 가두는 오초석에는 왜 서인(徐印)이 새겨진 것이지?"

"예, 그것은 과거 단군 중 한분이셨던 서언왕과 용왕들 간의 약속 때문입니다."

"무슨 약속?"

"서언왕이 용들을 구해주고 용들의 부모격인 용왕들이 서언왕에게 보은의 의미로 자신들의 기력을 합쳐 만들어 준 돌이기 때문에 용들에게 특히 강한 힘을 발휘합니다."

"그래?"

"동서남북 용왕들과 육지의 용성국의 용왕들이 서언왕에게 각각 용무사를 지원한다는 약속 때문에 오초석으로 용들을 부르면 용이 조응하여 오초석의 주인을 돕게 되었습니다."

"아! 그래서 용들이 오는구나. 역사가 깊은 이야기로군."

"예, 제가 상세히 말씀드리겠습니다."

특히 역사에 관심이 많은 우혁이 눈을 반짝이면서 백의의 설명에 귀를
기울였다.

"고조선 시대에 주나라와 어깨를 견줄 만한 나라로 조선의 다른 이름인 서국(徐國)이 있었습니다. 주나라 성왕은 동이에 선린융화 정책을 실시하였으나 다음왕인, 강왕 때 정책이 강성을 띠므로 간에 위치했던 숙신(肅愼)은 주를 견제하기 위하여 서국과 친선을 도모하여 서언왕에게 친선을 도모하여 주에 맞섰습니다."

"어떻게 작은 나라가 주나라와 맞선단 말인가?"

"서언왕은 전체 동이의 세력을 규합했지요. 서언왕은 주에 대한 총력전을 실시하여 장안과 낙양까지 공략하여 세력을 쇠약하게 하고 주나라 소왕을 물에 빠뜨려 죽이는 일이 발생했습니다."

"우와! 믿을 수 없군!"

"주나라 목왕때 숙신은 서언왕을 회대 지역에서 구이족의 대표로 하여 주를 견제하고 주에 대항하니 주나라 목왕은 동방의 동이 세력이 막강한 것을 두려워하여 서언왕과 화친을 맺었습니다. 그러나 결국 서국은 서언왕 사후에 오나라에게 멸망하고 서자 후대에 서씨(徐氏)라 하여 명성있는 세가대족(世家大族)이 되어버렸지요."

"왕가의 몰락이 비참하군."

"하지만 서언왕은 중원에 진출한 동이족의 마지막을 전성기를 이끈 인물이며, 고대 중국에서 나라를 세운 단군왕검의 후예입니다. 그가 승승장구했던 까닭 중 하나가 전쟁에서 용을 불러 참전시켰다는 점을 들 수 있습니다."

"서언왕께서도 용을 불렀다고?"

"예. 주군! 서언왕은 동이족과 용을 이끌고 모든 전투에서 승리한 전쟁의 신같은 존재였습니다. 그가 용을 호출할 때는 신물을 사용했는데 그 신물인 오초석과 칠보검에 서인(이 찍혀있었습니다."

"칠보검에도 서인이? 어디 보자… 없는데?"

"칼자루 밑에 뚜껑이 없사옵니까?"

"진짜 칼자루 맨 끝이 갈라져있네?"

"열어보십시오."

"안되는데?"

"탈해 이놈아! 끝을 돌려야지! 인마!"

곁에서 보고 있던 물여위가 잔소리를 했다.

"하! 저것들을 내가 돌볼 수도 없고, 그렇다고 돌보지 않을 수도 없고, 참… 딱하구먼."

물여위의 푸념을 듣는 둥 마는 둥하고 석탈해가 칼끝을 돌려보니 과연 바닥에 서인이 보였다. 석탈해는 가슴이 벅차올랐다. 과거 천년 전에 단군이셨던 서언왕이 사용했던 검을 자신이 쓰고 있다는 사실에 마음 한켠이 뿌듯해옴을 느끼는 것이었다.

"이제 용궁에 가서 무사히 태기왕 손자만 데려오면 되겠군."

"그럼요, 그 천룡들만 온다면 차차웅의 승리는 가능성이 높지요."

"그렇지, 반드시 권좌를 되찾으실 게야! 좌우간 고맙네, 백의."

"고맙다니요. 주군! 그런 말씀 마십시오!"

백의와 탈해가 감동어린 대화를 나누는 중에 물여위가 허공에 대고 손사래를 치며 누군가에게 손짓을 하는 시늉을 했다. 탈해가 궁금해 물었다.

"왜 그러세요?"

"손님이 왔구나!"

"예? 손님이라구요?"

물여위의 말이 끝나고 과연 잠시 후에 인기척이 났다. 탈해는 전혀 눈치를 채지 못했지만 물여위는 이미 알고 있었다. 그가 빙그레 웃으며 바라본 솔숲의 황금송 위에서부터 어두운 땅으로 무공이 상당한 고수가 마치 새처럼 스르르르 내려앉았다.

"여기들 있었는가?"

다름 아닌 궁표검객이었다. 물여위가 탈해에게 불러오면 혼을 내주겠노라고 한 말처럼 정말 궁표검객이 나타난 것이었다. 어둠 속에서 그가 육중하게 느껴지는 것은 갑옷을 입은 때문이었다. 갑옷을 입고도 그는 새털처럼 가볍게 경공을 운용한 것이었나.

"하! 고놈 참! 드럽게 생겨먹었네! 탈해야 니가 불렀냐? 저놈을?"

"아니요!"

"그래? 안불렀는데도 왔다면 나쁜 놈이구먼? 히히히."

궁표검객은 상기한 표정으로 야명주 가까이로 다가왔다. 그리고는 탈해를 검집으로 가리키며 말했다.

"네가 내 호법들을 죽였는가?"

"그렇다! 나도 묻겠다! 당신이 거서간님을 시해했는가?"

"닥쳐라! 괘씸한 놈! 네가 흑귀와 설표의 저승길 동무를 해주어야겠다."

궁표검객이 발검을 하자 빛이 났다. 역시 석탈해의 칠보검에서도 광채가 났기 때문에 일대가 환해졌다. 백의와 네 명의 친구들도 발검을 했지만 아무도 선뜻 공격을 하지는 못했다. 궁표검객의 기도가 그들을 모두 압도했기 때문이었다.

"이것들이! 여기서 칼싸움을 하려고?"

극도의 긴장상태를 물여위가 순식간에 깨트려버렸다.

"아! 이것들이 오밤중에 남의 명당자리에 와서 칼부림을 하고 지랄이야! 지랄이! 탈해야! 쟤 이름이 뭐라구?"

"궁표검객이요!"

"니가 궁표냐? 아이야. 오늘은 그냥 가거라. 말 안들으면 나한테 혼난다."

"이 영감은 또 뭐야? 송장같은 노인장은 빠져계시오."

"야! 이놈아!"

물여위 사부의 일성대갈은 자못 큰 소리를 냈다. 내공을 실은 사자후처럼 고막을 찢는 고통은 없었지만 웬일인지 이상한 느낌이 드는 것이었다.

"콜록콜록! 아이고! 악을 썼더니 목이 다 아프네! 이놈아! 내가 니 사부인, 소서노를 가르친 몸이다! 당장에 요절을 내주랴?"

"무엇이? 어디서 주워들은 건 많구먼, 이 노인네가?"

"허허, 이놈 보게. 사조님을 보고도 예를 갖추지도 않고 싸가지가 없구만! 저 북쪽의 조의선사가 내 동문이다! 이놈아! 혼나기 전에 썩 물러가지 못할까? 혼을 내줄까?"

"아는 이름도 많구먼 노인네가. 후후."

물여위에게서는 내공이 전혀 느껴지지 않아서인지 궁표검객은 그를 두려워하거나 선인으로 인정하지 않았다. 궁표검객은 탈해에게만 집중하여 공격과 방어를 신경 쓰고 있었다. 그런데 그가 갑자기 물여위를 다시한 번 바라보았다. 그리고는 하늘을 한번 쳐다보더니 거짓말처럼 검을 도로 넣었다.

"좋소. 영감! 나중에 다시 오겠소."

궁표검객은 살기를 거두고는 어두운 솔숲으로 가뭇없이 사라져버렸다.

"어? 이게 어찌 된 일이지?"

모두들 어리둥절해서 물여위를 바라볼 뿐이었다. 물여위가 일부러 내공을 감추고 있던 것을 안 탈해가 가장 궁금해했다.

"천하의 궁표검객이 내공이 없어보이는 사부님을 보고 내빼다니 희한한 일이네? 그나저나 정말 스승님께서 소서노 신모를 가르치셨어요?"
"가르치긴! 그 할망구를 내가 어떻게 가르쳐? 성질이 얼마나 드러운데! 내가 그냥 아무말이나 마구 지껄이니까 그놈이 가네 뭐!"
"치이! 그런 게 어디 있어요? 궁표검객 간이 쪼그라들어서 간 거지!"
"니가 그놈 간을 봤냐? 이놈아?"
"그런데 정말 이상하네? 궁표검객이라면 웬만한 도인들과 신선들과도 대적할 정도라고 하던데, 왜 그냥 갔을까?"

우혁이 의구심을 참지 못하고 나섰다.

"어르신이 무슨 겁을 준 거 맞죠?"
"아니? 난 소서노라는 이름만 대고 가라고 했지. 그리고 조의선사 얘기도 했구나? 참! 그게 다 아니냐? 내가 혼을 낸다고 하니까 그놈이 내빼는 거 너희들도 봤잖아. 이놈들아! 정히 궁금하면 쫓아가서 그놈한테 물어보거라. 히히히히."
"하하하."

탈해의 기분이 한결 좋아져서 들떠 웃을 때였다. 모두의 몸통을 뒤흔드는 일성대갈이 들렸다. 엄청난 내공이었다.

"석탈해 이놈!"

하늘위에서부터 도인들이 새떼처럼 몰려 내려왔다. 용마도인과 선도산 세 도인 그리고 이성국의 단일건 도인이 함께 왔다. 아마도 궁표검객이 달아난 것은 도인들이 올 것을 감지한 모양이었다. 용마도인은 물여위를 보고 엉거주춤하게 인사를 했으나, 나머지 네 도인의 표정이 심상치 않았다. 그중에서 선도산 제일도인이 가장 분개한 표정으로 호통을 쳤다.

"이놈! 석탈해! 여기 숨어 있었더냐? 사람을 상해놓고 웃고 돌아다녀? 이놈이?"

하지만 선도산 제일도인의 호통은 안중에도 없다는 듯 물여위는 농담을 했다.

"어라? 늙은 송장들이 한꺼번에 몰려왔네 그려?"
"오랜만입니다. 물여위선인. 석탈해의 공격을 받은 차차웅이 깨어나질 못하고 있소이다."
"죽지는 않은 게로군"
"그가 죽길 바라시오?"
"아니 난 그게 아니라…"

"땅 파고 들어가 누워서 승천만 기다린다고 세상에 대해 아주 손 놓고 계시는구려. 자! 석탈해! 너는 우리와 함께 가야겠다."

"누구 맘대로?"

도인들이 탈해를 잡아가려하자 물여위가 그들을 말리고 나섰다.

"내가 지금 이 아이를 데리고 담소중이니 나중에 오시게들."

"물여위 선인께서는 빠지시오!"

"빠지라니? 내가 물속에 들어가 있나? 빠지게? 좌우간 재 털끝하나 건드리지 말게!"

"우린 저 아이를 데려다가 일벌백계를 삼아야겠소이다."

탈해가 당황하여 뒤로 물러나자 물여위가 탈해의 손목을 잡고 자신의 곁에 주저앉혔다. 그러자 선도산 제일도인의 언성이 높아졌다.

"물여위 선인! 아이를 우리에게 넘기시오!"

"뭘 넘겨? 여기 넘길 데가 어디 있나? 담도 울도 없는데?"

물여위가 탈해를 지나치게 감싸고돌자, 침묵을 지키던 단일건 도인이 말했다.

제 47화 - 11. 태기왕 후손을 찾아서 - 서거 구일째(6)

"존경하는 물여위선인님께 제가 말씀 올리겠나이다. 차차웅은 단군의 후예입니다. 그는 일찍이 환웅천왕께서 안배하신 대역사를 잇는 후계자이십니다. 그런 분을 해한 석탈해를 용서할 수가 없소이다. 죄를 지었으면 응당 벌을 받아야지요."

탈해는 단일건의 단호한 말에 잔뜩 움츠려들었으나 당당하게 말했다.

"아닙니다. 저는 차차웅님을 해치려고 그런 것이 아닙니다. 그때 분명히 궁표검객이 은둔술을 써서 차차웅님을 해치려고 하여 제가 그를 공격하다가 그렇게 된 것입니다."

"그런데 어찌 궁표검객의 시신은 없고, 너는 흑의와 최충원장군을 죽였으며 차차웅님을 사경을 헤매게 만들었단 말인가? 그것은 필시 너의 고의적인 공격이었다! 너 같은 고수급 무사가 어찌 공력 조절을 못한단 말인가! 네가 마음만 먹었으면 세 사람을 피해서 궁표검객을 공격할 수 있었다. 안 그러냐?

"그야…"

"변명의 여지가 없다! 석탈해!"

"세가 공격힌 그 초식은 최도인의 일검만파 초식이었는데 아직 공력 조절이 되지 않아서 그만…"

"석탈해! 어디서 거짓말을 늘어놓는가! 최도인께서 왜 너 같은 불한당에게 초식을 알려주시겠는가? 그리고 그 짧은 시각에 니가 어찌 최도인의 평생비기를 통달을 할 수 있단 말이냐? 이런 거짓말을 밥 먹듯 하는 놈! 정녕 용서할 수 없는 자로다!"

단일건 도인이 분기탱천하여 석탈해에게 공격이라도 할 기세였다. 바로 그때였다. 한바탕 바람이 일더니 새벽의 어둠을 뚫고 인영 하나가 나타났다.

"잠깐만!"

아진의선이었다. 그런데 그녀의 행색이 여느 때와 달랐다. 매우 불편한 기색이 역력하였다. 그러나 혼신의 힘을 모아 당당하게 선채로 말했다.

"이 아이는 내가 보증하겠소. 내가 이 아이를 키웠고 정정당당하게 행동하도록 가르쳤소. 만일 잘못된 일이 있으면 대신 처벌을 받겠소이다!"

그녀가 물여위와 합세하여 탈해를 변호하자 네 도인은 퍽 당황하는 기색이었다. 부상을 당했음에도 탈해를 돕기 위해 달려온 아진의선의 기세에 눌려 도인들은 말을 잇지 못하였다. 그러자 아진의선이 차분하게 말했다.

"내 봉래선인에게 연통을 넣어 차차웅을 고치리다. 나도 한때 차차웅을 돌보아준 사람으로 책임이 없다할 수 없소이다. 나를 봐서라도 오늘은 이만 돌아들 가시지요."

"그럴 수는 없소이다!"

단일건 도인이 강경하게 나오자 물여위가 용마도인에게 눈짓을 했다.

"허험! 그것 참! 에헤!"

용마도인은 연달아 헛기침을 하더니 선도산 세 도인에게 귀엣말을 했다. 그리고는 돌아갈 것을 종용했다. 단일건 도인은 대세를 따른다고 했지만 제일도인이 끝내 언성을 높였다.

"석탈해! 이놈! 네놈이 다시 내 눈에 띄었다가는 뼈도 못추릴 줄 알아라! 향후 모든 산신들과 도인들이 너를 악인으로 규정하여 처벌하게 될 것이다!"
"최도인, 말이 심하구면, 나이도 어린 게!"
"선인님! 저도 백살이요!"
"그래! 나이 많이 먹어서 좋겠다! 철 좀 들어라! 쯔쯔쯔, 여하간에 잘들 돌아가시게. 용마야! 또 보자! 히히히."
"예. 스승님!"

물여위는 시종 장난하는 말투로 일관했다. 다섯 도인이 돌아가자 물여위가 재미있다는 듯이 파안대소를 했다. 하지만 아진의선은 탈해를 안아주며 달랬다.

"염려하지 말아라! 탈해야! 잘못된 일을 바로잡으면 만사가 다 형통하게 될 것이다. 콜록콜록."
"할머니!"

아진의선은 내상을 입은 게 분명했다. 그녀는 다소 힘들어하며 소나무 그루터기에 몸을 기댔다. 그녀는 늘 그랬듯이 탈해를 성심을 다해 돌보아 주었다. 이번에도 도인들에게 공적으로 낙인찍힌 석탈해의 구원자 노릇을 한 것이었다.

"할머니! 괜찮으세요? 어디 좀 보세요!"

탈해가 아진의선을 살폈지만 도무지 어디를 다쳤는지 알 수가 없었다. 물끄러미 바라보던 물여위가 혀를 찼다.

"용들에게 당했구먼. 가막미르가 나타났던가?"
"예, 선인께서도 조심하세요. 그는 명계의 귀왕들을 데리고 있습니다!"
"그래? 아, 그놈은 명계에 그냥 자빠져있지 왜 세상에 기어나와서는…
쯔쯔쯔, 어디 보세. 내가 내상을 좀 치료해줄테니."

아진의선에게 기를 방사하던 물여위는 다소 놀라는 표정을 지었다. 그리고 다시 기를 방사하다가 이내 그만두었다.

"안되겠군! 봉래선인을 불러야겠군. 이 할멈, 도인이 아니라 평범한 사람이 될 정도로 기력을 전부 다 소모했구먼. 그런데다가 명부의 귀왕들이 쏜 독에도 중독되었네 그려. 아니 여기까지 어떻게 기어올라왔누? 봉래선인이 속히 와서 차차웅보다 이 할망구 먼저 구해야겠어. 어? 아진할멈! 이봐! 자나? 까무러쳤나?"

"할머니!"

혼절을 한 아진의선에게 탈해가 달려들어 맥을 짚었다. 그러자 물여위가 탈해에게 꿀밤을 한 대 갈겼다.

"아얏!"
"니 할머니 안 죽었다! 이놈아! 아무래도 여기서 한달은 요양해야할 것 같구나. 봉래선인이 오면 금방 살려낼 거다."
"정말 괜찮나요? 스승님?"
"그래, 이놈아! 도인이 괜히 도인이냐? 내가 승천하고 나면 아진의선을 여기서 머물게 해야겠다."

아까부터 고개를 갸웃하던 은동이 물여위에게 다가가 속삭였다.

"그런데 할아버지는 선인이라면서 할머니를 못 고치세요?"
"으응? 어렵다고 봐야지…"
"실력이 고거밖에 안 되시나요?"
"엥? 실력? 그, 그렇지 뭐, 으음, 고년 참 당돌하네?"
"할아버지는 실력도 별론 데, 왜 다른 사람들은 할아버지를 어려워해요?"
"뭐라?"

순간 물여위 선인은 은동에게 꿀밤을 한 대 때리려다가 참고 말았다.

"하! 고년 강적일쎄? 에헴! 그나저나 너희들은 속히 동해용궁으로 가봐라. 태기왕 손주인지 뭔지 하는 놈을 차차웅에게 데려다주고 용서를 빌어라. 그럼 될 일 아니야? 안 그래?"

"그렇습니다."

"그래! 백의가 고생을 좀 해야겠구나!"

"아닙니다. 선인님."

"그래, 그만 가봐라!"

"스승님, 우리 할머니 잘 돌봐주세요!"

"오냐."

석탈해는 아진의선을 두고 차마 걸음이 떨어지지 않았다. 그러나 물여위가 빨리 가라고 손사래치는 바람에 억지로 걸음을 옮겼다. 그런데 앞서가는 백의 뒤로 네 명의 친구들이 수군거리고 있었다. 특히 상길과 천종이 탈해의 신분변화와 사부님의 복수를 놓고 이야기를 하는 모양이었다. 역시 다혈질인 천종의 목소리가 높았다.

"우린 사부님의 복수를 해야 되잖아. 그러려면 탈해와 함께 움직이는 게 좋지 않아?"

"그런데 탈해의 일에 우리가 너무 깊게 얽히면 사부님 복수는 뒤로 밀리지 않을까? 우리의 목표는 사부님 복수야! 차차웅이나 탈해의 일과는 다를 수도 있잖아!"

"잠깐!"

그때 은동이 나섰다.

"나도 할아버지의 복수가 최우선이야! 하지만 우리 힘으로 가막미르나 궁표검객을 죽일 수 있겠어? 그리고 그들이 확실히 원흉인지도 모르고… 그러니 탈해와 도인들의 힘을 빌려야겠지. 일단 다 함께 움직이자. 그러면서 복수의 칼을 갈자."

"야아! 은동아! 오랜만에 똑소리 나는 말을 하네?"

" 그럼 우리 탈해와 같이 행동하는 거다?"

상길은 선뜻 동의하지는 않았지만 세 사람이 우기는 바람에 그들의 말에 동의했다. 그리고는 탈해를 머쓱한 표정으로 바라보았다.

"걱정들 마! 나는 거서간님의 흉수와 사부님의 흉적을 찾아 복수를 하고 말겠어. 그러려면 우선 차차웅님을 복위시키고 그 후에 힘을 갖추어 사부님의 원한을 갚을 테니 나를 믿어줘."

"그래, 탈해 말이 맞다!"

"좋아! 그럼 일단 용궁으로 가자!"

"그래!"

의기가 투합되자 백의가 선두에 나서서 먼저 출발했다. 나머지 일행도 그를 따라 수평선 동쪽 하늘이 희불그레하게 훤해지는 바다를 향해 동해 용궁으로 떠나갔다.

석탈해 I

초판 1쇄 인쇄일	2017년 9월 21일
초판 1쇄 발행일	2017년 9월 22일

지은이	김정진
펴낸이	정진이
편집장	김효은
편집/디자인	우정민 문진희 박재원
마케팅	정찬용 정구형
영업관리	한선희 이선건 최인호 최소영
책임편집	문진희
인쇄처	국학인쇄사
펴낸곳	국학자료원 새미(주)

등록일 2005 03 15 제25100－2005－000008호
서울특별시 강동구 성안로 13 (성내동, 현영빌딩 2층)
Tel 442－4623 Fax 6499－3082
www.kookhak.co.kr
kookhak2001@hanmail.net

세트 ISBN	979-11-88499-12-0 *04810
ISBN	979-11-88499-13-7 *04810
가격	14,500원